Hermann Heiberg

Apotheker Heinrich

Roman

Hermann Heiberg: Apotheker Heinrich. Roman

Erstdruck: Leipzig, Friedrich, 1885

Neuausgabe
Herausgegeben von Karl-Maria Guth
Berlin 2017

Umschlaggestaltung von Thomas Schultz-Overhage unter Verwendung des Bildes: Richard Gerstl, Waldemar Unger, 1905

Gesetzt aus der Minion Pro, 11 pt

Verlag: Henricus - Edition Deutsche Klassik GmbH
Mörchinger Str. 33, 14169 Berlin, info@henricus-verlag.de
Druck: Libri Plureos GmbH, Friedensallee 273, 22763 Hamburg

ISBN 978-3-7437-0202-8

Bibliografische Information der Deutschen Nationalbibliothek

Die Deutsche Nationalbibliothek verzeichnet diese Publikation in der Deutschen Nationalbibliografie; detaillierte bibliografische Daten sind im Internet über www.dnb.de abrufbar.

1.

»Guten Morgen, Herr Heinrich!« sagte ein junges, hübsches Mädchen.

Herr Heinrich rieb gerade eifrig in einem Mörser, als er die bekannte Stimme hörte.

»Guten Morgen, Dora!« – Dora ging noch in die Konfirmationsstunde, trug aber schon ein langes Kleid, hatte flatternde blonde Flechten und ein Paar allerliebste, fröhliche Augen.

Sie war die Tochter des Arztes, der gegenüber wohnte, die Tochter des Physikus.

Herr Heinrich und ihr Papa hatten zusammen studiert.

Letzterer war älter und besaß dieses große Töchterlein; Herr Heinrich war Junggeselle geblieben, sogar ein rechter Junggeselle. Oft konnte man sich über ihn ärgern, wenn er so weise sprach oder gar nicht antwortete, nur die Achseln zuckte.

»Für einen Schilling Salmiakspiritus, bitte!«

»Und eine Stange Lakritzen dazu« – spöttelte Herr Heinrich.

Sie schmollte; immer noch behandelte er sie, als sei sie ein Backfisch.

Aber sie fand es doch richtig, seine gute Laune zu benutzen, und stieß, sanft sich fügend, heraus: »Wenn Sie mir etwas zugeben wollen, dann schenken Sie mir eine hübsche Schachtel.«

»Großes Kind!« spöttelte Herr Heinrich abermals, schüttelte den Kopf, sah ihr in die Augen und schob den Salmiakspiritus über den Ladentisch.

Die Schachtel aber gab er nicht.

»Man kann hier in der Apotheke doch Schachteln kaufen?« fragte nunmehr Dora, ihr kleines Portemonnaie ziehend, patzig.

Herr Heinrich bemerkte, daß nur ein einziges Zehnpfennigstück zwischen den blauseidenen Wänden der zierlichen Geldtasche saß.

»Ja!« erwiderte er gleichgültig gedehnt, als ob er nichts von ihrem Unmut merke. Dann öffnete er eine große, tiefe Schublade (es fehlte ihr der Knopf, so daß Heinrich sie an den Seitenwänden fassen und herausziehen mußte) und nahm eine runde, rotbeklebte Schachtel heraus.

»Zehn Pfennig«, betonte er.

»Haben Sie keine für fünf Pfennig?«

»Nein, die Sorte zu fünf Pfennig ist gerade ausgegangen. Nimm nur diese, Dora, du hast Kredit!« und dabei lachte er wiederum überlegen.

Da schoß ihr das Blut ins Gesicht; sie warf den Kopf in den Nacken, rief, ihren Salmiakspiritus ergreifend: »Sie möchten es anschreiben« – und rannte mit fliegenden Flechten davon.

Herr Heinrich nahm die große Schachtel und wollte sie wieder fortlegen; er besann sich aber und rief den Lehrling.

Dann griff er in die Ladenkasse, nahm etwas Kleingeld heraus und sagte: »Hol' mal für drei Groschen von den echten englischen Brausebonbons von Kaufmann Thomsen und laß sie dir in diese Schachtel packen. Halt! Wart' August!«

Darauf nahm er eine Feder und schrieb auf das weiße Deckelschild: »Fräulein Dora Paulsen. Jede zehn Minuten einen zur Abkühlung. Mit freundlichem Gruß von Heinrich.«

Nach kurzer Zeit kam August zurück, legte die Schachtel auf den Ladentisch und sagte:

»Fräulein Dora ließe sich bedanken; sie brauche nichts zur Abkühlung.«

Herr Heinrich schüttete gerade das letzte von zwölf bestellten Pulvern in ein weißes Papier, dessen Enden er einkniff und dann ineinanderschob.

In dieser Arbeit ließ er sich auch nicht stören, während der Lehrling seinen Auftrag ausrichtete. Dann aber legte er die Schachtel, welche dieser wieder mitgebracht hatte, fort und sagte:

»Es ist gut.« Und er lachte, aber er lachte etwas gezwungen.

August sah ihn von der Seite an. Es schien, als ob Herr Heinrich keinem besonderen Gedanken nachgehe, aber er dachte doch allerlei.

Und August lachte auch, aber wiederum auf seine Art, nämlich etwas hämisch.

August war in Dora verliebt. Zum Glück wußte um diese welterschütternde Tatsache nur er allein; selbst des Physikus Tochter hatte von der Stärke seiner Gefühle keine Ahnung. Es ging zwar nicht unbemerkt an ihr vorüber, daß er besonders dienstfertig gegen sie war, und daß sein Auge häufig auf ihr ruhte. Auch hatte er sich Dora einmal verpflichtet, als sie, auf dem Jahrmarkt vor der Kuchenbude stehend, vergeblich nach dem Gelde gesucht und er ihr zwei Groschen geliehen. Indessen stand sie doch so hoch über ihm, daß sie seine aus stiller Verehrung hervorgehenden Aufmerksamkeiten lediglich als einen selbstverständlichen Tribut ansah. –

Wenn August abends spät in seinem Zimmer saß, machte er Gedichte, die an Dora gerichtet waren. Eines hatte ihm viel Mühe gemacht; es lautete unter Zuhilfenahme des Lateinischen:

»Schon ist es spät, fast zwölfe ist die *hora*,
Ich sitze ernst und stumm und denke noch an Dora.
Es pfeift der Wind, es flackert in dem Ofen,
Und wie die Flamme dort, so schwindet auch mein Hoffen.
Halt still mein Herz! Doch mußt vor Gram du brechen,
Dann soll mein Mund zuletzt noch ihren Namen sprechen.«

August hatte allerdings kleine Bedenken hinsichtlich dieser poetischen Leistung. Wenn er sich die Verse laut vorlas, kam er bei »Hoffen« nie über das doppelte »f« fort, und das auch als Tätigkeitsbegriff aufzufassende Schlußwort der vorletzten Zeile machte seinem ästhetischen Sinne viel zu schaffen. Als er aber eines Tages auch bei Goethe die Wendung: sein Herz »brach« und selbst das Wort Eingeweide – »Es brennt mein Eingeweide«, fand, erhob er das Haupt und fügte das Gedicht der Sammlung: »Stoßqualen eines Unglücklichen, Poesien von August Semmler«, die er später zu veröffentlichen gedachte, mit dem vollen Bewußtsein seines Wertes hinzu.

So stand es also um August, und so war das Verhältnis zwischen Herrn Heinrich und Dora.

Als Herr Heinrich einige Tage später einer Einladung bei Physikus' zum Tee folgte, streifte ihn Dora, während er auf dem Flur den Sommerüberzieher auszog. An der Wand des Flurs hing ein Bild von Napoleon bei Austerlitz. Die Zeit hatte das Gemälde mit einem unschönen gelben Fleck verunziert. Es sah aus, als ob einmal Kaffee darübergegossen sei. Zwei Büsten berühmter Männer standen auf Postamenten zu Seiten des Kupferstichs. Es seien Shakespeare und Milton, hat der Physikus einmal erklärt. Die Zeit hatte auch an ihnen Veränderungen hervorgebracht. Ihre Gesichtsfarbe ähnelte derjenigen eines Othello, und Milton hatte, so schmerzlich es für ihn gewesen sein mußte, die eine Hälfte der Nase verloren.

Doch dieses nur beiläufig. Viel wichtiger ist es, daß Dora Herrn Heinrichs »Guten Abend« nicht erwiderte.

»Guten Abend, Dora!« wiederholte der Gast noch einmal und schob den Rock über den Kleiderhaken, statt ihn an der Öse aufzuhängen, die, wie er zu seinem Unmut bemerkte, abgerissen war.

»Ich bot dir schon einmal Guten Abend, aber du antwortetest nicht.«

»Nur zur Abkühlung, Herr Heinrich!« rief Dora und verschwand in der gegenüberliegenden Küche. – Herr Heinrich schmunzelte. –

Dora sah in ihrem Gesellschaftskleide heute reizend aus. Die Taille hatte eine Schneiderin gefertigt, aber den Rock hatte sie selbst gesäumt.

Wenn August sie so gesehen hätte, würde er gewiß ein Gedicht auf sie gemacht haben.

Als Dora später den Gästen den Tee herumreichte, präsentierte sie ihn auch Herrn Heinrich, und zwar in einer alten goldverzierten Tasse mit vier Füßchen, geziert durch das Porträt eines Freiheitshelden in grüner Uniform mit hoher Militärkrawatte. Sie sah beiseite, als ob in diesem Augenblick ihre Aufmerksamkeit durch etwas Besonderes abgelenkt würde. Herr Heinrich aber, die Absichtlichkeit durchschauend, sagte: »Na laß dich doch mal in deinem neuen Kleide bewundern, Dora! – Danke, Zucker nehme ich ja nie«, fügte er hinzu, als sie die Achsel zuckte, aber stehenblieb und wartete, daß er sich der süßen Zutat bedienen solle.

In diesem Augenblick trat die Frau Doktor auf Herrn Heinrich zu, und Dora entschlüpfte.

Der Abend verlief wie gewöhnlich. Nach dem Tee machten die Herren eine Whistpartie, während die Damen ihre Mitmenschen ebenso recht und ungerecht zergliederten, wie allerwärts und zu allen Zeiten auf Erden.

Endlich guckte Dora ins Spiel- und Rauchzimmer und rief: »Bitte, Papa! Wenn der Robber aus ist!« woraufhin denn der Physikus nickte und die andern Herren, je nach ihrem Spielglück oder -unglück, diese Mitteilung störend oder erlösend fanden.

Zum Abendessen gab es Kalbsbraten, den die Frau Physikus anschnitt.

»Bitte, bitte, liebe Sophie, geben Sie doch mal die Kompotts, das Gemüse und die Kartoffeln herum«, rief die Frau Doktorin einer älteren, freundlich dreinblickenden Dame zu. Unabänderlich erscholl bei den Abendgesellschaften im Paulsenschen Hause die höfliche Mahnung. Sophie war eine unverheiratete, gutherzige und deshalb gern gesehene Freundin des Hauses, die vorher den Tisch decken half, überhaupt in solchen Fällen die freiwillige Rolle einer tätigen Hausmamsell übernahm und in liebenswürdiger Bescheidenheit jeden Dank ablehnte.

»Die Dora wird hübsch«, sagte Herr Heinrich nach Tisch zu der Frau Doktor. Ein Lob aus seinem Munde war ein förmliches Ereignis, weil der reiche Apotheker ebenso lobkarg wie spottsüchtig war. Das sind nun einmal Eigenschaften, die selten ihre Wirkung verfehlen, weil die Spottsucht Furcht einflößt und der Besitz von Glücksgütern auf die meisten Menschen, auch wenn ihnen nicht die geringste Aussicht auf einen Mitgenuß winkt, einen allmächtigen Zauber ausübt.

»Finden Sie?« erwiderte Frau Paulsen geschmeichelt. »Ja, ja, wenn sie nur etwas weniger empfindlich sein wollte! Sie ist ein schwer zu behandelndes Kind. Sie glauben gar nicht, wieviel ich zu predigen habe.«

Jetzt kam Dora – abermals Dora – und bot Zigarren an.

»Wollen wir uns wieder vertragen?« fragte Herr Heinrich.

»Ich lege keinen Wert darauf«, entgegnete Dora und eilte mit der Kiste weiter.

Auch in diesem Falle würde August ein Gedicht gemacht haben, etwa mit der Überschrift: »Der süße Trotzkopf«.

Nachdem Herr Heinrich nach Hause gekommen war, saß er, gerade wie August, noch eine Weile in seinem Sofa und grübelte. Ja, er ahmte August vollständig nach, denn seine Gedanken beschäftigten sich mit Dora. Und plötzlich ertappte er sich dabei und rief halblaut: »Wie ist's möglich? Ein Kind!« Und doch! Nach der Art und Denkweise behäbiger Junggesellen hatte er ja Zeit! Er konnte warten. Heute war er zweiundvierzig, in vier Jahren würde er sechsundvierzig sein. War denn das kein Alter zum Heiraten? Sicher! Aber Dora würde in vier Jahren höchstens zwanzig sein. Wurden denn Ehen geschlossen, in denen der Mann um die Hälfte älter war? Gewiß, häufig! Und heiratete nie ein Vierziger – Herr Heinrich sagte nicht: ein guter Vierziger – ein Mädchen von zwanzig Jahren? Allerdings, sehr häufig! Der Mann sollte eigentlich »immer« doppelt so alt sein als die Frau, hatte einmal eine erfahrene Dame behauptet.

Herr Heinrich dachte sich allmählich so lebhaft in die Sache hinein, daß er endlich zu dem Entschluß gelangte, Dora solle seine Frau werden, – natürlich nicht sogleich, – in einem Jahre!

Und einige Zimmer weiter saß August und richtete seine Gedanken auch auf Dora. Er hatte eben die Pfeife ausgehen lassen, weil er des Prinzipals Schritte auf der Treppe gehört hatte, und sogar schnell das

Fenster geöffnet und mit dem Schnupftuch den Rauch hinausgeweht. Jetzt steckte er sie aber wieder an, weil ihm dann das Dichten besser gelang. Sein heutiges Poem hieß: »So jung noch!« Es behandelte die zwischen ihm und Dora ebenfalls im zwanzigsten Jahre geschlossene Ehe. Sie waren so glücklich, sie liebte ihn so eifersüchtig zärtlich, daß nichts zu wünschen übrig blieb. Nur eines fehlte – – Kinder! –

Er wählte deshalb als Refrain den Vers: »Und doch fehlt etwas unserm Glück«. Der Inhalt einer der Strophen hielt eine schöne Mitte zwischen Gemütstiefe und poetischer Anschaulichkeit. Er lautete:

»Sie schaut mich an, ihr Auge lacht,
Den Fidibus brennt an sie sacht.
Ich nehm' die Pfeif', – sie sitzt und näht,
Ich seh', wie ihr das Händchen geht.
So still ist's und so traut im Haus.
Nie ohne mich geht Dora aus,
Säumt Küchentücher Stück für Stück,
Und doch fehlt etwas unserm Glück!«

Aber an diesem Abend, vorm Einschlafen, kam August doch zum erstenmal der Gedanke, daß es mit dem Dichten allein nicht getan sei, um so weniger, als die Geliebte seine Poesien gar nicht zu sehen bekomme. Er wollte deshalb einen regelrechten Plan entwerfen, Doras Herz zu gewinnen.

Weshalb war er so zaghaft? War er ihr nicht ebenbürtig? Winkte ihm nicht dereinst ein Vermögen, wenn seine Tante starb? Freilich, sie war noch nicht sehr alt, konnte sich sogar zum zweitenmal verheiraten! Aber etwas würde sie ihm schon vermachen. Vielleicht gab sie ihm einen Teil des Geldes ins Geschäft? Er würde dann eine Apotheke kaufen! Vielleicht die seines Prinzipals? Wie die Menschen die Köpfe zusammenstecken würden, wenn er Besitzer der Apotheke wäre und Dora seine Frau! Aber erst mußte der Anfang gemacht werden! Doras Liebe mußte er gewinnen! Er dachte sich das weiter aus: das erste Rendezvous, – Prinzipal, – Entdeckung, – Mannhaftigkeit, – Unsinn, – Dummer Junge, – Ewige Treue, – Flucht, – und dann? Ja, dann ging's von vorn an mit neuen Plänen – bis – er – einschlief.

Auch Herr Heinrich hatte sich ins Bett gelegt und war dem allbezwingenden Gotte unterlegen. Beide Liebhaber schlummerten; draußen aber stand der Mond und schmunzelte übers ganze Gesicht.

2.

Endlich war nun für Dora der Tag der Konfirmation gekommen. Schon vorher war sie stolz auf den Eindruck, den sie in dem langen schwarzen Kleide machen würde. Es war ein prachtvoller Stoff, nicht in Kappeln gekauft, sondern unter Nachnahme aus einem Engrosgeschäft in Hamburg bezogen. Paulsens hatten die Adresse von Frau Bürgermeister Friedrichsen erhalten, für deren Minna auch eins angeschafft worden war.

»Es knistert ordentlich! Wundervolle Ware! Da wird Dora gut von haben«, hatte Mile Kuhlmann, die Schneiderin, im Provinzdialekt gesagt, als sie das Kleid anpaßte, die Brustweite über Doras noch etwas unentwickelten Körper nahm und vorläufig erst alles mit Nadeln feststeckte.

»Ja, und so billig!« hatte Dora betont; »denken Sie, die Elle nur drei Mark!«

»Es ist nicht zu glauben«, bestätigte die Schneiderin und schob Dora mit einem »Drehen Sie sich mal um, bitte!« der Fensterseite zu.

»Den Rock ein bißchen recht lang«, hatte die Konfirmandin gebeten, und wirklich rauschte es hinter ihr her, als ob die Pagen zum Schleppentragen jeden Augenblick eintreffen müßten.

Welch ein seliges Gefühl durchdrang Dora, trotz der verweinten Augen, als sie aus der Kirche kam. Den ganzen übrigen Tag der Mittelpunkt im Hause zu sein und nur mit »Sie« angeredet zu werden! Das Großartigste von allem aber war das Geschenk des Herrn Heinrich. Er hatte ein goldenes Halsband geschickt (»kostet gewiß fünfzig Taler, Mann«, hatte Doras Mutter gesagt), das alles überbot, was man bisher in Kappeln gesehen hatte.

All der Groll, den Dora in letzter Zeit gegen den Geber gehegt hatte, war vergessen, als er nachmittags zum Gratulieren erschien.

»Vielen, vielen Dank«, stieß Dora heraus, reichte Herrn Heinrich die Hand und sah ihn mit ihren treuen Augen an. »Es ist zu schön, viel zu schön!« –

»Wenn es Ihnen nur gefällt, Fräulein Dora«, erwiderte er freundlich und nickte, »dann ist der Zweck erreicht.« – Er sagte ganz ernsthaft »Sie«. Das rührte Dora so sehr, daß ihr Tränen in die Augen traten, und von einem raschen, hochherzigen Entschluß getrieben, rief sie: »Bitte, nennen Sie mich auch ferner du, das ›Sie‹ klingt so fremd.«

»Nein, Fräulein Dora, nun haben Sie die Kinderschuhe ausgezogen, jetzt gehört es sich so«, erwiderte er. Heinrich war heute so nett, gar nicht spöttisch, gar nicht so von oben herab, er war reizend, zutunlich und freundlich. Als sie abends beim Punsch saßen und er sogar Doras Wohl ausbrachte, übermannte sie ihr demütiges und dankbares Herz solchergestalt, daß sie beim Apfelsinengang aufstand, an seinen Platz ging und ihm zuflüsterte: »Nun wollen wir Schmollis trinken, Herr Heinrich, das heißt, Sie sagen wie früher wieder du.«

»Na, wir wollen's noch mal in Ruhe überlegen, liebe Dora«, erwiderte er und nickte ihr gnädig herablassend zu. Da stieg wieder das frühere Gefühl der trotzigen Auflehnung in ihr auf. Das war dieser unausstehliche Ton. Sie bereute heftig, daß sie ihm entgegengekommen war, und trat in zorniger Beschämung zurück. Ja, mit einmal kam sie sich wieder wie ein Kind vor, und ihre gute Laune war dahin.

Als die Gäste Abschied nahmen, reichte Herr Heinrich Dora die Hand, hielt sie eine Weile und sagte zu ihrer Überraschung: »Ich weiß es, liebes Fräulein Dora, daß Sie mir vorhin zürnten. Ich meinte es aber gut. Es ist wirklich besser, daß es so bleibt; glauben Sie es mir. Nun sind Sie nicht mehr böse, nicht wahr?« Da schüttelte sie den Kopf. Sie war schon wieder ganz besiegt. Wie er doch ihre Gedanken erriet!

»Gute Nacht, liebe Dora« (das Fräulein ließ er weg!), »und nochmals alles Glück im neuen Lebensabschnitt und – gute Freundschaft!« – Da schlug sie herzhaft ein. Er war doch zu nett, – wenn er wollte. –

Als Herr Heinrich das Licht löschte und sich auf die rechte Seite drehte, – pfui, wie der Docht noch glimmte! Er drückte ihn mit angefeuchteten Fingern vollends aus und verbrannte sich trotz dieser Vorsicht ein wenig Zeigefinger und Daumen – August hatte gerade eben die letzten Worte des Gedichts »Wie ich im Gotteshaus sie sah« vollendet. Der Schlußabschnitt war eine einzige, in Tinte verwandelte Schmerzensträne. Sie lautete:

»Und dann vorbei! Die Orgel flutet über,
Es treibt der Schmerz die Träne mir empor.

Du weißt es nicht, doch keiner hat dich lieber,
Als der jetzt weinend neigt das Ohr!«

Eigentlich hätte August lieber das Augenlid gesenkt oder das schwermütige Haupt weinend geneigt. Das Ohr beim Orgelspielen weinend neigen, war etwas ungewöhnlich. Indessen der Reim hatte auch sein Recht, so beruhigte er sich. Noch einmal las er sich das fünfzehn Verse umfassende Gedicht mit erhobener Stimme vor. Bei der letzten Strophe rührte ihn seine eigene Poesie dermaßen, daß er Tränen unter den Wimpern fühlte. Da er gerade nichts zur Hand hatte, wischte er sich mit dem umgekehrten Zeigefinger durchs Auge und flüsterte: »O meine Dora, meine Dora! Wie quälst du mich!«

In diesem Augenblick ertönte die Nachtklingel. Da August dem Gehilfen, dessen Tag heute war, den Dienst abgenommen hatte, mußte er zur Hand sein. Er erhob sich rasch und eilte verdrießlich brummend, aber sonst geräuschlos in seinen gestickten, hinten schon stark heruntergetretenen grünen Morgenschuhen die knarrende Treppe hinab.

3.

Der Tag nach Palmsonntag gestaltete sich für Dora fast ebenso feierlich wie der Festtag selbst. Die Frau Doktor hatte mit ihres Mannes Zustimmung ein allerliebstes kleines Kabinett einrichten lassen, das bisher als Schrankzimmer benutzt worden war. Dora hatte auf ihre Frage, was diese Umwandlung zu bedeuten habe, die Antwort erhalten, man wolle das Fremdengelaß auf dem Hausboden eingehen lassen. In der Tat aber war das Stübchen für sie bestimmt, und ihre Freude kannte keine Grenzen, als ihr dies am nächsten Morgen eröffnet wurde. Bis zum Mittag war sie beschäftigt, die hübsche Ausstattung des Zimmers zu vervollständigen.

»Du, Mama! Die Bilder, die oben stehen, hänge ich bei mir auf. Darf ich? Ob Papa mir wohl erlaubt, daß ich die Ampel, die in der Kammer liegt, herunternehme? Ich will mir ein Schlinggewächs hineinpflanzen! Efeu! Ach, das wird entzückend am Fenster aussehen.«

Dora fand für alle ihre Wünsche Entgegenkommen, und so reizend war schließlich das nach dem Garten liegende Gemach geworden, daß ihr der Gedanke kam, auch andere müßten es, um ihre Freude zu teilen, in Augenschein nehmen.

Sie setzte es durch, daß sie einigen Auserwählten eine Kaffeegesellschaft geben durfte; auch beschwatzte sie ihre Mutter so lange, ihr noch einen Vorhang vor das in der tiefen Mauereinlassung stehende Bett zu schenken, bis diese nachgab und so ein vollständiges Wohnzimmer hergestellt ward.

Doras Tagebuch, das sie schon seit Jahren führte, lautete über dieses Ereignis folgendermaßen:

»Noch einmal so hübsch ist mein Zimmer durch die französische Kattungardine geworden. Mama kriegte – es war gerade ein Rest – den Stoff gottlob billig; sie hatte sich freilich für einen andern entschieden, der mir gar nicht gefiel, und war nur schwer davon abzubringen. Erst mußte noch probiert werden, ob er waschecht sei. Dem Himmel sei Dank, er war waschecht! Die Elle kostete eigentlich eine Mark, Mama kriegt sie aber für sechzig Pfennig.

Wie gut ist doch Mama! Wie hat sie alles überlegt, und wie reizend ist mein kleines Heim geworden.« (Den Ausdruck »mein kleines Heim« fand Dora sehr graziös.) – »Ich habe mir auch fest vorgenommen, sie nicht mehr durch meine schreckliche Empfindlichkeit so oft zu betrüben. Oh, wenn ich mir die doch abgewöhnen könnte! Ich will am nächsten Sonntag in der Kirche recht innig beten, daß mir der liebe Gott darin beistehe. In meinem Zimmer fehlen nur noch die Bilder meiner Eltern. Auch von Herrn Heinrich möchte ich gern ein Daguerreotyp haben. Gestern bat ich ihn darum. ›Damit kann ich augenblicklich nicht dienen, aber Ihnen zuliebe will ich eins machen lassen.‹ Er war wieder sehr, sehr nett. Ich habe ihn überhaupt jetzt furchtbar gern.« – Das Wort furchtbar war unterstrichen.

Aber obgleich Dora am nächsten Sonntag den lieben Gott eindringlichst bat, sie in ihren guten Vorsätzen zu stärken, verfiel sie doch in ihren alten Fehler, und gerade die Kaffeegesellschaft gab Veranlassung dazu.

»Nein, nicht immer das Beste anziehen wollen! Schone deine Kleider!« erwiderte Frau Paulsen auf Doras Frage, ob sie ein neues Kleid anziehen dürfe, das sie ebenfalls zur Konfirmation erhalten hatte. Dora schmollte nicht nur über diese Weigerung, sondern ließ, als ihre nochmalige Bitte bestimmt und entschieden abgeschlagen wurde, sehr patzige Worte fallen. Mit verweinten Augen (das Waschen mit kaltem Wasser hatte nur wenig geholfen) empfing sie ihre Gäste. Auch die Frau Doktor befand sich in keiner sehr rosigen Laune. Die Gesellschaft war steif und langweilig, und aller Beifall, den die Gäste der Einrichtung des neuen Zimmers zollten, und namentlich die Komplimente, die ihre gute Mama erhielt, vermochten Doras Stimmung nicht zu verbessern.

Ja, das alles verschärfte nur die Vorwürfe, die sie sich machte, jene reuevollen Vorwürfe, die jedoch, wie meist, mit dem zurückbleibenden Trotz ein heftiges Turnier begannen. Aber wehe! Der Trotz war stärker, so sehr Dora auch kämpfte. Er äußerte sich nach dem Weggang der Gesellschaft durch mürrisches Wesen noch so nachhaltig, daß die Frau Doktor in die Worte ausbrach: »Du solltest dich schämen, Dora! Du verdienst unsere Güte und Liebe gar nicht!«

Das war zuviel! Dora warf sich aufs Sofa und ließ ihren Tränen freien Lauf. Sie weinte bitterlich. Die blonden Zöpfe schienen mitzutrauern; sie hingen gleichsam kraftlos herab, während sie sonst so lustig um die Schultern flogen. Die kleinen verräterischen Härchen an den Stirnseiten aber waren alle hervorgekrochen und kräuselten sich. So war es immer, wenn der Trotz bei Dora die Oberhand gewann. Sie konnte nun nicht um Verzeihung bitten; sie brachte die Worte nicht heraus, wenn's auch noch so heiß in ihrem Innern auf- und abwogte. Wie schwamm es in den blauen Augen, wie zerknirscht war sie, wie reuevoll pochte es in ihrem Herzen! Wie blaß waren die Wangen, unter denen sonst das Blut in so sanft rosiger Glut hervorschimmerte.

»Ach wäre ich tot!« schrieb Dora in ihr Tagebuch. »Was nützen alle guten Vorsätze. Ich bin schlecht, nicht wert, daß mich der Erdboden trägt!« Bei diesem Satze stockte sie mitten in ihrer schmerzlichen Erregung, denn sie vermied gern Sätze, die entlehnt schienen, und es war ihr zweifelhaft, ob dieser Original sei.

Am Schluß hieß es: »Ich möchte aus dem Hause, – bald, bald! Vielleicht draußen in der Welt, die mich hin- und herstoßen wird, lerne ich meine Leidenschaften bekämpfen.«

Und dieser Gedanke verließ Dora in der Folge auch nicht, trotz ihres hübschen Zimmers. Sie wollte nun einmal fort.

Es trieb sie ein Gemisch von Buße und Auflehnung gegen ihre Umgebung. Ihr tiefstes Inneres raunte ihr freilich zu, es sei nur das letztere, was sie treibe, aber sie ließ diese Erkenntnis nicht aufkommen. Sie wollte büßen!

Trotz solcher ernsten Betrachtungen, die des Mädchens Seele erfüllten, ließ sich die Zeit nicht abhalten, weiter zu wandern, und ehe sich's Dora versah, war der Sommer gekommen, und auch dieser neigte sich schon wieder seinem Ende zu. Etwas von den früheren Neigungen ihrer Kindheit trieb Dora eines Tages, eine Leiter anzusetzen, um den Glaskirschenbaum im Garten zu plündern. Es war in der Dämmerungsstunde an einem warmen Augusttage. Dora bemerkte nicht, daß jemand unter den Baum trat und, ganz verloren in ihre Schönheit, zuguckte. Ihr Papa war über Land gefahren, ihre Mama fortgegangen, um Besuche zu machen; sie war allein daheim.

»Entschuldigen Sie, mein Fräulein, ich sollte fragen – –«

»O Gott, bin ich erschrocken!« stieß Dora heraus, stieg verwirrt die Leiter herab, und legte, während sie den Rest der Kirschen rasch hinunterschluckte, tief aufatmend, die Hand aufs Herz.

Und doch war es nur August, der ebenso verlegen unten stand und sichtlich bestürzt war, daß er Dora so erschreckt hatte.

»Ich erhielt den Auftrag von Herrn Heinrich, zu fragen, ob die Herrschaften die Güte haben wollten, ihn morgen zum Abendessen zu beehren. Ich fand niemand in der Wohnung. Das Mädchen aber sagte mir, daß Sie, mein Fräulein, im Garten seien, deshalb erlaubte ich mir –«

Dora sah den Sprecher dieser wohlgesetzten Worte an. Merkwürdig, wie er sich seit dem letzten halben Jahre zu seinem Vorteil verändert hatte. Er trug jetzt hohe Vatermörder und ein flott geknotetes Halstuch; auch glänzten die Rockseiten gar nicht mehr so fettfleckig. Er war mit einer hellgrauen Joppe bekleidet, die hinten mit einem kurzen Gurt zugeknöpft war, so daß seine Figur vorteilhaft zur Geltung kam. Weite, ebenfalls hellgraue Beinkleider vervollständigten seinen Anzug, und an den Füßen trug er flotte Schuhe mit Doppelschleifen. Er sah wirklich »sehr famos« aus.

»Ich bitte Herrn Heinrich für die freundliche Einladung zu danken; wir haben, soviel ich weiß, morgen nichts vor. Jedenfalls werde ich Bescheid schicken, sobald Mama zurück ist.«

Eigentlich war damit Augusts Auftrag erledigt, aber er blieb noch, und weil er nichts Besseres zu sagen wußte, fragte er:

»Sind die Glaskirschen schon gut? Sie werden so spät reif.«

Dora nickte. »Wollen Sie ein paar?«

»O, ich danke!«

»Warten Sie, ich will einige pflücken.«

»Ach bitte, nein, das wäre zu viel verlangt.«

Schon wollte Dora die Leiter emporsteigen, aber sie hielt plötzlich unter dem Einfluß näheren Nachdenkens inne und sagte: »Bitte! Pflücken Sie lieber selbst, ich will die Schürze aufhalten. –«

Nun stieg August wie ein Eichhörnchen in den Kirschbaum, faßte nicht ohne Gefahr die in ihrer Fülle sich neigenden Zweige (wo dem Obste am schwersten beizukommen, ist's ja immer am schönsten) und riß ganze Büschel ab. Einige waren noch unreif.

»Schad't nichts« – beruhigte ihn Dora, sich bückend, hob die Schätze auf und schaute dann wieder Augusts Beginnen zu. Bisweilen machte sie seine Bewegungen unwillkürlich mit, so eifrig war sie bei der Sache; mitunter half sie auch durch ein lautes Wort:

»Können Sie nicht den Zweig fassen, den da links?«

August wandte sich fragend um, obgleich solche Bewegung nicht ohne Schwierigkeit war.

»Meinen Sie diesen?«

»Nein, nein, weiter oben – noch ein wenig – Ja, den da! – So ist's recht.«

Um Doras verschiedenen Wünschen nachzukommen, mußte August die halsbrecherischsten Schwenkungen ausführen. Den linken Arm um einen Ast geschlungen, reckte er sich weit vornüber. Immer guckte Dora zu. Sie freute sich, daß der Baum einmal gründlich geplündert ward. Jedes Jahr fielen die besten Kirschen den Spatzen als Beute zu.

Ob aber August bei einer Bewegung, die er nun machte, nicht so geschickt war wie bisher, oder ob ein besonders tückisches Schicksal dabei waltete, genug, er glitt aus. Dabei rollte sich, obgleich der Fuß weiter unten in einem Zweigwinkel einen Stützpunkt fand, sein weites Beinkleid so unglücklich an dem rauhen Ast auf, daß ein blauer, und noch dazu in verschiedenen Farben angestrickter Strumpf (zu seinem Schrecken fiel August ein, daß er einen solchen anhatte) fast bis zum Knie sichtbar ward. Zu gleicher Zeit glitten die eben gepflückten Kirschbüschel aus seiner Hand, und während sie ihm entfielen, rutschte er so unglücklich mit der Brust gegen den Stamm, daß einige der Früchte vollständig zerquetscht wurden.

Als er Doras Aufforderung, herabzusteigen, entsprach, hatten sich seine Beinkleider in Kniehosen verwandelt, und wenn es auch keine Schande war, durchaus keine Schande, Strümpfe zu tragen, so ward

August doch bis über die Stirne rot, als er sich umwenden mußte, um die Doppelfarbigen Doras ferneren Blicken zu entziehen. Die Kirschen hatten zudem sehr starke Spuren auf der Joppe hinterlassen, und es fanden sich Orden auf seiner Brust, die er sich gern in etwas anderer Form gewünscht hätte.

Als endlich Augusts Äußeres einigermaßen wieder hergestellt war, und beide aus Doras Schürze schmausten, wußte der Gast nicht recht, wo er mit den Kernen bleiben sollte. Dora machte das allerliebst, sie flogen aus ihrem rosigen Mündchen ins Boskett. August hatte das Gefühl, daß sich das für ihn nicht schicke; er behielt sie so lange im Munde, bis er beim Essen mehrere hinunterschlucken mußte und im Antworten auf Doras Fragen sehr verhindert ward. Endlich fand er Gelegenheit, die ganze, seine Backen aufbauschende Sammlung in die gehöhlte linke Hand gleiten zu lassen und sie rasch, und von Dora unbemerkt, fortzuwerfen. Die Hände aber wischte er sich hinter dem Rücken mit dem Sacktuch ab.

»Leider muß ich jetzt zurück, mein Fräulein. Ich danke recht sehr« – nahm er das Wort, als die letzten Kirschen aus des Mädchens Schürze verschwunden, auch jene kleineren, im Wachstum zurückgebliebenen und von den Vögeln benagten verzehrt waren, die stets bis zuletzt gelassen werden.

»Sie sind wohl immer sehr beschäftigt?« fragte noch Dora.

»Ja«, seufzte August, »bis zehn Uhr ist Dienst, und dann –«

»Und dann?« fragte sie leichthin. August fiel seine Gedichtsammlung ein, und er sagte halb selbstbewußt, halb bescheiden:

»Dann arbeite ich immer noch spät!«

»Sie arbeiten dann auch noch? Was denn, wenn's zu fragen erlaubt ist?«

»Einesteils wissenschaftlich, andernteils dichte ich –«

Ein Dichter! trotz der doppelt Vorgestrickten!? Das erweckte Doras Interesse in hohem Grade, und sie äußerte sich in diesem Sinne.

»O – nur schwache Versuche, mein Fräulein.« August fühlte zwar eine vollkommen Heinesche Ader in sich, aber der Instinkt der Klugheit lehrte ihn jeder Überhebung entsagen.

»Und welche Art von Gedichten?« fragte Dora neugierig.

Sollte August alles gestehen? Vielleicht! Aber jedenfalls beschloß er, allmählich vorzugehen.

»Sie betreffen alle denselben Gegenstand.« Er sagte dies langsam, mit schwermütiger Betonung.

»Ah?« sprach Dora künstlich überrascht und dann nach einer Pause, das richtige vermutend, aber geschickt sich verstellend:

»Wohl an die Natur?«

»Nein, das nicht, – aber brechen wir ab, Fräulein Dora. Es ist ja überhaupt nichts.« – August sprach die Worte fest, ernst, den Schmerz in sein tiefstes Inneres verweisend.

»Nein, nein, nein! Das müssen Sie noch beichten«, fiel Dora, die sich jetzt von ihm täuschen ließ und neben heftigster Neugierde etwas von dem Drange des Protegierens in sich fühlte, ein.

»Gerade Ihnen kann ich es nicht sagen«, – begann August mit leiser, zögernder Stimme, und er sah dabei Dora so traurig und so zärtlich an, daß sie die Augen vor seinem Blick zu Boden senken mußte.

»Gerade mir nicht? weshalb mir nicht?« – Sie sprach's, sein Auge mit einem vertieften Ausdruck suchend.

Eben kam die Dämmerung heraufgezogen, die Sonne verschwand. Im Garten war alles so still; die Bäume schienen zu schlafen, eine traumvergessene Ruhe lag über dem von den Nachbarplanken eingeschlossenen Stück Erde. Nur das Abendgeläute vom Dome klang herüber und ergoß seine feierlich ernsten Töne durch die unbewegte Luft.

August sah auf das schöne, schlanke Kind, das sich vergeblich bemühte, unbefangen zu erscheinen; siedend heiß jagte das Blut durch seinen Körper.

Aber jetzt auch eingedenk, daß er in die Apotheke zurückmüsse, und daß doch solche Gelegenheit sich vielleicht nie wieder bieten werde, sagte er mit rascher, weicher Stimme:

»Darf ich Ihnen meine bescheidenen Verse einmal schicken? Unendlich glücklich würde es mich machen, wenn *Sie* (August dehnte das Wort und es erschien wie ein Wunder, daß es nicht unter solcher Betonung zersprang) – meine Arbeiten nachsichtig beurteilen könnten.«

»Die Verse sind wohl an Ihre Frau Mutter gerichtet?« fragte Dora, seine Frage übergehend, im stillen aber selbst erstaunt über ihre kalte Berechnung. Auch war sie lange entschlossen, ihm die Übersendung zu erlauben. Die Neugierde verzehrte sie, seine Worte schmeichelten ihr.

»Nein, nicht an meine Mutter, an, an –«

»Dora!« ertönte es in demselben Augenblick vom Hause her; es klang wie ein Echo des Wortes, das stumm auf beider Lippen geschwebt hatte, und heftig schraken sie zusammen.

Die Frau Doktor war zurückgekommen, und wie Schuldbewußte flogen die jungen Leute auseinander.

»Bleiben Sie bitte hier!« gebot Dora, sich rasch besinnend. »Ich werde sagen, daß Sie auf Bescheid warten. Bitte kommen Sie langsam nach. –«

Sie hatte einen Augenblick geschwankt, ob sie ihm noch einige Abschiedsworte sagen solle, aber ihr Gefühl entschied anders.

Nach wenigen Minuten war August schon wieder drüben und richtete Herrn Heinrich den ihm gewordenen Auftrag aus. In seinem Herzen aber wogten, während er im Laboratorium eine Mixtur kochte, die widerstreitendsten Gefühle auf und ab. –

In der nächsten Zeit hatten die beiden jungen Leute nur einen und denselben Gedanken; er betraf Augusts Gedichte. Aber dieser kam nicht aus der Überlegung heraus, ob er seine Verse der Geliebten senden solle, während sie die Zeit nicht erwarten konnte, wo sie endlich eintreffen würden.

Einige Tage später, als Dora Herrn Heinrich beim Nachmittagsschlaf wußte und den Gehilfen, Augusts älteren Kollegen, mit neuen Handschuhen bekleidet, seinen freien Nachmittag antreten sah, schlüpfte sie klopfenden Herzens über die Straße, trat in die allezeit scharfduftende Apotheke und forderte, äußerlich unbefangen, Heftpflaster.

August hatte nicht seinen besten Augenblick, denn er machte Pomade, und am Zeigefinger der rechten Hand saßen ihm einige Reste derselben, die er durch Übertragung auf den linken Zeigefinger und von dort an dem Rande der Porzellanschale abzustreifen suchte.

Sobald er Dora bemerkte, schoß ihm das Blut ins Gesicht. Er griff nach einem Handtuch, das schon starke Spuren der Benutzung an sich trug, und eilte, nachdem er sich gesäubert hatte. dienstfertig herbei.

Es störte Dora, daß ihm ein Tintenfleckchen auf der Nase saß, aber am Ende rührte es vom Dichten in der gestrigen Nacht, jedenfalls aber vom Arbeiten her. Gewiß, so war es! Und Arbeit schändet nicht.

»Etwas englisches Pflaster, wenn ich bitten darf«, hub sie an, nachdem August eine höfliche, verlegene Willkommensrede hervorgestoßen hatte.

»Sofort!« dienerte August und flog an die Schublade. Die rosaroten englischen Pflaster lagen eingewickelt bereit. August brauchte sie nur hinüberzureichen, aber das paßte nicht in seine Pläne.

Er suchte einen ganzen Bogen hervor und begab sich ans Schneiden, und während des Schneidens knüpfte er ein Gespräch mit Dora an.

»Haben Sie sich neulich bei Herrn Heinrich gut amüsiert, mein Fräulein?«

»Ich danke, ja! Es war sehr nett.«

»Es wurde etwas spät. –«

»Allerdings. Waren Sie noch beschäftigt?«

»Ja, ich arbeitete in meinem Zimmer und hörte unter mir Geräusch.«

Nun waren beide an den Punkt gelangt, wo eine Anknüpfung an Augusts dichterische Tätigkeit sich von selbst ergab. Es brannte ihm auf den Lippen, das Gespräch auf seine Poesien und auf seine Absichten zu lenken, aber er fand nicht den Mut dazu. Zu seiner Überraschung sagte Dora:

»Sie dichteten wohl wieder, Herr August? Und wie ist es denn mit Ihren Poesien, die Sie die Güte haben wollten, mir zuzusenden?«

»Ach, mein Fräulein, ist's Ihnen Ernst? Ich wagte nicht« – – und dabei schnitt August kreuz und quer in das Heftpflaster.

Aber auch diesmal kam es zu keiner festen Verabredung, denn der Lehrling wurde mitten in seiner Rede durch den Eintritt eines Käufers unterbrochen, und Dora blieb nichts übrig, als mit einem auf den Fremden berechneten, steifen Kopfnicken: »Sie möchten es anschreiben«, die Apotheke zu verlassen.

Und doch schwamm August in einem Meer von Entzücken. Hatte nicht Dora selbst der Gedichte Erwähnung getan, hatte sie ihn nicht an sein Versprechen erinnert? Er beschloß, an dem heutigen Abend den Rest zierlich abzuschreiben, alles fertigzustellen, und am nächsten Nachmittag den Augenblick zu erspähen, wo der Physikus und Doras Mutter das Haus verlassen würden. Dann wollte er hinübereilen und ihr die Poesien selbst überreichen.

Es fügte sich, daß an demselben Tage Herr Heinrich drüben zum Tee geladen war. Nach dem Abendessen begab man sich in ein an die Wohngemächer stoßendes Gartenzimmer, in dem die Familie sich häufig aufhielt, wenn das Wetter es erlaubte.

Frau Paulsen und Dora waren mit einer Arbeit beschäftigt, der Physikus hatte Herrn Heinrich eine Pfeife hingereicht, obgleich dieser auch heute mit Rücksicht auf die Damen dagegen die üblichen Einwendungen erhoben hatte, bei denen er sich nichts dachte. Meistens führte bei solchen Gelegenheiten Doras Mutter das Gespräch, und Herr Heinrich antwortete. So war's auch heute. Dora fand, daß der Apotheker wieder seinen ganz unausstehlichen Tag habe.

»Ihr Gehilfe scheint mir ein recht netter Mensch zu sein, Herr Heinrich.«

»Na, ja, es geht wohl«, – erwiderte der Angeredete nicht eben sehr beifällig.

»Wie? Sie sind nicht mit ihm zufrieden? Sieh, das hätte ich nun nicht geglaubt; er hat so etwas Artiges in seinem Wesen, grüßt immer sehr höflich und ist ein aufmerksamer, angenehmer Verkäufer.«

»Der Lehrling ist viel aufmerksamer«, platzte Dora, die es nicht erwarten konnte, das Gespräch auf August zu lenken, unbesonnen heraus.

Es trat eine Pause ein. Herr Heinrich schwieg, seiner unberechenbaren Art entsprechend, gänzlich, bis die Frau Doktorin wieder das Wort nahm und sagte:

»August wird nun auch bald Gehilfe, Herr Heinrich?« worauf der Gefragte mit dem Kopf nickte und kurz erwiderte: »Nächste Ostern.«

»Ist der denn eigentlich befähigt?« fragte der Physikus, indem er so mächtige Rauchwolken von sich stieß, daß die Damen für Augenblicke hinter einem dichten Nebel verschwanden.

»Ja, befähigt ist er schon, aber der Bengel (Bengel! sagte Herr Heinrich) hat leider immer so viel Dummheiten im Kopf. Augenblicklich ist er ganz rammdösig. Er scheint wieder einmal verliebt zu sein.« – Doras Herz pochte, sie bückte sich tief auf die Arbeit, damit man das in ihre Wangen schießende Blut nicht bemerke; ja, es pochte, obgleich diese Kritik Augusts Ansehen bei ihr einen Stoß versetzte. – »Und die Folge davon ist, daß er den tollsten Unsinn anrichtet. Neulich hat er der Schneiderin Kuhlmann –«

(»Unsere Mile Kuhlmann?« ertönte es aus dem Munde der beiden Damen zugleich. »Ist sie krank?«) – »statt einer Borlösung Bittersalz geschickt«, setzte Herr Heinrich, ohne die Einschaltung zu beachten, seinen Bericht fort. »Und dem Gutsbesitzer Ehmsen hatte er statt einer unschuldigen Mischung von *acqua destillata* mit Himbeer, ein Brechmittel verabreicht. Wenn der Physikus von dieser Geschichte hört« – hier wandte sich Heinrich mit künstlicher Unterordnung im Ton zu dem Gastgeber, – »wird er mir die Apotheke schließen. –«

Der Physikus schmunzelte selbstbewußt, aber sagte dann doch zu Doras Schrecken in einem ernsten Tone: »Bester Heinrich, lassen Sie nur keine folgenschweren Verwechslungen vorkommen. Wir geraten sonst beide in des Teufels Küche –«

»Nein, nein! sorgen Sie nicht, lieber Freund, ich habe ihm, durch eine Ohrfeige unterstützt, vorgestern gehörig die Leviten gelesen.«

Ein Mann, der Gedichte machte, erhielt Ohrfeigen! Dora zitterte vor Scham und Entrüstung.

»Es regnete doch vorgestern nachmittag so stark!« fuhr Herr Heinrich fort. »Ich war gerade oben in meiner Wohnung und eilte in mein Schlafgemach, um die Fenster zu schließen, und dann in Augusts Zimmer. Da sehe ich auf seinem Tische mehrere von seiner Hand geschriebene Hefte liegen und freue mich schon, daß er meine Ermahnungen, sich wissenschaftlich zu beschäftigen, befolgt hat. Wie ich aber hingucke, finde ich Gedichte!« Doras Herz zuckte.

»Gedichte?« schaltete die Frau Doktorin spöttisch ein.

»Ja, Liebesgedichte! scheinbar immer an eine und dieselbe Person gerichtet. Und das ungewaschenste Zeug, das man sich denken kann; dabei zierlich abgeschrieben und offenbar zum Druck vorbereitet.«

»Wie heißt denn seine Dulcinea von Toboso?« warf der Physikus lächelnd hin.

»Das hüllt sich in ein mystisches Dunkel, es ist meistens nur ein großes D hingemalt.«

»Ein großes D?«

Dora erbebte. – »An D?« warf die Doktorin dazwischen, sann nach und schüttelte den Kopf.

»Wer mag das sein?«

»Die Angesungene scheint auswärts zu weilen, vielleicht in seiner Heimat. Ich habe übrigens diese Narrheiten gegen ihn nicht berührt, ich möchte nicht als Späher erscheinen; aber als er mir an demselben Tage die Verwirrung angerichtet hatte, schwang ich meine starke Hand.«

»Wie nahm er denn diese starke Hand auf?« fragte lächelnd der Physikus.

»Nun, Sie können sich wohl denken! Er sprach mit vieler Würde von einer Berechtigung, ihn mündlich zu tadeln, aber –«

»Nicht handlich?« fiel der Physikus abermals lachend ein. »Na, sehr hart war es auch. Er ist doch schon ein erwachsener Mensch.«

»Nein, nein! Mir lief die Galle über! Statt an seine Pflichten zu denken, Pflichten, deren Vernachlässigung gerade in unserem Geschäft schwere, ja, gefahrvolle Folgen haben kann, füllt der Mensch seinen Kopf mit solchen Torheiten an. Du lieber Gott! Gedichte! Ich habe nie auf die empfindsamen Naturen gehalten; es werden, kommt die Zeit, nur schlechte Gesellen daraus! sagt Goethe, und er hat, wie immer, recht.«

Und damit war das Gespräch beendet.

Als Dora zur Ruhe ging, überlegte sie die Ereignisse des Tages und kam zu dem Entschluß, August mitzuteilen, sie sei nicht in der Lage, seine Gedichte anzunehmen.

Einerseits hatte Heinrichs Kritik über August äußerst abkühlend auf sie gewirkt. Er kam ihr plötzlich kindisch, unreif vor. Anderseits lehrte sie ihr weibliches Gefühl, daß eine Ablehnung seiner Poesien in jedem Falle ihr nur nützlich werden könne; es hatte einen Reiz für sie, ein wenig mit ihm zu spielen und von Fall zu Fall sich weiter zu entschließen.

Sie wollte sich auch vor Herrn Heinrich nicht lächerlich machen. Wenn etwas von ihrem Verhältnis zu August entdeckt würde, sah sie schon seine unausstehliche Miene und hörte ihn über solche Kindereien spötteln! Denn so oft und so viel sie sich auch dagegen gesträubt hatte, die scheue Ehrfurcht vor Herrn Heinrich saß einmal fest in ihrem Innern. Er war doch so ganz anders als die übrigen! Ein Lob von ihm wog alles auf, was für sie Wert hatte. Aber ach, wie selten lobte er! Für ihr Leben gern würde sie einmal ein Urteil über sich selbst aus seinem Munde vernommen haben! Ob er sie wohl noch für einen Backfisch, für ein großes Kind erklären würde?

Der Brief aber, den Dora an August am nächsten Nachmittag zu senden Gelegenheit fand, lautete, nachdem er ein Dutzend mal entworfen, abgeschrieben und doch wieder geändert war, folgendermaßen:

»Geehrter Herr Semmler! So sehr es mich ehrt, daß Sie mir unbedeutendem Mädchen dasjenige zum Lesen anvertrauen wollten, was Ihr innerstes Geistesgeheimnis ist, so neugierig sie mich gemacht haben, Ihre werten Poesien kennenzulernen (das Wort »wert« schien Dora anfangs zweifelhaft, aber sie erinnerte sich, daß dies Geschäftsstil sei, und fand es zur Abkühlung geeignet), so liegen doch Umstände vor, die es mir verbieten, Ihr gütiges Anerbieten anzunehmen.

Fragen Sie bitte nicht weiter, und nehmen Sie höflichen Dank von

Dora Paulsen.«

Dieser geheimnisvolle Hinweis auf irgend etwas Außerordentliches, Unabänderliches, – diese Höflichkeit ohne Wärme versprach einen gewaltigen Eindruck auf August! Und allerdings, das Körnchen Herzlosigkeit, das sich allzeit in die Liebe koketter Frauen mischt, ließ auch hier eine schöne Saat von Tränen, Verzweiflung und Zerknirschung bei dem armen Burschen erwarten. Das stand außer allem Zweifel.

August war tief herabgestimmt, nachdem er diesen Brief empfangen hatte. Nur der Inhalt des geheimnisvollen Schriftstücks beschäftigte ihn; die Form trat in den Hintergrund. Er sann hin und her, was vorgefallen sein könne, und geriet zuletzt auf die Vermutung, daß sein Prinzipal ihn in Doras Augen durch eine wegwerfende Bemerkung herabgesetzt habe. Er wußte, daß dieser den Abend vorher im Hause der Familie Paulsen zugebracht hatte.

Wie der Zorn über den dünkelhaften Egoisten ihn erfaßte! Es war offenbar: Herr Heinrich hatte die Geschichte mit der Ohrfeige drüben erzählt und ihn in den Augen der Familie lächerlich gemacht.

Es lehnte sich alles wildflutend in August auf, die abenteuerlichsten Entschlüsse reiften in ihm. Er wollte sich mit Herrn Heinrich schlagen, er wollte ihm den Handschuh hinwerfen und das Geschäft verlassen. Ihr aber wollte er nur wenige Worte zurufen: »Ich weiß alles! Leben Sie wohl! Den Tod im Herzen, scheidet der von Ihnen, der Sie unaussprechlich geliebt hat.«

In dieser zerrissenen Stimmung nahm August seine Zuflucht abermals zur Dichtkunst. Er fühlte, daß nur ein schweres Schicksal völlig zum Ausdruck bringen könne, was verborgen in ihm schlummerte.

Allein das Gedicht, das an einem der folgenden Abende entstand, schilderte lediglich seinen seelischen Zustand und sein innerliches Verhältnis zu Dora. Die Rachegedanken hatten sich bereits verflüchtigt und waren einer stummen Ergebung gewichen. Er trug in diesen Tagen kein weißes Vorhemd; der Sinn für Äußerlichkeiten war erloschen. Ein schwarzer Schlips, der nachlässig, aber malerisch geknotet unter dem Joppenkragen hervorschaute, erhöhte die bleiche Farbe seiner Wangen. Besonders aber war es das Haar, welches wie zufällig über die Stirn fiel, das seinem Aussehen etwas tief Schwermütiges verlieh.

Als er einmal den Spiegel im Spezialitätenschrank der Apotheke streifte, erinnerte er sich eines Bildes von Nikolaus Lenau. Ja, mit dem unglücklichen Dichter hatte er Ähnlichkeit, und das wirkte erhebend, das verminderte die Qual!

Nachdem sich der erste Schmerz ausgetobt hatte, überlegte August, ob er nicht einen Brief an Dora schreiben solle. In diesem wollte er von allen Andeutungen absehen; in sanftem Entsagen sollte er nur die wenigen Worte enthalten:

»Was Sie, Fräulein Dora, auch beschließen, es wird stets das Richtige sein; aber – und dann werde ich nie wieder auf die Sache zurückkommen – lassen Sie mich die Gründe Ihres Entschlusses wissen. Mich quält die Frage, was sich ereignet haben kann? Bin ich ein so Unwürdiger, daß es Ihnen untunlich erscheint, sich mit meinem Denken und Fühlen zu beschäftigen?«

Welch ein wohlklingender Schlußsatz!

Aber August fand doch nicht den Mut zum Schreiben dieses Briefes. Eine neue Woche verging, und bisher hatte er Dora nicht einmal aus der Tür treten sehen. Da, an einem schönen Nachmittag, hörte er lautes Schwatzen und Lachen auf der Gasse und sah in der geöffneten Tür des Paulsenschen Hauses eine Anzahl Personen, die sich zu einem Ausflug rüsteten.

Es ging zum Nußpflücken; einige der Herren und Damen hatten leinene Beutel in der Hand; auch Heinrich war dabei. Als sich die Gesellschaft in Bewegung setzte, schob sich Dora fröhlich unbefangen an des Apothekers Arm. Und dazu machte dieser ein gnädig-freundliches Gesicht. Das gewisse mitleidige, herablassende Lächeln umspielte seinen Mund! Ah, wie er den Kerl haßte (Kerl sagte August, alle Achtung vor dem Vorgesetzten aus den Augen lassend). Ein Wesen, wie Dora, umschmeichelte ihn, und »Majestät« nahm's hin, als ob sich's ganz von selbst verstehe!

»Wie der alte Geck sich ziert«, sagte er zu dem Gehilfen, den er herbeigewinkt hatte. »Er macht sich vor der ganzen Stadt lächerlich.«

Bei dem Angeredeten war es nicht immer ganz sicher, wie er derartige Bemerkungen aufnahm. Er gehörte zu den Unberechenbaren. Meistens war er ganz kameradschaftlich mit August, bisweilen kehrte er aber auch den stellvertretenden Prinzipal heraus. Heute überkam Schuby – so hieß er – die Laune, sich auf einen erhabenen Standpunkt zu stellen, und erwiderte streng:

»Wen meinen Sie mit dem alten Gecken?«

O weh, das war fatal! Aber August befand sich in einer Stimmung, in der ihm alles gleich war, und erwiderte:

»Wen ich meine? Nun natürlich unsern Alten.«

»Bleiben Sie lieber bei Ihren Pillen, das ist schon besser, als solche Bemerkungen zu machen, Semmler!«

Schuby nannte August, sobald er den Erhabenen herauskehrte, Semmler, wenn er ihn aber um Gefälligkeiten ersuchte oder guter Laune war, beim Vornamen.

»Na, spielen Sie sich nur nicht auf, Schuby«, gab August gereizt zurück, schlug den weißen Bindfaden um das Bäffchenpapier und die Jakobinermütze der Medizinflasche, als ob er ihr den Hals abdrehen wollte, und warf die Schere, mit der er geschnitten hatte, wie einen Wurfspeer auf den Ladentisch.

»Ich werde Ihr ungehöriges Benehmen dem Prinzipal melden«, rief Schuby und stieß eine eben hervorgeholte Flasche so heftig auf die Marmorplatte des Rezeptiertisches, daß sie zersprang. Als er sich bückte, um die Scherben aufzuheben, fuhr ihm ein Glassplitter in die Finger, und das brachte ihn derart auf, daß er nun in den übertriebensten Ausdrücken seinem Zorn gegen August Luft machte.

»Es wird Zeit, daß Sie mal gründlich durch den Busch gezogen werden, Semmler! Na, ich freue mich darauf, Herrn Heinrichs Gesicht zu sehen, wenn ich ihm erzähle, in welchen Ausdrücken Sie über ihn gesprochen haben! Er wird Ihnen gehörig den Laufpaß geben, das unterliegt keinem Zweifel; und verdient haben sie es schon lange, denn Sie sind ja überhaupt zu nichts zu gebrauchen.«

Als er während dieses Wutausbruches an die Schublade ging, in der sich das englische Pflaster befand, und hier infolge von Doras jüngstem Einkauf alles wie Kraut und Rüben durcheinanderliegend fand, auch aus dem verletzten Finger ein dunkler Blutstropfen sich löste und den Rand der Schublade befleckte, schlug er in erhöhter Wut den Kasten zu und rief:

»Zum Donnerwetter, was ist das hier wieder für eine Unordnung! Marsch aus der Apotheke hinaus, Sie nichtsnutziger Flegel!« Schuby war häufig in Geldverlegenheit, und August, der schon für die künftige Ehe mit Dora zurücklegte, hatte immer Sparschillinge. Die Folge davon war gewesen, daß der Gehilfe den Lehrling oft um Geld angegangen hatte; und erst neuerdings hatte August im »Geheimbuch« Schuby mit dreißig Mark neuer Anleihe und einer Mark Saldorest von dem letzten

Vorschuß belastet. Als nun Schuby solche Worte sprach, bäumte sich Augusts Stolz auf, und die weiße Porzellanschale, in der er just gerieben, als erledigt beiseiteschiebend, rief er:

»Sie haben hier überhaupt nichts zu befehlen, Herr Schuby, aber ich werde trotzdem gehen, weil ich mich nicht größeren Insulten aussetzen will. Wenn ich aber, worauf ich gefaßt bin« (August war durchaus nicht darauf gefaßt), »morgen das Haus infolge Ihrer Angeberei verlassen sollte, möchte ich gern vorher eine gewisse Angelegenheit geordnet sehen, und bitte Sie schon jetzt, mir die geliehenen einunddreißig Mark zurückzuzahlen, welche Sie die große Freundlichkeit hatten, mir abzupumpen.«

Bei Geldansprüchen und Geldverpflichtungen vollziehen sich unter den Menschen die wunderbarsten Wandlungen. Sie löschen wie ein Wolkenbruch im Nu ein lebendiges Feuer aus oder fachen plötzlich eine wilde Lohe an, wo man kein Fünkchen vermutet. Schuby flog's durch den Kopf, daß in diesem Streit allerlei Dinge berührt werden möchten, die auch nicht eben zu seinen Gunsten sprachen, und indem er den verletzten Finger, dessen Blut unter dem schlechtklebenden, rosaroten englischen Pflaster hervorquoll, zur Stillung unwillkürlich in den Mund steckte, sagte er undeutlich und schon etwas gedämpfter:

»Sie werden Ihre paar Schillinge erhalten, Monsieur, seien Sie unbesorgt. Es sieht Ihnen übrigens ähnlich, diesen Punkt gerade jetzt zu berühren, statt durch entschuldigende Worte das Vorgefallene in Vergessenheit zu bringen!«

Der verächtliche Ausdruck »Monsieur« war aber August denn doch zu beleidigend. Bisher hatte ihn die maßlose Heftigkeit Schubys um so ruhiger gemacht, als er fühlte, daß er bei diesen übertriebenen Zornesausbrüchen nur gewinnen könne, aber dieser freche Hochmut von einem Schuldner, von einem Menschen, dem er allezeit seine Ersparnisse überlassen hatte, ohne Schuldschein, ohne Sicherheit, ohne Bürgschaft! das empörte ihn über alle Maßen.

»Als Sie das letztemal Geld von mir erbaten, kamen andere Worte aus ihrem Munde, Herr Schuby«, hub er an. »Damals war es keine Lappalie. Sie sagten, Sie würden mir es nie vergessen, daß ich Ihnen so oft und so bereitwillig dienlich gewesen sei. Der Lehrling war gut genug in Ihren Geldverlegenheiten. aber er erhält einen Fußtritt, wenn der Erste mit der Gehaltsauszahlung vor der Tür steht und man ihn nicht mehr braucht. Und welche Buße wollen Sie mir auferlegen für eine unbedachte Äußerung! Aber das ist es ja auch gar nicht; es ist der Zorn über ihr Malheur und ihre Ungeschicklichkeit, den Sie an mir auslassen. Die kleinen Blutstropfen Ihres Fingers sollen wie feurige Bomben auf mein Haupt fallen.«

Da sprach der Dichter aus August! Den letzten Satz fand er selbst so außerordentlich, daß er das Haupt zurückwarf, sich mit den Händen durchs Haar fuhr und erregt an dem Halstuch zupfte. Wenn ihn doch Dora hätte sehen können, so sehen in edler Entrüstung!

Während dies in der Apotheke vor sich ging, kletterte die Gesellschaft, auf die August mit so schwermütigem Neide hingesehen hatte, auf die Wälle und plünderte die Nußbäume. Man hatte sich sogleich ans Pflücken begeben, sobald man die Landstraße erreichte. Aber auf dem Grund und Boden eines Halbhufners, der seit langen Jahren den Familien Eier und Butter in die Stadt brachte, fand, nach vorausgegangener Verständigung mit dem Besitzer, der eigentliche Hauptangriff statt.

Was die Jungen beschäftigte, dem sahen die Alten im Rückblick auf die eigene Jugend zwar untätig, aber beifällig zu, bis Dora herbeigeeilt kam und in ihrer lebendigen und liebenswürdigen Art auch sie zur Arbeit ermunterte.

Herr Heinrich stand recht eigentlich solchem jugendlichen Beginnen fern. Ein Heraustreten aus seinem bedächtigen Wesen, ein Abstreifen der steten Ironie, die um seine Lippen schwebte, schien so unmöglich, daß alle nicht wenig erstaunt waren, als er sich von Dora unter den Arm nehmen ließ, mit ihr an den Wällen entlangging, den Oberkörper emporreckte und sogar die Zweige zum Pflücken herabbog.

Die Gesellschaft befand sich auf einer großen Wiese, die rings mit Nußsträuchern bestandene Wälle einfriedigten. Es war, als ob die Einsamkeit in diesem Erdenwinkelchen ihre Heimstätte aufgeschlagen hätte; so lautlos still lag's zwischen den Knicken. Die dichtbewachsenen Bäumchen behüteten gleichsam in stummer Ehrerbietung den sommerlichen Frieden und das geheimnisvolle Weben der Natur, in der verspätete, umherschwirrende Hummelbienen ihren sanftmelodischen Brummbaß summten und die Heimchen in tiefen Verstecken ihre heimlichen Lieder zirpten. Alle beeinflußte die Nähe jener stillen Naturgeister, die in Wald und Feld ihr Reich besitzen und unsere Seelen unsichtbar, mit halb schwermütiger, halb frohlockender Empfindung durchschauern.

Übrigens war das Stück Wiesenland so ausgedehnt, daß das plündernde Völkchen Raum fand, sich ringsum zu verteilen, und bald hatte jeder sein Feld für sich erobert.

Überall erschienen bunte Gewänder, sich biegende Gestalten und emporgestreckte Arme unter Hecken und Büschen.

Die Bäumchen knackten, Zweige wurden herabgebogen, Erdreich und Sand rollten in die Tiefe, und oft rutschte ein unsicherer Fuß aus, und die Nußpflücker glitten herab, um sich lachend oder unmutig scheltend von neuem emporzuschwingen.

Herr Heinrich und Dora verirrten sich beim Umschauen nach reicher, müheloser Ernte allmählich in eine Ecke des großen Vierecks. Hier, in dem einsamsten Winkel, schien die Wirkung der Sonne oder des Schattens alles besonders verschwenderisch gezeigt zu haben.

»Sehen Sie, Herr Heinrich, welche Nußbüschel! Bitte, helfen Sie mir. Ich klettere hinauf.«

Er wollte sie emporheben, sich anstrengen und zögerte. Er zögerte aus Bequemlichkeit, nahm aber als Vorwand, daß der Nußbeutel voll sei. Auch warf er hin, daß er schon seit Jahren wegen einer Halsreizung keine Nüsse mehr esse. Er erklärte mürrisch, daß das Nußpflücken überhaupt Nebensache, der Gang ins Freie, der Aufenthalt in der Natur der eigentliche Zweck des heutigen Tages sei. Aber als sie dennoch auf ihn einsprach, als sie mit ihren geröteten Wangen, in ihrer frischen, jugendlichen Schönheit sich zu ihm wandte, als ihr reiner Atem ihn berührte, der ganze Zauber ihres Wesens auf ihn einwirkte, ergriff ihn plötzlich der Drang, sie zu umfassen, ihrem Wunsch zu willfahren.

Und schon stand sie mit ihren Füßchen zwischen dem Geröll und den dichtgedrängten Baumsträuchen, schon erfaßten ihre Hände einige scheinbar stärkere Zweige, als der eine derselben brach und sie, das kaum gewonnene Gleichgewicht verlierend, jählings in seine ausgestreckten Arme fiel.

Ringsum war jeder mit sich beschäftigt. Am Wieseneingang saßen die Alten auf ausgebreiteten Tüchern, die Männer rauchend, die Frauen mit einer Handarbeit beschäftigt, und die Jungen hatte alle das Fieber des Nußsuchens ergriffen. Mehr, immer mehr! Dickbauchig und hart wurden schon die Beutel, ihr Inhalt bauschte bereits die Leinwand straff auf.

Herr Heinrich aber war mit Dora allein wie in einer völlig abgeschlossenen Welt. Und da ergriff es den Mann, den Klugheit und Besonnenheit sonst nie verließen. Er beugte den Kopf hinab, drückte seine Wange auf Doras heißes Angesicht und hielt sie einen Augenblick fest, voll innerer Glut umschlungen. Ein glühender Strom jagte durch des Mädchens Körper; sie fühlte, wie Überraschung und Scham auf ihren Wangen auflodertern, und mit dem sittlichen Instinkt, der schon die Jugend in frühen Altersjahren durchdringt und sie von einer Abweichung vom Wohlanständigen zurückhält, bog sie den Kopf so tief zurück, daß er ihr Gesicht nicht ferner berühren konnte.

»Na, Sie Kind!« stieß Heinrich, seine Fassung bei ihrem Widerstand zurückgewinnend und seine Leidenschaft unter jener Maske verbergend, durch die er jederzeit zu täuschen verstand, heraus. »Was machen Sie denn?« Hierauf ließ er die Bebende gleichgültig aus seinen Armen gleiten.

Doras keuscher Sinn verscheuchte schnell den Gedanken, daß Herr Heinrich mit Absicht gehandelt haben könnte, und deshalb vergaß sie rasch den Schrecken, den er ihr verursacht hatte. Nichts blieb zurück als die Empörung, daß sie – noch immer in seinen Augen ein Kind sei. Und als er gar, da sie nun aufgebracht mit dem Fuß stampfte und ihren Unmut deutlich zu erkennen gab, in seiner überlegenen Weise pharisäisch hinzufügte:

»Nun, nun, beruhigen Sie sich, Dora, Sie haben sich ja nicht wehgetan. Und im übrigen sind das die Folgen solcher Kindereien; die muß man mit hinnehmen«, da platzte sie zornig heraus:

»Ach, das war es ja gar nicht!« ergriff ihren Nußbeutel und rannte schnurstracks davon.

Während aber Herr Heinrich langsam und bedächtig folgte, flüsterte er:

»Heute steht's fest, sie muß meine Frau werden, – bald – bald.« Er zündete sich an dem Rest seiner Zigarre, die er trotz dieses Zwischenfalles nicht hatte ausgehen lassen, eine neue an und ging als das Muster eines Biedermannes an den Platz zurück, an dem die Älteren noch vergnüglich schwatzend auf der Erde umhersaßen.

4.

Nach diesen Ereignissen waren einige Wochen mit milder Wärme und vorübergehend eingetretenen rauhen Tagen dahingegangen, ohne daß die Vorgeschehnisse besondere Folgen gehabt hätten.

Schuby hatte großmütig vergeben und August mit seinem leicht versöhnlichen Sinn dankend die ihm dargebotene Hand ergriffen. Aber während der Lehrling mit Mixturen und Pillen beschäftigt war, dachte er doch immer an Dora, und seit jenem Ausflug ging es Herrn Heinrich in seinem Kontor nicht besser.

August stand zerstreut mit dem Reiber vor dem Porzellannapf und starrte vor sich hin, und der Prinzipal bemerkte zu seinem Schrecken, daß er zweihundert Zentner, sage zweihundert Zentner getrocknete Pfefferminzblüten aufgegeben hatte, als er seinen Bestellbrief nochmals durchlas.

Dora hatte ihre besondere Auffassung über die Dinge.

»Mittwoch« – schrieb sie in ihr Tagebuch – »waren wir zum Nußpflücken in Henningsdorf. Es war eine himmlische Tour. Ellisens, Doktor Schübelers, die beiden Referendare, Else, Martha Friedrichsen, Kuchens, Franzius und Frau, Gustav Adler und sein Bruder, Tachs, Amtsrichter Hübeler mit zwei fremden Damen, Inspektor Blume, von Tapps, Herr Heinrich und wir.

Wieder großen Ärger über H.! (In Doras Tagebuch war Herr Heinrich stets nur mit H. bezeichnet.) Anfänglich war er ganz liebenswürdig, ließ sich entführen und half, obgleich es ihm recht sauer wurde, sogar beim Nußpflücken. Als ich aber in sehr unglücklicher Weise den Wall hinabglitt, sprach er wieder von oben herab, nannte mich ein Kind und machte seine gewöhnlichen geringschätzenden Bemerkungen. Eines kann mich nur verdrießen: daß ich es immer merken lasse, wenn ich mich über ihn ärgere. Ich glaube, der Mensch« (dieses Wort strich Dora wieder aus, denn es schien ihr selbst in ihren geheimen Aufzeichnungen allzu respektlos) »H. hat seine wahrhaft boshafte Freude daran, mich zu quälen! Er würde sich die Hände reiben, wenn er mich einmal zum Weinen bringen könnte.

Und ist es eigentlich der Mühe wert, mich so viel mit dem alten Knaben« (auch dieser Ausdruck entfuhr Dora, ohne daß sie es wollte, und sie überschrieb ihn hastig mit dicken Federzügen) »zu beschäftigen? Was liegt denn im Grunde daran, ob er gnädig oder ungnädig ist?

Aber nein! Es ist doch unrecht von mir, über Papas intimsten Freund so zu denken und zu sprechen. – Und wie er neulich wieder gut aussah! Der englische Backenbart steht ihm famos, und sein Gesicht ist viel ausdrucksvoller geworden.

Am Abend beim Nachhausegehen war er wieder ganz der Alte. – Ach, ich wollte, ich könnte ihn mal recht, recht demütig vor mir sehen! –

Aber wer imponiert dem?

Nachschrift: Gestern, am Spätnachmittag, sah ich August von drüben. Gott, sieht der arme Mensch elend aus! Er grüßte sehr steif, natürlich wegen meines Briefes! Aber es war gewiß besser so!«

»Was schreiben Sie denn so eifrig?« fragte Schuby, der hinter dem Rezeptiertisch sitzend die Zeitung las und Augusts Feder im Kontor des Herrn Heinrich kritzeln hörte. – Es ging am heutigen Nachmittage sehr still in der Apotheke zu; draußen lag noch Schnee trotz des weichenden Winters. Herr Heinrich war zu Bier gegangen. Die Türglocke schlug nur selten an. Wirklich empörend günstig gestaltete sich seit den letzten acht Tagen der Gesundheitszustand des Städtchens. Die beiden Angestellten hatten wenig zu tun und demzufolge viele Langeweile.

»Ach, nichts!« tönte es zurück.

Schuby schlug die Zeitung um und suchte noch etwas Lesenswertes. Aber alles hatte er schon durchgesehen! Also nichts mehr! Er gähnte mit weitgeöffnetem Munde, griff an seinen blonden Ziegenbart und wiederholte, als abermals das eifrige Kritzeln an sein Ohr drang, in einem rekelig gelangweilten Tone dieselbe Frage.

»Nichts, nichts, Herr Schuby«, klang es abweisend zurück, so mürrisch abweisend, daß Schuby sich erhob und leise ins kühle, karg erhellte Kontor trat. (Dasselbe ging nach dem Hof, und die Vorhänge waren seit sechs Monaten nicht gewaschen.) Nun guckte er August plötzlich über die Schulter.

»Was, Teufel, Sie machen Verse?« rief der Gehilfe im höchsten Grade überrascht. »Na, das mag ein schöner Quatschkram sein!«

»Quatschkram?« entgegnete August. »Solchen Ausdruck kenne ich nicht. Überdies –«

»Auf wen dichten Sie denn?« gähnte Schuby, lehnte sich an den Türpfeiler, holte eine Zigarre hervor und steckte sie, obgleich das Rauchen in der Apotheke streng verboten war, an.

»Ach«, warf August hin, vollendete aber den Satz nicht, sondern raffte seine Papiere zusammen und erhob sich.

»Na, ernsthaft, Semmler. Sagen Sie mal, wen lieben Sie denn eigentlich?«

»Muß man denn immer gleich lieben, wenn man einen Vers macht?«

31

»Sonst gerät man doch nicht auf solches Blech.«
»Quatschkram! Blech! Diese Ausdrücke!« August wurde immer ingrimmiger.

»Na, mir können Sie es doch sagen, August –«, schmeichelte Schuby, während er an den Ofen ging und die Asche von seiner Zigarre abschlug.

In diesem Augenblick ging die Tür, und der Lehrling wandte sich, seine Papiere beiseite schiebend, rasch in die Apotheke.

Es ward für einen Schilling Bittersalz, für zwei Schillinge pulverisierte Magnesia und für einen Schilling Bären- oder Hirschfett verlangt. »Soll's Hirsch- oder Bärenfett sein?« fragte August, obgleich unter diesen und ähnlichen Bezeichnungen stets nur ausgelassener Rindstalg verkauft wurde, mit gewohnheitsmäßigem Ernst. Dann griff er in die Schublade und gab das verlangte Quantum.

Während dieser Zeit ergriff Schuby eine brennende Neugierde, und er begann in Augusts Werken zu lesen. Das erste Gedicht, auf das sein Auge fiel, lautete:

Nun ich weine, eile,
Sonst kommst du zu spät!
Ach! was soll doch werden,
Wenn's so weitergeht?
Meine Schläfen hämmern,
Angst erfüllt mein Herz,
Eile, Mädchen, eile!
Löse mir den Schmerz!
Hefte deine Blicke,
Holdes Sehnsuchtsbild,
Auf mein bleiches Antlitz,
Das der Gram zerwühlt.
Schlinge deine Arme
Um den Nacken mir,
Laß mich's endlich fühlen:
Du gehörest mir!
Draußen tobt der Winter –
Doch er ist begrenzt,
Denn du weißt es, Liebe,
Daß es wieder lenzt.
Weißt, daß Veilchen duften,

Rosen balde blühn,
Und die lieben Sänger
Wieder zu uns ziehn.
Ach, sei auch mein Frühling,
Zög're keine Stund'!
Seligstes Empfinden,
Küßt' ich deinen Mund,
Hört' von dir ein Wörtlein,
Das mein Herz ersehnt!
Doch ich bleib' alleine,
Und mein Auge tränt. –
Bald geh' ich zum Mühlbach,
Wo das Wasser rauscht,
Und die tolle Nymphe
Liebesgram belauscht.
Sie soll mich umfangen!
In dem nassen Bett
Schlaf' ich, bis die Welle
Meine Spur verweht!

Schuby fand das Gedicht nicht so ganz übel. Freilich, Dichten war überhaupt blödsinnig, und der Inhalt dieser Verse zum Lachen sentimental, aber –

In diesem Augenblick trat August ins Kontor zurück und sah, nach welchen Vorschriften der Delikatesse Schuby zu handeln für gut befunden hatte.

»Das ist unverschämt!« fuhr er wütend auf, riß Schuby die Blätter aus der Hand und stand, blaß vor Zorn, neben dem Gehilfen der Heinrichschen Apotheke.

»Semmler, hüten Sie sich!« rief dieser ebenso erregt und trotzte gegen den Lehrling auf. »Welchen Ton erlauben Sie sich! Schon neulich mußte ich Ihnen –«

»Ach, was Ton! Ich wiederhole, es ist eine Unverschämtheit, eine eines Gebildeten unwürdige Rücksichtslosigkeit, sich an fremder Leute Papiere zu vergreifen.«

»Fremder Leute! Als ob Sie überhaupt in der Schöpfung mitzählten. Sie sind Lehrling, ich bin Ihr Vorgesetzter, und Sie haben den Schnabel zu halten.«

»Schnabel?« rief August. »Ich habe keinen Schnabel. Ich habe das normale Gesicht eines Menschen. Sie aber stecken Ihre Visage in alles hinein, was Sie nichts angeht.«

August wußte in seinem Ingrimm nicht mehr, was er sprach, und eine klatschende Ohrfeige (die genaue Nachahmung der Erziehungsvorschriften des Herrn Heinrich) fiel auf seine Wange.

Aber in demselben Moment schlug auch Augusts Faust dem Angreifer aufs Auge, so stark aufs Auge, daß Schuby unter lautem Aufschrei zurückwich und von Schmerz und Zorn überwältigt, mehr hauchend als sprechend, dem Lehrling zurief:

»Hinaus, infamer Flegel, niederträchtiger Nichtsnutz! Dieser Schlag soll Ihnen teuer zu stehen kommen! Entweder verlassen Sie morgen die Apotheke oder ich! Das wird zur Wahrheit, so sicher wie ich Schuby heiße.«

Und so wurde es nach diesem außerordentlichen Zwischenfall in der Tat. August, dessen Lehrzeit ohnehin in wenigen Wochen abgelaufen war, erlangte von seinem Prinzipal nur nach grausamen Demütigungen ein einigermaßen glimpfliches Zeugnis, schrieb nach Hause, packte seinen Koffer, schickte das von Schuby gelesene Gedicht ohne Unterschrift an Dora und verabschiedete sich aus dem Städtchen, in dem er um seine Liebe und seine Hoffnungen betrogen war.

Schuby triumphierte, obgleich ihm bis zum Wiedereintritt und bis zur Anlernung eines neuen Lehrlings viel Arbeit erwuchs, und drei Wochen nach Augusts Abgang legte er die der Kasse entliehene, dem Fortgegangenen ausgehändigte Summe von einunddreißig Mark an ihren Platz zurück.

»Wer hat denn heute so große Tageseinkäufe gemacht?« fragte Herr Heinrich, als er abends den Schlüssel abzog und sich über den erheblichen Geldbestand wunderte.

»Doktor Schmidt aus Heinsdorf war hier und kaufte Verschiedenes.«

»Was Kuckuck! Doktor Schmidt? der bezieht ja sonst immer aus der Bärenapotheke!«

Den Gehilfen hatte die sonst bedeutungslose Frage in seinem Schuldbewußtsein überrumpelt. Seine Antwort war eine Lüge, deren Ungeschicklichkeit ihm erst auf die Seele fiel, als es zu spät war. Er vermochte deshalb auch nichts zu erwidern, sondern zuckte nur die Achseln und schwieg.

Herr Heinrich aber schüttelte den Kopf und verließ mit einem: »Das ist ja auffallend!« die Apotheke.

5.

Als Herr Heinrich eines Tages von einem Geschäftsgange heimkehrte, traf er Frau Paulsen in der Gasse. Herr Heinrich trug ein blau und weiß punktiertes Halstuch mit zwei herabfallenden Enden, schwarz und weiß karierte Beinkleider fast in demselben Muster, eine weiße Weste und einen dunklen Gehrock.

Niemand im Städtchen trug schwarz und weiß karierte Beinkleider, noch weniger solche Krawatten, und als Frau Paulsen ihren Nachbar von ferne kommen sah, murmelte sie unwillkürlich: »Eigentlich ist er doch ein rechter alter Geck!« Herr Heinrich aber grüßte sie in seiner gewohnten, etwas steif überlegenen Weise und bat, den Weg nach Hause in der Frau Physikus Begleitung zurücklegen zu dürfen.

»Sie sehen ja heute sehr feierlich aus, lieber Heinrich!« hub Frau Paulsen an. »Ist Ihnen etwas Besonderes begegnet?«

»Na, wie man will. Unangenehm war der Gang nicht«, erwiderte der Angeredete.

»Sie machen mich ja neugierig. Ah, Frau Amtsrichter Hübeler!« unterbrach sie ihre Rede, und guckte auf die gegenüberliegende Seite, um der von ihr bezeichneten Dame zuzunicken. Und dann: »Wird die arme Frau dick!«

»Kein Wunder«, bestätigte Herr Heinrich, der ebenfalls durch Lüften seines Hutes gegrüßt hatte, »sie macht sich ja fast niemals Bewegung! Überhaupt eine merkwürdig häßliche Frau. –«

»So, finden Sie das? Sie wird im allgemeinen recht hübsch gefunden.«

»Geschmackssache!«

»Aber zu Ihrer Angelegenheit«, nahm Frau Paulsen unter dem befriedigenden Eindruck, daß Frau Hübeler, die eigentlich hübsch war, auch ganz anders beurteilt werden konnte, das Gesprächsthema wieder auf. – »Wo waren Sie denn, wenn's nicht unbescheiden ist?«

»Ich habe eine Erbschaft erhoben, die mir vor einigen Wochen zugefallen ist«, warf Herr Heinrich in nachlässigem Tone hin.

Frau Paulsen horchte auf, sie horchte um so mehr auf, als das Ereignis in Kappeln durchaus nicht bekanntgeworden war.

»Ei, sieh man an! Eine große Erbschaft, wenn man fragen darf?«

Herr Heinrich lächelte und zuckte die Achseln. »Nun, Ihnen kann ich es ja sagen. Ihr Mann weiß von der Sache bereits«, ergänzte er und weckte in Frau Physikus durch diesen Zusatz eine Summe von vorwurfsvollen Empfindungen gegen den Gatten. – »Ich habe von einer jüngst verstorbenen Schwester meiner Mutter dreißigtausend Taler geerbt.«

»Ei, da gratuliere ich, Herr Heinrich! Dreißigtausend Taler? Ja, wo etwas ist, da fällt etwas hin. Aber wem kommt's zugute? Nun sollten Sie wirklich doch einmal ans Heiraten denken. – Ist's Ihnen gefällig, daß wir über die Promenade gehen? – Sie, ein Mann in den besten Jahren, unabhängig, lebensfroh und mit Glücksgütern gesegnet!«

Zu Frau Paulsens Überraschung machte Herr Heinrich keine Einwendungen. Bisher hatte er all dergleichen Fragen und Mahnungen weit von sich abgewiesen, jetzt aber sagte er:

»Ich bin zu alt, verehrte Freundin! Wer würde einen Vorgerückten wie mich zum Manne nehmen?«

»Sie wollen doch nur etwas Angenehmes hören, lieber Heinrich! Ein Mann wie Sie darf bloß die Finger ausstrecken.«

»Ja, die Schar der älteren Unvermählten wird sich nach einigem Besinnen vielleicht dazu entschließen, aber die Jugend will Jugend!«

»Der Mann muß ein erhebliches Teil älter als die Frau sein! Das werden die glücklichsten Ehen. – Ei sehen Sie, die Linden sind ja gekappt! Seit wann ist denn das geschehen? – Nein, das ist ja auch Ihre Meinung gar nicht!«

»Nennen Sie mir – ernsthaft gesprochen – eine passende Partie.«

Frau Paulsen hätte keine Frau sein müssen, wenn sie auf dieses Gespräch nicht bereitwillig eingegangen wäre.

»Da ist die Tochter des Bürgermeisters.«

»Mopsgesicht!« warf der Apotheker hin.

Frau Paulsen lachte. »Na, na, sie ist wirklich so übel nicht. Tüchtig, brav, wohlhabend –«

»Liebe Freundin! Tüchtig, brav, wohlhabend! Das ist es nicht. Ich brauche eine frische, lebenslustige, junge Frau, die mir die aufsteigenden Grillen zu vertreiben versteht.«

»Fräulein von Tapp? Auch ein nettes, junges Mädchen!«

»Wohin denken Sie? Zimperlich, hochmütig und beschränkt.«

»Aber lieber Heinrich! Beschränkt? Und was den Hochmut anbelangt, worauf?«

»Ja, das möchte ich auch wissen. Aber nein! Das ist alles nichts. –«

»Nun, ich werde einmal Rundschau halten; es eilt Ihnen wohl nicht so sehr, Herr Heinrich?«

Herr Heinrich antwortete nichts. Es ärgerte ihn, daß die Frau so gar nicht begriff, worauf er hinauswollte. Plötzlich sagte er, als ob er dem Gespräch eine andere Wendung geben wollte:

»Was macht denn eigentlich Dora? Ich habe sie lange nicht mehr gesehen.«

»Wissen Sie nicht, daß sie schon seit einigen Tagen draußen auf dem Gute bei Dorns ist?«

»Was will sie denn da draußen?« fiel Herr Heinrich schroff ein.

»Nun, wir haben sie ein wenig hinausgeschickt. Das arme Ding hat ja hier so sehr wenig. – Sagen Sie selbst!«

»Das ist aber kein rechter Umgang für Dora«, entschied der Apotheker so kurz und bestimmt, daß Frau Paulsen in eine etwas gerakte Stimmung geriet.

»Wieso? Bitte –«

»Wieso? Der junge Dorn ist bekanntlich ein fast berüchtigter Lebemann, und die Gesellschaft, die sich in dem Hause der Familie einfindet, ist immer recht eigentümlicher Art. Jedenfalls ist's kein passender Aufenthalt für ein junges Mädchen.«

»Ich glaube doch, daß Sie etwas hart urteilen. Es ist ein lebenslustiges Völkchen, aber ich habe nie –«

»Und ich sage Ihnen, daß es so ist«, platzte Herr Heinrich, alle Gegenreden abschneidend, kurz und unhöflich heraus.

Frau Paulsen schwieg und zupfte an ihren Handschuhen, ja sie war so erregt, daß sie nicht zu sprechen vermochte. Er war doch ein ganz unerträglicher Mensch, dieser Heinrich!

»Wann kommt Dora zurück?« hub der Apotheker nach einer Pause an.

»Es ist noch nicht bestimmt. Vielleicht nach einigen Wochen.« Den Nachsatz fügte Frau Paulsen absichtlich hinzu, obgleich Dora jeden Tag zurückerwartet wurde.

Herr Heinrich ging wortlos neben ihr. Endlich sagte er: »Wie alt ist Dora eigentlich? Siebzehn, nicht wahr?«

»Ja, bald! Nächstens ist ihr Geburtstag, da wird sie siebzehn. –«

»Hm! Wie die Zeit vergeht. Also bald im heiratsfähigen Alter.« Herr Heinrich guckte beiseite, er äußerte das gleichgültig, aber der Frau, mit

der er sprach, fielen plötzlich die Schuppen von den Augen. Sollte er wirklich? Der Sache mußte sie auf den Grund kommen. Sie sagte deshalb:
»Dora heiraten? Wo denken Sie hin, sie ist ja noch ein halbes Kind«
»Ganz wohl, aber in ein, zwei Jahren« – fügte Herr Heinrich tastend hinzu.

Frau Paulsen schwoll das Herz, aber doch nur für Augenblicke. Dora die Frau des Herrn Heinrich! Was würde die Welt sagen.

»Auch das ist noch zu früh! und im übrigen ist's müßig darüber zu reden. Hier gibt's ja keine Partien. Die Amtsgerichtsreferendare? Unser junger Senator? Letzterer wäre mir als Schwiegersohn nicht einmal wünschenswert.«

Als Frau Paulsen dieses sagte, bog sie gerade mit Herrn Heinrich um die Ecke. Eines der Gartengrundstücke, die den Weg begrenzten, bildete ein tiefes Dreieck, in dem eine Ruhebank stand.

Es war recht heimlich hier, wie gemacht für vertrauliches Schwatzen. Und in der Tat fand Heinrich jetzt den Mut, auszusprechen, was ihm auf der Zunge brannte. Er sagte plötzlich, ohne Übergang:

»Wollen Sie mir Dora zur Frau geben, verehrte Freundin?«

Also richtig! Frau Paulsen stand doch das Herz einen Augenblick still.

»Sie scherzen wohl, lieber Heinrich?«

»Durchaus nicht! Sie sagten, Sie wollten mir behilflich sein, eine passende Partie zu finden. Wir haben eine, geben Sie mir Dora!«

»Es geht nicht, bester Freund, das Ding ist noch zu jung. –«

»Ich kann warten. –«

»Ganz gut, aber wer kann für ein junges Mädchenherz einstehen?«

»Also wenn sie will, Sie haben nichts dagegen?«

»Nun, es ist ja noch nicht soweit. – Ihr Antrag kommt so plötzlich. Ich will's mit meinem Mann besprechen, lieber Heinrich«, wehrte die Doktorin ab.

»Gut! Ich werde auch mit ihm reden. Und wenn er, wie ich hoffe, nichts einzuwenden hat, dann werde ich in Jahr und Tag – Ihr Schwiegersohn. Schlagen Sie ein, liebe Frau Doktor!«

Noch einen Augenblick zögerte Frau Paulsen, aber sie dachte an Herrn Heinrichs Reichtum und fand die Sache doch sehr der Überlegung wert. Sie faßte daher die dargebotene Hand. Freilich, wenn er ein über schmale Mittel gebietender Junggeselle gewesen wäre, um alles in der

Welt nicht! – Aber das Geld, das liebe Geld! So war es doch am Ende nicht ganz zurückzuweisen.

Zu Frau Paulsens Ehre muß berichtet werden, daß sie sich nach dieser Unterredung tagelang von einer erregten Stimmung nicht zu befreien vermochte. Sie vergegenwärtigte sich, welch ein Egoist, welch ein Tyrann Heinrich sei; daneben stellte sich Dora mit ihrer jugendlich unschuldigen Erscheinung vor ihren Augen auf, und ihr Kind flößte ihr bei dem Handel schon in der bloßen Vorstellung ein zehrendes Mitleid ein. Ja, einmal setzte sie sich, von Wehmut überwältigt, in die Ecke der Veranda und weinte, als ob alles verloren sei. –

Als Dora von ihrem Landausflug zurückkehrte, wurde sie von der Mutter so liebevoll und unter so viel Tränen umarmt, daß man hätte meinen sollen, ein verlorenes Kind sei ihr nach langer Trennung zurückgegeben.

Und Dora gab ihre Zärtlichkeiten mit gleicher Lebhaftigkeit zurück. Sie sah darin einen neuen Beweis, wie sehr sie geliebt werde, und wieviel sie ihren Eltern schuldig sei. –

Mit ihrem Mann zu reden hatte Frau Paulsen bisher nicht über sich gewinnen können, aber Heinrichs ernsthafte Absichten wurden ihr nur zu bald und zu überzeugend bestätigt, als der Physikus eines Abends vorm Schlafengehen – er hatte Rock und Weste bereits ausgezogen und setzte stöhnend beim Stiefelausziehen ab – ihr zurief:

»Du, Schatz, weißt du was Neues?«

»Nun?«

»Heinrich will Dora heiraten. –«

»Ja, ja, er hat mir neulich auch von dem Unsinn vorgeredet.«

»Unsinn! Weshalb?«

»Aber Karl! –«

»Dora sollte ihrem Schöpfer danken, wenn sie einen solchen Mann bekommen kann.«

Wäre der Physikus gegen den Plan gewesen, so wäre Frau Paulsen vielleicht für Heinrichs Pläne eingetreten; aber daß ihr Mann, ohne ihre Ansicht eingeholt zu haben, ja selbst ohne vorherige Rücksprache mit ihr, nun alles schon selbstverständlich fand, das reizte sie zum Widerspruch.

»Wir brauchen vorläufig überhaupt an solche Dinge nicht zu denken; und ist's soweit, so wird sich auch wohl ein braver Mann finden, der unsere Dora glücklich zu machen imstande ist. Herr Heinrich ist ein schrecklicher Pedant, ein Egoist und – na, ich möchte nicht unter seinem Tyrannenzepter dem Hauswesen vorstehen.«

»Papperlapapp!« fiel der Physikus phlegmatisch ein. Er kehrte den glücklich bezwungenen Stiefel um und drückte mit dem Finger gegen die Sohle, welche dem Einfluß der Zeit unterlegen war und sich erneuerungsbedürftig zeigte.

»Nein, ich gebe meine Zustimmung nicht.«

»Na. du wirst dir's schon überlegen.«

»Nie, nie werde ich über diesen Punkt eine andere Meinung haben.«

»Papperlapapp!« ertönte es zum zweitenmal.

Dieses Papperlapapp konnte Frau Paulsen zur Verzweiflung bringen.

»Das ist nicht der Ton, in dem du mit mir sprechen darfst, um so weniger, wenn es sich um so ernste Dinge handelt.«

Einen Augenblick schwieg der Physikus. Er hatte den Kampf mit den Ledernen überwunden, löste die Manschetten und legte sie auf den Toilettetisch. – »Daß dir dieser Gedanke durchaus nicht so fern lag, beweist schon die Tatsache, daß du Herrn Heinrich bereits die Hand daraufgegeben hast, seine Pläne bei Dora zu unterstützen. –«

»Wenn Heinrich dir dergleichen erzählt hat, so zeigt dies nur von neuem, welcher Mittel er sich bedient und wie sehr ich recht habe, Bedenken zu äußern«, unterbrach Frau Paulsen den Sprechenden.

Das Wort »Bedenken« lockte dem Physikus, der nun unter die Decke schlüpfte, die Brille abnahm, die ermüdeten Augen wischte und endlich mit einem seidenen Schnupftuche, das stets rechts über seinem Kopfkissen liegen mußte, die Gläser putzte, ein Lächeln ab. Seine Gattin war entschieden schon auf dem Rückzuge.

»Wieso?« fragte er, um das Gespräch im Fluß zu erhalten.

»Wieso? Er hat dir nicht erzählt, was vorhergegangen ist, nicht mitgeteilt, daß ich es gerade anfangs abgelehnt habe, die Sache auch nur in Überlegung zu ziehen, und den Handschlag nur darauf gegeben habe, mit dir sprechen zu wollen. Aber seine Wünsche erhebt er einfach zu Tatsachen. Um sie zu erreichen, schiebt er alles ihm Hinderliche, selbst die Wahrheit beiseite.«

Den Physikus nahm es sehr ein, daß seine Frau bei ihrem Gespräche mit Herrn Heinrich auf seine Entscheidung hingewiesen hatte. Diese Entdeckung stimmte ihn milder, und den barschen Ton, den er bisher angenommen hatte, verlassend, sagte er:

»Na, Katharina, wir wollen uns nicht mehr zanken, sondern einmal ernstlich überlegen. Meinst du wirklich, daß die Idee, wenn wir ein Jahr weiter sein werden, ganz von der Hand zu weisen wäre? Es ist zwar schon ein etwas starkbejahrter Junggeselle, aber ein höchst respektabler und – na, das weißt du wohl gar nicht einmal, daß der Glückspilz wieder dreißigtausend Taler geerbt hat? Ich schätze Heinrich auf ein Vermögen von mindestens hundertzwanzigtausend Talern.«

»Ach, was sollte er wohl?«

»Sicher, Katharina, die besitzt er, wenn nicht mehr. Er galt bereits auf der Universität als sehr wohlhabend, und ich weiß bestimmt, daß er schon einmal geerbt, erheblich in der Lotterie gewonnen und durch allerlei Spekulationen sein Kapital vergrößert hat.«

»Und dabei steht er selbst in der Apotheke und verkauft Mottenpulver?«

»Ja, liebes Kind, das ist wieder eine andere Sache. Heinrich ist eben ein Mensch, der –«

»Dora nimmt ihn auch gar nicht«, platzte Frau Paulsen heraus.

»Was wird sie wohl nicht? Ich sage dir, sie wird sehr glücklich werden. Sieht sie nicht zu Heinrich empor, wie zu einem Gott? Er wird ihr das Leben angenehm, sehr angenehm machen. Sie wird in äußerst sorglosen und bequemen Verhältnissen leben. Was hat sie denn, wenn sie einen Arzt oder einen Beamten heiratet? Und nun gar unsere jungen Beamten, die nichts weiter besitzen als unerfüllt bleibende Hoffnung auf Besserung ihrer Lage?«

»Wenn sie aber trotz aller Vorsicht nun doch nicht glücklich wird?« fiel Frau Paulsen, deren mütterliches Herz und bessere Natur die Oberhand behielten, ein.

»Nun? Und wo ist denn diese sichere Gewähr überhaupt gegeben? Heiraten ist einmal ein Glücksspiel.«

In diesem Augenblick erscholl ein lauter Klingelton. Die Schnur ging von der Haustür in des Physikus Schlafgemach. Es war jemand krank geworden, und man bedurfte seiner noch in der Nacht.

Herr Paulsen erhob sich in höchst verdrießlicher Stimmung und guckte aus dem Fenster.

»Bei wem?«

Man hörte Pferdeschnaufen und Kratzen der Hufe auf dem Steinpflaster, und die Antwort scholl von unten herauf.

»Ik bün't, buten von Dorns! De junge Herr is gräsig krank. He liggt, glöw ick, meist int Starwen. Kunn Herr Physikus glieck mit herut kamen oder schall ick töwen?«

Frau Paulsen hatte alles gehört. Der junge Dorn im Sterben? Sie war sehr erregt, um so erregter, als dieser Heiratskandidat bei ihren Plänen immer noch im Hintergrund gestanden hatte und Herrn Heinrich als Freier hätte entbehrlich machen können.

Der Physikus aber rief dem Kutscher zurück, daß er ehestens herabkommen werde. Dann kleidete er sich rasch an, griff nach Pelz und Meerschaumpfeife, gab seiner Frau wortkarg die Hand und eilte fort, um seine Pflicht zu üben.

6.

Als die Familie Paulsen einige Wochen nach dem Erzählten morgens beim Frühstück saß, brachte der Postbote einen Brief, dessen Inhalt wenigstens Dora in große Spannung versetzte.

Der Physikus hatte in Mecklenburg einen einzigen Bruder wohnen, der dort ebenfalls Arzt war, von dem er aber selten und in den letzten Jahren so viel wie nichts gehört hatte. Dieser meldete nun den Besuch seines Sohnes mit folgenden Worten an:

»Lieber alter Herr, und liebe junge, schöne Frau! Der Unterzeichnete ist am hiesigen Orte Arzt. Er hat sogar einen Titel, erfreut sich eines guten Leumunds, besaß einst eine liebe Frau, die dahingegangen ist und tröstet sich nun durch einen einzigen Sohn, auf den er alle seine Hoffnungen setzt. Befinden und Laune sind gut; das Verwandtschaftsgefühl ist sehr stark in ihm ausgeprägt, obgleich er keine Briefe schreibt. Er nennt sich Paulsen und ist Ihr Bruder und Schwager.

Wollen Sie, allerwertester Herr Physikus, beregten jungen Studenten, der demnächst auf einer Vergnügungsreise bei Ihnen erscheinen wird, in Ihren freundlichen Schutz nehmen?

Sollte Sie, lieber alter Herr, Ihre Frau inzwischen noch mit Kindern beschenkt haben – (Na, na, brummen Sie nur nicht so unwillig auf! Ich finde, daß das Geschlecht Derer von Paulsen lange nicht genügend auf diesem Erdball vertreten ist), – dann wollen Sie meine besten Wünsche für dieselben entgegennehmen; sonst bitte ich, der kleinen, einzigen

Dora, deren reizendes Kinderbild über meinem Schreibtisch hängt, meine väterlich liebevolle Gesinnung zu übermitteln.

Und nun Gott befohlen! Ich bin eilig; draußen im Vorzimmer wartet einer, der sich beim Lachen in die Zunge gebissen hat, und dem ich ein Tränklein verordnen muß. Ich werde ihm etwas Himbeerwasser verschreiben. Sie lachen, Herr Physikus? Nun, der Glaube tut's doch in unserem Beruf! Ist's nicht so?«

Als Dora bald darauf an einem Spätabend aus einer kleinen Gesellschaft zurückkehrte, fand sie einen jungen Herrn mit lebhaften Augen und einem lustig übermütigen Ausdruck in den Zügen bei ihren Eltern im Wohnzimmer sitzen. Sie war bei der Familie von Tapp gewesen, wo in alle Stühle und Sofakissen ein Wappen eingestickt war. Gewiß, sie hatten nicht viel, die Tapps, aber etwas Besonderes war's doch!

Als sie Hut und Mantel nach ihrer mitunter etwas flüchtigen Art auf einen Stuhl gelegt hatte und gerade ihr kleines Plaudermäulchen in Bewegung setzen wollte, sprang der Besuch vom Stuhle auf.

»Dein Vetter Bernhard!« erklärte der Physikus schmunzelnd, und Mama Paulsen sah mit Befriedigung halb auf ihre hübsche Dora, halb auf den offenbar von deren Erscheinung höchst angenehm berührten Verwandten.

Bernhard aber schüttelte Dora die Hand und gab ihr sogar mit einem: »Freue mich außerordentlich, liebe Kusine«, einen herzhaften Kuß auf die Wange.

Dora wurde puterrot, aber gerade diese Form der Begegnung benahm ihr eine gewisse Unsicherheit, die sich ihrer bei dem Gedanken an den Besuch bemächtigt hatte.

Bernhard erwies sich als ein ebenso aufgeweckter wie liebenswürdiger Mensch. Er sprudelte von Lust und Laune, und nie hatte sich Dora von der Vortragsweise eines Menschen so angezogen gefühlt, und nie erinnerte sie sich, so gelacht zu haben, wie an diesem Abend. Zwar dem Humor ihres Vetters war ein gewisser Sarkasmus beigemischt, aber der erinnerte sie an Herrn Heinrich. Er schien allen gescheiten Leuten eigen zu sein.

»Ein Teufelskerl, der Bernhard!« sagte der Physikus beim Schlafengehen zu seiner Frau. »Gefällt mir außerordentlich, ganz außerordentlich!«

Frau Paulsen nickte und seufzte. Was geht nicht alles in einem Mutterherzen vor! –

»Es ist die schönste Zeit meines Lebens!« schrieb Dora acht Tage später in ihr Tagebuch. »Wir kommen nicht aus dem Vergnügen heraus. Am Morgen nach Bernhards Ankunft fuhren wir auf dem Wasser. Er kann alles! Er kreuzte an der Schiffsbrücke so geschickt mit unserem Zweisegler hin und her, daß die Leute am Ufer stehen blieben. Und alles führt er mit solcher Sicherheit aus, daß man nicht die geringste Furcht empfindet. – Abends waren wir im Freien (Kiels Biergarten). Ich war etwas verstimmt; ich weiß selbst nicht, weshalb. Bernhard sprach mit Papa über medizinische Dinge und brauchte so viel lateinische Wörter, daß ich wenig verstand. Er soll für sein Alter sehr weit sein!

Am nächsten Tage waren wir in Dornkrug. Es war reizend. Ich hatte mein helles Schottisches an; Bernhard machte mir viele Komplimente wegen meines hübschen Aussehens. Vorgestern mit dem Dampfschiff nach F. Die Musik spielte; es war prachtvolles Wetter. Ich verlor meine kleine Brosche, die von Mama. Ich hab's ihr noch nicht gesagt. Bernhard wollte mir eine neue schenken, hat's aber nicht getan.

Er trug eine flott gebundene, blaue Krawatte, die ihm famos stand! H. war dabei und unausstehlich! (Dieses Wort war zweimal unterstrichen.) Er behandelte Bernhard sehr von oben herab.

»Dieser Mixturknabe scheint ein sehr eitler Patron zu sein«, sagte Bernhard. Na, wenn H. das gehört hätte!

Mama äußerte sich auch abfällig über H., Papa ist ja immer so phlegmatisch bei dergleichen.

Spielt der Bernhard aber Klavier! Wundervoll; geradezu entzückend! Als er in F. im Wirtshause zum Tanz begleitete, flogen wir nur so dahin. Und er tanzt! Ach, er ist ein himm – Mensch!

Nachschrift: Mama sagte mir heute, ich möchte mich nicht so gehen lassen, mich etwas gesetzter benehmen. Wieder Szene mit Mama! Wenn ich mir doch meine schreckliche Empfindlichkeit abgewöhnen könnte; sie verbittert mir das Leben!

Eben kam mein neuer Sommerpaletot! Sehr hübsch! In der Taille noch etwas weit. Bernhard fand ihn entzückend!

Vier Wochen wollte der Vetter bleiben, und nun waren schon vierzehn Tage dahin. Dora flogen die Stunden im Verkehr mit ihm, der immer etwas Besonderes vorhatte und jedem Dinge besondere Seiten abzugewinnen wußte.

Im Nu brachte er die verwandten Elemente zusammen, veranstaltete Ausflüge, nahm alles in die Hand, war geschickt, dienstfertig und liebenswürdig, und eroberte sich im Sturm die Herzen der Familien, mit denen Paulsens verkehrten. Nie war er um etwas verlegen; er kannte die neuesten Gesellschaftsspiele und Kotillontouren, riß die Trägsten und Gleichgültigsten mit fort, und wenn einmal der Regen einen Ausflug stören wollte, so wußte er einen Ausweg. Man unterhielt sich dann im bedeckten Raum fast noch besser.

Eines Tages forderte Bernhard Dora auf, mit ihm die Domkirche zu besehen; alles mußte er in Augenschein nehmen!

»Bitte warte, ich hole den Küster!« rief er ihr vor dem Kirchenportal zu und lief in das Haus, als ob er in Kappeln jeden Schritt und Tritt kennte. Als er mit dem dienstfertigen Alten herankam, hörte Dora ihn von den Sehenswürdigkeiten der Kirche sprechen. Er schien den Küster zu belehren, denn dieser horchte hoch auf.

Nachdem sie das Innere des Gotteshauses in Augenschein genommen hatten, wollte Bernhard noch den Turm besteigen, und Dora fand diesen Einfall trotz der vielen Stufen, die zu erklimmen waren, himmlisch!

»Schließen Sie nur nachher selbst die Tür ab und bringen mir den Schlüssel hinüber«, antwortete der Küster, nachdem er sie unterwiesen hatte, und nahm langsam den Weg durch die kühle, hellschallende Kirche wieder zurück.

Es war Dora eigentümlich zumute, als sie sich mit ihrem Vetter allein in dem großen, weiten Raum befand; fast war es ihr unheimlich trotz des hellen Tageslichts.

»Mit deiner Erlaubnis gehe ich voraus!« sagte er, die steinerne Wendeltreppe emporsteigend, zwischen deren Wänden es modrig roch, und auf die durch länglich schmale Öffnungen nur ein spärliches Licht herabfiel.

»Kommst du nach? Verpuste dich. – Wir haben ja keine Eile«, mahnte Bernhard liebenswürdig.

Dieser Zuruf war Dora sehr recht. Sie war schon völlig außer Atem.

Zuletzt wurde es beim Hinaufsteigen ganz dunkel. »Wir müssen gleich oben sein«, betonte der Vetter in seiner bestimmten Weise. »Halt!« Nun standen sie im Finstern. Dora hörte, wie Bernhard mit den Händen über sich tastete. Dann rief er: »Hier ist die Luke, die muß ich erst aufstoßen. Bitte, setze dich solange, Dora.«

Er dachte in seiner Umsicht an alles. Sie setzte sich in der Tat, und als gar kein Licht erschien, wollte sie ihn schon auffordern, lieber wieder hinabzusteigen. Da sagte er:

»Halt! jetzt hab' ich's. Hier ist ein Haken; nun wird's gleich werden! –«

Wirklich stieß er die Luke zurück. Eigentümlich duftender, hustenerregender Staub flog auf, und helles Licht strömte durch die Öffnung.

Aber doch gab's noch einiges zu überwinden! Der Raum war nur sehr schmal, so daß kaum eine Person zurzeit an dem runden Umfassungsgitter entlang gehen konnte. Es galt sodann eine ziemlich steile, freischwebende eiserne Treppe emporzusteigen, um auf die eigentliche Plattform des Turmes zu gelangen, die breit und geräumig war.

»Nein, nein, Bernhard! Da traue ich mich nicht hinauf!« rief Dora, die sich wunderte, daß sie der Küster auf so gefahrvolle Dinge nicht aufmerksam gemacht hatte. Es rieselte ihr angstvoll durch den Körper, als sie in die Tiefe schaute. Sie wollte zurück.

»Ich bitte dich, steige mit hinauf. Ängstige dich nicht! Sieh doch, es ist ja ein festes Geländer angebracht. Reiche mir die Hand. Du kannst nicht fallen.«

Noch immer zögerte sie.

Aber wenn Bernhard sich etwas vorgenommen hatte, mußte es durchgesetzt werden, und tausend Mittelchen standen ihm für die Ausführung seiner Ideen zur Verfügung.

»Tu's mir zuliebe, Dora!« bat er weich und mit starker Betonung.

Dieser Anruf hatte in der Tat die beabsichtigte Wirkung. Dora glitt erst mit ihrem Tüchelchen über die heiße Hand und reichte sie dann Bernhard, der sich nun mit der Linken an dem Geländer festhielt und mit der Rechten seiner Base behilflich war.

Ihre Knie zitterten; ein vorübergehender Wind kam auf und erfaßte ihre Kleider. Der Sommerhut flog ihr in den Nacken. Sie bedurfte ihres ganzen Mutes, um auszuharren und nicht jetzt noch um Rückkehr zu bitten. Aber dann noch ein starker Ruck – und sie waren oben. – Hier verließ zwar Dora die Beklemmung, aber sie stand doch noch tiefaufatmend da, und Bernhard guckte ihr mit einem belobenden »Bravo!« liebewarm in die Augen.

»Ist dir sehr sauer geworden, Dor! Wie?« sagte er, ihren Namen abkürzend. »Du hast dich brav gehalten und sollst auch belohnt werden. Komm! Bitte!«

Sie blickte hinab. Drunten auf dem Kirchplatze spielten die Kinder im Sande. Sie sahen aus wie Zwerglein. Das eine hatte ein rotes Tuch umgebunden. Die leuchtende Farbe wirkte überaus reizvoll und belebte das anmutige Bild.

Die Straßen, die Gassen sahen geradlinig und abgezirkelt aus; die hoch emporragenden Dächer der nähergelegenen Häuserreihen reckten sich wie in erstarrter Bezauberung empor, und alle ihre Unebenheiten hoben sich bis auf den unter den Dachpfannen hervorgequollenen, zu weißem Stein gewordenen Mörtel scharf in der durchsichtig heißen Glut ab. Hier und dort war ein Giebelfenster geöffnet, flatterte, vom Zugwind heftig bewegt, ein weißer Vorhang, und es ward einem bange um das gefährdete Topfgewächs, das auf der Fensterbank stand. Auf einem hohen, verwitterten Schornstein klapperte ein Storch. Der harte Ton klang laut und hell zu ihnen empor. Stetig drang auch ein dumpfes Klopfen und Hämmern von der Schiffsbrücke herüber, und ein andermal erschreckte sie das sausende Geräusch einiger die Luft in raschem Fluge durchschneidenden Schwalben.

Die Landstraßen vor der Stadt erschienen weiß angestrichen, die langen Alleen glichen den kleinen Bäumchen einer Nürnberger Spielwarenschachtel, und ebenso winzig stellten sich die Fuhrwerke und Reiter dem Auge dar, obgleich man bei näherem, aufmerksamem Beobachten das eifrige Forteilen der Tiere zu erkennen vermeinte. Und überall zwischen roten Dächern, helleren Mauern und dunkleren Ecken lebendiges, reizendes Baumlaub, und drüben in der Ebene Äcker, Wiesen und Wälder in malerischer Abwechselung; alles in weiter Ferne sichtbar, deutlich begrenzt, oft wie abgezirkelt. Dazwischen Gehölze, die wie grüne Moosbeete erschienen und ihnen zu seiten, herrlich in der blauen Luft sich abzeichnend, gerade emporsteigende, weißschimmernde Rauchsäulen aus Hütten und Gehöften. So weit das Auge reichte, eine entzückende Welt, jene wunderbar liebliche Einfachheit norddeutscher Fluren mit ihren bunten Feldern, grünen Wiesen, schimmernden Bächen und Flüßchen, deren berückendem Zauber man sich nicht zu entziehen vermag.

»O wie himmlisch, wie wunderbar!« rief Dora. »Das erst heute gesehen zu haben! Wie viele würden heraufsteigen, wenn sie wüßten, wie unbeschreiblich schön es ist!«

Während sie sprach, legte sich ein leiser Wind um ihre Stirn. Die blonden Härchen auf ihrem Scheitel und an ihren Schläfen sprühten auf, und jedes schien golddurchwebt. Noch nie fand Bernhard seine Verwandte so schön, wie heute. Die den Blondinen eigene Farbe, jene holde Mischung von sanftem Weiß und Rosenrot, verschönte ihr Antlitz, und ihre blauen, treuen Mädchenaugen senkten sich verwirrt, als Bernhard, von ihrem Anblick hingerissen, sie lange zärtlich anblickte.

»Wie grausam, daß gerade diejenigen Menschen so selten beieinander bleiben dürfen, die zueinander gehören!« stieß er, wie mit sich selbst redend, und doch seine Worte in leisem Hoffen an sie richtend, heraus.

Sie wollte etwas erwidern, aber ihr versagte die Stimme.

»War's nicht nett, Dor? Waren die Tage und Stunden, die wir zusammen verlebten, nicht schön?«

Sie hielt die Augen zu Boden gesenkt und neigte das Haupt.

»Und nun ist's bald vorüber, und wer weiß, kleine Dor, ob wir uns jemals wiedersehen.«

Sie nestelte an ihrem Strohhut, den sie in die Hand genommen, und zupfte an den kleinen, kurzen Randfäden, die sich herausgedrängt hatten.

Und wie sie so vor ihm stand in ihrer reizenden Befangenheit und jungfräulichen Schönheit, ergriff's den Vetter, und indem er sich rasch umschaute, ob die singend um den Turm schwebenden Vögel auch unerbetene Zuschauer seien, sagte er zärtlich und weich:

»Wirst du bisweilen an mich denken, wenn ich fort bin, Dor, liebe Dor?«

Sie vermochte noch immer nicht zu antworten, aber ihr Kopf war in heftiger Bewegung, und noch mehr ihre blauen Augen, aus denen es unaufhaltsam tropfte. Und ehe er es recht begriffen hatte, war sie weit ab von ihm und schaute über die Dächer in die Ferne. Ein Sommerklingen ging durch die Luft. Der blaue Äther stand regungslos, und die Schönheit spendende Sonne legte einen breiten Goldgürtel auf den Spiegel der nahegelegenen Meeresfläche.

Bernhard bemerkte von all den Herrlichkeiten nichts, wohl aber sah er, daß ein weißes Tüchlein sich hob und senkte; sie drückte es gegen die stillen, sanften Augen, an denen sein Blick noch eben sehnsüchtig gehangen hatte. Und da hielt's ihn nicht länger, es wogte durch seine Brust:

»Dor! Meine einzige Dor!« rief er und lief auf sie zu.

Und sie ließ es geschehen, daß er sie stürmisch umfaßte, und während ihre jugendlichen Wangen sich aneinander schmiegten, wiederholte er dieselben zärtlichen Worte, die ihr mit unaussprechlich süßem Schauer durch die Seele drangen. –

Vetter Bernhard war abgereist. Was sich an den letzten beiden Tagen noch ereignet hatte, zeichnete Dora in ihr Tagebuch auf:
Gestern fand nun das so lang vorbereitete Picknick nach Rotensande statt. Der Himmel sah am Morgen nicht gnädig aus, und wir hatten schon alle Hoffnung aufgegeben, aber Bernhard rief: »Sorgt euch nicht! Ich habe geheimen Kontrakt mit dem Himmel! Es muß gut werden!« Und es wurde auch prachtvoll!
Um dreieinhalb Uhr gingen wir an die Schiffsbrücke und bestiegen die Boote und Kähne. Wir hatten guten Segelwind, so daß wir nach dreimaligem Kreuzen in Rotensande landen konnten. In unserm Boote saßen Herr Heinrich, Franzius und Blanca, Leo Kuchen, Referendar Fuchs, der junge Tach, Senator Ellisen, Papa und ich. Ich wäre schrecklich gern in den großen Zweisegler eingestiegen, in dem Bernhard steuerte; aber als ich noch zauderte, wohin ich mich wenden sollte, sagte H.: »Na, liebe Dora, darf ich heute das Vergnügen haben, neben Ihnen zu sitzen? Ich muß ja jetzt der Gelegenheit förmlich nachjagen, um einmal in Ihre Nähe zu gelangen.« Da in diesem Augenblick Franziussens ewiger Bello ins Boot gehoben wurde, unterbrach er den Satz, und wir wurden auch später beim Sitzen getrennt. Seine Reden gingen natürlich auf Bernhard; den kann er in den Tod nicht leiden.
Die beiden kamen beim Abendbrot noch ziemlich heftig aneinander, aber ich merkte, wie sich die übrigen freuten, daß H. abgetrumpft wurde. Nachdem Bernhard bereits den Lagerplatz aufgesucht hatte und wir schon beim Auspacken waren (die sechs silbernen Teelöffel haben sich richtig nicht gefunden; Mama ist in sehr schlechter Laune darüber), und Feuer angemacht war, schlug H. plötzlich einen anderen Ruhepunkt vor, holte sich die beiden Referendare und schleppte einen Teil der Sachen nach dem kleinen Sandhügel gleich vorn im Walde.
Ich sah, wie Bernhard das Blut in den Kopf schoß, hörte aber, wie er zu den übrigen sagte: »Ich bin hier Gast; ich habe mich zu fügen.«
Später wurde irgendein wissenschaftliches Thema behandelt, und H. und der Vetter verfochten beide gleich hartnäckig ihre Ansicht. Und dann, ich weiß nicht, wie es so kam, sagte Bernhard als Erwiderung auf eine sehr wenig artige Bemerkung H's. in maliziösem Ton: »Ja, es ist allerdings bedauernswert, Herr Heinrich, daß der liebe Herrgott nicht lauter Menschen geschaffen hat, die Ihnen gleichen! Die Welt würde dann vollendet sein. –«

H. biß sich auf die Lippen, aber er erwiderte nichts und hat den ganzen Abend auch kein Wort mehr mit Bernhard geredet.

Sonst war es riesig nett und heiter, und die Rückfahrt im Mondschein war himmlisch.

»Den letzten Abend, den ich hier bin, will ich doch bei dir sitzen, Dor«, sagte Bernhard, kurz bevor wir abfuhren. »Laß uns nur aufpassen, daß der Kinderpulverfabrikant nicht in unser Boot steigt.«

Wir sangen unterwegs und machten allerhand Unsinn. Bernhard war furchtbar ausgelassen und unterhielt die ganze Gesellschaft mit seinen Einfällen.

Als wir die Hafenbucht erreichten, kam ein scharfer Wind auf. Bernhard deckte mich mit seinem Mantel zu. Ach, wie reizend war er! Nächstes Jahr will er wiederkommen. Ob er wohl Wort hält? Ich weiß nicht, woher es kommt, aber mir ahnt, daß wir uns nie wiedersehen werden. – – –

Am nächsten Tage um sechs Uhr mußte Bernhard abreisen; um vier Uhr saßen wir noch in der Veranda beim Kaffee zusammen.

»Willst du mich begleiten, Dor? Ich muß vom Garten Abschied nehmen«, sagte er.

Wir gingen hinaus. Papa und Mama folgten langsam. Als wir unten am Staket standen und nach dem Wasser hinüberblickten, überreichte mir Bernhard einen reizenden, mit einem kleinen Vergißmeinnicht geschmückten Ring und bat mich, ihm auch ein Andenken zu schenken.

Ich habe nichts, stotterte ich verlegen.

»Überall wachsen Blumen! Schenke mir eine, Dor!«

Ich stand noch unschlüssig da. Schon hörten wir die Schritte der Eltern nahen. Bernhard zeigte auf ein Resedabeet und drängte, daß ich ihm einige Blüten abpflücken möchte.

Ich bückte mich hinab und tat, wie er wollte. Ein angstvolles Abschiedsgefühl quälte mich und trieb mir die Tränen in die Augen.

Da sagte er: – und ach! noch immer klingt's mir wie herrliche Musik in den Ohren! – »Nur eine Blume vereinigt alle Wohlgerüche in sich, und das ist Reseda! Und ebenso gibt's nur ein einziges, kleines Mädchen auf der Welt, in der sich alles zusammen findet, was schön und liebreizend ist, und das ist meine liebe, liebe Dor!«

Ein Zittern flog über meinen Körper, es klang so süß, so süß! – –

Und als ich ihm die Blumen gab, drückte er sie an den Mund, trat ganz nahe an mich heran und wollte – Schändlich! da kamen gerade die Eltern! – –

Ich habe gestern furchtbar viel geweint, und die Eltern waren sehr ungehalten! Nun fort mit den Torheiten, sagte Mama, es ist ganz gut, daß der junge Mensch abgereist ist. Man kam ja gar nicht mehr zur Besinnung. und für dich sind solche Dinge Gift!

Die schöne, unvergleichliche Zeit! Nun ist alles vorbei! – Wie ist es doch schade, daß dasjenige, was uns am meisten gefällt, eigentlich stets ein Unrecht ist! Wie oft habe ich schon darüber nachgedacht! –

7.

Dora war in schwermütiger Stimmung, und um so trüber erschienen ihr die kommenden Tage, als abermals der Herbst sich näherte, und um diese Zeit Sophie, die alte Freundin des Hauses, nicht unbedenklich erkrankte.

Das junge Mädchen ging zweimal täglich zu der alten Dame, die in einer entlegenen Straße, eine Treppe hoch, eine kleine Wohnung gemietet hatte. Sie floß immer von Dank über, wenn Dora kam, aber klagte dann doch meistens nur und sprach vom nahen Sterben.

Mit großer Geduld übte Dora die Krankenwärterpflichten, suchte jeden kleinsten Wunsch der Leidenden zu erfüllen und saß stundenlang in dem stillen Gemach und las ihr vor.

Der einzige bemerkenswerte Schmuck, der sich in dem niedrigen, mit vielen alten Möbeln und Bildern angefüllten Wohnzimmer befand, war eine Stutzuhr aus dem vorigen Jahrhundert, die mit ihrem unbeirrten, regelmäßigen Pendelschlag der dumpfen Einförmigkeit des Raumes etwas Mystisches verlieh, dessen fast beklemmenden Eindruck der Besucher sich nur schwer zu entziehen vermochte. Mitunter schlief Sophie beim Vorlesen ein, und Dora lehnte sich träumend zurück. Scheinbar lauter als vorher, ja zudringlich, erhob sich dann in der Stille das monotone Tick-Tack des alten Erbstücks, und ein leiser Anflug angstvoller Vereinsamung drang auf das junge Mädchen ein und stimmte es todestraurig.

Immer wieder richteten sich Doras Gedanken auf Bernhard, um so mehr, da er, trotz seiner Zusage, noch nicht einmal geschrieben hatte. Jeden Tag, jede Stunde, die sie mit ihm verlebt, jedes Wort, das er gesprochen hatte, rief sich Dora ins Gedächtnis zurück, und je länger sie sann und grübelte, desto schwermütiger ward ihr ums Herz. – Jüngst hatte ihre Mama vom Heiraten gesprochen und sich über die in allzufrühem Alter geschlossenen Ehen mißbilligend geäußert. Ein unklares Denken und Hoffen, daß Bernhard einmal ihr Mann werden könne, war wohl bei solchen Gesprächen in Dora aufgestiegen, aber hatte sich auch ebenso schnell wieder verflüchtigt. Sie waren ja beide noch in einem Lebensalter, wo dergleichen nicht in Frage kommen konnte. Heute aber beschäftigte sie der Gedanke von neuem und lebhafter als sonst, und unversehens fiel ihr ein, weshalb wohl Heinrich nicht heirate, wen er wohl in Kappeln zu seiner Frau machen würde, wenn er sich dazu entschlösse, und wie er als Ehemann sein werde. Nur zu oft hatte sie gehört, der Freund ihres Vaters sei eine gute Partie, aber wenn sie sich vorstellte, eine von ihren Freundinnen werde von ihm an den Altar geführt, so mußte sich ihr ein Lächeln aufdrängen. Ja, ein Lächeln, und trotzdem spürte sie in solchem Falle ein wenig Neid im Herzen, denn Heinrich war doch ein ganz anderer Mann als alle andern, die sie kennengelernt hatte. Freilich! Eine Ausnahme machte Bernhard. Wer war mit diesem zu vergleichen? Nochmals vergegenwärtigte sie sich, wie der bei dieser oder jener Gelegenheit ausgesehen, was er gesprochen, wie er sie angeblickt hatte. Sie besaß sein Bild, daß in ihrem kleinen Stübchen über dem Schreibtisch hing. Hinter dem Rahmen nickte eine der Reseden hervor, die sie an jenem Tage gepflückt hatte. War doch die bescheidene Blume für sie so bedeutungsvoll geworden, daß es herzklopfend in ihr aufstieg, wenn einmal deren Duft ihr Angesicht wieder berührte.

Aus diesen Gedanken wurde sie durch das Erwachen der Kranken gerissen, die den Kopf wendend, der sanften Pflegerin ins Auge schaute und weich sagte:

»Ah! Bist du immer noch da, meine gute Dora? Wieviel Uhr ist es schon? Wie, schon so spät? Da muß ich ja Medizin nehmen. Du, mein liebes Kind, sollst aber jetzt gehen und dich hier nicht länger langweilen.«

Und Dora antwortete, tröstete und reichte der alten Dame den Löffel mit dem schlecht schmeckenden Trank.

»Mich dünkt«, fuhr die Kranke fort, »du bist heute so ernst. Ich wollte vorher schon fragen. Fehlt dir etwas? Wie geht's denn zu Hause?«

»Gut! Papa ist über Land, deshalb hat er dich auch heute nicht besucht. Der junge Dorn ist aus Italien zurückgekommen; Papa will sehen, wie es ihm geht. Er soll wieder ganz hergestellt sein.«

»So! so! Nun, dann wirst du auch wohl bald einmal hinausmachen, und dann kommt meine kleine, treue Pflegerin nicht mehr zu mir?«

»Nein, ich gehe nicht hinaus.«

»Du gehst nicht? Will Mama es nicht erlauben?«

»Ja, die wohl, aber –«

»Aber?«

»Ach, Heinrich hat immer etwas zu reden, wenn ich Dorns besuchen will, und da haben dann auch die Eltern Bedenken.«

»So? Heinrich? Worein der sich nicht alles mischt. Es ist wirklich nicht zu sagen! – Hast du denn Nachricht von deinem Vetter Bernhard? Ist doch ein prächtiger Mensch, Dora –«

Die Angeredete erwiderte nichts, und die alte Dame suchte Doras Blick. Nebenan ging's Tick-Tack. Plötzlich war's wieder still in dem kleinen Raume, als ob nur noch die alte Uhr Leben hätte.

»Dora!« klang es dann durch die Stille des Krankenzimmers.

»Tante?«

»Dir sitzt etwas im Kopfe! Ich weiß es! Du bist betrübt; willst du es mir nicht anvertrauen?«

Dora fühlte die heiße Hand der stets etwas Fiebernden; sie schaute aber nicht auf, ihr war wirklich so traurig zumute, daß sie hätte aufschluchzen mögen.

»Sieh mich mal an, liebes Kind!« – Dora erhob den Blick, und ihre Augen standen plötzlich voll Tränen.

»Na, was ist denn? Sage es mir, meine gute Dora! Hier ist Teilnahme –« Plötzlich hustete die Sprechende heftig auf, das Blut stieg ihr in den Kopf, und mühsam aufatmend sank sie tiefer in die Kissen.

Dora erhob sich, um ihr Wasser zu reichen; die Kranke griff nach einem Schnupftuch, räusperte sich, strich mit der Rechten über die Augen und sagte, die Sprache zurückgewinnend:

»Laß nur gut sein, Dora, es wird sich schon alles machen.«

Was war das! Das junge Mädchen erschrak.

»Du meinst, Tante?«

»Glaubst du, daß ich nicht gemerkt habe, daß du deinen Vetter Bernhard –«

»Ich? Wieso?«

Dem jungen Mädchen schoß das Blut durch die Herzkammern, und verwirrt mied sie Sophiens Blick, der sich voll Teilnahme auf sie richtete.

»Du? Wieso?« wiederholte die alte Dame ihre Worte. »Du bist ja ganz verändert, seitdem der Student Kappeln verlassen hat. Das ist ja allen aufgefallen. Es war auch nicht ganz recht von ihm, dir etwas in den Kopf zu setzen, aber, du lieber Gott, Jugend hat einmal –«

»Er hat mir nichts in den Kopf gesetzt, gar nichts, Tante. Du irrst. Und wer dir das erzählt hat, hat ihn verleumdet«, stieß Dora heftig heraus.

»Sieh, Dora, daß du ihn verteidigst, daß du mir so erregt antwortest, zeigt mir, wie recht ich habe. Fasse das, was ich dir sagte, doch nicht verkehrt auf. Im Gegenteil, mein liebes Kind, an mir hast du eine teilnehmende Freundin, und wenn, was Gott verhüten möge, einmal etwas an dich herantritt, komm immer zu mir und schütte dein Herz aus. Sieh, liebe Dora, ich bin selbst ein armes Geschöpf auf dieser Welt und habe so viel Kummer erlebt, daß ich alles nachfühlen kann.

Und dein Vetter hat's mir nun mal angetan. Das ist ein prächtiger Mensch, gescheit, frisch, voll Geist, Tatkraft und Leben, gerade wie du! Ich hatte dich schon als Kind so lieb. Wenn du mich mit deinen blauen Augen ansahst, mußte ich dich auf den Arm nehmen und konnte nicht ablassen, dich zu hätscheln. – Na, was hast du denn nun wieder?«

Es war in der Tat unaufhaltsam unter Doras Wimpern hervorgequollen, und Schmerz und Rührung kämpften übervoll in ihrem Innern.

Aber dann plötzlich schoß sie empor, neigte sich über der Kranken eingefallene Wangen, küßte sie und versteckte dort schluchzend ihr Köpfchen.

»Meine gute, kleine Dora!« murmelte Sophie gerührt und hörte nicht auf, den blonden Kopf des lieben Mädchens sanft zu streicheln.

8.

Herr Heinrich war nicht wenig überrascht, als eines Morgens zu ganz ungewohnter Stunde der Physikus in die Apotheke trat, ihn ernst begrüßte und geheimnisvoll zu sprechen begehrte.

Die beiden Herren gingen in das kleine Kontor, in dem sich früher die erregte Szene zwischen Schuby und August abgespielt hatte, und der Physikus nahm ohne Übergang das Wort, indem er sagte:

»Bester Heinrich, Sie könnten mir einen großen Dienst erweisen, wenn Sie mir zum Januar fünfzehntausend Mark auf mein Haus geben wollten. Es ist zwar bereits in Feuerkassenhöhe belastet, aber bietet doch wohl noch Sicherheit genug.«

Heinrich guckte groß auf; es drängten sich auch allerhand Fragen auf seine Lippen, aber er unterdrückte sie vorläufig und sagte, sich rasch fassend:

»Im Januar ist's ganz unmöglich, bester Paulsen. Ich habe meine Gelder festgelegt. Hätten Sie mir das ein halbes Jahr früher gesagt, wäre es eher gegangen. – Brauchen Sie das Geld denn so notwendig?«

»Ach, es ist das ja eine unglückliche Geschichte. Sie wissen doch, daß meine Frau einen einzigen Bruder in Süddeutschland hat, dem es nie recht hat glücken wollen. Vor vier Jahren, als er von neuem ein Geschäft in Regensburg gründete, ließ ich mich bewegen, für ihn gutzusagen, und erwartete von Jahr zu Jahr, daß er mich von der Bürgschaft befreien werde. Meine Hoffnungen erfüllten sich aber nicht, und in diesen Tagen erhielt ich sogar von seinen Gläubigern die lakonische Aufforderung, ungesäumt zu zahlen. Mein Schwager habe falliert und seit einigen Tagen die Stadt verlassen. Er ist zu diesem Verfahren berechtigt; ich bin gesetzlich und moralisch verpflichtet, für meiner Frau Bruder einzutreten.«

Herr Heinrich zog ein sehr langes Gesicht. Er bedauerte nach diesen Auseinandersetzungen lebhaft, daß er überhaupt die Möglichkeit einer Darlehnsgewährung ausgesprochen hatte. Die angebotene Hypothek erachtete er zwar nicht gerade als gefährdet, aber sie war keineswegs eine solche, die man im Geschäftsstil zweifellos gut nennt. Es kam hinzu, daß seine Freunde drüben alles verbrauchten, was im Laufe des Jahres verdient wurde. Paulsens lebten nach Heinrichs Ansichten über ihre Verhältnisse, und ob er demnach, wenn er dem Physikus das Geld leihen werde, auch immer die Zinsen erhalten würde, erschien ihm sehr zweifelhaft.

Die Sache war ihm äußerst ungelegen, und er sagte deshalb trocken: »Sagen Sie mal – was wollte ich noch bemerken? Richtig! Würde Ihnen nicht Ihr Bruder in Mecklenburg die Summe leihen können?«

Der Physikus, der die Sicherheit, die er bot, selbst gar nicht anzweifelte, erwiderte, arglos sich gebend:

»Ich glaube nicht, daß er es kann, und aufrichtig gesagt, ihn zu bitten, ist mir aus manchen Gründen peinlich. Sie stehen mir eigentlich innerlich näher als mein Bruder, lieber Heinrich, und meine Frau und ich hofften deshalb, daß Sie Hilfe schaffen würden. Am Ende, ist's nicht zum Januar, wird der Himmel nicht einbrechen, wenn ich an einem späteren Termin zahle.«

Aber Heinrich war schon fest entschlossen, seines Freundes Gesuch abzulehnen. Er drehte deshalb den Spieß um und sagte in seiner wenig angenehmen, überlegenen Weise:

»Wie konnten Sie nur für einen so notorisch leichtsinnigen Menschen, wie ihr Schwager einer ist, gutsagen? Das ist mir unfaßlich, lieber Freund. Weshalb haben Sie mich damals nicht um Rat gefragt? Ich hätte Ihnen das vorher sagen können. Natürlich, Sie werden das ganze Geld verlieren, und offen gestanden, ich sehe noch nicht einmal, wie Sie es überhaupt auftreiben wollen. In Kappeln gibt Ihnen auf Ihr Grundstück, das, wie es nun einmal gebaut, nur für eine Familie bewohnbar ist, niemand eine Hypothek über den Feuerkassenwert. Es bringt ja schon jetzt kaum die Zinsen auf. Sie wohnen sehr teuer.«

Nun wurde dem Physikus die Sachlage allerdings klar. Wenn Heinrich erst so redete, wußte er Bescheid. Hier war keine Hilfe zu erwarten. Er erhob deshalb auch nur noch einige schwache Einwendungen gegen die bezweifelte Sicherheit der Hypothek und stand im übrigen halb in verlegener, halb in empfindlicher Stimmung vor demjenigen, der ihn so teilnahmslos abwies und in dem Augenblicke der Not sogar mit Vorwürfen nicht zurückhielt. Aber auch Heinrich überkam jetzt ein unbequemes Gefühl. Der Physikus hatte im Laufe des Gesprächs der Doktorin Erwähnung getan, und er ward dadurch erinnert, daß es aus bestimmten Gründen geboten schien, wenigstens äußerlich an den Tag zu legen, daß er an den Sorgen seiner Freunde teilnehme.

Er sagte deshalb, freilich ohne sich etwas dabei zu denken:

»Schicken Sie mir doch gefälligst nachher einen Auszug aus dem Schuld- und Pfandprotokoll nebst genauer Angabe über die Höhe der Feuerkasse herüber, bester Freund. Ich will mir die Sache, wenn ich alles vor mir habe, noch einmal genau überlegen.«

Der Physikus nickte, bat Heinrich mit eindringlicher Herzlichkeit, sein Möglichstes zu tun, und verließ das Kontor.

Der Apotheker blieb noch eine Zeitlang nachdenklich an den Schreibtisch gelehnt, und während er sich aus einer schlechten Gewohnheit, die er neuerdings angenommen hatte, mit einem Schildpattfabrikat in den Zähnen stocherte, kamen ihm allerlei Gedanken. Und einen von diesen erhob er zum Entschluß.

Ein kluger Mann zog selbst aus den Ungelegenheiten seiner Mitmenschen Vorteil!

Drei Tage befand sich der Physikus in der äußersten Spannung. Heinrich ließ nichts von sich hören. Dann aber kam ein Schreiben folgenden Inhalts:

»Lieber Paulsen!

Ihre Sache beschäftigt mich außerordentlich; es betrübt mich auch sehr, daß Sie in diese unangenehme Lage geraten sind, aber ich bedaure, Ihnen nicht helfen zu können.

Wenn ich das Geld liegen hätte, wär's schon etwas anderes, aber sicherstehende Kapitalien zu kündigen, um eine zweifelhafte Hypothek zu erwerben, deren Inhalt überdies wohl nur eines Wucherers Beutel füllen wird, dazu kann ich mich nicht entschließen, um so weniger entschließen, als ich Ihnen gar keinen Freundschaftsdienst damit erweise.

Ich biete mich aber an, mit dem Gläubiger zu verhandeln und ihm die Alternative zu stellen, daß er bei einem etwaigen Konkurse nichts erhält oder sich mit einer Abfindung begnügt.

Lieber Paulsen! Ich bin Geschäftsmann und beurteile die Dinge nüchtern; sie müssen mir deshalb auch nicht übelnehmen, wenn ich ohne jegliche Sentimentalität die Sache ins Auge fasse.

Sie besitzen tatsächlich nichts, denn Sie leben von Ihrem Erwerb als Arzt, und die Einrichtung, die Ihnen Ihre liebe Frau mitgebracht hat, würde beim Zwangsverkauf nur ein Geringes ergeben. Sie wollen nun trotzdem bezahlen und die Bürgschaftsverpflichtung in eine Darlehnsverpflichtung verwandeln!

Hand aufs Herz! Stehe ich Ihnen näher oder jener, ein fremder Mann? Einer von uns beiden muß schließlich den Betrag bei Ihnen einbüßen, das steht außer Zweifel. Ich weiß, daß Sie diese Bemerkung unzart finden, mir auch nicht beistimmen werden, weil Sie die mir angebotene Hypothek bisher als eine Sicherheit angesehen haben. Sie ist aber keine, glauben Sie es mir, und deshalb nochmals: überlegen Sie meinen Vorschlag und übertragen Sie mir die Abwicklung der Sache.

Was nun die Vergleichssumme anbelangt, so bin ich nicht abgeneigt, die Bürgschaft für den richtigen Eingang der eventuell von Ihnen zu leistenden Abschlagszahlungen zu übernehmen, und bitte Sie, dann Ihrerseits für prompte Deckung derselben Sorge zu tragen. Beifolgend die Papiere dankend zurück.

Entschuldigen Sie, daß ich nicht schon bei Ihnen war, auch heute schreibe, statt selbst zu kommen, aber am Tage Ihres Besuches hat sich bei mir im Hause etwas so äußerst Unliebsames ereignet, daß mir Zeit und Stimmung für die Angelegenheiten Dritter, selbst wenn dieselben mir so nahestehen wie Sie, völlig abgingen.

Wenn's Ihnen recht ist, hole ich Sie morgen nachmittag zum Spaziergang ab! Ihren Damen die schönsten Grüße.«

Dieser Brief schlug wie eine Bombe in des Physikus' Haus. Auf eine ablehnende Antwort war Doktor Paulsen am Ende vorbereitet, aber dies! – Solche Offenherzigkeit grenze an Roheit, meinte die Doktorin. – Konkurs erklären! Ohne äußerste Not sich vor der ganzen Welt bloßstellen! Der Familie Stellung und Existenz untergraben! Was würde man in Kappeln sagen! Das sollte Freundschaft sein? Wenn's darauf ankam, wenn es sich um den Geldbeutel handelte, war der langjährige Intimus der Familie nicht zu Hause!

Und je mehr die Doktorin redete, desto mehr bäumte es sich auch in des Physikus' Innerem auf. Immer von neuem ging die Pfeife aus, ein Fidibus nach dem andern ward entzündet und zwischen Zeigefinger und Daumen ausgelöscht.

Als Dora einmal den Kopf zur Tür hereinsteckte, wurde sie abgewiesen.

»Was, Kind? – Nein, nein, heute nicht! – Deinem Vater ist nicht nach Gesellschaft zumute. – Wie? – Nein! – Sage nur, wir bedauerten. Und dann bestelle auch Lene, wenn Leute kämen, solle sie sagen, Papa sei über Land gefahren; es sei ungewiß, wann er zurückkehren werde.«

Dora nickte ängstlich und entfernte sich. Ihr Papa hatte nicht gesprochen, aber sie sah ihn ruhelos auf und ab gehen, und Sorgenfalten, die sie kaum an ihm kannte, lagen auf seiner Stirn. –

Inzwischen sandte der Klempner Gottliebsen, daß seine kleine Marie sehr stark fiebere. Bei dem Neubau vor der Stadt war ein Mann vom Gerüst gefallen, und man verlangte dringend nach dem Herrn Physikus. Von Franzius wurden Boten geschickt, daß Emil, der Älteste, über heftige Brustschmerzen klage, und des Arbeiters Konrad Frau lag seit morgens sechs Uhr im Sterben.

Lene erklärte, der Herr Doktor sei nicht zu Hause, sie werde es aber bestellen, und er werde sicher vorsprechen, sobald er zurückkehre.

Einige Stunden später war die erste Erregung, welche sich der Ehegatten bemächtigt hatte, schon einer besonneneren Auffassung gewichen;

die Höhen und Abgründe waren überschritten, und sie wandten sich mit ihren Gedanken in die Täler der ruhigen Vernunft.

Dem Physikus flüsterte bereits während der ersten Ausbruche des Unmuts eine leise Stimme zu, daß Heinrich, so wenig zart er auch die Angelegenheit behandelt hatte, doch nicht so ganz unrecht habe.

Nur in einem Punkte vermochte er ihm durchaus nicht beizustimmen, und dieser Punkt betraf die Pflichten des Freundes. Nach seiner Auffassung mußte ein solcher selbst mit größeren Opfern eintreten, wenn es sich um Stellung, Ehre und Existenz eines bis dahin unbescholtenen Mannes handelte. Wer die erste Forderung hatte, gewann das Recht, zuerst befriedigt zu werden, und wenn Heinrich den Vorschlag machte, daß die Schuld in Raten abgetragen werden solle, weshalb befreite er ihn dann nicht vorerst von einem hartdrängenden Gläubiger und trat selbst in dessen Verhältnis ein?

Zuletzt wurde der Schlußsatz des Briefes erörtert. Heinrich sprach von einem außerordentlich unliebsamen Ereignis, das sich zugetragen habe. Was konnte geschehen sein? Die Ehegatten sannen hin und her, und es muß der Vorwurf gegen die Frau Doktor erhoben werden, daß sich in ihre Spannung etwas wie Schadenfreude mischte. Sie hoffte, obgleich irgendwelches Ungemach, von dem Heinrich getroffen war, ihre eigene Lage nur verschlechtern konnte, daß das Schicksal ihm auch einmal einen Schlag versetzt habe.

Über dieses außerordentliche Ereignis, das gleichzeitig geeignet war, Heinrichs Vorurteil gegen August zu beseitigen, äußerte sich der Apotheker am nächsten Tage gegen den Physikus in folgender Weise:

»Es war mir«, sagte er in seiner gewohnten, überlegenen Art, »schon seit längerer Zeit aufgefallen, daß sich ein sehr geringer Betrag in meiner Tageskasse befand, und es stand fest bei mir, daß ich bestohlen würde.

Anfänglich richtete sich mein Verdacht auf den neuen Lehrling, und ich sondierte diesen in geeigneter Weise. Der Bursche blieb aber bei den verschiedenen an ihn gestellten Fragen so unbefangen, er begriff so wenig, worauf ich eigentlich hinauswollte, daß er der Schuldige gar nicht sein konnte.

Mein Hausdiener Jakob betrat morgens beim Reinmachen allein die Apotheke. Um diese Zeit befand sich jedoch, da mein Gehilfe den Bestand jeden Abend vorm Verlassen des Kontors abzuliefern hat, überhaupt kein Geld in der Ladenkasse. Es blieb also nur noch Schuby übrig, denn ein Hausdieb mußte es sein. Ich begann nun meine Operation damit, daß ich den Lehrling fortsandte und ein auffallend gefärbtes Stück Papier auf den Rezeptiertisch legte. Es standen mit verstellter Handschrift die Worte darauf: »Was verdient derjenige, der seines Herrn Vertrauen mißbraucht?« Eine Absichtlichkeit schien hierbei ausgeschlossen, weil ich das Papier zusammengeknittert hatte, als ob's zum Einwickeln benutzt gewesen sei.

Als Schuby, der im Laboratorium beschäftigt gewesen war, zurückkehrte, beobachtete ich ihn versteckt durch die Scheibe meines Kontors. Wirklich ging er in der gehofften Weise in die Falle. Er nahm das Blatt an sich, besah es einen Augenblick, wollte es fortwerfen und faltete es dann doch auseinander.

Nun beobachtete ich gespannt, was folgte. Er las den Satz, der mit großen Buchstaben geschrieben war, sah sich spähend um, ob ich ihn vom Nebenzimmer aus beobachte, wollte schon nachsehen, besann sich aber wieder und studierte dann abermals, und zwar versteckter als vorher, den Inhalt des Schriftstückes. Dann starrte er eine Weile, mit dem Rücken gegen den Rezeptiertisch gelehnt, vor sich hin, glättete endlich das Papier, legte es in gleiche Falten und verbarg es in der Seitentasche seines Rockes. Nachdem das geschehen, machte er eine Bewegung gegen mein Zimmer. Ich eilte rasch an mein Pult und ließ mich, eifrig schreibend, an demselben nieder. In der Tat öffnete Schuby die Tür und tat eine Frage wegen eines Dekokts.

Ich antwortete ihm unbefangen und ließ ihn fortgehen, dann aber – und in diesem Augenblick kehrte auch der Lehrling zurück – rief ich ihn zurück, schloß hinter uns ab, und sagte ohne Übergang:

»Schuby! Glauben Sie, daß der da drinnen« – ich wies in die Richtung nach dem eben Eingetretenen – »ehrlich ist?«

»Wieso, Herr Heinrich?«

»Haben Sie denn nichts bemerkt?«

»Bemerkt? Nein –«

»Glauben Sie nicht, daß Julius mitunter in die Kasse greift, um sich einen vergnügten Abend zu machen? Es beschäftigt mich schon lange, daß unsere Tageseinnahme so gering ist. Bestohlen werden wir, das steht außer allem Zweifel! Ist's Ihnen gar nicht aufgefallen? Haben Sie niemanden in Verdacht?«

Da nun Schuby sah, daß alles entdeckt war, bewegte er die Schultern, nahm eine andere Miene an und sagte:

»Ich kann nicht leugnen, daß es mir allerdings auch aufgefallen ist, daß Julius in Kleidung und allerlei –«

Ich unterbrach ihn nun und warf, als ob ich von der Sache zunächst absehen wolle, hin:

»Begleiten Sie mich doch einmal auf Ihr Zimmer, Schuby!«

»Auf mein Zimmer, Herr Heinrich?«

»Jawohl! Kommen Sie!«

Als wir oben angelangt waren, schloß ich die Tür ab. Er sah mich mit schlecht unterdrückter Angst an, sagte aber nichts.

»Ich bin mit Ihnen hier heraufgegangen, weil ich wünsche, daß Sie zum Beweise Ihrer eigenen Unschuld Ihre Kommode öffnen.«

»Herr Heinrich!« rief er, während Blässe seine Wangen bedeckte.

Ich aber fuhr ruhig fort:

»Wenn Sie schuldig sein sollten, möchte ich doch wenigstens das von dem gestohlenen Gelde retten, was noch vorhanden ist.« – Und dann in verändertem Tone:

»Gestehen Sie es sofort, wenn Sie der Täter sind, ich rate es Ihnen wegen der Folgen. Wenn Sie reuig gestehen, so sollen Sie straflos ausgehen; anderenfalls aber werde ich Sie den Gerichten überliefern. Ob Sie bekennen oder nicht, öffnen Sie –«

Noch siegten Scham und Furcht vor den Folgen in ihm. Er ergriff trotzend das Schlüsselbund und schloß die Kommode auf.

»Schuby!« rief ich, »bedenken Sie, welche Wahl ich Ihnen gelassen habe. Ich gebe Ihnen noch einige Minuten Zeit!«

Eine kurze Pause entstand.

Endlich flüsterte er in furchtbarer Zerknirschung: »Herr Heinrich, ich tat sonst meine Pflicht. Machen Sie mich nicht unglücklich!«

»Gut! Sie gestehen also? Seit wann haben Sie Gelder aus der Kasse entwendet?«

Er dachte nach, oder er scheute sich vor der Antwort; er schwieg.

»Nur völliges Bekennen rettet Sie vor der Anzeige!« fuhr ich fort.

»Seit August fortging. –«

»Weshalb gerade seit Augusts Abgang?« fragte ich, von dem Verdacht beherrscht, daß Schuby mit ihm unter einer Decke gesteckt habe.

»August war mit dem Taschengelde, das er, wie Sie wissen, von seiner Tante erhielt, sehr sparsam und lieh mir mitunter einige Taler«, stöhnte Schuby, ganz zerschmettert, »ich konnte nie recht auskommen. Als er fort war, entnahm ich der Kasse Geld und gab's hin und wieder zurück. Und dann –«

»Und dann?«

»Ja, dann kam ich doch wieder und noch tiefer hinein. Ich verlor mehreremal beim Kartenspiel und – und –«

»Und?«

»Und vermochte die Summe nicht zu ersetzen –«

»Wie hoch schätzen Sie den Betrag, um den Sie mich im Laufe dieser Zeit gebracht haben?«

Er nannte zitternd eine Summe, deren Höhe so groß war, daß ich erschrak.

»Elender Mensch! Sie verdienen eigentlich gar keine Nachsicht, Kreaturen wie Sie –«

Aber er ließ mich nicht ausreden, fiel vor mir nieder und rief:

»Ich schwöre bei dem Andenken an meine guten Eltern, die ehrliche, brave Leute waren, daß ich die Summe, die sich heute in meinem Pult befindet, als Mittel benutzen wollte, um das entwendete Geld zurückzuverdienen.«

»Nun gut, angenommen, daß dem so ist, wie dachten Sie sich denn die Rückgabe? Hunderte konnten Sie doch nicht auf einmal in die Tageskasse legen?!«

»Ich wollte Ihnen das Geld senden, später, wenn ich mich in einer anderen Lebensstellung befand –«

»Schön! Halten wir das auch fest! Sie bescheinigen mir schriftlich, daß Sie mir so und so viel entwendet haben, und verpflichten sich sowohl zur allmählichen Abtragung des Kapitals als auch zur Zahlung von jährlich vier Prozent Zinsen. Bleiben diese Zahlungen aus, so steht es in meinem Belieben, der Gerechtigkeit freien Lauf zu lassen. Schreiben Sie gleich, was ich Ihnen diktiere. Morgen verlassen Sie mein Haus!«

»Und das Zeugnis?« stotterte der zerknirschte Mensch.

»Ein Zeugnis erhalten Sie von mir überhaupt nicht. Wünschen Sie trotzdem eins, so steht die Veranlassung der Kündigung darin. – Wie Sie das machen, ist Ihre Sache! Ich biete meine Hand nicht dazu, Sie meinen Kollegen als einen ehrlichen Mann zu empfehlen. Das tue ich aber, wenn ich Ihre Schuld verschweige.«

Er lieferte mir nun das Geld, welches noch in seinem Besitz war, aus, versprach, seinen Verpflichtungen pünktlich nachzukommen, und reiste am nächsten Tage ab. Zufälligerweise fand ich sogleich Ersatz für ihn –«

»Hätten Sie den Menschen nicht anzeigen müssen, Heinrich?« fiel der Physikus ein. »Ist es richtig, einen so schwer Belasteten ungestraft entweichen zu lassen?«

Herr Heinrich, der sich während des Sprechens die Nägel geputzt hatte, knipste ein Fingerwürzelchen ab und sagte, dem Einwand, der ihn reizte, mit Kälte begegnend:

»Ich verdiene mir mein Geld nicht, um es in solcher Weise zu verlieren. Da ich den Menschen immer in der Hand behalte, konnte ich ihn ruhig laufen lassen, und ich komme auf diese Art vielleicht einmal wieder zu meinem Eigentum, das gewiß unwiederbringlich verloren gewesen wäre, wenn ich ihn dem Gerichte überliefert hätte. Ich wollte ihm auch den Weg nicht abschneiden, wieder ein ehrlicher Mensch zu werden«, setzte er in seiner üblichen, den Biedermann heuchelnden Weise hinzu.

Als der Physikus seinen Damen von diesem Vorfall Bericht erstattete, fuhr Dora lebhaft auf und rief: »Schändlich! Der arme August hat sein schlechtes Zeugnis weg, weil der infame Mensch ihm schaden wollte! Und dieser geht leer aus und hat sogar ein Verbrechen auf dem Gewissen!« Und eifrig setzte sie hinzu: »Ob Heinrich sein Unrecht gegen August wieder gutmachen wird?« Dies schien der Physikus zu bezweifeln; er zuckte wenigstens die Achseln und machte eine ungläubige Miene.

9.

Heinrich waren die Verhandlungen mit dem Gläubiger des Physikus übertragen; aber der Briefwechsel zog sich lange zwecklos hin. Endlich erklärte der Wechselinhaber, sich mit fünfzig Prozent abfinden lassen zu wollen. Es trat nun die Frage heran, wie die Summe zu beschaffen sei.

»Jetzt wären wir also so weit!« erklärte Heinrich in einem Gespräch mit dem Physikus, während er, mit der einen Hand das Kinn streichend, die andere in der Hosentasche bergend, mit seinem unbeweglichen Gesicht vor dem Ofen stand. »Es kommt nur noch darauf an, Ihren Gläubiger zu bewegen, daß er in jährliche Abschlagszahlungen willigt.

Er stellt allerdings die Bedingung, daß der Vergleichsbetrag bar ausgezahlt werde. Aber woher beschaffen?«

Dem Physikus schwebte wohl ein Wort auf der Zunge, aber, er war durch alles das, was bisher vor sich gegangen, namentlich durch den Sieg, welchen Heinrich über Paulsens Gläubiger errungen, bereits so eingeschüchtert, daß er nichts zu erwidern wagte.

Endlich, als der Apotheker hartnäckig schwieg, sagte er: »Ich glaubte, lieber Heinrich, daß Sie diesen Fall bei Ihren Verhandlungen im Auge gehabt hätten, daß Sie –«

»Daß ich?« fiel der Angeredete tonlos ein.

»Ja, daß Sie, da Sie die Güte hatten, sich in der fraglichen Angelegenheit so energisch und erfolgreich zu bemühen, auch diese Frage in Erwägung gezogen hätten.«

»Nein, ich habe ursprünglich den Gedanken gehabt, daß der Kerl ganz und gar nichts haben sollte. Es hat sich ja unzweifelhaft herausgestellt, daß Ihr Schwager von den fünfzehntausend nur zehn empfing. Ich bin der Meinung, da von barer Zahlung überhaupt nicht die Rede gewesen ist, daß wir jetzt einen Teil, und so fort jedes Jahr einen weiteren – natürlich ohne Zwischenzinsen – anbieten. Wieviel könnten Sie augenblicklich zur Verfügung stellen?«

Der Physikus, der wie ein Schulknabe vor dem Gewaltigen stand, wagte das entsetzliche Wort »Nichts« nicht auszusprechen. Er kannte jede Silbe, die dann aus Heinrichs Munde folgen würde.

»Wir brauchen«, fuhr der Apotheker, ohne seine Antwort abzuwarten, fort, »siebentausendfünfhundert Mark. Wenn Sie jedes Jahr tausend Mark abzahlen und gleich jetzt fünfhundert, so sind Sie in sieben Jahren frei. Ich denke, daß Sie das erübrigen können. Ja, Sie müssen es erübrigen! Woher sonst nehmen?«

Der Apotheker sah seinen Freund bei diesen Worten mit kaltem Blick an, und der Physikus nickte zustimmend. Eine Antwort wegen der fünfhundert gab er aber nicht.

»Sie meinen also, es geht? Gut! Dann schaffen Sie also die fünfhundert Mark, die gleich gezahlt werden müssen, jetzt herbei.«

Der Physikus stand wie auf Kohlen, ja er zitterte. Er schnitt oft mit fester Hand in einen zuckenden Körper, er trat an das Bett sterbender Patienten und war gestählt gegen den Herzensjammer derer, die zurückblieben. Aber das war alles nichts gegen die Pein, diesem Manne eingestehen zu müssen, daß er noch nicht einmal hundert Mark für besagten Zweck zurückgelegt habe.

Heinrich hoffte auch, daß dem so sein werde, aber keine Miene verriet, was in ihm vorging.

»Augenblicklich«, nahm der Physikus mit kurzem, schwerem Anlauf das Wort, »ist es mir unmöglich, überhaupt etwas zu beschaffen, lieber Heinrich. Es tut mir sehr leid, aber –«

Die Folge dieses Bekenntnisses bestand darin, daß der Apotheker den Ofen verließ, die Hände auf dem Rücken kreuzte und offenbar in schwerem Sinnen auf und abging. Endlich blieb er wie nach plötzlich gefaßtem Entschluß vor Paulsen stehen und sagte in verändertem Tone: »Nun gut! Wir wollen einmal anders sprechen, lieber Freund! Ich will Dora, Ihrer Dora, die ganze notwendige Summe leihen, und Sie können den Mann gleich befriedigen.«

Da in dem ehrlichen Gesichte des Physikus etwas auftauchte, vor dem selbst Heinrich erschrak, setzte er rasch hinzu: Wenn ich sage leihen, so ist das eigentlich nicht der richtige Ausdruck. Sollten unsere früher besprochenen Pläne sich verwirklichen, sollte, wie ich hoffe, Dora meine Frau werden, so ist sie meine Erbin, Erbin meines ganzen Vermögens, und sie kann es auch mit dieser Summe halten, wie sie will. – Sie dürfen sich nicht wundern, lieber Paulsen, daß ich die ganze Angelegenheit so geschäftsmäßig und, wie Sie und Ihre liebe Frau gewiß häufig gedacht haben, so rauh behandelt habe. Glauben Sie, ich meinte es gut, wenn ich einem Wucherer nicht unser schönes Geld hinwerfen wollte. Sie sehen ja auch, daß ich meinen Zweck erreicht habe. Der Hälfte sind Sie bereits entbunden, und« – hier lächelte Heinrich geschmeidig und zupfte an dem karierten Halstuch, – »die andere wird Ihnen ebensowenig Sorge machen, wenn Sie mir ein wenig behilflich sein wollen.« Und dann ernster fortfahrend: »Hätte ich Sie gewähren lassen, verehrter Freund, so säßen Sie jetzt da und würden keine gute Stunde mehr haben! Ihr Gläubiger ist ein gefährlicher Mensch, ein Gauner, dem Sie gar nicht gewachsen sind. Gerade, weil ich Ihr aufrichtiger Freund bin, Ihre Frau hoch verehre und Dora schon von Kindheit an von ganzem Herzen zugetan war, gerade deshalb« – Er brach ab und streckte dem Physikus die Hand entgegen.

Heinrich hatte, wenn er seinen biederen Ton annahm, in der Tat etwas so Unwiderstehliches, und die Vermutung, daß er es ehrlich meine, wurde durch die seiner Liebenswürdigkeit in kluger Berechnung beigemischte verstandeskühle Art so sehr bestärkt, daß er allezeit das Spiel gewann, wenn er es darauf absah.

Der Physikus, den anfänglich der vorgeschlagene Handel mit Entrüstung erfüllen wollte, bat nun Heinrich im stillen alles ab. Er war durch die plötzliche Entlastung von den ihn schon seit Monaten quälenden Verpflichtungen wie von einem Alp befreit und erachtete die bereits früher gebilligte Verbindung Doras mit dem Apotheker als das größte Glück, das ihnen allen widerfahren könne. Er ergriff deshalb die dargebotene Hand, dankte dem Freunde in überströmenden Worten und versprach, nunmehr die Angelegenheit mit seiner Tochter tatkräftig fördern zu wollen.

Nach einigen Tagen wurde für die Frau Doktor Paulsen ein Paket von Herrn Heinrich abgegeben. Es enthielt eine Quittung über fünftausend Mark samt Zinsen, und daneben standen die Worte:

»Hochverehrte Freundin!

Wenn ich mir erlaube, Ihnen beifolgend ein Geschenk für Dora zu überreichen, so knüpfe ich daran die Bitte, ja die Bedingung, daß Ihre Tochter niemals etwas davon erfährt. Die Gründe werden Sie verstehen.

Im übrigen bitte ich um Verzeihung, daß ich den Eindruck bei Ihnen hervorrufen mußte, als hätte ich Interesse und Opferfreudigkeit für Sie verloren. In der Tat war das Gegenteil der Fall, und ich hoffe, daß die Beweise vorliegen.

In treuester Gesinnung

Heinrich.«

Nach all diesen Vorfällen war es eine natürliche Folge und fast nicht einmal absichtliche Berechnung, daß der Physikus und seine Frau in Doras Gegenwart Heinrich häufig in anerkennender Weise erwähnten. Man lobte, wenn man auch seine Eigenheiten zugab, seinen ehrenhaften Charakter, rühmte seinen Verstand und seine Geschäftstüchtigkeit und fand in der Art und Weise, wie er sich zu dem Schubyschen Vergehen gestellt hatte, den Beweis gegeben, daß er wahrlich kein rachsüchtiger Mensch sei.

Dora hörte ahnungslos zu, nahm's unbewußt in sich auf, und als ähnliche Äußerungen, durch den Schubyschen Fall hervorgerufen, auch in anderen Familien laut wurden, befestigte sich in ihr von neuem der Gedanke, daß Heinrich doch ein außerordentlicher Mensch sei. Es kam hinzu, daß er ihr jetzt mit zartester Rücksicht begegnete und namentlich ganz vermied, sie noch, – Doras wundester Punkt! – als eine Halberwachsene zu behandeln. Er sprach es häufig in ihrer Gegenwart aus, wie gesetzt, wie verständig sie sei, und wie glücklich sie sich entwickle.

Auch Sophie schien ihre Ansichten über den Apotheker geändert zu haben. Mehreremal waren während der Krankheit kleine Geschenke von ihm bei ihr eingetroffen, und an dem Tage, an dem sich die alte Dame wieder vom Krankenlager erhoben, war solcher Sendung ein kleines Billett beigefügt gewesen, in dem er seiner Freude über ihre Wiedergenesung Ausdruck gegeben hatte. Freilich, wenn Sophie gehört hätte, wie sich der Apotheker gelegentlich über sie geäußert, würde sie den Wert dieser Zuwendungen nicht eben hoch geschätzt, und wenn sie in Heinrichs Inneres hätte schauen können, rasch erkannt haben, daß ihn ihre Person sehr wenig kümmerte, und daß er bei diesen Aufmerksamkeiten nur seine egoistischen Zwecke verfolgte.

Ein besonderes Aufsehen erregte es in Kappeln, daß Heinrich mit dem jetzt wieder beginnenden Frühjahr große bauliche Veränderungen in seinem Hause vornehmen ließ. Das Erdgeschoß ward nach dem Hofe zu erweitert, das obere Stockwerk abgerissen, und elegante Wohnräume wurden hergestellt. Er wolle vermieten, hieß es. Er finde sicher seine Rechnung dabei und erhöhe den Wert des Grundstücks um das Doppelte. Überhaupt war man im Städtchen der Ansicht, daß alles, was Heinrich vornahm, das Ergebnis kluger Berechnung sei; er gucke durch die Wand, und der Himmel segne, was seine Hände berührten.

Daß ein Mensch, dem er sein volles Vertrauen geschenkt, ihn um einige Hunderte oder Tausende bestohlen hatte, was machte ihm das aus? Schätzte man doch seine Einnahme aus Geschäft und Zinsen auf mindestens dreißig- bis vierzigtausend Mark im Jahr, eine Summe, die um so erheblicher ins Gewicht fiel, als er persönlich davon nur einen verhältnismäßig geringen Teil verbrauchte. Wie das jährlich mit Zins und Zinseszins anwachsen mußte!

Bei einem Besuche, den Dora eines Nachmittags Sophien machte, rechnete eine brave Kaffeeschwester diese Summe vor, und wenn Dora auch wenig oder gar nichts von Geldsachen verstand, so viel begriff sie doch, daß Heinrich sehr reich sein müsse.

Ach, wie sei Kappeln doch still und langweilig, klagte sie der alten Freundin! Gerade in diesem Frühjahr, trotz des herrlichen Wetters, schlief der Verkehr. Der junge Dorn hatte sich unterwegs mit einer

Dame verlobt, mehrere von Doras Freundinnen waren zu Verwandten und Bekannten gereist, und nicht eine Persönlichkeit machte sich zum Mittelpunkt, um das gesellschaftliche Leben etwas zu heben.

Bernhard hatte endlich einmal geschrieben, aber nur sehr kurz. Er bedankte sich in den wärmsten Worten für die ihm erwiesene Gastfreundschaft, hoffte, daß es den lieben Verwandten gutgehe, ließ seine Kusine Dora aufs herzlichste grüßen und schloß mit der Mitteilung, daß er demnächst eine süddeutsche Universität beziehen werde.

Das war alles! Anfänglich hatte Dora jeden Tag nach einem für sie bestimmten Schreiben ausgesehen. Unter allen denkbaren Vorwänden machte sie sich, wenn der Postbote erscheinen mußte, in dem Hausflur zu schaffen, guckte auf ihres Vaters Schreibtisch, wo die angekommenen Briefe abgelegt wurden, und malte sich, wenn sie abermals eine Enttäuschung erlitt, den Augenblick aus, wo endlich der ersehnte Brief eintreffen werde.

Allmählich, als Wochen auf Wochen vergingen, ohne daß der Vetter ein Lebenszeichen gab, ließ die Spannung ihres Herzens nach.

Es war ein Traum gewesen, ein kurzer Traum! – Bernhard dachte nur noch an seine Kusine, wie man sich irgendeines guten Freundes erinnert; sicher mit keinen anderen Empfindungen und am wenigsten mit Gefühlen, wie solche in Doras Herzen Raum hatten und sie fast verzehrten.

10.

Frühjahr, Sommer und angehender Herbst waren außerordentlich warm und milde gewesen, und deshalb war es Heinrich möglich geworden, sein neues, im übrigen nur für eigene Zwecke hergerichtetes Haus bereits vor dem Winter bewohnbar zu machen. Das war eine Tatsache, welche die Bewohner des Ortes mit Neugierde und Spannung erfüllte.

Die schönsten Möbel und sonstige Ausstattungsgegenstände ließ er aus Hamburg kommen, und das Einweihungsfest war ein Ereignis für ganz Kappeln. Und gleich nach dieser Feier, die glänzend verlaufen war, zu der die halbe Stadt Einladungen erhalten, und bei der Frau Physikus Paulsen die Honneurs gemacht hatte, ereignete sich etwas so Außerordentliches, daß Dora eines Nachmittags atemlos zu Sophie in die Wohnung gelaufen kam, um es ihr mitzuteilen.

Die immer noch kränkelnde Freundin saß mit den Füßen in einem Fußsack; über die Beine hatte sie eine von Dora gestickte Decke geschlagen, die Perücke saß nicht so ganz gerade auf dem Kopf, und in dem Zimmer herrschte jene dumpfe Luft, welche kränkelnde Menschen umgibt.

Aber Dora, sonst wohl etwas abgestoßen durch die Eigenheiten und das altjüngferliche Wesen der Kranken, sah heute nur die guten, teilnehmenden Augen Sophiens und ward nicht gestört durch das etwas unruhige Hin und Her der alten Dame.

Nachdem diese mit unbehilflicher Befangenheit allerlei unschöne Siebensachen von Tisch und Sofa abgeräumt hatte, ließ sich Dora nieder, strich sich die krausen Haare von der heißen Stirn und sagte ohne Übergang mit großer Hast:

»Ich komme schon heute wieder, denn ich muß dir etwas erzählen, Sophie –«

»Nun, was gibt's denn? Du bist ja ganz außer dir, Dora!«

»Heinrich hat um mich angehalten!« platzte das junge Mädchen heraus und legte erschrocken, aber doch nicht ohne einen Anflug von glücklicher Überraschung die Hand aufs Herz.

»Heinrich? Um dich?« Die Alte sank in die Kissen zurück, richtete sich nur mühsam wieder empor, fand eine bequeme Stellung und drang alsdann mit Fragen auf ihre hochgerötete und äußerst erregte junge Freundin ein.

»Heute, gleich nach dem Kaffee, haben die Eltern es mir mitgeteilt! Papa mußte über Land; ihn habe ich nur kurz gesprochen, aber Mama war sehr bewegt, weinte und hat mich viel geküßt. Morgen will er Antwort haben. Was werden Franzius sagen und die andern! Gott! ich weiß mich noch gar nicht zu fassen!« Und nach einer kleinen Pause fuhr sie fort: »Mama meint, ich solle für das große Glück dankbar sein! Aber ich weiß nicht, mir ist so eigentümlich zumute. Als ich über die Straße ging, dachte ich, jeder müßte es mir ansehen, müßte mich beneiden, und dann genierte ich mich doch wieder und wünschte, daß es niemand erführe. –«

Nach diesen schnell hervorgestoßenen Sätzen schoß Dora empor, neigte sich zu der alten Dame herab, umarmte sie und versuchte vergebens, die Tränen zurückzudrängen. Aber während sich ihre Erregung in solcher Weise kundgab, befremdete es sie, daß Sophie bisher noch kein Wort geäußert hatte.

»Nun, Tante, was sagst du dazu? Was meinst du? Freust du dich?« stieß sie unsicher heraus.

Daß sich die alte Dame nicht eben freute, war augenscheinlich, sie ging auch auf Doras Fragen nicht ein, sondern sagte mit unverhohlenem Erstaunen:

»Und deine Mama hat dir zugeredet, und dein Papa auch?«

Dora nickte.

»Nun, – dann –« Sophie sprach nicht aus.

»Dann?« fiel Dora besorgt ein.

»Ja, dann, liebes Kind – Liebst du denn Heinrich?«

»Ich weiß es nicht!« schluchzte das junge Geschöpf, dem plötzlich bei den Zweifeln der Freundin die eigenen aufstiegen, und dem es immer beklommener ums Herz ward.

»Du weißt es nicht, Dora?«

Dora schüttelte, ohne die Augen zu erheben, den Kopf. »Ist es nicht das Richtige, wenn man's nicht recht weiß, Tante?« drängte es sich zaghaft aus ihr hervor.

Die alte Dame kämpfte; sie übernahm eine große Verantwortung; ihr war selbst so traurig zumute, daß es in den rot entzündeten Augen feucht zu werden begann. »Es kommt darauf an, mein liebes Kind. Viele wissen es nicht, ob und wie sehr sie einen anderen Menschen lieben. Bestimmte Vorfälle bringen es erst zum Vorschein. Du mußt dein Herz befragen! Es macht dich stolz, daß Heinrich gerade dich unter den jungen Mädchen ausersehen hat. Das verstehe ich, das begreife ich. Klopft dir das Herz, wenn du dir denkst, daß er dir gegenübersteht und dich in seine Arme schließt? Macht es dich glücklich?«

»Das eben nicht, Tante, es macht mich aber glücklich, daß er, der so viel verlangt und so große Ansprüche erhebt und erheben kann, gerade mich – –«

Sie schwieg und fuhr dann wieder nach raschem Besinnen fort: »Ja, das ist es, Tante, dies Gefühl habe ich. Es erfüllt mich mit einem großen Stolz, daß Heinrich gerade mich – Ist das das Richtige?«

Ach, wenn Liebe erst definiert werden soll! dachte die alte, lebenserfahrene Dame. Jählings drängte sich ihr eine gebieterische Pflicht gegen das junge Mädchen auf. Mochte kommen, was da wollte, sie durfte nur nach ihrer Überzeugung handeln, und sie sagte deshalb:

»Wenn nun ein Brief von Bernhard gekommen wäre, und der bei deinen Eltern um deine Hand angehalten hätte, würde dir da anders zumute sein, Dora?«

Es zuckte in des Mädchens Gesicht auf. Bedurfte es einer Antwort?

»Sieh, Dora, wenn dir bei Heinrichs Antrag so zu Sinn gewesen wäre, dann würde es die richtige Liebe sein. Ich will dir nicht raten! Ich will dich nicht bereden, ja oder nein zu sagen. Du mußt selbst entscheiden. Du weißt es ganz genau, ob du mit Heinrich glücklich werden wirst, – glaube es mir, – gewiß! Und, Dora, wenn du das Gefühl hast, du kannst ihn nicht so lieben, wie eine treue Hausfrau ihrem Manne zugetan sein muß, dann sage lieber nein, bestimmt nein, und wenn sie noch soviel auf dich einreden. – Ach, mein Kind! Es ist schwer für mich, denn deine Eltern sprechen selbst den Wunsch aus, sie raten dir, und es wird ihnen vielleicht nicht angenehm sein, daß ich dich zum Nachdenken anrege. Es gibt viele, die über diesen wichtigen Punkt im Menschenleben andere Ansichten haben. Sie sprechen von Vernunftheiraten und stellen sie über die Verbindungen, die mit dem Herzen geschlossen werden; ja, deine Eltern werden es mir vielleicht nie vergeben, wenn ich die Antwort, die du Herrn Heinrich zu geben hast, beeinflusse. Aber ich kann mir nicht helfen! Du, ein frisches, blühendes Geschöpf, voll Herz und Gemüt, voll Jugend und Leben – und Heinrich –«

»Du meinst?« tastete Dora in ängstlicher Spannung.

»Was ich meine? Nun, daß er gewiß viele gute Seiten hat, daß er soweit ein ganz ehrbarer Mensch ist, – aber er ist nicht jung, nicht biegsam; er ist ein Tyrann, ein Egoist, und – ich weiß nicht, Heinrich ist ein Mensch, den man vielleicht achten, auch trotz seiner vielen abstoßenden Eigenschaften schätzen kann, aber – lieben – lieben – Ach, mein süßes Kind, das ist ein himmelweiter Unterschied.« –

Dora stimmte mit lebhafter Gebärde bei, ja ein Alp schien ihr von der Brust genommen, daß die alte Dame ausgesprochen hatte, was sie im Grunde selbst empfand, und was sich jetzt völlig in ihr abklärte, nachdem sie vor die Frage, ob Nein oder Ja, gestellt war. Und die Erinnerung an Bernhard gab ihr den Maßstab für die Stärke ihrer Empfindungen. Ja, so war's! Während ihr bei dem Gedanken, ihm anzugehören, jede Fiber ihres Herzens zuckte, erfüllte sie bei des Apothekers Antrag nur ein sinnlicher Triumph. Die Vorstellung aber, Heinrich könnte ihr Zärtlichkeiten erweisen, erfüllte sie sogar mit einer stark beklemmenden, sich immer mehr steigernden Angst. Sie hatte niemals wieder an die

Szene auf der Wiese gedacht, jetzt aber trat sie lebendig vor ihre Seele. Sie erinnerte sich, welch schauderndes Gefühl sie durchzuckt hatte, als er sie so eng umfaßt, als seine Wange die ihrige berührt hatte.

Auch überlegte sie, daß sie ihre bisherige Freiheit verlieren sollte, und die Einbuße dieses köstlichen Schatzes ängstigte sie. Ein inneres Gefühl sagte ihr, daß sie sich in Zukunft lediglich seinem Willen würde fügen müssen, und alle Folgen jener Empfindlichkeit, die, wenn man ihr hart begegnete, stets in Trotz ausarteten, standen schon lebendig vor ihrer Seele.

Sophie ahnte, wie es in dem jungen Herzen kämpfte, und ein inniges Mitleid bewegte sie. »Die Reue kommt zu spät, Dora! Überlege reiflich und dann handle! Du bist alt und reif genug, das Richtige zu finden!

Heinrich ist reich, sehr reich, aber das macht's nicht. Glaube mir! Man sollte lieber darben, als Glück und Frieden gegen Reichtum austauschen.

Laß dich nicht durch Äußerlichkeiten verblenden! Frage dein Herz und erwäge mit deinem Verstande. Was die dir raten, das tue. – Zürnst du mir?« schloß sie, als Dora mit einem Ausdruck von Unentschlossenheit, ja fast mit gekränkter Miene verharrte.

»Wie könnte ich dir zürnen, Tante Sophie!« rief Dora, sich wieder zu ihr wendend. »Weiß ich doch, daß jedes deiner Worte aus dem treuesten, besten Herzen kommt. Aber meine Eltern, – Papa, Mama! Ich wage mich kaum nach Hause. – Ach, ich bin sehr, sehr unglücklich und weiß nicht, was ich beginnen soll!«

Und nun schoß es aus den blauen Augen unaufhaltsam hervor. Doras Hände waren in fortwährender Bewegung, ihre Brust hob und senkte sich, und zuletzt stand sie auf, drückte die Stirn gegen die Scheiben und starrte hinaus.

»Ist's möglich!? Da kommt Mama über die Straße, sie weiß nicht, daß ich hier bin« – rief sie aufs höchste erschrocken, umarmte die Freundin, verständigte sie mit raschen Worten und schlüpfte, ihr Verschwiegenheit auflegend, ins Seitengemach.

Als sie ihre Mutter im Nebenzimmer sprechen hörte, schlich sie leise auf den Zehen die Treppe hinab und eilte, ohne aufzuschauen, nach Hause und auf ihr Zimmer.

Am Abend desselben Tages wurde die Angelegenheit der Heirat im Familienrat besprochen. Der Physikus behandelte Doras Verlobung bereits als eine abgemachte Sache, und die Einwendungen, die seine Tochter machte, schnitt er mit den Worten ab:

»Papperlapapp! Überall ist etwas! Fehler hat jeder Mensch. Die vorausgesetzten Vollkommenheiten sind nur Vorstellungen; der hinkende Bote kommt nach. Aber geordnete Verhältnisse und gutes Auskommen an der Seite eines ehrenwerten, verständigen Mannes, das sind nicht zu unterschätzende Dinge; sie finden sich nur allzu selten, und deshalb – es ist meine innerste Überzeugung – halte ich eine Verbindung zwischen dir und Heinrich für ein großes Glück.« –

Die Frau Doktor gab seltsamerweise ihre Meinung nicht ab. Sie war ernster als gewöhnlich, lehnte sich eifrig über die Stickerei, an der sie arbeitete, und forschte nur hin und wieder in dem Antlitz ihres Kindes, welchem sie nur zu gut anmerkte, wie sehr es kämpfte.

Dora waren die Ruhe und der Ernst ihrer Mutter auffallend, so auffallend, daß es sie drängte, ihre Ansicht zu erbitten.

»Und was sagst du, liebe Mama?« hub sie an.

»Ich stimme deinem Vater bei, liebe Dora«, erwiderte Frau Paulsen rasch und bestimmt. »Bei jeder derartigen Verbindung erheben sich Bedenken, und namentlich ist der Unterschied der Jahre hier wohl zu überlegen. Aber Heinrich ist im besten Mannesalter, er liebt dich und wird, davon bin ich überzeugt, dich in Ehren halten, wenn du deine Pflichten als Frau erfüllst.

Die Aussichten, dich zu verheiraten, sind sehr gering; allmählich bist du in dem Alter, wo wir uns nach einem Manne für dich umsehen müssen; da scheint mir ein Antrag von jemandem, dem selbst seine Feinde nichts nachsagen können, und der sich in so ausnahmsweise guten Lebensverhältnissen befindet, ein großes Glück. Die auf Achtung begründete Ehe ist allemal die glücklichste. Die Illusionen schwinden nur allzubald, wie dein Vater dir schon auseinandersetzte, und von Liebe hat noch niemand gelebt.«

Und dennoch erklärte Dora am nächsten Morgen, nach einer unruhigen, herzbeklemmend zugebrachten Nacht, daß sie Herrn Heinrich ihre Hand nicht reichen könne. Alle Vorstellungen der Eltern fruchteten nichts; sie bat sogar um die Erlaubnis, die Stadt auf einige Zeit verlassen zu dürfen, – sie könne ja vielleicht zum Onkel gehen, der sie gewiß freundlich aufnehmen werde, – kurz, sie sprach mit solcher Entschiedenheit, daß der Physikus und seine Frau, die schon alles gewonnen glaubten, in die größte Aufregung versetzt wurden.

Zuletzt geriet ihr Vater in einen solchen Zorn, daß er kurz erklärte, Dora werde Herrn Heinrich heiraten, und damit basta! Das seien alles Firlefanzereien, das komme vom Romanlesen und von dem Umgang mit jungen, leichtsinnigen Burschen, wie der Bernhard.

»Hab' ich dir's nicht immer gesagt! Der Junge hat ihr etwas in den Kopf gesetzt?« polterte er und wandte sich zu seiner Frau, die mit ängstlich bedrücktem Gesicht daneben stand.

Noch einmal versuchte Dora, ihre Meinung geltend zu machen; sie flehte, man möge ihr Gehör schenken. Aber vergeblich! Noch oft, in späteren Zeiten, erinnerte sie sich des letzten, entscheidenden Auftritts.

Es war morgens, kurz vor des Physikus Fortgang auf Krankenbesuche. Die Fenster nach dem Garten waren geöffnet. Draußen glänzte es ringsum. Die Sonne legte sich mit ihren goldigen Strahlen auf Bäume und Büsche. Hier und dort leuchtete es schon braun und gelb aus dem Laube hervor; der Rasen prangte nicht mehr in dem lebhaften Grün der vollen Jahreszeit, aber es entstieg dem Boden ein frischer, erdiger Hauch, der den ganzen Garten zu erfüllen und auch den Bäumen und Sträuchern mit ihren Silbertropfen auf Zweigen und Blättern eine frischbelebende Kraft einzuflößen schien. – Hier hatte Dora ihre fröhlichen Kinderjahre verlebt, gejauchzt und gespielt. Drüben waren die Bosketts, hinter denen sie mit Bernhard gestanden; auf der kleinen Bank am Abhange hatte sie mit ihm gesessen und in die Ferne, auf das schimmernde Meer geschaut. Zur Linken war ihr eigenes kleines Gärtchen, in dem noch heute einige späte Monatsrosen in sanftem Rot der Sonne sich zuwandten. Es war ihr so traurig ums Herz, es kam ihr vor, als ob sie von allem Abschied nehmen, als ob sie ihre Freiheit unwiederbringlich verlieren solle.

Und ihr Papa ging bereits im Überzieher unruhig auf und ab, stieß mit seinem Stocke auf, ordnete beim Wandern seinen Schreibtisch, zupfte unter heftigem Reden an den Gardinen, stand an der Tür mit dem letzten, entscheidenden Worte und wandte sich wieder um.

»Papperlapapp!« polterte er noch einmal und schob mit dem Fuß den blankgeputzten Spucknapf tiefer in die Ecke. –

Draußen zwitscherte es; der wundervolle Duft aus dem Garten drang in das Gemach, und von drüben tönte Hämmern und Klopfen. Das kam von der Schiffsbrücke! Ganz so hatte es damals geklungen, als Dora mit ihm, mit Bernhard, auf dem Kirchturm gestanden und in die herrliche Welt hinabgeschaut hatte! – –

Und dann kam der Schluß; Dora wollte nicht, – sie konnte nicht! Und da faßte der Physikus ungeduldig heftig ihre Hand, preßte sie, daß Dora hätte aufschreien mögen, und sagte:

»Nun, Dor, so höre! Deine Weigerung ist eine Torheit, und deshalb ist es mein Recht und meine Pflicht, dir noch etwas anderes mitzuteilen.«

Es war grausam, dieses Mittel anzuwenden, denn die, zu der er sprach, war so edel gesinnt, so zartfühlend, daß eine solche Berufung ihre Wirkung nicht verfehlen konnte.

Mit lebhaft eindringlichen Worten erzählte der Physikus, in welcher verzweiflungsvollen Lage sich ihre Eltern befunden, welcher Mühe sich Heinrich unterzogen habe, einen Vergleich zu schließen; wie er endlich selbst die notwendige bare Summe hergegeben, ja sogar die Bedingung daran geknüpft habe, Dora davon nichts mitzuteilen, obgleich – ja, obgleich die Summe auf ihren Namen laute, eine freiwillige Freundesgabe, – ein Geschenk für sie gewesen sei!

»Das alles hat Heinrich getan, Mama?« rang es sich aus Doras Brust.

»Ja, mein Kind! Er hat groß, er hat selten gegen uns gehandelt. In der Not hat er sich bewährt. Daran erkennt man die Menschen!«

»Ich will es mir überlegen, liebe Eltern«, flüsterte Dora demütig, reichte beiden die Hand und verließ gesenkten Hauptes das Gemach.

In ihrem Zimmer überschaute sie alle die Dinge, die sie liebte, und an denen ihr Herz hing, und dann fiel sie mit einem herzzerreißenden Schrei an ihrem Bette nieder und drückte weinend das Angesicht in die Kissen.

11.

»Na, liebe Mile«, warf die Frau Doktor hin und trat in das Nähzimmer des Paulsenschen Hauses, »wie steht's mit der Taille? Und haben Sie denn genug Futter?«

Mile Kuhlmann, die Allerweltsschneiderin von Kappeln, nahm das Kleid, an dem sie nähte, höher auf das Knie, setzte die Brille ab und guckte zu der Sprechenden empor:

»Mit dem Futter macht es sich, Frau Doktor, aber zum Kleid müssen wir noch eine Elle zukaufen.«

»Wie ist's möglich, Mile?«

»Der Rock nimmt zuviel weg«, erklärte die Künstlerin. Sie hob das bauschige Gewand in die Höhe, schaute erst auf den Stoff und dann auf die Fragende und legte ein triumphierendes Ausrufungszeichen in ihre Mienen.

Ein bißchen zu kurz kam Mile Kuhlmann mit dem Stoffe stets, und einige behaupteten, sie habe etwas von einer Elsternatur an sich, sie wisse wohl, weshalb sie sich in die Kleiderröcke so tief reichende Taschen genäht habe. Aber sie schneiderte vorzüglich, und ihr Gesichtsausdruck hatte etwas Furchtbares, und ihre Sprache etwas Zerschmetterndes, wenn man ihr im geringsten zu nahe trat. »Bitte, ich bin nicht verlegen um Kundschaft, wenn Sie eine andere Schneiderin haben, die Ihnen besser gefällt, Frau Amtsrichter, Frau Doktor, Frau Inspektor« – schnaubte sie mit hochgeröteten Wangen, und so ertrug man denn ihre Launen geduldig. Mile Kuhlmann hatte einen schlanken Wuchs, der durch Schnüren und Fischbeineinsatz noch gefördert wurde, und war im übrigen ein auffallend häßliches Frauenzimmer. Sie trug, wie ein naseweiser Nachbarssohn einmal gesagt hatte, zwei halbe Bäckerkringel an den Stirnseiten; und allerdings sahen die in einer Halbrundung an die Schläfe gelegten, nicht allzu üppigen, braungelben Flechten ähnlich aus. Auch konnte sich Mile keiner Fülle rühmen. Ihr Körper machte den Eindruck, als ob die Kargheit an ihrem Tische Stammgast sei.

Während die Doktorin noch in dem von Plätteisenduft erfüllten, dumpfen und mit Stoffabfällen bedeckten Raum stehen blieb, glättete Mile die Kleidernaht mit dem Daumennagel, nahm abermals die Brille ab und sagte, indem sie den Kopf etwas seitwärts drehte:

»Na, ist es denn wahr, was die halbe Stadt sich erzählt? Hat Fräulein Dora sich mit Herrn Heinrich verlobt, Frau Doktor?«

Die Angeredete zog die Augenbrauen empor, als ob sie sagen wollte, was man selbst nicht einmal weiß, das weiß schon die ganze Welt! Aber Mile, fest entschlossen, dieser Angelegenheit, die ihr um so verdächtiger erschien, als ihr nichts, aber auch gar nichts davon mitgeteilt war, auf die Spur zu kommen, fuhr in sehr bestimmtem Tone fort:

»Soll wohl vorläufig noch ein Geheimnis bleiben? Wird erst später deklariert, Frau Doktor?«

»Es mag wohl sein, Mile«, erwiderte die Frau Physikus etwas ungeduldig abweisend und zeigte deutlich, daß sie das Gespräch zu beenden wünsche.

»Na, jedenfalls eine Partie, die sich sehen lassen kann. Er ist ja sehr reich? Und dann sagte man ja auch –«

Sie unterbrach sich und hob die Arbeit vor die Augen, als ob diese sie im Augenblick so sehr beschäftige, daß ihre Gedanken dadurch abgelenkt würden.

Mile Kuhlmann war überaus neugierig und wandte ihren Damen gegenüber zweierlei Mittel an, um das zu erfahren, was ihre Spürnase reizte. Sie begann Sätze und führte sie nicht zu Ende, oder – und es war seltsam, wie die ganze Frauenwelt Kappelns in dieses Netz ging – sie äußerte, um den richtigen Tatbestand zu ergründen, Zweifel an dem, was sie bereits halb und halb wußte, und stellte sich in Streitsachen auf die Seite des angegriffenen Teils.

So hatte sie einst von der Frau Amtsrichter Hübeler Näheres über ein in der Stadt vielfach besprochenes Zerwürfnis zwischen deren Gatten und einem Vorgesetzten erfahren wollen, war aber, weil offenbar der Amtsrichter seiner Ehehälfte strengste Verschwiegenheit auferlegte, mit allen ihren Versuchen, die Dame zum Sprechen zu bewegen, abgeglitten. Und da hatte denn Mile zu dem erprobten Mittel gegriffen und hingeworfen: »Ja, wenn das für Herrn Amtsrichter wirklich so traurige Folgen haben wird –«

Was war das? Traurige Folgen? Dadurch war das Eis gebrochen, und es erfolgte die große Verteidigungsrede für den Gatten, bei der dann Mile alles erfuhr, was sie wissen wollte.

Und ähnlich ging es auch heute. Milens verräterische Worte »Und dann sagt man ja auch –« wurden Frau Doktor Paulsens Verderben.

Die Näherin erfuhr alsbald, daß Heinrich das Jawort erhalten habe, jedoch allen Glückwünschen vor der Vermählung entgehen wolle! Da nun diese schon wegen der zu beschaffenden Aussteuer nicht so rasch erfolgen könne, sei beschlossen worden, die Sache möglichst geheimzuhalten, und erst an dem Tage des Aufgebots in der Kirche das frohe Ereignis bekanntzugeben. Man werde früher erfolgende Gratulationen natürlich nicht zurückweisen, aber um ihnen möglichst zu entgehen, werde Dora, die sich überdies in der letzten Zeit etwas angegriffen gefühlt habe und der Luftveränderung bedürftig sei, Kappeln vielleicht auf sechs Wochen verlassen und zum Onkel nach Mecklenburg reisen.

Nun drängte sich Mile Kuhlmann die natürliche Frage auf die Lippen, wer denn die Hochzeitskleider für Dora anfertigen werde. Aber Frau

Paulsen kam ihr in kluger Weise zuvor und warf, indem sie scheinbar eine kleine mißliebige Kritik an dem Apotheker übte, nachlässig hin:

»Ja, ja, eigen ist ja mein künftiger Schwiegersohn. So will er zum Beispiel durchaus, daß alle Aussteuergegenstände fix und fertig in Hamburg gekauft werden sollen. Kleider, Wäsche, Hüte, Leinenzeug, Gardinen werden sie gemeinsam dort aussuchen, sobald meine Tochter zurückgekehrt ist, und dann wird geheiratet und eine längere Reise nach Paris und Italien angetreten.«

»Was Sie nicht sagen, Frau Doktor, eine Reise nach Paris und Italien?!«

So sehr sich auch Mile Kuhlmann über die eben kundgegebene rücksichtslose Verfügungsart des Apothekers geärgert hatte, diese letzte Mitteilung erfüllte sie doch mit einer ehrfurchtsvollen Bewunderung für den Bräutigam und ließ ihr die Partie in einem noch glänzenderen Lichte erscheinen.

»Das junge Paar bleibt dann wohl ziemlich lange fort?« forschte Mile, schnitt mit der Schneiderschere ins Seidenzeug und trennte den Rest durch einen scharf schrillenden Riß vermittels ihrer Hände.

»Wahrscheinlich drei Monate«, bestätigte Frau Paulsen und fuhr seufzend fort: »Ja, ja, wie sich das alles so gemacht hat!«

Mile wollte nun auch noch den letzten Trumpf ausspielen und fand dazu in der leisen Wehklage, die durch der Doktorin Worte klang, eine Anknüpfung. Sie sagte deshalb mit angenommener Lebhaftigkeit:

»Ich kann mir denken, wie glücklich Fräulein Dora ist! Wenn man jemand schon von Kind auf gekannt hat, nimmt man ja so herzlichen Anteil, und ich muß sagen, sie ist in der ganzen Stadt so beliebt, daß allgemein – Freilich –«

Jetzt erforderte abermals die Schneiderarbeit eine solche Aufmerksamkeit, daß der Satz unterbrochen werden mußte.

»Allgemein! Freilich!« tönte es in Frau Paulsens Ohren. Sie konnte es nicht erwarten, etwas von der öffentlichen Meinung zu hören. Um so mehr verlangte sie danach, da sie diese fürchtete.

»Was wollten Sie sagen, Mile?« warf sie, ihre Spannung verbergend, hin.

»Ich? – Ach so! Ja, Sie können sich wohl denken (nun kam die Rache dafür, daß der Apotheker die Aussteuerkleider in Hamburg machen lassen wollte), daß, wenn sich zwei Menschen verloben, die doch, – die doch – ich meine – im Alter so weit auseinander sind –«

Ah! Also wirklich! Man sprach in Kappeln davon! Frau Paulsen stockte das Herz.

»Aufrichtig gesagt, Frau Doktor, ich habe mich neulich gräßlich geärgert. Namen will ich nicht nennen, es ist nicht meine Art, etwas wiederzusagen.«

Mile machte eine Pause. Und dann fuhr sie fort: »Es ist eine Familie, die Sie ganz gut kennen. – Es war von der Verlobung die Rede, und da hätten Sie hören sollen, wie –«

»Nun, so schlimm wird es wohl nicht gewesen sein«, fiel Frau Paulsen mit angenommenem Gleichmut ein.

»Doch, doch, Frau Doktor, ich meine, wie über Herrn Heinrich – und – auch über die Verlobung da abgehandelt wurde –«

»Es war wohl ein bißchen Neid, Mile, – das ließ sich ja voraussehen!«

Aber Mile, gereizt durch diese Unempfindliche, sagte, als ob sie sich der Grausamkeit, die in ihren Worten lag, gar nicht bewußt sei:

»Nein, nein, Frau Doktor. Es fielen ganz andere Äußerungen. – Hm – hm, wieso? Soll ich die Ärmel etwas hoch aufsetzen? Es wird ja jetzt gern getragen. – Ja? – Schön! – Dann lege ich etwas stärkere Falten. – Doch, was wollte ich noch sagen? Richtig! Es wurde bemerkt, Fräulein Dora sei nicht mit dem Herzen bei der Partie, ja, sie habe Herrn Heinrich sogar anfänglich einen Korb gegeben.«

»Was die Leute nicht alles wissen; es ist kaum zu glauben!« warf Frau Paulsen abweisend, mit philosophischer Überlegenheit hin; aber Miles Worte hatten sie tief getroffen.

Sie trug auch kein Verlangen, mehr zu hören. Mit großer Überwindung sprach sie nochmals über die Ärmel und einige andere Dinge und verließ dann das Zimmer.

Mile Kuhlmann aber wußte genug. Wenn ihre Damen so abbrachen, hatte der Pfeil, den sie abgesandt, ganz nach Wunsch getroffen; weiterer Erklärungen bedurfte es dann nicht.

12.

Aus Dora, dem bisher fröhlichen und unbefangenen Kinde, war in einer Nacht ein ernstes Mädchen geworden. Sie kämpfte in ihrem kleinen Zimmer, das ihr mit allen darin befindlichen niedlichen Dingen so sehr ans Herz gewachsen war, daß es schon bei dem bloßen Gedanken einer

Trennung von diesem Raum angstvoll in ihr aufquoll, einen furchtbaren Kampf. Und wenn sie sich nach allem Für und Wider endlich doch sagte, es sei ihr unmöglich, Heinrich ein Jawort zu geben, dann erinnerte sie sich wieder der Opfer, die er ihren Eltern gebracht, und der Worte, welche ihr Vater an seine Mitteilung geknüpft hatte. In Sanftmut und Geduld bezwang sie ihr zitterndes Herz, und wie eine fromme Märtyrerin beschloß sie, alles über sich ergehen zu lassen, bis abermals neue Zweifel in ihr aufstiegen und Sophiens Mahnungen ihr ins Gedächtnis traten: »Wenn sie noch so sehr auf dich einreden, tue es nicht! Dein Herz allein muß entscheiden!« Dora warf sich auf die Knie und betete zu Gott. Sie bat ihn, er möge ihr einen Fingerzeig geben, und während sie inbrünstig zum Himmel flehte, hörte sie in ihrem Innern leise, aber eindringlich die Worte: Du sollst Vater und Mutter ehren, auf daß es dir wohlergehe und du lange lebest auf Erden!

War das ein Fingerzeig? War, was geschrieben stand, so zu deuten? So viel Widerstreitendes durchkreuzte ihre Sinne und Gedanken.

Und Bernhard stand plötzlich vor ihr! Sollte sie ihm schreiben: Komm, errette mich!? Sie trat vor sein Bild und schaute es lange an. Wie er sie anblickte, so klug und auch so wehmütig!

»Kleine Dor!« klang es in ihre Ohren. »Kleine Dor – –«

Die Tränen flossen ihr aus den Augen, und sie fühlte einen Druck am Finger. Das war sein Ring! Aber auch ohne diesen hatte sie ihn nicht vergessen, nicht einen Tag, nicht eine Stunde! – Und er?

Eine namenlose Sehnsucht nach ihm erfaßte sie, aber wiederum auch eine entsetzliche Angst vor dem Schritt, den sie tun sollte. Das kalte, berechnende Gesicht Heinrichs, seine lange Gestalt tauchten vor ihr auf. Sie hörte ihn sprechen mit seiner hochmütigen Überlegenheit; er gab auf ihre Fragen keine Antwort, und wenn er zuletzt den Mund öffnete, so erfolgte eine seiner kurzen, kalten, herabdrückenden Bemerkungen.

Einmal malte sich Dora ihr Leben in den prächtig eingerichteten Wohnräumen aus. Sie war glücklich und stolz bei dem Gedanken, die Eltern und Freunde in ihrem Hause zu empfangen. Sie stellte sich vor, wie reizend es sei, in der Küche nach den Töpfen zu sehen, als Herrin aufzutreten und die Mädchen anzuweisen. Und daneben die Ehrerbietung der Gehilfen und Lehrlinge und der Neid der Welt, wenn sie den angesehensten und reichsten Mann der Stadt ihren Gatten nennen würde. – Was hatte er ihr denn eigentlich Böses zugefügt? War er ihr in der letzten Zeit irgendwie zu nahe getreten? Begegnete er ihr nicht durchaus mit Rücksicht und Güte? Und weshalb sollte er sich in seinem Benehmen ändern, wenn sie ihre Pflicht als Frau erfüllte? – – Pflicht? Was gehörte alles zu den Pflichten einer Frau –?

Da kamen wieder andere Vorstellungen! Angst ergriff sie, daß dieser Mann sie berühren, ihre Stirne küssen, ihre Gestalt umfassen könne – Das war es! Eine heftige Abneigung erfüllte sie bei dem Gedanken an Zärtlichkeiten, die er ihr erweisen würde. –

Sie beschloß, darüber mit ihrer Mutter zu sprechen, und dann besann sie sich doch wieder. Eine unbestimmte Scheu, deren Ursache nachzuspüren ihr in der Reinheit ihres Herzens nicht einmal einfiel, hielt sie davon ab.

Doras Tagebuch

Nun bin ich Heinrichs Braut! Am gestrigen Tage gab ich ihm, – nein, raubte er mir das Jawort, und während ich nun in meinem Stübchen sitze und niederschreibe, wie alles gekommen, ist mir zumute, als wäre ich einem Gefängnis entronnen und genösse die Freiheit, die alte Freiheit meiner Mädchenjahre noch einmal – zum letzten, letzten Mal.

Nachdem die Eltern mir Heinrichs hochherziges Benehmen mitgeteilt hatten, schien es mir unmöglich, ihm meine Hand zu verweigern, und doch, gerade wegen des Zwanges, der mir dadurch auferlegt ward, wurde es mir doppelt schwer. – Ich schreibe das hier alles so gleichgültig nieder, und wie unsagbar traurig ist mir doch zumute, wie viele Stunden habe ich geweint und gerungen! –

Einmal hatte ich schon einen Brief entworfen, in dem ich Heinrich bat, mich freizugeben! Ich sagte ihm, ich sei sicher, daß ein Mann, den Gesinnungen beseelten, wie er sie gegen die Eltern an den Tag gelegt habe, diese auch in einer mein Glück entscheidenden Angelegenheit betätigen werde. Ich erklärte ihm, daß ich ihn achte, hoch achte, wie keinen andern, aber fühle, daß mir gerade dasjenige abgehe, was erforderlich sei, um mich ihm zu eigen zu geben. –

Mir ist so seltsam zumute, während ich dies schreibe! Es klingt mir fremd. Mir ist, als ob eine zweite Stimme aus mir spräche, als ob neben meinem eigenen Ich noch ein anderes geistiges Wesen Herrschaft über mich habe, als ob – ja, so ist es – Herz und Vernunft zweierlei in mir geworden seien und sich nicht mehr berührten.

Doch – wo blieb ich stehen? Bei dem Brief an Heinrich! Ich zerriß ihn wieder, denn nachdem ich ihn beende hatte, sah ich die vorwurfsvollen Augen meiner Eltern vor mir, ich sah Heinrichs enttäuschten Blick. Zudem hat mir Papa Schweigen über die Geldangelegenheit auferlegt; ich darf also H. nicht einmal verraten, daß ich von der Sache weiß. Weshalb er wohl verlangt hat, daß die Eltern mir nichts mitteilen sollen? Welchen Zweck verbindet er damit? Einen eigennützigen, schlechten? Mir will das Gegenteil erscheinen, denn gerade meine Mitwissenschaft mußte mich seinen Plänen ja geneigter machen. Oder wollte er, während er durch diesen Freundschaftsdienst meine Eltern beeinflußte, verhindern, daß ich eine berechnende Handlung darin erkenne? Ach! was ich alles denke und grüble! Und wie wenig Ursache habe ich doch, so Ungünstiges von dem Manne zu glauben, der sich bewährt hat in den Zeiten der Not. – Wenn nur eins nicht wäre! Wenn ich eben erwogen, und wenn meine Überlegungen den Entschluß in mir befestigt haben, den Wunsch meiner Eltern zu erfüllen, tritt immer wieder vor meine Seele, er – ach er! den ich so grenzenlos liebe –

Ich wagte es nicht auszusprechen. Selbst diesen Blättern, auf die niemals ein fremdes Auge fallen wird, mein Geheimnis anzuvertrauen, scheue ich mich! Aber es erfüllt mein ganzes Inneres, und alles tritt dagegen zurück. Und eben darum will ich es dem Papier eingraben, was ich in mir verborgen gehalten, und was mich verzehrt hat seit dem Augenblicke, wo er Abschied nahm. Hier will ich meinem gepreßten Herzen Luft machen, hier will ich endlich einmal ablösen, was als eine unerträgliche Last auf meinem Herzen ruht, was mich als süßes, quälendes Geheimnis drückt, was nach Ausdruck, nach Befreiung ringt, was wie eine Krankheit in mir sitzt und mich schon halb verzehrt hat:

Bernhard, Bernhard! Ich liebe dich! Bernhard, Bernhard, ich liebe dich mit allem, was eine Menschenbrust erfüllen kann, mit allem Guten und Bösen, weil kein Opfer, das ich bringen könnte, mir zu groß erscheint, um dich zu besitzen, dir anzugehören für Leben und Tod! – – –

Mit diesem Tage aber lösche ich alles aus, was an Sehnsucht, Zärtlichkeit und Hoffnung für dich mein Inneres erfüllt hat.«

»Ich hörte, wie H. im Nebenzimmer mit den Eltern sprach, leise, mit gedämpfter Stimme, anders, als es sonst seine Gewohnheit ist. Endlich sagte er: »Ist sie drinnen im Nebenzimmer? – Gut, so will ich also selbst mit ihr reden.«

Seit einer halben Stunde saß ich unbeweglich, mit klopfendem Herzen und wartete. Die Eltern hatten mir gesagt, daß H. am Nachmittag selbst kommen würde, mich um mein Jawort zu bitten.

Als er eintrat, erhob ich mich und wollte ihm nach alter Gewohnheit entgegengehen, er aber eilte auf mich zu und rief: »Nicht so, teure Dora! Ich habe zu Ihnen zu kommen, und ich bitte Sie, zu glauben, daß es stets mein Bestreben sein wird, Ihnen ein aufmerksamer Freund, ein treuer und liebevoller« – hier stockte er, ergriff meine Hand und fuhr sanft fragend fort: »darf ich sagen – Gatte zu sein?«

Als ich nicht gleich zu antworten vermochte, denn halb rührte mich seine Zartheit, halb durchschauerte mich ein angstbangendes Gefühl, weil nun der entscheidende Augenblick vor mir stand, – nahm er abermals das Wort. Und während alles um mich her verschwamm, es mir plötzlich vor den Ohren sauste, meine Gedanken in fliegendem Hin und Her abirrten, sprach er nach meiner Erinnerung: »Ich weiß, teure Dora, daß Sie mir keine Gefühle entgegentragen können, wie Sie solche im gleichen Falle für einen anderen Mann beseelen würden. Das liegt zum Teil in dem Umstande, daß wir uns so lange kennen und miteinander ohne Nebengedanken verkehrt haben, zum Teil in dem Unterschiede der Jahre. Ich begreife und würdige dies durchaus. Sie mögen aus dieser Einsicht erkennen, wie sehr ich die Gunst schätze und das Glück empfinde, daß Sie die meinige werden wollen, und schon aus Dankbarkeit werde ich mich bemühen, Ihnen das Leben so befriedigend zu gestalten, wie meine schwachen Kräfte es gestatten. Von meiner innigen Liebe zu Ihnen spreche ich nicht. Sie wissen es, und sollten Sie es nicht wissen, bekenne ich Ihnen hierdurch, daß mich schon seit Jahren der Gedanke beherrschte, Sie und keine andere, liebe Dora, müßten die meinige werden. Darf ich also hoffen?«

Was er sagte, klang so einfach, so natürlich, so warm und ehrlich, daß mein Herz schmolz. Ich dachte gar nicht an den wichtigen Schritt, um den es sich handelte, – dazu war's in meinem Innern nicht klar genug – ich ward nur wohltuend berührt durch die bescheidene Art, in der er sich ausdrückte.

Und unter solchen Empfindungen wollte ich mich H. schon nähern und mich ihm zu eigen geben, als sich mir – ein furchtbarer Anblick bot. Nie, nie werde ich's vergessen! Es war mir, als ob sich alles plötzlich in mir umkehre. – Ich sah meine Eltern – ja, ich muß es so niederschreiben, denn es verhielt sich so – forschend, lauernd, mit gespanntem Gesichtsausdruck hinter der Tür stehen. Papa nickte den Worten Heinrichs beifällig zu, und ich las deutlich in seinen Mienen: So, so war es gut! Der Ton war der richtige, durch den wird sie –

Nein, ich schreibe es nicht nieder, was meine Augen in jenem Augenblick mich lehrten, was mich grausam drängt, noch weiter zu verfolgen –

Heinrich mußte meinen veränderten, schnell wechselnden Gesichtsausdruck bemerkt haben, denn er legte seinen Arm um mich und sagte weich und ängstlich: »Was ist Ihnen, teure Dora? Ist Ihnen nicht wohl?«

Und da stand mit einmal Sophie vor meinem Angesicht, und ich hörte abermals die Worte, die sie mir an jenem Tage zugerufen: »Wenn sie dir noch so viel zureden, tue es nicht!« Ein krampfartiger Schmerz umkrallte mein Herz. Schon wollte ich mich emporraffen und ihm zurufen, nein, zuschreien: »Nein! Nein! Ich kann nicht, ich kann nicht! – Ich will nicht – ich darf nicht! Um der Barmherzigkeit Gottes willen laßt mich!« – als schon Heinrich mich an seine Brust gedrückt, mich heftig geküßt und den hinzutretenden Eltern zugerufen hatte: »Hier ist meine kleine, süße Braut! Aber nun wollen wir ihr Ruhe geben. Es hat sie stark bewegt. Nicht so, liebe Schwiegermama? Sie nehmen sich ihrer an? Kommen Sie, verehrter Freund, wir ziehen uns zurück.«

Eine Sekunde später waren Mama und ich allein; ich sank ohnmächtig in ihre Arme und hörte noch, wie sie sagte: »Was ist dir, was ist dir, meine gute, teure Dora. – Werde nur nicht krank, mein liebes Kind. Es ist ja ein großer, wichtiger Tag, ein Freudentag für uns alle.«

Und während das Wort Freudentag mir immer vor den Ohren summte, – ich mußte es gegen meinen Willen fortwährend vor mich hin flüstern, – schwanden mir die Sinne, und ich erwachte erst wieder aus Ohnmacht und Schlaf unter Mamas liebevoller Sorge.

Und so bin ich denn Heinrichs Braut geworden.«

13.

»Also morgen! Endlich!« betonte Frau Doktor Paulsen und füllte ihrem Manne die Suppe auf.

»Kein Salz auf dem Tisch?« stieß der Physikus, statt etwas zu erwidern, unwirsch heraus.

»Gott, hat Lene wieder das Salz vergessen!« Frau Paulsen erhob sich, klingelte, wiederholte der eintretenden Magd mit einem bezeichnenden, auf den Gatten gerichteten Blick das Wort Salz! und nahm von neuem neben dem wortkargen Hausherrn Platz. Am folgenden Tage sollte das junge Ehepaar aus Italien zurückkehren, und nicht nur die nächsten Anverwandten waren in einer höchst erwartungsvollen Stimmung, sondern die halbe Stadt nahm Anteil an dem Ereignis und war voll neugieriger Spannung, Dora als junge Frau zu begrüßen.

Gleich nach der Hochzeit, unmittelbar nach dem großen Diner bei Paulsens, waren die »jungen Heinrichs« abgereist. Das weißseidene Kleid – wann hatte Dora jemals Gelegenheit, es wieder anzuziehen? – hing noch in Frau Paulsens Kleiderschrank. Ihre Tochter war gleich vom Elternhause aus in den Wagen gestiegen; erst nach ihrer Wiederkehr sollte sie die eigenen Räume beziehen.

Hin und wieder hatte die Frau Doktor einen Blick in Doras kleines Zimmer geworfen; nicht allzuoft. Eine seltsame Scheu hielt sie ab; es kam ihr vor, als ob darin alle Gegenstände sie vorwurfsvoll anblickten. Ihr ward angstvoll ums Herz, wenn sie in den verlassenen Raum schaute, in denselben Raum, in dem das junge Ding seine glücklichen Mädchenjahre verlebt hatte.

»Nun, es war auch Zeit«, sagte sie im Verfolg des begonnenen Gesprächs zu ihrem Manne, »die Sehnsucht nach dem Kinde drückte mir schon das Herz ab. – Hier, hier, Paulsen, ist noch ein schönes Mittelstück, im Schwanzstück sind ja so viele Gräten.«

Aber der Physikus erwiderte auch diesmal nichts; er war heute bei wenig guter Laune.

»Ist dir nicht wohl, Mann?« warf Frau Paulsen, nach Tisch ihrem Gatten nähertretend, besorgt hin.

»Doch – doch –«, gab der Angeredete, sanft abwehrend, zurück, bewegte den Kopf und strich sich mit der Hand über die Stirn. »Es ging mir nur so allerlei durch den Sinn.«

Das war seine Art, wenn ihn etwas stark beschäftigte, er mochte dann nicht reden. Die Frau Doktor wandte sich fügsam ab, und ihr Mann stieg die Treppe hinauf, um nach seiner Gewohnheit ein Schläfchen zu machen. –

Aber noch zwei andere Personen in Kappeln befanden sich an diesem Tage in einer nicht gerade übermäßig gehobenen Stimmung. Es waren drüben der Provisor und der Gehilfe.

Sie hatten gute, bequeme Tage gehabt; die waren, wenn Heinrich zurückkehrte, dahin.

Der Provisor war ein alter Junggeselle, der schon in vielen Apotheken beschäftigt gewesen war und fast mehr Städte kennengelernt hatte, als der unsteteste Handwerksbursche. Es erschien das um so auffallender, als er ein ehrlicher und gewissenhafter Mann war.

Dies Zeugnis hatte ihn auch wie ein guter Engel seit den zwanzig Jahren, während welcher Zeit er den Wanderstab in der Hand gehalten, begleitet.

Es war ihm allemal rasch wieder gelungen, eine neue Stellung zu gewinnen. Und eigentlich war's gar nicht Veränderungssucht, die ihn weitertrieb, sondern eine im geheimen von ihm gehegte Hoffnung. Er glaubte stets an einem anderen Orte bessere Aussichten für das Zustandekommen einer schon seit langen Jahren genährten, aber bisher weder selbst genügend eifrig betriebenen, noch durch Glückszufall geförderten Idee zu haben.

Tibertius, so hieß der Provisor, wollte eine chemische Fabrik anlegen. Das war sein Plan. Nur nach einer Richtung hin war er seinem Ziel nähergerückt. Er hatte sich eine große Bibliothek angeschafft. Sie begleitete ihn auf seiner Wanderschaft wie der von Fellhaar entblößte Koffer. Er wußte ganz genau, daß seine neuen Prinzipale ihn stets mit den vorwurfsvollen Worten empfingen: »Eine ungeheure Kiste ist schon angelangt. Wir mußten sie vorläufig auf den Flur stellen. Sie sorgen wohl, daß sie bald beseitigt wird –«, worauf dann Tibertius, des Unwillens in den Mienen der Hausherrin gewohnt, erwiderte:

»Jawohl, um Vergebung! Es ist meine Bibliothek; ich werde sie schleunigst auspacken und fortschaffen!« –

Freilich erhöhten die Bücher doch auch wieder des Apothekers Ansehen. Wer geistige Nahrung so hoch stellte, wie Tibertius, machte gewiß keine allzugroßen materiellen Ansprüche. Du lieber Himmel! Was kostete das alles heutzutage, und wie stark aßen die »Leute«!

Bei diesem Worte wandte Tibertius allezeit Auge und Ohr ab. Er wollte es nicht gehört haben, weil es ihn zu sehr aufbrachte. War er nicht ein gebildeter Mann!?

Tibertius hatte etwas Unstetes in seinem Wesen und etwas Geckenhaftes in seiner Erscheinung. Im stillen lachte man über ihn, und oft hatte sich die Welt schon den Kopf darüber zerbrochen, ob sein Wuchs natürlich oder diesem von ihm künstlich nachgeholfen sei. In Stade, wo er zuletzt beschäftigt gewesen war, behauptete man, er trüge ein Frauenkorsett. Er war in der Tat gebaut wie ein Weib, und wenn der große Henriquatre nicht sein Gesicht geschmückt hätte, wäre man versucht gewesen, ihn für ein solches zu halten.

Aus irgendeiner unerklärbaren Laune trug er einen sogenannten polnischen Rock mit einer langen Reihe Knöpfe. Das Halstuch fiel in losen Enden an dem ausgeschnittenen Kragen herab, und unter dem Wespenwuchs der Taille erschienen durch Stege festgehaltene, oben weitbauschig und nach unten trichterartig spitz zugeschnittene Beinkleider.

Beim Sprechen hatte er die Angewohnheit zu lächeln und vorgebeugt die Hände zu reiben; er zerschmolz vor verlegener Höflichkeit.

Ungeachtet dieser auffallenden äußeren Erscheinung und seines verbindlichen Wesens war Tibertius ein wortkarger und im Verkehr fast scheuer Mensch.

Geschäftlich tat er gewissenhaft seine Pflicht, aber er war ein wenig Phantast, ein Träumer; statt zu handeln, baute er in seinen Mußestunden Luftschlösser. So war er denn auch immer in abhängigen Verhältnissen geblieben, trotz seines vorgerückten Alters. Aber er besaß Kenntnisse; er hatte viel gelesen.

Von dem Gehilfen mit Namen Kordes war weniger zu sagen. Er war ein langer, stiller Mensch, der es selbst nicht recht begriff, daß er sich die Erlaubnis nahm, auf der Welt zu sein. Zudem – und das erhöhte seine Verlegenheit – besaß er an der rechten Hand nur vier Finger. Der mittelste fehlte, und immer verfolgte ihn der Gedanke, daß man das nicht nur bemerke, sondern ganz besonders die Blicke darauf richte.

Aus diesem Grunde haßte er besonders die Kinder. Wie oft schon hatten kleine Männchen und Fräulein vor dem Ladentisch gezischelt und mit ihren neugierigen Augen beobachtet, was er tat. Dieser Vierfingerige war zu interessant! Ja, einmal brachte ein kleiner, naseweiser Bengel ein ganzes Heer von Kameraden mit, und während der eine für einen halben Schilling Süßholz und der andere für einen halben Schilling Lakritzensaft verlangte, verteilte sich die übrige Schar vor der erwähnten Barriere, um besser das Wunder in Augenschein nehmen zu können. Wie haßte Kordes die unverschämte Brut; er hätte sie alle unsanft hinausspedieren mögen!

Er war der Sohn eines Arztes, der früher auf dem Lande praktiziert hatte.

Wissenschaftliche Interessen, wie Tibertius, besaß er nicht, aber er machte, wenn dieser sich in seiner Gutmütigkeit mit ihm abgab, bisweilen recht treffende Bemerkungen, die bewiesen, daß nur nicht recht gefördert war, was in ihm saß.

Im Gegensatz zu Tibertius, der alles mit einer gewissen Hast und Unruhe betrieb, war Kordes von einer schläfrigen Gelassenheit; nichts brachte ihn aus seiner Ruhe.

Die Kränze, die für den Empfang der Herrschaft aufgehängt werden sollten, waren angekommen. Tibertius, der den geheimen Wunsch hegte – er hegte ihn stets, sowie er mit einem gutgestellten Mann in Berührung gelangte –, Heinrich, der reiche Heinrich werde ihm das Geld für die chemische Fabrik vorschießen, war besonders bemüht gewesen, die Ausschmückung des Hauses glänzend zu gestalten.

»Ach. bedienen Sie mal!« rief er Kordes zu, während er auf der Leiter stand, ein großes Blumengewinde über der Tür zu befestigen suchte und gerade einen Kunden sich nähern sah.

»Sie müssen in einer Viertelstunde wiederkommen; das muß erst gemacht werden!« hörte er den Gehilfen sagen, und damit war einstweilen die Störung beseitigt.

Tibertius fragte aber doch von der Leiter herab: »Was war's denn?« Und als Kordes ihm Antwort gab, rief er zurück: »Na, das hätten Sie doch lieber gleich mitgeben können. – Moschus? Da scheint's ja böse auszusehen.«

»Ich dachte, wir wollten erst hier mal fertig werden«, erwiderte der Gehilfe, und Tibertius beruhigte sich.

Zum Glück hatte die Verzögerung diesmal keine Folgen. Der Particulier Jasper entging auch ohne Moschus der bereits eingeleiteten Übersiedlung in die himmlischen Gefilde, und Kordes und Tibertius hatten keine »tödliche Fahrlässigkeit« auf dem Gewissen. –

Außerordentlich schön waren die Räume der jüngst Vermählten. Wie oft hatte die Frau Paulsen sie schon Bekannten gezeigt! Die ganze obere

Etage war mit größtem Luxus eingerichtet. Nach der Straßenseite lagen die Wohnräume und zwei einfenstrige Gemächer; das eine links für Dora, das andere für Herrn Heinrich bestimmt. Saal und Speisezimmer sahen nach dem Garten hinaus. An das letztere schlossen sich Küche und Wirtschaftsräume im Seitenflügel des Hauses. In diesem befanden sich oben auch die Zimmer für die Gehilfen; und der gesamte Hausboden in zwei Abteilungen diente als Lagerraum. Im Erdgeschoß des Flügels lag das Laboratorium, und in einem Anbau nach dem Garten befanden sich hübsch eingerichtete Kabinette, in denen auf Vorausbestellung warme Bäder verabreicht wurden. Ein Springbrunnen plätscherte vor dem Eingang. und ringsum im Garten standen schöne, alte Bäume, die Schatten verbreiteten und Frieden und Einsamkeit förderten.

Alles war ebenfalls hier geschmackvoll und blitzte von Ordnung und Sauberkeit; auch die Apotheke, deren Schränke, Ladentisch und Repositorien aus poliertem Mahagoniholz bestanden, machte einen sehr großstädtischen Eindruck.

Während aber droben die Dinge neu und modisch waren, wehte unten noch der Geist einer vergangenen Zeit. Zwei prächtige, geschnitzte Schränke flankierten den Hausflur; der Fußboden war abwechselnd mit schwarzen und weißen Fliesen belegt; schlanker Messingbeschlag glänzte an den weißgestrichenen Türen, und auf den Geländerpfosten einer alten, aber wundervoll erhaltenen, breiten Treppe standen zwei dickbauchige, hellblaue Vasen aus dem vorigen Jahrhundert, denen ein sanfter Potpourri-Duft der guten alten Zeit entströmte.

Diesem Duft mischte sich ein sanft narkotischer Hauch aus dem Innern der Apotheke hinzu, der solchen Häusern unverwischlich anhaftet, wie dem Frühling der belebende Atem. –

Eine Stunde vor Mittag sollten die »jungen Leute« eintreffen. Dora hatte den Eltern geschrieben, daß sie gleich am ersten Tage – es war ein Sonntag – ihre Tischgäste sein möchten.

Frau Paulsen hatte indessen den Braten gekauft, mit denen die Zurückkehrenden bewirtet werden sollten.

Wie reizend sah Dora aus, als sie dem Wagen entstieg, aber auch wie ernst! Immer von neuem flossen die Tränen, als sie ihre Mutter und ihren alten Papa umarmte.

Tibertius und Kordes erhielten zunächst nur einen flüchtigen Gruß. Der Kutscher sprang vom Wagen herab, um Jakob beim Hineintragen der Koffer behilflich zu sein; die Nachbarhunde bellten; kleine Kinder standen im Sonntagsstaat neugierig vor den Türen; just kam der Briefträger; dazwischen drängten sich eilfertig die beiden Dienstmädchen, Stine und Lene; Herr Heinrich putzte in gewohnter Pedanterie an seiner Kleidung. Das alles glitt rasch an Doras Augen vorüber, und dem allen entfloh sie und eilte rasch ins Haus.

Ihr Gefühl war zu mächtig; was nach Ausdruck in ihr rang, vertrug keine Zeugenschaft Fremder auf der Gasse.

Endlich flog der Wagen davon; noch einmal bellten die Hunde, dann war alles wieder still und leer. Nur des Sommers Sonnenschein brütete wie bisher über den Dächern.

»Nun, Dora«, stieß die Frau Doktor heraus, nachdem sie sich nochmals umarmt und im Wohnzimmer Platz genommen hatten. »Nun, meine teure Dora! Wie ist's dir denn ergangen? Und bist du glücklich?«

Herr Heinrich war ins Schlafzimmer gegangen; drüben am Fenster knitterte der Physikus mit der Zeitung, in die er sich vertieft hatte. Kein Horcher war sonst zugegen. Frau Paulsen zitterte das Herz. Sie wagte kaum, bei der Frage ihr Kind anzusehen, und ihr bangte vor der Antwort. Aber sie, die sie anredete, erwiderte nichts. Sie legte erst ihr Köpfchen an die Schulter derjenigen, die sie doch am meisten auf der Welt liebte, dann wandte sie das Haupt ab, verharrte stumm und schluchzte leise.

Sie weinte ganz still; sie bezwang sich. Der alte Mann drüben könnte es ja hören, Heinrich könnte ins Zimmer treten und ihre geröteten Augen sehen.

Bei dieser stummen Antwort veränderte sich Frau Paulsens Angesicht; es riß ihr wie mit Zangen ans Herz. In furchtbarer Deutlichkeit wurde sie sich des Unrechts bewußt, das sie an ihrem Kinde begangen. Es grauste ihr selbst vor dem Schacher, den sie mit einer schuldlosen Seele getrieben, die sie schier vernichtet hatte.

Furchtbare Schauer zogen durch ihre Brust, und auch sie vermochte nicht mehr zu reden.

Nun erhob Dora langsam das Köpfchen und sah sie an. Und als sie der hilflose, ängstlich erschrockene Blick ihrer Mutter traf, nahm gleich ein Engel von ihrem Innern Besitz. In der qualvollen Furcht, durch eigenes Leid ein Leid in der Brust dieser teuren Frau anzufachen, gar schon heraufbeschworen zu haben, flüsterte sie sanft und beruhigend: »Was ist's, meine liebe Mama? – Es wirkt ja nur die Freude des Wiedersehens nach – nur die Freude war es – die Freude und die Erfüllung meiner Sehnsucht. –«

Und sie, die eben noch zitternd gezweifelt hatte, suchte zu glauben, was ihre Tochter sprach, glaubte es, weil sie es hoffte, – ja, sie schaute mit angstbefreitem, glücklichem Blick ihrer Dora nach, als diese nun auch auf ihren Papa zutrat und ihn herzlich und lange umhalste.

»Frauen haben ja immer erst mal allerlei zu besprechen!« erklärte der Physikus lautdenkend und begab sich, im Vorüberschreiten die Gegenstände musternd, ins Nebenzimmer.

Aber doch nicht deshalb allein!

Diesen Augenblick hatte er kommen sehen unter Bangen und Sorgen. Er hatte nicht den Mut gefunden wie seine Frau, eine Frage an Dora zu richten. Aber als nun die blühenden Wangen des jungen Weibes sich an die seinigen schmiegten, als sie ihn so stürmisch liebkoste, da erhob auch er zur Gewißheit, was er ersehnt hatte.

»Sie ist glücklich!« murmelte er, von dem furchtbaren Alp befreit.

»Und sie ist mir gut«, fügte er hinzu und gedachte mit froher Zuversicht der kommenden Zeiten, wo er der freigebigen Hand seiner Tochter einmal bedürfen werde. – In der Tat! Auch dieser Gedanke kam ihm, und der drängte sich sogar vor die anderen.

14.

Seit reichlich einem Jahr waren Heinrich und Dora bereits verheiratet, und alles ging scheinbar nach dem Schnürchen. Aber eben doch nur scheinbar! Bisweilen war das Mittagessen nicht besonders gelungen. Dann legte Herr Heinrich die Gabel hin, stocherte in den Zähnen (wenn ihr Mann nur nicht stets in den Zähnen stochern wollte!) und antwortete auf die Frage:

»Schmeckt es dir nicht? Bist du schon satt?«

»Ich danke, ich habe genug!«

Sie forschte dann in seinem Angesicht und fand immer denselben unbeweglichen Ausdruck darin. Seine Vorwürfe erfolgten nie unmittelbar. Er speicherte auf, was er zu tadeln hatte, und dann gab er es mit Nadelspitzen.

»Es war gut gestern bei Michelsens«, hub Dora an.

»Nun eben, die junge Frau ist tüchtig, sie hat etwas gelernt. Sie versteht etwas von der Küche.« – Das Wort »versteht« ward betont. Es hieß: »Du junge Gans verstehst nichts.«

»Ist es eine Vorschrift, daß Lene stets die Eimer mitten vor die Treppe stellen muß, so daß ein Zerbrechen der Schienbeine unvermeidlich ist, oder fehlt dir die Zeit, die Mädchen in einer Sache anzuhalten, die ich schon oft gerügt habe?«

»Nein, eine Vorschrift ist es nicht«, erwiderte Dora dann wohl, ging hinaus und weinte sich im Schlafzimmer aus. Und doch war sie gar keine sentimentale Natur, kaum einmal mehr empfindlich, wie sie es früher gewesen. Das Gebet ihrer Mädchenjahre war jetzt endlich erhört worden. Trotz und Empfindlichkeit in ihr waren gebrochen. Heinrich hatte dazu die monatelange Hochzeitsreise eifrig und erfolgreich benutzt!

Aber etwas, so ein klein wenig, riß es ihr doch ans Herz, so an Herz und Seele, daß die Hände sich ballten in Aufruhr, wenn ihr Mann, wie einmal, trocken hinwarf:

»Na, die Abendgesellschaft gestern bei uns war ja mal wieder ein rechter Triumph für deine Unfähigkeit. Nichts, nichts war in Ordnung. Auf dem Flur brannte noch nicht einmal die Lampe, als Franzius' kamen, und die Geschichte mit dem Pudding kann doch auch nur dir passieren. Ewige Träumereien, ewige Sentimentalitäten und ewige Zerstreutheiten! Darin bist du groß! In sonst noch etwas?«

In sonst noch etwas? Wo war der Dolch, um ihn in sein Herz zu stoßen? Sie kannte harte Reden; drüben bei den Eltern waren sie auch gefallen. Das war im Zorn gewesen; schon im nächsten Augenblick war der Eindruck durch gelassenes Wesen oder erhöht liebevolles Begegnen verwischt worden. Aber aus dem breiten Munde dieses Mannes floß das alles tagelang später als das Ergebnis boshafter Überlegung; er brachte es vor mit Bewußtsein, mit der Absicht, zu kränken. Und nur Äußerlichkeiten, namentlich solche, die sein Ansehen beeinträchtigen konnten, rügte, tadelte, bespöttelte er. Oh, wie haßte sie den Menschen schon jetzt, nach so kurzer Ehe!

Und wenn's mit Rügen und Tadeln abgetan gewesen wäre! Aber er leitete aus einem Versehen, aus einem Fehler, über den er Ärger empfand, gleich die Unfähigkeit für alles ab. Sie verstand nichts, gar nichts; es gab nur Mängel an ihr! Pflichttreue, Häuslichkeit, Fleiß, Geduld, Sittsamkeit und Sanftmut, alle Tugenden ihres Herzens, sie waren ihm nichts!

Der Pudding in einer seiner Gesellschaften war nicht gelungen! Folglich: die Heirat mit dieser Frau war ein Mißgriff, eine grenzenlose Torheit!

In den ersten Zeiten ihrer Ehe war er ihr zwar auch nicht sonderlich aufmerksam, aber doch durchweg gelassen begegnet. Auch da schon schulmeisterte er und war meist mürrisch, aber noch niemals roh. Damals wirkte noch auf seine Eitelkeit die Bewunderung, die man seiner jungen, hübschen Frau zollte. Als sie aber immer ernster und ernster ward, wenig sprach, sich nie vordrängte, und deshalb auch weniger Beachtung fand, verblaßten in seinen Augen allmählich die Farben ihrer Vorzüge. Aus verletzter Eitelkeit entwickelte sich zuerst schlechte Laune, dann Reizbarkeit und endlich boshafter Ingrimm. Und jetzt kam sein eigentlicher Charakter zum Vorschein.

Nur wenn sie wieder einmal gefiel, wenn dem Apotheker der Beifall, den sie fand, in lebhaften Worten entgegengetragen ward, kehrte wohl einmal etwas von den alten Empfindungen in ihm zurück, legte er wohl zeitweilig ein freundlicheres Benehmen gegen sie an den Tag.

Wenn man sie ihm neidete, dann stieg in ihm ihr Wert, den er nicht einmal ahnte. Er wollte eine Frau haben, mit der er glänzen konnte, die zu seiner Verfügung war, wenn es ihm paßte. die keinerlei Rücksichten und Aufmerksamkeiten von ihm verlangte. Dagegen beanspruchte er von ihr die allergrößte Rücksichtnahme auf alle seine unberechenbaren Stimmungen und Launen. Sie sollte sein Haus in Ordnung halten, seinem verwöhnten Gaumen das untadelhaft Beste vorsetzen, und, obgleich er selten abends da war, ihm bei der Heimkehr stets ein vergnügtes Gesicht zeigen. Jedoch auch ihr das Haus angenehm zu machen, daran dachte er nicht im entferntesten. – Er wisse nicht, was er mit ihr sprechen solle, hatte er ihr eines Tages gesagt. Sie habe ja gar keine Interessen. Sie schlafe, körperlich und geistig, den ganzen Tag. Es sei unfaßbar, wie sie sich zu ihrem Nachteil verändert hätte. »Früher warst du frisch, lebendig, voll Sinn und Interesse für alles, liebenswürdig, heiter und zuvorkommend; heute, nach kaum zwei Jahren unserer Ehe, bist du eine alte Frau. Du hattest früher eine Maske vor!« spottete er. So zerriß er ihr Herz und folterte sie jeden Tag.

Und wer hatte mit roher Hand vernichtet, was sie früher schmückte? Kam diesem herzlosen Egoisten je der Gedanke, daß die schönste Blume ohne Sonne verkümmern, verwelken, verderben muß? Benetzte er sie mit dem frischen Quell der Liebe, gab er ihr Wärme und Gedeihen? Er wollte, daß sie in den schönsten Blüten prangen sollte und schnitt in ihre Wurzeln, ihren Stamm, zerpflückte ihre Blätter und stieß sie in eine Welt ohne Licht.

»Oh, dieser Schurke!« knirschte Sophie, wenn sie von dem allen hörte, und ballte die Hände vor Zorn. Sie kam nur noch versteckt zu Dora ins Haus. In der Spätnachmittagsstunde oder abends schlich sie sich zu ihrer jungen Freundin und plauderte mit ihr. Der Apotheker hatte Dora den Umgang mit ihr untersagt. Einmal, als sie einen energischen Einwand zu machen gewagt, hatte er gepoltert: »Das sind wohl die Lehren der alten Schachtel, die, gerade wie drüben bei deinen Eltern, ihre Salbadereien bei mir fortsetzen möchte. Will ich nicht! Leide ich nicht! Du gibst den Verkehr auf!«

Heute begab sich Dora ausnahmsweise zu Sophie. Sie schützte ihrem Manne gegenüber einige Besuche und Besorgungen vor und stieg die enge Treppe zu ihrer Freundin hinauf.

»Ach, liebste, beste Dora! Du kommst zu mir! Du wunderst dich, daß ich dir noch nicht für die prachtvolle Gans gedankt habe, die du mir gesandt hast? Ich wollte dir jeden Tag schreiben, dich – besuchen – –« Sie unterbrach »Ach, nimm doch Platz. Setz' dich hierher, meine gute Dora.«

Es war schon dämmrig im Zimmer. Im Ofen glühten die bescheidenen Torfkohlen; Sophie ließ die Tür des Wärmespenders offen, damit sie nicht so rasch in Rauch aufgehen sollten. Oft quoll ein qualmiger Dunst hervor; es war ein dumpfer, atembeschwerender Geruch, doch sagte Dora nie etwas darüber. –

Die junge Frau seufzte auf. Es klang wie ein mühsam unterdrücktes Schluchzen.

»Bist du traurig, meine süße, kleine Frau, meine beste, herzliebste Dora?«

Ob sie traurig sei? Draußen standen schon dunkle Herbstwolken am Himmel. Den ganzen Tag hatte es geregnet. Die feuchte, kalte, graue Luft tötete ohnedies alle Poesie, alle Herzensfreude, und – sie – sie – die Frau Heinrichs, sollte nicht schwermütig, nicht traurig sein? Das war kein Ausdruck, keine Bezeichnung für deren Gemütsverödung! Sie war so todesbetrübt, in ihr war's so düster, so inhalt- und liebeleer starrte sie alles an, als ob ewige Nacht hereingebrochen wäre, als ob ein Geist der Finsternis vom Himmel herab verkündet habe: »Gestern schien zum letztenmal die holde Sonne. Nun ist's vorbei für immer!«

»War er wieder so eklig« (eklig, sagte Sophie, statt unfreundlich) »gegen dich, Dora?«

»Oh, Sophie, Sophie! Ich bin so weit, ich möchte –«

Sie schluchzte, sie weinte – Tränen – Tränen – Tränen!

»Du möchtest?« tastete die alte Dame und faßte die Hand ihrer jungen Freundin, um sie zärtlich zu streicheln. »Du möchtest?« wiederholte sie noch einmal weich und innig.

Dora antwortete nicht. Sie ging langsam ans Fenster und schaute hinaus.

»Ja, ja, ich will Licht machen, die Lampe anzünden«, unterbrach sich Sophie geschäftig und ließ Dora allein mit ihren Gedanken.

Ein Gaul, ein alter, magerer Gaul, mit einem schmutzig zerrissenen grauen Leinen bedeckt, hielt vor dem gegenüberstehenden Hause, einer Schenke. Er ließ den Kopf hängen und stand regungslos. Nur mitunter, wenn der kalte Herbst seine Glieder allzu eisig durchschauerte, bewegte er den Schweif hin und her. Hinter den Fenstern des Kramladens nebenan erschien das erste Licht; ein Mädchen mit einem Korbe lief rasch über die kalte, öde, sturmdurchwehte Gasse.

Da trat aus der Schenke ein halbtrunkener Mensch, ergriff die Leine, zog sie mit so brutaler Heftigkeit an, daß der Gaul in den Gliedern zitterte, schwang sich zugleich auf den Wagen und hieb auf den Rücken des Tieres. Es zog auch willig an. Der Wagen war mit Kisten und Ballen hoch beladen; er war aber zu schwer für ihn. Umsonst! –

»Hüh! Hüh!« Mit wuchtig erbarmungslosen Schlägen unterstützte der Rufende abermals seine Ermunterung. Da nahm der Gaul seine letzten Kräfte zusammen – man sah es, denn die Knochen traten spitz hervor, die Hufspitzen setzten, das Pflaster kratzend, mehrmals vergeblich an – und überwand endlich die Schwierigkeit, und der Wagen rollte in regelmäßigem Tempo die Straße entlang. – Das Tier hatte seine Pflicht getan, so schwer es ihm auch geworden war.

»Das tut ein unvernünftiges Geschöpf«, murmelte Dora. »Und ich?« –

Sie trat ins Zimmer zurück.

15.

»Nun?« warf Herr Heinrich an einem Sonntagmorgen Herrn Tibertius hin und lud ihn mit einer Handbewegung zum Nähertreten ein. »Womit kann ich dienen?«

Der Provisor hatte das Gefühl, er habe sich seines Prinzipals höchstes Wohlwollen erworben. Alles war während dessen Abwesenheit nach Pflicht und Ordnung verlaufen, und auch das vergangene Jahr hatte zu keinerlei Ausstellungen gegen ihn Veranlassung gegeben. Dies machte ihm Mut, endlich an einem Sonnabend, kurz vor Tisch, Herrn Heinrich zu fragen, ob er ihm am nächsten Tage eine Unterredung gewähren wolle. Dieser Mut wurde freilich nicht gehoben, als er am kommenden Morgen seinem Prinzipal gegenübertrat. So obenhin behandelte dieser die Sache, daß er bei Tibertius' Eintritt nur einen Augenblick vom Schreiben aufguckte und sich dann zunächst wieder über den Briefbogen beugte.

Erst nach einer Weile wandte er sich zu dem Provisor und sagte außer dem Erwähnten:

»Also, bitte! – Und nehmen Sie doch einen Stuhl – Ich stehe zur Verfügung –«

Herr Heinrich hatte ein Messer ergriffen, schnitt an einer Bleifeder und lehnte sich gesenkten Hauptes und mit der Miene jemandes zurück, der wohl alles zu hören bereit, aber stets so frei ist, von seiner Meinung auch nicht ein Tüttelchen abzulassen.

»Ich wollte mir gestatten«, hub Tibertius mit zaghafter Stimme an, »Ihnen etwas vorzutragen –« Er stockte.

»So sagten Sie bereits gestern. Es ist ja der Zweck unserer Unterredung«, schaltete der Apotheker in kaltem Tone ein. Er hatte das sichere Gefühl, daß es sich um Geld handelte. Das paßte ihm natürlich nicht, und bei solcher Miene, wie er sie jetzt aufzog, – das wußte er aus Erfahrung – ließ der Bittsteller gleich fünfzig Prozent ab. Die anderen fünfzig fanden sich dann später.

»Also?« fuhr Heinrich fort.

Mit der ganzen Einleitung, die sich Tibertius zurecht gelegt hatte, war es nun schon nichts. Er hatte die Hand in der Tasche und drehte seinen Stubenschlüssel immerfort hin und her; der Schlüssel ward feucht in der erregten Hand. Die Befangenheit, die sich seiner bemächtigt hatte, stieg; es schoß ihm heiß durch den Körper.

Er hatte sich vorgenommen, mit der Schilderung seines Lebenslaufes zu beginnen und dabei einzuflechten, daß ihn ein Gedanke niemals verlassen habe, daß er an ihm festgehalten trotz seiner abhängigen Lage, trotz seiner Vermögenslosigkeit, trotz seines vorgerückten Alters. Dann wollte er von dem Gegenstand selbst, von der Fabrik sprechen und Heinrich mitteilen, daß er sich während all dieser Jahre mit der ganzen einschlägigen Literatur fortlaufend beschäftigt habe. Weiter wollte er ihm dartun, wie er fühlte, daß er der rechte Mann sei, eine Sache zu fördern, ihm klarmachen, wie leicht der Konkurrenz zu begegnen sei, wie wenig die meisten dies Geschäft verständen, wie sich manches noch daran anschließen, wie hoch sich das Kapital verzinsen, wie rasch es sich amortisieren lassen werde. – Aber nun von alledem nichts! Er sagte nur:

»Ich trage mich schon lange mit dem Gedanken, eine chemische Fabrik zu errichten, Herr Heinrich, und deshalb wünschte ich –«

»So? So? Ah!? Ihre jetzige Stellung aufzugeben?« fiel der Apotheker ihm gleich ins Wort und ergriff eine zweite Bleifeder, um sie anzuspitzen. – »Nun, ich kann's Ihnen ja nicht verdenken, daß Sie selbständig werden wollen. Wann wünschen Sie denn das Geschäft zu verlassen?«

Tibertius zuckte enttäuscht zusammen. Heinrich ließ ihn nicht einmal zu Worte kommen. Und keine Silbe des Bedauerns äußerte er bei der Annahme, daß er, Tibertius, habe kündigen wollen. Tibertius bewegte den vielgeprüften Schlüssel noch rascher in der Tasche hin und her; ja er nahm auch noch die Uhrkette mit der anderen Hand zu Hilfe und rieb ihre Glieder. Aber er sagte doch bestimmter im Ton:

»Sie ließen mich nicht ausreden, Herr Heinrich. Ich suche einen Kompagnon, einen Kapitalisten für die Fabrik. Deshalb wollte ich gern mit Ihnen sprechen.«

Der Apotheker wußte nun genau, was folgen werde, und das reizte ihn schon deshalb, weil er anderen niemals etwas gönnte. Er erwiderte deshalb in einem nachlässigen und zugleich stark ablehnenden Ton:

»Ah!? Einen Kompagnon? Und Sie meinen, daß ich Ihnen einen solchen verschaffen könnte? Ich habe gar keine Bekanntschaften in Kapitalskreisen und halte es auch sehr schwer, jemand zu finden. Es gehört dazu, wenn's was Ordentliches werden soll, ein sehr großes Stück Geld, und mit diesem ist's ja auch noch lange nicht einmal getan –«

Tibertius hörte zu und drehte weiter. Damit war's noch lange nicht getan! Also seine Person, seine Tüchtigkeit galten nichts. Er zitterte, und jetzt war ihm auch alles gleich. Der Mensch, der da vor ihm saß, flößte ihm einen solchen Widerwillen ein, daß er sich ihm gegenüber wenigstens nichts vergeben wollte. Er sagte deshalb schroff und stark von oben herab:

»Das ist gar nicht zweifelhaft, wenn die Sache nach meiner Idee angefaßt wird. Und daß sie geht, sich rentiert, dafür garantiere ich. Seit vielen, vielen Jahren beschäftigte ich mich, wie gesagt, mit dem Plane, habe alles sorgfältig geprüft und berechnet. Ich getraue mir, die Fabrik in einem Jahre aufzubauen und in dem nächsten schon einen Umsatz zu erzielen, von dem die heutigen Fabrikanten keine Ahnung haben.«

Diese zuversichtliche Sprache machte aber auf Heinrich nicht nur keinen Eindruck, sondern sie erhöhte seinen Ärger. Ein Mensch, der es wagte, seiner Ansicht entgegenzutreten, so zuversichtlich eine andere, abweichende auszusprechen, mußte gleich gründlich abgefertigt werden.

»Ich zweifle nicht, ich zweifle durchaus nicht«, entgegnete er beleidigend höflich, »daß Sie besonders befähigt sind, die Sache in Angriff zu nehmen, aber wie gesagt, mir fehlen alle Konnexionen, und somit erledigt sich wohl der Gegenstand –«

Nach diesen Worten erhob er sich und sah den Provisor kalt an. Und nun zeigte es sich, welch ein unpraktischer Mensch Tibertius doch war. Obgleich ihm sein Verstand das Richtige zuflüsterte, nämlich, daß eher die Häuser draußen auf der Straße lebendig werden und zu einem Tanz sich anschicken könnten, als daß Heinrich jemals Geld hergeben und sein Kompagnon werden würde, riß es ihn trotz der bereits eingetretenen Enttäuschung, halb im Trotz, halb in letzter, schwacher Hoffnung, hin, mit starker Betonung des ersten Wortes zu fragen:

»Sie würden sich nicht entschließen, dieser vorzüglichen Sache näherzutreten, Herr Heinrich?«

»Ich?« stieß der Apotheker mit so gut geheucheltem Erstaunen und mit so souveräner Verachtung heraus, daß es Tibertius abermals siedend heiß über den Rücken lief.

»Nein, lieber Herr! Für solche Phantastereien habe ich kein Geld und keinen – Sinn. Ich habe ja hier mein Geschäft. Wie sollte ich plötzlich darauf kommen, eine chemische Fabrik anzulegen? Ich müßte ja ins Irrenhaus gesteckt werden, wenn ich für eine meines Erachtens durchaus überflüssige Sache mein sauer Erworbenes riskieren wollte. Und wie gesagt, ich müßte doch mein Geschäft hier aufgeben, an einen großen Zentralpunkt ziehen, um die durch die günstigen Verbindungen eintretenden Frachtersparungen auszunutzen, mich der dort vorhandenen, brauchbaren Arbeitskräfte versichern, und müßte namentlich auch durch Barzahlung des Rohmaterials die Konkurrenz aus dem Felde schlagen können.

Dazu reichen meine kleinen Mittel lange nicht aus, meine Kenntnisse erst recht nicht und meine Neigungen gleich gar nicht. Und noch dazu Kompagnongeschäfte!« – hier gab er Tibertius den tödlichen Schlag –, »sind ja stets eine Torheit! Kompanie – Lumperie! sagt das Sprichwort, und es hat recht. Entweder reicht, was verdient wird, für beide nicht, oder der Unfriede verzehrt das Innere und verhindert eine gedeihliche Entwicklung.«

So, nun hatte der Antragsteller eine Antwort in allen Regenbogenfarben, eine Antwort, wie er sie sich niemals wieder wünschen würde. Wie klein, wie niedergeschmettert stand er mit seinen Illusionen vor dem großen Apotheker! Und wie erhaben fühlte sich dieser über den alten Junggesellen, der immer noch in der Welt umherwanderte, suchte, suchte, spekulierte und nichts sein Eigen nannte.

Und als sich Tibertius mit den knappen, seine grenzenlose Verstimmung geschickt verbergenden Worten: »Dann entschuldigen Sie!« zur Tür wandte, reizte das den Apotheker, der als Tyrann von Gottes Gnaden gar keine Auflehnung, aber auch keine Gleichgültigkeit duldete, dermaßen, daß er hinwarf:

»Noch eins! Sie wünschen also zu bleiben, oder habe ich den Inhalt dieses Gespräches als Kündigung aufzufassen?«

Bei diesen Worten raffte sich Tibertius auf. Es hatte sich etwas in ihm angefacht, das wie eine Flamme emporschlug, und er sagte:

»Überall, wohin ich noch meinen Fuß setzte, fand ich Bedauern, wenn ich meinen Wanderstab wieder in die Hand nahm. Man achtete meinen Fleiß, meine Fähigkeiten und dasjenige, was freilich bei einem ehrenhaften Manne selbstredend ist, meine Rechtschaffenheit. Wo man mich so leichten Herzens gehen läßt wie hier – von Dank will ich gar nicht reden –, da finde ich nichts für Herz und Gemüt. Und das ist doch auch etwas! Am Ende, trotz meines Alters. trotz meiner Mittellosigkeit – bleibe ich doch ein Mensch!«

Herr Heinrich senkte unempfindlich den Kopf.

»Ich verstehe also? Sie kündigen?« bestätigte er mit eisigem Gleichmut. »Nach Ihren Wünschen!«

16.

Einige Tage nach diesem Vorfall schaute Dora, in Gedanken versunken, vom Speisezimmer in den Hof hinab. Es war schon Spätnachmittag, aber die Luft war hell, heller als gewöhnlich; sie trug die durchsichtige, stahlhelle Färbung, die den Herbsttagen eigen ist. Alle Gemächer im Hause erhielten durch die dichten Gardinen, Vorhänge und Teppiche etwas überaus Düsteres; besonders galt dies von den nach dem Hof gelegenen Zimmern.

Der Hund des Knechtes lief geschäftig hin und her, bald in den Garten, bald in den Hof; einmal suchte er sich durch die angelehnte Tür des Laboratoriums zu klemmen, stand einen Augenblick wie ein nachdenklicher Mensch vor der verschlossenen Pforte und begann dann von neuem mit seinem ruhelosen Hin- und Herlaufen. Ihn fröstelte offenbar; er suchte nach einer warmen Ecke. Es sprudelte auch so kalt aus der Röhre des Mauerbrunnens und plätscherte so eisig in das alte Sandsteinbecken, das beim Neubau hier aufgestellt war! Daß Jakob bereits den Hof abgefegt und allerlei in den Ecken sorgsam zusammengestellt hatte: den Handwagen mit den hohen Rädern, eine kleine, braunfarbige Leiter mit zwei neueingesetzten Sprossen, einen umgestülpt an den Mauervorsprung gelehnten Eimer, auf dem ein ausgewaschenes Wischtuch zum Trocknen ausgebreitet war, erhöhte noch das trübselig karge Bild.

Dora stand lange und blickte hinaus, und doch waren ihre Gedanken weit fort. Es war nur ein mechanisches Stehen, kein bewußtes. Im Garteneingang, auf den Wegen lag das vom Sturm herabgeschüttelte gelbe Laub. Wo im Sommer das Auge gehemmt ward durch belaubte Bäume, drang es nun bis auf den fernliegenden, großen Rasen, der allein noch mit etwas Grün bedeckt war. Um so trostloser stach die übrige Umgebung gegen ihn ab.

Die junge Frau seufzte auf. Ringsum in der dunklen Wohnung war es so einsam und öde. Der Anblick der Natur schuf keine belebenden, schuf weit eher todestraurige Gedanken. Sie machte ihr Herz noch mutloser, ihren Sinn noch trüber.

In dem Augenblick, wo sie sich zurückziehen wollte, streifte ihr Blick den gegenüberliegenden Flügel, und da sah sie Tibertius bei einer Lampe in seinem Zimmer sitzen. Heute war sein Ausgehtag, aber Dora hatte schon mehrmals beobachtet, daß er, statt unter Menschen zu gehen, lesend oder schreibend in seinem Zimmer hockte.

Sie trat unwillkürlich zurück, aber blieb doch noch eine Weile in der Nähe des Fensters stehen und spähte hinüber. Tibertius saß, den Kopf auf die Hände gestützt, vor seinem Schreibtisch und starrte mit verlorenem Ausdruck ins Leere. Er sah aus wie ein Mensch, dessen sich äußerst traurige Erinnerungen bemächtigt haben, den etwas sehr sorgenvoll bewegt und der vergeblich nach einer Befreiung sucht. Endlich stand er auf, stützte die Hand auf den Tisch und hielt offenbar eine Rede, eine laute, gewaltige Rede. Der, zu dem er sprach, befand sich freilich nicht im Zimmer; es war wohl gut, denn Tibertius' Brust hob sich immer höher, sein Auge blitzte immer zorniger.

Nachdem er gesprochen, ging er unruhig auf und ab, und endlich trat er ans Fenster, drückte die Stirn gegen die Scheiben und starrte – ganz wie Dora vorhin – auf den Hof. Auch dabei bewegte sich sein Mund; er war noch immer in einer heftigen Erregung. Zuletzt zog er die Vorhänge herab, und nun trat auch Dora zurück.

Was sie soeben gesehen hatte, beschäftigte sie außerordentlich. Irgend etwas Bedeutsames mußte dem Provisor begegnet sein.

Als am nächsten Tage zu Tisch gerufen wurde, und die beiden in der Apotheke Angestellten ins Speisezimmer traten, beobachtete Dora ihn aufmerksamer als sonst. Bisher waren Provisor und Gehilfe ihr fast wie zwei Automaten vorgekommen. Beide nahmen stets einmal die Suppe, zweimal Fleisch und Gemüse, sprachen nur, wenn man sie anredete (sie wurden sehr selten oder nie angeredet, da Herr Heinrich meist stumm und unwirsch dasaß), standen zu gleicher Zeit, die Stühle in derselben Weise an den Speisetisch rückend, auf, machten immer dieselben höflich ehrerbietigen Verbeugungen und verschwanden in derselben Reihenfolge, wie sie gekommen waren. Der Gehilfe blieb ein wenig zurück, und Tibertius eilte mit dem hastig tänzelnden Schritt, der ihm eigen war, zur Tür hinaus.

Heute wurde während des Essens häufig die Glocke unten gezogen, wodurch dann einer der Herren, in der Regel Kordes, zum Aufstehen veranlaßt wurde.

Sehr häufig wehrte Tibertius, von irgendeinem, seiner Gewissenhaftigkeit entsprießenden Drange beherrscht, den Jüngeren ab, rief milde betonend: »Bleiben Sie nur!« und eilte selbst fort. Heute aber tat er, als ob ihn die Sache überhaupt nichts angehe, und als Kordes noch einmal wieder in der Tür erschien, um nach einer von ihm gesuchten Arzneiware zu fragen, erwiderte er, ganz im Gegensatz zu seiner sonstigen, fast übereifrigen Art gar nichts. Herr Heinrich guckte den Provisor mit der Miene der Majestät an und schien ihn durch diese Mahnung aufrütteln zu wollen. Als aber trotzdem Tibertius sitzen blieb, ließ er sich von Kordes die Sache noch einmal wiederholen und stand mit den hämisch anzüglichen und heftigen Worten: »Nur Unordnung! Nichts als ewige Unordnung! Und alles muß man selbst tun!« vom Tisch auf und eilte mit dem Gehilfen hinab.

Dora warf einen raschen Blick zu Tibertius hinüber und sah, daß er die Lippen aufeinander preßte, aus dem Brot, das neben ihm lag, eine große Kugel drehte und endlich, ohne aufzuschauen, die schwarzen Schnurrbartenden mit den Zähnen bearbeitete. Es trat eine peinliche Pause ein.

»Darf ich Ihnen noch ein wenig Suppe anbieten?« brach Dora das Schweigen und sah Tibertius mit einem guten, versöhnenden Blick aus ihren melancholischen Augen an.

Er fühlte, daß sie sich auf seine Seite stellte, obgleich er durch sein Verhalten auch Schuld auf sich geladen hatte. Das überraschte ihn, aber um so mehr erquickte es ihn auch. Wie gern hätte er ihr sein Herz aufgeschlossen, und wie gern wäre ihm Dora, die einen Zusammenhang zwischen seiner geistigen Erregung und seinem heutigen Benehmen vermutete, zu Hilfe gekommen! Aber ehe noch einer von ihnen das Wort fand, traten die beiden Herren wieder ins Zimmer.

Nach aufgehobener Tafel sagte Heinrich, pedantisch einen Apfel schälend und das Kernhaus aus der Hälfte herausschneidend, auf Doras zaghafte Frage, ob sich mit dem Provisor etwas ereignet habe: »Der Hansnarr hat gekündigt und ärgert sich, daß ich ihm keine guten Worte gegeben habe. Deshalb spielt er nun den Gereizten, wird sich aber wohl bald besinnen, daß er dabei nur den Kürzeren ziehen kann.«

»Gekündigt? Tibertius? Weshalb?« stieß die junge Frau erschrocken heraus.

»Weshalb?« erwiderte Heinrich phlegmatisch und verarbeitete langsam, vornübergebeugt, die geschälte Frucht mit den großen, stark hervortretenden Zähnen. »Nun eben, der Esel geht immer aufs Eis, wenn ihm zu wohl ist.«

Aber Dora beruhigte sich dabei nicht. In dem Auge des Junggesellen war, als er ihr für ihre Teilnahme gedankt hatte, etwas erschienen, das sie nicht vergessen konnte. Er war unglücklich, und zwar durch die Schuld Heinrichs! Ihr Gefühl sagte ihr das, und ihr Mitleid regte sich um so lebendiger, als sie wußte, was es hieß, mit ihrem Manne einen Kampf aufzunehmen.

Bisher hatte Heinrich, obgleich er wortkarg und zum Lobe selten aufgelegt war, stets anerkannt, daß Tibertius ein brauchbarer Mensch sei. Um so ungerechter, um so herzloser fand es Dora, daß er jetzt eine solche Stellung ihm gegenüber einnahm.

Nur zu häufig erfuhr die junge Frau wichtige Dinge, die ihr eigenes Hauswesen betrafen, erst aus dem Munde ihrer Mutter, die wiederum den Physikus ausforschte. Gegen diesen war Heinrich mitteilsam geblieben wie früher, und so gelangten auch die Gründe, die des Provisors Abgang veranlaßt hatten, auf diesem Wege zu Doras Kenntnis und bestätigten ihre in der Angelegenheit vorgefaßte Meinung.

Wenige Tage später streifte die junge Frau in der Abenddämmerung den Provisor auf dem Flur. Sie wandte sich gegen die Treppe, als er ebenfalls im Begriff stand, hinaufzugehen.

Herr Heinrich war zu einem Karpfenschmaus geladen und hatte eben mit dem Physikus das Haus verlassen.

Dora bemerkte, daß ihr Begleiter, der höflich verlegen neben ihr herschritt, ein Tuch gegen die Backe drückte, und fragte ihn, ob ihm etwas zugestoßen sei.

»Ja, ich habe starkes Zahnweh«, erwiderte der Angeredete. »Ich werde morgen zum Arzt gehen müssen.«

»Wenn ein Apotheker sich nicht helfen kann, werden Mittel anderer kaum nützen«, scherzte Dora. »Aber vielleicht könnte ich Ihnen doch Linderung verschaffen. Ich habe auf unserer Reise in Paris von einem Zahnarzt eine Tinktur erhalten, die, auf Watte geträufelt, Wunder bewirkt. Wollen Sie sie versuchen? Bitte, treten Sie doch einen Augenblick näher.«

Tibertius murmelte zwar allerlei, durch das er Doras Anerbieten ablehnen wollte, aber er schritt trotzdem mit ihr ins Wohngemach und wartete, bis seine Herrin mit dem Versprochenen zurückkehrte.

Während der Provisor auf ihr Geheiß seine Wange einrieb, fragte die junge Frau schüchtern:

»Und ich hörte zu meinem großen Bedauern, daß Sie uns verlassen wollen, Herr Tibertius –?«

Der Mann schaute überrascht empor. Er ward durch den teilnehmenden Ton, in welchem Dora sprach, freudig berührt.

»Es ist der Wille Ihres Herrn Gemahls, gnädige Frau, nicht der meinige. Es wird mir nicht leicht, fortzugehen, – indessen –« Er sprach nicht aus.

»Und haben Sie schon eine andere Ihnen zusagende Stellung gefunden? Wissen Sie, wohin Sie gehen?« schaltete Dora gütig ein.

Tibertius schüttelte den Kopf. »Noch nicht, Frau Heinrich. – Es ist mir auch ziemlich gleich, wohin ich meine Schritte wende. Ich erwarte vom Leben nichts mehr. – In meinem Alter –« Alles kam so trostlos aus des Sprechenden Munde.

»Und es läßt sich nicht doch noch machen, daß Sie bei uns bleiben? Versuchen Sie es; ich werde auch zu helfen suchen. Sie sollten nicht so zaghaft in die Zukunft blicken, Herr Tibertius. Wenn die Sorge am größten, ist die Hilfe am nächsten.«

»O, meine liebe, gütige Frau!« rief der Junggeselle, dessen Ohr solche Teilnahme seit Jahren nicht vernommen hatte, und dem sie jetzt in einem so herzlich warmen Ton unerwartet entgegenschlugen. »Wie danke ich Ihnen für Ihr Interesse! Wenn Sie wüßten, wie wohl das tut, wie sehr ich –«

Der unruhig Wandernde stockte. Sein Gefühl überwältigte ihn solchergestalt, daß ihm die Stimme versagte; er vermochte sich auch nur hinabzubeugen und die Hand der jungen Frau mit seinen Lippen zu berühren. Im nächsten Augenblick schloß sich hinter ihm die Tür. –

Im Zimmer war es wieder einsam und still. Dora schaute hinüber auf ihr Elternhaus; sie hatte jeden Stein dort lieb; die Mauern schienen ihr aus einem andern Material gefügt, als diejenigen, welche sie hier mit ihrer fast großstädtischen Pracht umgaben. Wie hatte es sie berührt, als der Mann soeben die Worte aus seinem Innern hervorgeholt hatte. Wie lange war hier auch für sie kein Laut erklungen, der aus einem guten, warmen Herzen drang. Traten doch selbst die Eltern ihr mehr mit stummem Vorwurf, als mit Äußerungen warmer Liebe gegenüber. Wann erscholl zwischen diesen Wänden je ein lebendiges Lachen, wann ein zärtliches Neckwort, oder gar der Ton herzinniger Zuneigung?!

Düster und unheimlich drang's überall ihr entgegen aus Ecken und Winkeln, aus dem hohen, steifen Bücherschrank mit seinen geradlinigen Reihen, ans den modernen, neuglänzenden Möbeln, die nicht mit zu leben schienen mit den Bewohnern, wie drüben im Elternhause. Dort, wo ehrwürdiges Alter, langjähriger Gebrauch und das anheimelnde, warme Kolorit, das die toten Dinge annehmen durch die Berührung mit den Menschen, fröhlich zusammenwirkten, wo jedes einzelne Stück mit dem Ort eins schien, auf den es durch Gewohnheit und Alter gleichsam angewiesen war und sein Recht behauptete in stiller, schweigsamer Würde. –

Dora überdachte ihr Leben! Wie jung sie noch war! Wie würde es sein, wenn die ersten Anzeichen des Alters sich bemerkbar machten! Wie lang war ein Tag und nun gar ein Jahr in diesem Grabe! Wie traurig, liebeleer lag die Zukunft vor ihr. – Ihr grauste; mit trostloser Miene ließ sie sich in dem dunklen Gemach in einen Sessel gleiten und sann und grübelte weiter.

»Wie, du hast noch kein Licht, beste Dora?« ertönte dann plötzlich die Stimme der Frau Doktor Paulsen.

Die junge Frau flog empor. –

17.

Bei Heinrichs war große Gesellschaft. Bereits vor acht Tagen war dazu eingeladen, und das bedeutete für die Herren einen schwarzen Frack und weiße Binde, und für die Damen das »beste Seidene«.

Mile Kuhlmann war, wie eine begehrte Puppe in Kinderhand, hin- und hergerissen worden, denn hier galt es, eine Taille zu ändern, dort sogar noch ein neues Kleid bis Sonnabend fertigzumachen. Sie versprach stets; sie konnte nicht nein sagen, aber sie hielt nicht Wort, und wenn man ihr Vorwürfe machte, wurde sie grob. Welche Verwünschungen hatten sich schon in Kappeln über Mile Kuhlmanns Haupt entladen! »Wenn Sie Ihre Zusage abermals nicht halten, so muß ich überhaupt in Zukunft auf Ihre Arbeit verzichten!« schrieb Frau Doktor Schübeler, und Ellisens Guste war dreimal dagewesen und hatte bei Miles älterer Schwester vorgefragt, ob es wirklich ganz sicher sei, daß sie am Dienstag käme.

Emma ging nie aus, sondern versah die Schneiderarbeit im Hause. Sie besaß eine durch die Gewohnheit des Sitzens geförderte, äußerst starke Unregelmäßigkeit am Rücken, und überhaupt hatten die Grazien nicht an ihrer Wiege gestanden. »Meine Schwester ist nicht ganz glatt gewachsen«, äußerte sich Mile über die bucklige Emma. Sie äußerte das kurz, obenhin und in vornehmer Geringschätzung etwaiger anderer Auffassungen.

»Sie sind bei Pastor Engels eingeladen, glaube ich«, sagte Guste.

Emma nahm ein Fadenende zwischen ihre dünnen Lippen, erhob die mageren Arme, deren eng zugeschnittene Ärmel kaum ans Handgelenk reichten, kniff das eine Auge zu, schaute, das Haupt erhebend, gegen das Tageslicht und sagte, während sie den Zwirn einzufädeln suchte: »Ach, niks da, es is ja bei Heinrichsens.« – (Sie nannte Heinrich stets Heinrichsen, und würde es getan haben, wenn sie tausend Jahre alt geworden wäre.) »Wird diesmal sein! – Drei Gänge und Eis – – Mile wartet auf.«

»Geht da wohl immer hoch her?« fragte Guste, während sie sich mit der umgekehrten Hand über die Nase fuhr und schiefäugig an die Decke guckte.

»Na ob!« bestätigte Emma und faltete kleine Puffen ein, welche die Ärmel an Klara Franzius' Kleid schmücken sollten. »Er ist ja unhört (unerhört) reich, der Apotheker. Na, aber ein Geizhals! Mir dauert man bloß die junge Frau. So'n junges Kind! Er sperrt sie ja wie'n Hofhund an die Kette.« –

»Wer kriegt das Kleid?« fragte Guste, die ihre Neugierde auch auf anderen Gebieten befriedigen wollte, und der in dem eben Gesagten nichts Neues geboten ward.

»Klara Franzius«, erwiderte Emma kurz. Sie hielt einen Augenblick mit der Arbeit inne, ergriff eine Stricknadel und fuhr damit wiederholt mit dieser durch ihr kahles, tief an die Stirnseiten gekämmtes Haar.

Und da das Gespräch nun durch den Eintritt einer Nachbarin unterbrochen wurde, eilte Guste rasch die Treppe hinab.

In der Tat, es war große Gesellschaft bei Heinrichs. Pastor Engel und Frau waren die ersten. Er sah aus, als ob er das Rasieren aus besonderer Passion betreibe. Ein glatteres Gesicht war nicht denkbar! Zudem trug er das graumelierte Haar ohne Scheitel scharf nach hinten gestrichen, und um Nase und Mund zeigte sich bei ihm stets eine gewisse Röte, die bei anderen Sterblichen nur durch Erkältung hervorgerufen zu werden pflegt. Er hatte dünne, breitgezogene Lippen und allezeit mit einem demütig flehenden Ausdruck nach oben gerichtete Augen, war mit jedermann herablassend gütig und im Sprechen salbungsvoll, kurz, ganz ein Pastor im Talar, selbst in der Alltäglichkeit; im übrigen ein braver Mann.

Frau Engel glich einem armen Wesen, das eben vom Scheintode errettet worden ist und sich in das Leben noch nicht wieder zu finden vermag. Mit großen, irren, verwunderten Augen blickte sie um sich, gleichviel, ob sie sprach oder schwieg. Dazu war sie mager und blaß, und kein Mensch hatte sie je lächeln gesehen. Wenn sie das je einmal zu tun beabsichtigte, so öffnete sie den Mund nach der linken Seite und zeigte einen einzigen, spitzen, weißen Schneidezahn. Dieser schien dann zu lächeln, nicht sie.

Während Pastor Engel und Heinrich, die Teetasse in der Hand, schwatzten, und die Damen die große Gesellschaftslangeweile geduldig über sich ergehen ließen, trat das Doktor Schübelersche Ehepaar ein. Er war ein kleiner, kugelrunder Mann mit einwärts gekehrten Füßen und einem Gesicht, als ob einmal eine Sense darübergefahren sei. Alles war glatt; das Kinn, die Nase und die Backen machten kaum den leisesten Versuch, höher als die Stirn zu sein. Er war nicht so recht angesehen in Kappeln, denn er betrieb die ärztliche Praxis allzu geschäftlich, machte seinen Kollegen üble Konkurrenz, liebte Wunderkuren, schwatzte viel und galt sogar als versteckter Homöopath. Namentlich letzteres paßte Heinrich gar nicht. Bei den kleinen Dosen kam für den Apotheker nichts heraus.

Seine Gemahlin dagegen war eine einfache, gebildete Dame und würde sogar anziehend gewesen sein, wenn sie nicht eine wunderbare Vorliebe für lange, wie Eiszapfen aussehende »Ohrbummeln« und geschmacklose Kleider gehabt und den ostpreußischen Dialekt gesprochen hätte. Ihr Ostpreußisch war nerventötend.

Die beiden Referendare, die dann ins Zimmer traten und stets unzertrennlich in den Gesellschaften erschienen, bildeten eigentlich die einzige Hoffnung für die junge Damenwelt Kappelns. Sie waren nicht eben geistreich, nicht einmal gesprächig, aber sie waren gut frisiert und trugen beneidenswert weißblitzende, tadellos geplättete Wäsche, die allemal die Bewunderung ihrer Umgebung hervorrief. »Wo lassen Sie waschen?« Wie oft hatten die Herren diese Frage gehört. Es war mit der Zeit ein geflügeltes Wort geworden. –

Der unverheiratete, wohlhabende und einflußreiche Senator Adler, der durch sein Erscheinen ein Gespräch über die jüngst entstandene Konkurrenz eines dreimal statt einmal in die Umgebung fahrenden, Personen und Kleingut befördernden Wochenwagens unterbrach, trug blonden, englischen Backenbart und fand selbst, daß er ein äußerst gescheiter Kopf sei.

»Das Geschäft mit dem neuen Wochenwagen geht bereits so stark, daß man an eine Umwandlung des Unternehmens in eine Aktiengesellschaft denkt«, schaltete er mit spöttelnder Miene ein. Doktor Schübeler, der es mit niemandem verderben wollte, weil er stets einen demnächst vielleicht einmal eintretenden Wechsel des ärztlichen Beistandes in den Familien erhoffte, lachte überlaut. Seinen Beifall nahm Senator Adler als etwas Selbstverständliches hin; als aber auch das rotrasierte Angesicht den Pastors sich zum Lächeln verzog, feierte er einen seiner glücklichsten Triumphe.

Eine Bewegung entstand, als Herr von Tapp mit seiner im Alter bereits ziemlich vorgerückten Tochter Blanka erschien.

Von Tapp, ein etwas geckenhaft aussehender, alter Herr, trug einen blauen Frack mit goldenen Knöpfen und eine sehr breite Halskrawatte. Ein offenbar angeborener, hochmütiger Zug in dem aristokratischen Gesicht verletzte nicht, da dieser, sobald Tapp den Mund öffnete, durch eine Beimischung von gutmütiger Verlegenheit gemildert wurde. Er hinkte auf dem linken Bein und besaß wunderhübsche Frauenhände. Da er durch die Nase sprach und stets enganschließende Lackstiefel in den Gesellschaften trug, so war es zu begreifen, daß man einen gewissen Respekt vor dem »Von« und dessen Besonderheiten an den Tag legte.

Seine Tochter war, wie Mile Kuhlmann einmal der Frau Amtsrichter Hübeler verraten hatte, eigentlich ganz plattmager, aber die Kunst vermochte viel. Eine stark aufgestülpte Nase, die einen Freier zu wittern schien (ein Erbstück ihrer verstorbenen Mutter, eines geborenen Fräuleins von Pfannentuch), macht Blanka von Tapp nicht schöner. Im ganzen war sie aber kein übles Mädchen. Sie war häuslich, fleißig und gutherzig, zudem voll Aufmerksamkeit und Liebe für ihren alten Papa.

Herr von Tapp sprach über politische Konstellationen, über Legitimitätsprinzip, konstitutionelle Monarchie, Parlament, Staatsinteressen, Steuern, Erbpachtverhältnisse und Allodial-Güter. Man glaubte das Register eines Staatshandbuches vor sich zu haben.

Frau Franzius, der man einen Platz im Sofa einräumte (Klara, ihre Tochter, ein junges, hübsches und munteres Ding, ward gleich von einem der Referendare in Beschlag genommen), war eine nette, resolute, wenn auch etwas eitle Frau, und ihr bedeutend älterer Mann ein harmloser Mensch. Nur einen störenden Fehler hatte Franzius; er erzählte mit Vorliebe Anekdoten. Das Gesicht seiner Gattin erhielt einen ganz eigentümlichen Ausdruck, wenn sie die nun schon seit fünfundzwanzig Jahren wiederkehrenden Geschichtchen anhören mußte, aber sie unterbrach ihn nie und lächelte, als ob sie das Neueste vom Neuen höre. Sobald er aber aufgehört hatte, nahm sie lebhaft das Wort und berührte rasch ein andres Thema. Mit richtigem Gefühl schloß sie, daß sie so am besten ferneren Wiederholungen begegnen könne.

Franzius, ein wohlhabender Mann, der von seinem Gelde lebte, war gerade im Begriff, eine Geschichte von König Ludwig von Bayern und Saphir zu erzählen, als er durch den Eintritt der Familie Kuchen und des Inspektors Blume, eines verlegen blickenden Junggesellen im Alter Heinrichs, unterbrochen wurde.

Frau Kuchen war eine bejahrte Witwe, die reizende Löckchen an der Stirn trug und das Gesicht eines Engels besaß. Aber das war nur äußerlich. Sie zermalmte mit sanft freundlicher Stimme alles, was Kappeln an Einwohnern hatte, und wurde von ihrer Tochter, die rote Haare, aber schöne, dunkle Augen besaß, bestens unterstützt.

Wehe dem, der mit Kuchens in Feindschaft geriet. Eine Steinmühle hatte schlechtes Räderwerk gegen die Zerkleinerungsstärke des Mäulchens dieser beiden Damen!

Inspektor Blume war jedenfalls die eigenartigste Erscheinung in diesem Kreise. Er war der Sohn eines Justizrates, der Vermögen hinterlassen hatte. Er besaß im eigenen Hause eine zimperlich eingerichtete Junggesellenwirtschaft und frönte zweierlei Leidenschaften: dem Gartenbau und dem Kartenspiel. Dreimal in der Woche hatte er mit verwandten und bekannten alten Damen seine Boston-Partie. Unter diesen war er gefürchtet; da galt seine Meinung alles; man beobachtete sein Stirnrunzeln wie den Zorn Jupiters, kochte ihm Kamillentee und schickte ihm Krankensuppen, hoffte ihn zu beerben und zu heiraten, während er der Gesellschaft als ein äußerst harmloser Mensch erschien, über den man lächelte. Selbst den Kindern der befreundeten Familien beggnete er mit einer verlegen artigen Höflichkeit und redete sie an, als seien sie Erwachsene.

Wenn er je einmal aus der Rolle fiel, so war es beim Spiel. Er sprach dann mit erregt zitternder Stimme, namentlich, sobald er durch einen Formfehler beim Geben oder sonstwie in Verlust geraten zu sein glaubte. Dabei sah er aus wie ein gezähmter Panther, dem man die Krallen abgeschnitten hat. Das vorspringende Unterkinn, die suchenden Augen, das halbbewachsene Gesicht wirkten beinahe furchterregend, aber ein knabberndes Mäuschen konnte diesen Naturmenschen, der nie aus seinen vier Wänden herausgekommen war, einschüchtern. –

Inzwischen waren noch andere Gäste erschienen, unter diesen Amtsrichter Hübelers, Papa und Mama Paulsen und die Familie Tach. – Tach war Advokat für die Landbevölkerung, stammte selbst vom Lande und sprach gern plattdeutsch. Mit seiner formlosen, dicken Figur glich er einem Schneemann. Er trug den Spazierstock stets aufrecht im Arm und verbarg seine Füße unter langen, weiten Beinkleidern.

Seine Frau, eine geborene von Himmelpforten, war einst eine sanfte Schönheit gewesen, fühlte sich aber seit Jahren leidend und hatte alle Mittel gegen Migräne durchprobiert, die es auf der Welt gab. In ihrem weitabstehenden Seidenkleide und mit dem über die Schläfen gekämmten Haare ähnelte sie der allbekannten Salondame auf altmodischen Stutzuhren.

Nur Senator Ellisen und Frau fehlten noch. –

Dora verlebte trotz äußerer Ruhe böse Augenblicke. Alle Geladenen kamen zu spät! Zu sieben und ein halb Uhr hatte die Köchin sich mit dem Essen eingerichtet, und nun war es schon fast eine halbe Stunde darüber. Einmal schlüpfte sie in die Küche. Die Mädchen gossen Sahne über die Hasen, und die Köchin wandte sich mit einem beschwerten Blick zu der jungen Frau und sagte:

»Können wir noch nicht anrichten, Madame?«

Auch Mile Kuhlmann und Heinrichs Barbier, der in einem abgelegten Frack des Apothekers und mit weißen baumwollenen Handschuhen den Tee präsentierte (Glitsch hieß er), erhoben sich, zurzeit untätig wartend, bei Doras Eintritt, und Mile sagte in ihrem vorlaut schmeichelnden Tone:

»Noch nicht so weit, Madame? Wer fehlt denn noch?«

»Ellisens! Senator Ellisens!« betonte die junge Frau, gleichzeitig einer im Hintergrunde der Küche mit dem Aufwaschen von Tassen beschäftigten Aushilfefrau mit: »Tag, Mutter Nissen, wie geht's denn?« freundlich zunickend.

Statt hier beruhigt zu werden, fand Dora nur neue Nahrung für ihre Besorgnis. Ging's nicht nach dem Schnürchen, so hatte sie eisige Mienen und spitze Worte von Heinrich zu erwarten.

Bevor die junge Frau in die Vordergemächer zurückkehrte, warf sie noch einen Blick ins Eßzimmer. Der Speisetisch sah prachtvoll aus, alles flimmerte und blitzte. Sie sah, in ihren Gedanken mit Ellisens beschäftigt, nach der Uhr, ordnete an der Tafel und forschte, ob sonst alles tadellos sei. Eines der Rouleaux war nicht herabgelassen. Drüben flimmerte Licht beim Provisor. Dabei fiel Dora ein, daß die Angestellten noch benachrichtigt werden müßten. Sie eilte in die Küche zurück, um Auftrag dazu zu geben. An alles mußte man denken! Da stand im Flur Frau Senator Ellisen, und Mile Kuhlmann nähte an Anna Ellisens Kleid eine Falte ein.

»Unverzeihlich, unverzeihlich, Fräulein Kuhlmann!« hörte sie die Senatorin sagen. »Erst vor einer Viertelstunde brachte Ihre Schwester das Kleid für Anna.«

Die Damen begrüßten sich, der Senator aber hielt mitten im Rockausziehen inne und reichte unter vielen Entschuldigungen der jungen Frau seine große Hand.

»Um Vergebung, um Vergebung, daß wir so spät kommen!«

»Bitte, bitte! Ich freue mich herzlich, Sie zu sehen. Ich fürchtete nur, daß vielleicht –«

»Die Kuhlmann hat Anna ja sitzen lassen«, flüsterte die Senatorin Dora zu.

In diesem Augenblick öffnete Heinrich die Tür. Das laute Schwirren der Gäste drang auf den Flur. Er machte sein schlechtestes Gesicht. Bei Ellisens Anblick schwand aber der finstere Ausdruck, und ein verbindliches Lächeln legte sich um seinen Mund.

Nun traten auch diese ins Wohngemach. Ein allgemeines lautes oder unterdrücktes Ah! ging durch die Gesellschaft.

Es war schon bekanntgeworden, daß Ellisens schuld seien, daß man so lange, gepeinigt von Hunger und Durst, umherstehen mußte.

»Nun nur rasch, daß sofort zu Tisch gegangen wird!« flüsterte Heinrich der ängstlich nickenden kleinen Frau in seinem unangenehmsten Tone zu, als ob sie an der Verzögerung schuld sei.

»Können wir uns hinsetzen?« rief Dora in die Küche hinein. »Ellisens sind da! Sind die Herren benachrichtigt?«

Just kam Glitsch die Treppe hinauf, hinter ihm Tibertius, noch an den Handschuhen knöpfend, und hinter ihm mit verlegenen Verbeugungen, die Rechte verbergend, Kordes.

»Sie haben einen Platz neben mir, gleich beim Eingang rechts«, nickte Dora dem Provisor zu; dann eilte sie zu ihren Gästen.

Über Tibertius' Gesicht flog ein unbeschreiblich glücklicher Ausdruck. Wie gut, wie freundlich sie war!

Die Komplimente der »Leute« wurden noch allergnädigst erwidert. – »Gut'n Abend« – »Gut'n Abend!« Dann erschien endlich Glitsch und meldete, daß alles bereit sei.

»Bitte, zu Tisch, meine Herrschaften!« rief Heinrich, machte eine seiner theatralischen, steifförmlichen Verbeugungen gegen Frau Pastor Engel und eröffnete den Zug der Hungrigen.

Tischgang: – Karpfen mit Meerrettichsauce und Schlagsahne. – Ragout von Schnepfen mit Trüffeln und Champignons. – Rehrücken. – Schneemustorte, Eis. – Obst, Konfitüren, Käse, Hochheimer, Alter Pouillac, Château Giscour, Cliquot. –

Dora saß neben Pastor Engel, dem es, wie er versicherte, lange nicht so gut geschmeckt hatte. Durch die breitgezogenen Lippen glitt der Hochheimer nicht ohne jedesmaliges Zungenschnalzen. »Ganz vortreffliche Weine trinkt man bei Ihrem Herrn Gemahl, ganz vortrefflich! – Darf ich, Herr Tibertius?« Der Sprechende neigte die Flasche über des Provisors Glas.

Tibertius dankte gerührt nach zwei Seiten, denn Dora legte ihm, ohne zu fragen, noch ein großes Mittelstück vom Karpfen auf den Teller und winkte Mile Kuhlmann, mit der Meerrettichsauce zu kommen.

»Ihre Frau Gemahlin sieht etwas leidend aus!« warf Dora teilnehmend hin. »Es geht ihr doch sonst besser, denke ich?«

»Wenn derrrr Himmel«, antwortete Pastor Engel (jedem r gab er einen ganzen Familienrat mit auf den Weg), »einem eine so große Anzahl Kinder beschert, ist's nicht leicht. Meine Frau ist in derrr Wirtschaft zu sehrrr angestrengt. Sie müßte einmal eine längere Zeit pausieren können. Aberrr das ist leiderrr nicht zu machen. – Auf Ihrrr Wohl, verehrte Frau!«

Auch seiner übrigen Familienmitglieder gedachte Pastor Engel eingehend. Er sprach vom Ältesten Karl, der mit Gottes Hilfe studieren solle; von Emilie, die so sehr an den Augen leide; von den beiden Zwillingen, die der Himmel äußerlich so freundlich begnadet habe, daß jüngst

Fremde auf der Straße das Kindermädchen gefragt hätten, wem die reizenden Kinder gehörten; von Gustav, der am Holzplatz gefallen und sich den linken Arm gebrochen; von der merkwürdig begabten Lila, die mit vier Jahren die Melodie: »Mit dem Pfeil, dem Bogen« auf dem Klavier zu finden wisse, und endlich von dem kleinen Heinrich in der Wiege: ein Gottesgeschenk trotz des großen Kinderrrreichtums! (Dieses Wort unterstützte der Pastor noch durch ein ganz besonderes Räderwerk.)

Inzwischen schwirrte auch unter den übrigen Tischgenossen ein lebhaftes Gespräch hin und her. Eine Gruppe hatte Senator Gustav Adler ganz für sich in Anspruch genommen. Er witzelte versteckt über den Bürgermeister (leider hatten Bürgermeisters abgesagt, da sie schon beim Stadtsyndikus eingeladen waren) und minder versteckt über andere Bekannte.

»Es gab neulich den unvermeidlichen Kalbsbraten mit Milchpunsch«, äußerte er. »Hoffentlich gibt's das nächste Mal den üblichen Kalbsbraten ohne Milchpunsch oder, um alle Gäste aus der Fassung zu bringen, Rinderbraten mit Milchpunsch. Die Ursachen dieser rührenden Abwechslung sind ja jetzt auch ermittelt worden. Die Kinder von Werners (Werner war Inhaber des Kappelner Wochenblattes) haben alle Blätter aus dem Kochbuche herausgerissen. Nur eine Seite ist stehengeblieben, die mit dem Kalbsbraten. Was ist denn da zu machen? Nein, seien wir auch gerecht.«

»Herr Senator! Herr Senator! schämen Sie sich!« riefen die verheirateten Frauen, schmunzelten aber doch höchst beifällig, denn sie zogen aus dieser Spöttelei einen ganz anderen und zwar sie sehr befriedigenden Schluß auf sich selbst.

Herr von Tapp nahm von der Schnepfenpastete zum zweitenmal, indem er Glitsch durch einen Seitenblick heranwinkte. Glitsch flog förmlich herbei, obgleich Herr von Tapp sogar weniger für das Rasieren bezahlte als andere Leute. Aber der Barbier fühlte sich nun einmal geschmeichelt, das adlige Kind mit dem Schermesser berühren zu dürfen.

»Sorgen Sie auch für Rotwein«, flüsterte von Tapp leise mit einem Hinweis auf die leerschimmernde, einen starken, dunkelbraunen Absatz zeigende Flasche, deren Inhalt seinem Kennergaumen ungewöhnlich gemundet hatte. Und Glitsch erwiderte mit einem hastig devoten: »Sofort, Herr Baron«, und enteilte.

Doktor Schübeler erklärte Frau Franzius, daß er nur einmal bei einem Diner, beim seligen Landgrafen, eine solche Schnepfenpastete gegessen hatte, erhob wiederholt das Glas gegen Herrn Heinrich und schwur sich im stillen, der Homöopathie gänzlich zu entsagen. Er wollte den Apotheker zum Freunde behalten, ja, das wollte er. Die Soupers waren doch zu außerordentlich! Heinrich grinste mit den großen Zähnen, nickte, trank bedächtig das Glas aus und sprach mit der Frau Pastor über den mangelnden Kirchenbesuch und den Missionsverein.

Besonders lebhaft wurde Fräulein Kuchen von dem Referendar unterhalten. Der Wein tat seine Wirkung, und der künftige Assessor begann – von Leos (Leopoldinens) Augen bezaubert – ihr sehr starke Komplimente zu sagen. Leo mit der erfahrenen Mädchenstirn wußte, daß aus dieser Tändelei niemals etwas Ernsthaftes werden könne, aber, du lieber Himmel, sie hatte so wenig. Einmal wollte man sich doch amüsieren!

In seinem Übermut hub der Referendar an, allerlei anzügliche Bemerkungen über Blanka von Tapp zu machen, die drüben mit den aufgeworfenen Lippen und dem etwas blöden Ausdruck im Gesicht Inspektor Blumens Belehrungen über die verschiedenen Hyanzinthenarten anhörte.

Blanke war in gleichem Alter wie Leo, und beide stritten seit Jahren stets um die nämlichen heiratsfähigen Männer. Auch Inspektor Blume stand auf der schon fast vergilbten Liste.

Als der Braten herumgereicht wurde und der Champagner floß, erhob sich Heinrich, zupfte an seiner Krawatte und begann eine lange Tischrede. Vorher warf er Leo Kuchen noch einen etwas mißbilligenden Blick zu, weil sie gerade laut lachte und nicht gleich aufmerkte.

Die Hochs brausten durch den Saal, obgleich die Gäste sich selbst leben ließen; Glitsch und Mile Kuhlmann eilten geschäftig hin und her; die Champagnergläser wurden geleert und wieder gefüllt; Schwatzen, Lachen und Gläserklingen erfüllten die Luft, die Hitze im Raum und in den Köpfen vermehrte sich; die Zungen lösten sich; die Augen glänzten; der Frohsinn war im Steigen; die Lust beherrschte Herzen und Sinne. Mit einem Fragezeichen in der Miene: »Mußt du fort, Mann?« sah Frau Doktor Paulsen zum Physikus hinüber, der sich plötzlich erhob und unter einer höflichen Verbeugung gegen seine Tischnachbarin das Zimmer verließ. Man hatte in der Nachbarschaft nach ihm verlangt.

Nach Heinrichs Rede erhob sich Senator Ellisen, ein reicher Holzhändler. Er war ein braver, aber leider nicht sehr gebildeter Mann. Ellisens, Mutter und Tochter, spielten sich als »Pafnühs« auf, wie Glitsch einmal geäußert hatte, und des Senators Tischreden konnten schon wegen seines steten, erbitterten Kampfes gegen ein gutes Hochdeutsch selbst den unverwöhntesten Menschen mit Bedenken erfüllen.

»Es wird außerordentlich«, zischelte Gustav Adler seiner Umgebung zu, erreichte ein verstecktes Kichern und blickte dann mit künstlichem Ernst auf den älteren Kollegen.

»Herr Apotheker Heinrich, unser lieber Chastcheber (Gastgeber – alle g wurden schon in frühester Jugend von Senator Ellisen wie ch gesprochen und die ch wie g), hat mich, offen gesagt, zu einer Erwiderung gereizt, meine Herrschaften. In seine ausgezeichnete Rede kam ein Passus vor, den ich auf das entschiedenste widersprechen muß. Er sagte, er dankte uns, daß wir das Bescheidene, was er uns geboten hatte, so nachsichtig entgegengenommen hatten. Nu, meine Herrschaften, was das anbelangt, so werden Sie mir beistimmen, daß – man gerade heute abend keinen Hunger gelitten hat.« – Ellisen lachte selbstbewußt und gab das Signal zu allgemeiner Heiterkeit, einer Heiterkeit, die allerdings nur der gehobenen Stimmung und der Lust am Spott über den Redner entsprang. »Ich meine ins Gegenteil, wir saßen hier heut abend an eine fürstliche Tafel. Wahrlich, wer eine Hausfrau hat, die so viel Tugenden und ausgezeichnete Eigenschaften besitzt, den müssen wir glücklich schätzen. – Unsere hochverehrte Frau Wirtin soll leben. Sie und ihr Herr Gemahl leben hoch, hoch, hoch!«

Tibertius stieß in seiner Begeisterung dreimal mit Dora an, einmal gleich, einmal zwischen durch, als sich alles herandrängte, und einmal am Schluß, nachdem der Schwarm sich wieder entfernt hatte. Und sie nickte ihm so freundlich und mit so gutem Ausdruck im Auge zu, daß ihm das Herz schwoll. Als sie aber gar hinzufügte: »Ich trinke auf Ihr Wohl, auf Ihr ferneres Glück von ganzem Herzen, Herr Tibertius!« da ging das Gefühl mit ihm durch, und nur durch Leeren eines vollen Glases vermochte er seine Bewegung niederzukämpfen. Was er ihr dann, durch den Wein ermutigt, anvertraute, war so außerordentlich, daß Dora seine Bitte, dieses einstweilen als strengstes Geheimnis zu bewahren, durchaus begreiflich fand.

Währenddessen saß Mile Kuhlmann in der Küche und schwatzte. Sie hatte mit Glitsch Kuchen, Obst und Konfitüren herumgereicht. Jetzt trat eine Pause ein; man konnte sich nach gewissen Dingen umsehen. Ohne Braten, Wein und allerlei Überbleibsel verließen beide niemals die Gesellschaften, bei denen sie aufwarteten. Was stibitzt ward, wurde in einen Korb getan, der je nach der Gelegenheit des Hauses in irgendeiner dunklen Ecke irgendeines Raumes seinen Platz fand.

»Er hat schon wieder geschimpft!« sagte Mile mit ihrem unschönen Gesicht, während sie sich auf den Küchenstuhl niederließ; dann blickte sie empor, rümpfte die Nase mit den beiden impertinenten Naslöchern und wartete auf eine Nachfrage der übrigen.

»So? Was denn?« stießen nach ihrem Wunsch die Mädchen neugierig heraus. Nur die alte Aufwärterin horchte gelassen hin.

»Herr Glitsch muß erzählen!« erklärte die Näherin mit sichtlichem Behagen am Klatschen. Sie ergriff einen Teller, den Stine ihr hingeschoben hatte, und knabberte an einem Rest Pastetenteig. »Herr Glitsch! Was sagte der Herr?«

Glitsch setzte das Wasserglas ab, in das er sich Wein geschenkt hatte, fuhr sich über den Mund und sagte: »Na, er rief mich heran und sagte, wie ich dazu kommen täte, den Provisor eine Flasche von den besten Wein hinzustellen. Madame hatten mir das direkt (direkt war ein stetes Lieblingswort des Barbiers) anbefohlen, sagte ich. Na, das Gesicht, das er machte! Es ist gut! sagte er. Den Provisor, den hat er überhaupt auf'n Strich. Das hab' ich schon lange weg. Er kann ihn nicht leiden; ist ja auch ein verrückter Kerl.«

Tibertius rasierte sich selbst; das war für Glitsch genug.

»Haben Sie, Stine?« unterbrach nun Mile das Gespräch mit einer nur für die Köchin verständlichen Bewegung. Stine nickte und blinzelte nach dem Küchenschrank. Das war so eingebürgert. Mile machte der Köchin die Mieder und das Sonntagskleid; dagegen sorgte diese bei den Gesellschaften für die Näherin.

»Kein Mensch da? Keine Bedienung im Eßzimmer?« ertönte jählings eine kurze, unwillige Stimme, die Stimme Heinrichs. Glitsch und Mile fuhren wie elektrisiert in die Höhe und eilten davon.

»Ich kann den Kerl, den Glitsch, nicht leiden!« äußerte die Köchin, zu den Frauen gewendet. »Das ist ein richtiger Schleicher und trägt dem Herrn alles zu.« Das Hausmädchen nickte, die Alte aber stimmte mit Worten bei:

»Ich auch nicht; ich trau' ihm nicht über den Weg.«

Die Mädchen hielten in allem zu ihrer Madame, die sie liebten und bemitleideten. Es war ihnen nur zu gut bekannt, wie unglücklich die junge Frau war.

Inzwischen hatte die Fröhlichkeit im Saal ihren Höhepunkt erreicht. Viele Reden wurden noch gehalten. Man ließ die Schwiegereltern und die Damen leben und wünschte den Unverheirateten die baldige Erfüllung ihrer geheimen Wünsche. Schließlich hatte sich Tibertius, dem der Wein in den Kopf gestiegen war, auch erhoben und ließ sich folgendermaßen vernehmen:

»Meine Damen und Herren! Zwar bin ich – das heißt – verzeihen Sie, wenn ich in dieser angesehenen Gesellschaft das Wort ergreife. Es drängt mich, in meiner Eigenschaft als Hausbewohner und nur allzu erfüllt – – Ich wollte mir nur erlauben, verehrte Anwesende, das Glas auf das Wohl derjenigen zu erheben, welche ein Stern am Firmamente ist, nein, die Sonne unter den Gestirnen, unter allen Blumen diejenige, welche durch ihren Duft, durch den des Herzens und Gemütes – –« Hier machte Senator Adler einen anzüglichen Witz, die Umsitzenden kicherten leise, und Tibertius verlor den Faden. »Verehrte Anwesende! Niemand, wollte ich sagen, kann besser beurteilen –« (»Schließen Sie lieber, Herr Provisor«, flüsterte Pastor Engel, der Heinrichs Stirn beobachtete, die sich in bedenklich finstere Falten zog.) »Ja, ich bin am Ende, obgleich ich nie zu Ende kommen sollte, deren Lob zu verkünden, welche als Hausfrau hier waltet und –« Die meisten horchten schon nicht mehr auf und lachten nun gar unversteckt. Dora saß in tausend Ängsten. Sie sah, daß der gute Mensch sich durch seine unzusammenhängende Rede Blößen gab. Noch einmal zischelte Pastor Engel. »Nun also, meine Herrschaften, das Wohl der besten, edelsten, herrlichsten Frau, welche das Erdenrund trägt, sie, die nicht nur in unserem Kreise, nein, die überall, wohin sie ihren Blick wendet, überall, wohin sie ihren Fuß setzt, wie eine milde Fee –«

Tibertius hielt inne und starrte, nach Worten suchend, geradeaus. In demselben Augenblick flog Mile Kuhlmann, ungeschickt über den Türabsatz stolpernd, ins Zimmer, und nun brach auf Kosten des Provisors und der Näherin ein allgemeines, sturmartiges Gelächter aus.

»Auf ihr Wohl«, flüsterte Tibertius bleich und erregt, während er sich herabbeugte und mit Dora anstieß.

Er war plötzlich nüchtern geworden, ganz nüchtern.

In dem Gefühl, sich lächerlich gemacht zu haben, zerrte er an der Schale der Apfelsine, die vor ihm auf dem Teller lag, und blickte scheu vor sich nieder. »Verzeihen Sie meine Ungeschicklichkeit, Frau Heinrich«, stieß er, zu der jungen Frau gewendet, zitternd heraus. »Ich meinte es gut. Es drängte mich, Ihnen Dank zu sagen für alle Freundlichkeit.«

»So habe ich es auch aufgefaßt, Herr Tibertius«, erwiderte Dora warm. »Gewiß! – Und wegen Ihrer Angelegenheit sprechen wir noch weiter!« Während sie noch redeten, wurden die Stühle gerückt. Herr Heinrich rief: »Gesegnete Mahlzeit!« und alle erhoben sich.

Erst gegen Morgen trennte sich die heitere Gesellschaft, und auch gegen Morgen erst schlich Mile Kuhlmann mit dem wohlgefüllten Korbe nach Hause.

»Mein Gott, so spät, Mile?« rief Emma, die bei dem Eintritt der Schwester erwachte. »Hat's so lange gedauert?« Die Angeredete nickte, schwankte und fiel, von der dumpfen Stubenluft umnebelt, auf einen Stuhl. »Was ist dir, Mile? Bist du nicht wohl?«

»Nichts, nichts, es war da so heiß, und von ein paar Gläsern Wein – bin ich so –« Sie sprach nicht aus, ihr Kopf sank herab; im nächsten Augenblick war sie bereits eingeschlummert. Glitsch hatte zu oft in der Küche mit Mile angestoßen, und Mile konnte nun einmal keinen Wein vertragen! – Emma aber stand auf, stützte der Schlafenden das Haupt und deckte sie sorgfältig zu. Zu erwecken war Mile niemals, wenn ihre plötzliche Schlafsucht sie überfiel. Das wußte die Schwester. Mochte sie denn ruhen! Emma schlüpfte wieder ins Bett, und bald streute der gnädige Gott auch über sie wieder seine Mohnblumen aus. – Nun war alles still in der kleinen Stadt Kappeln!

18.

Es war ein ganz kleines Häuschen mit so tief liegenden Fenstern und so weit an den Bürgersteig vorgebauter Mauer, daß man in Gefahr stand, sie beim Vorüberschreiten mit dem Körper zu streifen.

Begegneten sich einmal zwei Wagen in der engen Gasse, so konnte es sich wohl ereignen, daß die Fußgänger den Scheiben den Rücken zuwenden mußten, und daß sie dadurch den fleißig hinter den blühenden Topfgewächsen arbeitenden Frauen die Aussicht nahmen.

Das Häuschen erschien mit seinen niedrigen, beschränkten Räumen und seiner sauberen, blitzenden Nettigkeit wie eine aufs Land versetzte Kajüte. In der Tat war der Erbauer ein Schiffskapitän gewesen, der vor nun acht Jahren gestorben war und seine Frau und eine erwachsene

Tochter hinterlassen hatte. Jedes Kind in Kappeln kannte dieses Haus und seine Bewohner. In der titelsüchtigen Welt fand auch die Witwe Lassen Gefallen daran, sich Frau Kapitän nennen zu lassen, obgleich ihr verstorbener Gatte nur auf einem kleinen Personendampfer, der täglich den Fluß auf und ab gefahren war, dermaleinst seine Herrscherrechte ausgeübt hatte. Er hatte zu jenen braven, kernfesten, etwas eigensinnigen Menschen gehört, wie eine derartige Beschäftigung sie ausbildet. Er sammelte etwas Vermögen, vermehrte es durch Sparsamkeit und starb eines Tages, den Kautabak noch linksseitig im Munde, am Schlage. So plötzlich ereignete sich dies, daß seine gute Frau noch nicht einmal auf den Gedanken gekommen war, daß auch ihm Lebensgrenzen gesteckt seien.

Doppelt hart erschien sein Tod, da kurz darauf sein einziger unverheirateter Bruder, ein wohlhabender Exporteur in Hamburg, das Zeitliche segnete und seine Nichte Christine zur alleinigen Erbin einsetzte. Durch diesen Vermögenszuwachs hätte der Kapitän den Rest seiner Jahre sorgenfrei und in jener behaglichen Ruhe verleben können, die dem Alter so wohl zu gönnen ist.

Frau Lassen stammte aus einer ehrsamen Bürstenbinderfamilie, hatte nicht eben viel Bildung, aber besaß Herz und eine eigene, durch allerlei frommen Aberglauben geförderte Originalität. Ganz Kappeln kannte sie wegen ihrer Misch-Masch-Sprache, die sich aus Platt und Hochdeutsch zusammensetzte.

Christine war ein schon reifes, aber immer noch schönes, sanftblickendes und dabei kluges Mädchen von etwa dreißig Jahren, die in der höheren Kappelner Mädchenschule seinerzeit eine vortreffliche Erziehung genossen und später das Bedürfnis gefühlt hatte, sich weiter fortzubilden. Man verstand nicht, wenn man mit ihr in Berührung trat, daß die Welt sich nicht mehr um sie bemühte, und daß sie selbst sich nicht mehr unter Menschen begab. Wie's denn so ist, daß auch einmal die schönsten Blumen nur ein flüchtiger Blick streift, und daß sie unbeachtet sich entblätterten.

Jedermann war durch ihr sicheres, feines und liebenswürdiges Wesen überrascht. Aber nach irgendeinem gelegentlichen öffentlichen Hervortreten verschwand sie dann wieder auf Jahr und Tag und zog sich in die Einsiedlerei zu ihrer Mutter zurück. Die beiden Frauen glichen Murmeltieren, die ihren Winterschlaf abhalten.

Nichts konnte für jemand, der nicht im vornehmen Prunk der Schönheit Reiz erkennt, anziehender sein als dieses kleine Häuschen. An der hölzernen, schneeweiß angestrichenen, durch hervorspringende Balken gezierten Decke des Flurs hing ein kleines, vollkommen ausgerüstetes Schiff mit Masten, Leinensegel und allem Zubehör. Zu beiden Seiten desselben schwebten zwei große, ausgestopfte Stachelfische mit ihren weibisch dummen Mäulern. Die weißlackierten Flurwände waren über und über mit netten Seestücken in schwarzem Rahmen bedeckt, und an der geradeaus nach dem Hofe gehenden Tür erschienen die messingne Klinke und der messingne Beschlag wie in der Sonne glänzendes Gold.

Der sorgsam gescheuerte Fußboden war mit weißem Sande bedeckt. Über der besten Stube zur Rechten war ein großes rotes Korallengewächs angebracht, und die Wohnstube mit dem spiegelglatten, braun gebohnten Fußboden, in hellgrüner Ölfarbe gestrichen, war mit hübschen, altertümlichen Mahagonimöbeln und vielen sauber gehaltenen Bildern geziert. Sie duftete stets nach Bohnerwachs und nach Blumen, die in zierlichen, mit silbernen Rändern geschmückten weißen Töpfen am Fenster standen und mit ihren Köpfen auf die Straße nickten.

Ungewöhnlich groß, funkelnd-glänzend war der Spucknapf in der Ecke und ebenso in die Augen springend die blankgeputzte Tür in dem hochaufgebauten Ofen, dessen Kacheln in mattblauen Zeichnungen auf weißem Grunde abwechselnd Rebekka am Brunnen und Kain und Abel vorführten. Auf einigen hatte Rebekka ihr Näschen durch den Zahn der Zeit eingebüßt, und Kain fehlte das eine Bein. Abel aber starb überall ohne vorhergegangenen Verlust an Gliedmaßen, und ohne Widerstand zu leisten, durch des Bruders Hand.

An dieses Wohnzimmer stieß ein allerliebstes Schlafzimmer mit hohen Alkovenbetten, die aber selbst um die Sommerzeit mit so vielen Federdecken bepackt waren, daß einem bei ihrem Anblick die Atemnot ankam.

Nach dem Hof hinaus lag die Küche, ein wahres Schatzkästlein von Sauberkeit und Zierlichkeit. –

In dem Wohngemach nun saß eines Abends, um die Zeit der jüngst beschriebenen Gesellschaft, Tibertius mit bescheidener Miene, aber geläufiger Zunge. Wie seine Annäherung an die Kapitänsfamilie sich so recht eigentlich gemacht hatte, darüber war sich der Provisor selbst nicht klar. Der Zufall hatte dabei sein Spiel getrieben, und Tibertius war nicht müßig gewesen, ihn zu unterstützen. Christine hatte einige Male die Apotheke besucht und Einkäufe gemacht. Jedesmal war sie von Tibertius bedient worden, und daher stammte die erste Bekanntschaft. Er erinnerte sich genau, daß sie englisches Pflaster und Goldkrem gefordert hatte, eine Bezeichnung für *Cold-cream* aus ihrem Munde, die Tibertius anfänglich etwas stutzig gemacht und ihn schon auf ihren mangelnden Bildungsgrad hatte Schlüsse ziehen lassen. Ein andermal brachte sie ein Rezept und verlangte gleichzeitig Räucherwerk.

»Pulver oder Kerzen? Rote oder schwarze?«

»Ich bitte, lieber rote; die letzten schwarzen verlöschten so leicht«, erwiderte Christine mit ihrer sympathischen Stimme, indem sie ein aus weißer Perlmuttermuschel gearbeitetes Portemonnaie hervorzog.

Der Zusatz in Christinens Worten veranlaßte Tibertius zu bedauernden Äußerungen und gab den Vorwand zu einem kurzen Gesprächsaustausch. Nachdem die Tochter der Witwe empfangen, was sie wünschte, neigte sie freundlich verlegen den Kopf und errötete leicht und dankte verbindlich, als Tibertius rasch um den Ladentisch bog und die gerade sich etwas klemmende Tür behende und unter tiefen Komplimenten öffnete. –

Als Fräulein Lassen zum drittenmal die Apotheke betrat, fragte sie zu Tibertius' Überraschung nach dem Gehilfen Kordes. »Er sei in der Materialienkammer. Er könne geholt werden.« – »Das sei nicht nötig; sie danke sehr; aber er habe vielleicht die Güte, ihm ein Billett einzuhändigen?«

»Gewiß! Ich werde es ihm sogleich übergeben, mein Fräulein. Haben Sie etwa sonst noch etwas zu bestellen?«

Christine dankte freundlich, neigte wieder mit einem bezaubernden Ausdruck in den Mienen das Haupt und entfernte sich. –

»Kordes!«

»Herr Tibertius?«

»Hier ist ein Briefchen von Fräulein Lassen.«

»Danke!«

Kordes ergriff diesen Schatz gleichgültig wie ein Rezept, öffnete, las und ging so gelassen wieder an seinen Mörser, als ob höchstens eine Brummfliege durch die Apotheke geflogen sei.

Der Vorfall mit dem Billett schien sich also an frühere, ähnliche Vorgänge anzulehnen! Das veranlaßte den vor Neugierde brennenden Provisor zu der Frage, ob Kordes die Familie kenne. Aber so geschickt verbarg Tibertius seine Gefühle, daß er während des Sprechens mit dem Wischtuch über den Rezeptiertisch fuhr und sich den Anschein gab, als ob die Sache eine Unterbrechung selbst der gleichgültigsten Dinge keineswegs erheische.

Kordes, getreu seiner Auffassung, daß die Sprache höchstens dazu da sei, um sich gelegentlich über den schlecht aufgebrühten Tee und die dünnen Leberkäsescheiben Stines zu beklagen, nickte nur mit dem Kopfe und fügte in einem gelangweilten Ton noch einige Worte hinzu.

»Ja, – sehr gut!« – sagte er.

»Wohl eine Einladung?« forschte Tibertius weiter und holte mit einem breiten Messer Latwergemus aus einem Porzellanhafen.

»Ja, zu Sonntag; Lassens sind weitläufige Verwandte meiner Mutter.«

»Hm, hm! So so –«

Am Sonnabend nach diesem für Tibertius bemerkenswerten Besuch Christinens war eine alte Botenfrau erschienen und hatte »etwas gegen Rheumatismus« für die alte Lassen gefordert.

Als sich nun Kordes am folgenden Tage zum Fortgehen zu Lassens rüstete, gab der Provisor ihm ein Stück einer eben in den Handel gelangten Gichtwatte mit der Aufforderung in die Hand, er möge bestellen, daß diese bei rheumatischem Leiden von bester Wirkung sei. Wenn Frau Kapitän nach dem Preise fragen würde, solle er nur sagen, es käme bei alter Kundschaft auf diese Kleinigkeit nicht an. Diesem Paketchen fügte er auch noch einige Liebenswürdigkeiten für Kordes bei, so daß dieser, ganz benommen von der guten Laune seines Vorgesetzten, den Besuch bei Lassens antrat. Es werde bei letzterem sicher von ihm die Rede sein, überlegte Tibertius, und Freundlichkeit gegen den Gehilfen könne für alle Fälle nicht schaden. So junges Volk urteile nach gerade in ihnen haftenden Eindrücken, und so werde auch Kordes ihn, Tibertius, bei der Familie in das beste Licht stellen. Am Ende, der Provisor war auch ein Mensch, der nicht gerade andere mit Steinen bewarf, wenn er etwas von ihnen wollte.

In der Tat berichtete Kordes am nächsten Tage von dem akuten Eindruck, den diese Sendung auf seine Verwandten gemacht habe; aber außer sich hätte Tibertius über den Gehilfen geraten können, als dieser ihn bei sonstigen Anspielungen verständnislos anglotzte, sein allerdümmstes Gesicht machte und statt der sehnlich erwarteten Aufschlüsse hinwarf:

»Ach, es ist da immer gräßlich langweilig bei den alten Schachteln. Aber meine Mutter will ja, daß ich manchmal hingehe.«

Einige Tage waren verflossen.

»Hören Sie, Kordes«, hub Tibertius eines Mittags nach Tisch an, »wenn Sie einmal wieder mit Ihren Verwandten zusammenkommen. lassen Sie doch so nebenbei fallen, daß ich den Damen einen Besuch machen möchte. Vielleicht an einem Sonntag –«

»Ja, das kann ich ja gern«, erwiderte der junge Ahnungslose, und so recht in dem Tone eines Menschen, der solche Absichten ganz unbegreiflich findet.

Indessen ganz glatt sollte die Sache doch nicht verlaufen.

»Na, was sagten sie?« hub der Provisor an, als er den Bericht über diesen Auftrag aus Kordes herausholte.

Der Gehilfe kratzte sich verlegen hinter dem Ohr und schwieg. Endlich sagte er, einen Groschen über den Ladentisch weg in die Kasse streichend und von einem Kunden zurücktretend, der eben Frostsalbe gefordert hatte: »Ja, Frau Kapitän meinte, – daß – daß – daß sie nicht – recht – wüßte, warum und wieso?«

Eine einfache, etwas provinzielle Ausdrucksweise, aber am Ende eine mit ein wenig Scharfsinn nicht wohl mißzuverstehende Antwort! dachte Tibertius; doch war er gleichzeitig entschlossen, deshalb die Hoffnung nicht sinken zu lassen.

»Warum? Wieso? sagten sie, Kordes? Verstehe ich nicht –« knüpfte er wieder an.

»Ja, Christine meinte auch, wie sie das nehmen sollten. Sie sprachen ziemlich lange davon, und dann – dann zuletzt –«

Da trat abermals Störung ein. Ein kleines Mädchen forderte für zwei Pfennig Lippenpomade.

»Gibt's nicht für zwei Pfennig.«

Das Kind ging.

»Und dann zuletzt?« drängte Tibertius.

»Sollte ich bestellen, daß es ihnen sehr angenehm sein würde, wenn Sie meinten, daß –«

»Nun?«

»Daß es mit zwei einzelnen Damen doch sehr langweilig wäre –«

»Hm!«

»Sie erkundigten sich auch –«

Schon wieder trat jemand in die Apotheke. Nicht einen Augenblick hatte man Ruhe! Der Tischler sollte einen Knopf, den er vom Drechsler besorgt hatte, in eine Schublade einfügen. Für Drechslerarbeit läßt man bekanntlich einen Tischler kommen. Auch damals schon war's in der Welt so!

»Na, erzählen Sie weiter, Kordes«, drängte Tibertius mit gedämpfter Stimme.

»Sie erkundigten sich auch – auch – nach – so nach Ihnen, – wo Sie eigentlich zu Hause wären und meinten, Sie gingen ja nun bald weg von hier –«

»So? das wußten sie?«

»Ja!«

»Na, und was sagten Sie zu alledem?«

Kordes starrte den Provisor an: »Ich!«

»Ja, ja, was Sie erwiderten?«

Der Gehilfe brütete vor sich hin, als ob er sagen wollte: »Na, ob die Fragerei wohl nun bald ein Ende kriegt?«

Es war auch weiter nichts aus ihm herauszubringen, und im Grunde genügte es ja. –

Am nächsten Sonntag hielt Tibertius nach vorhergegangenem Besuch seinen Abendeinzug in die Kajüte. Die erste Viertelstunde war so peinlich, daß er die ganze Sache zu verwünschen im Begriff stand. Als aber die Frauen, das Gastrecht gewissenhaft übend, sich in Aufmerksamkeiten erschöpften, verließ ihn die Befangenheit. Er mußte den alten Aquavit probieren und die gebratenen Fische kosten; auch sollte er nur etwas tief mit der Gabel in die Anchovistonne »herunterlangen«.

»Lassen Sie mich, lassen Sie mich!« rief die Alte und holte einige dickbäuchige, an den Schwanzenden tropfende Fischchen heraus und legte sie Tibertius auf den Teller. Er mußte endlich auch eine Flasche Rotwein – noch von des Kapitäns bestem – entkorken. Zudem war es nach Tisch so gemütlich und durch die liebenswürdig beschämende Aufmerksamkeit, welche die beiden gutherzigen Frauen ihm erwiesen, so anheimelnd, daß der Provisor sich in einem wahren Glückstaumel befand. Zwar die Alte war im Reden bisweilen ein wenig derb und geradeaus und hatte hin und wieder sogar einen etwas mißtrauischen Ausdruck im Auge. Aber Christine war so einfach zutunlich und lauschte des Provisors Erzählungen mit so gespannter Aufmerksamkeit und so großem Interesse, daß sich sein Herz immer mehr für sie erwärmte.

Christinens weibliches Gefühl fand bald heraus, daß er ein braver und guter Mensch sei, und sein vielseitiges Wissen machte Eindruck auf sie. – Das lebendige Wort klang anders als der tote Buchstabe in Zeitungen und Büchern, aus denen sie bisher fast ausschließlich ihre Kenntnisse vervollständigt hatte. Mit den Bekundungen ihrer Teilnahme und ihres Verständnisses wuchsen auch bei Tibertius die Fähigkeiten, sich mitzuteilen. Hier war jemand, der seine Eigenart würdigte und mit Beifall nicht zurückhielt. Tibertius war niemals an seinem Wissen und Können irre geworden, aber sein geringes Selbstvertrauen hatte ihm allezeit zugeflüstert, daß ihm sonst zuvielerlei fehle, um gleichberechtigt neben anderen auftreten zu können. –

Der Provisor verkehrte nun schon seit fast zwei Monaten in dem Hause der Familie Lassen und konnte kaum die Stunde der Einkehr dort erwarten. Wie verschieden war doch der Menschen Geschmack! Kordes dankte Gott im Himmel und allen Engeln dazu, daß er nicht mehr aufgefordert wurde, an den einzigen freien Abenden sich den Kopf an der niedrigen Decke »der alten Baracke« einzustoßen. wie er Frau Lassens Häuschen nannte, während Tibertius in denselben Räumen einen Vorgeschmack der Himmelsseligkeit zu spüren vermeinte. –

Und während dieser Zeit ereignete sich eines Abends in der Kajüte etwas ganz Außerordentliches.

Die Alte, welche gerade ihren unruhigen Tag hatte, hantierte in der Küche und bereitete das Abendbrot vor, Christine häkelte zu den schon unzählig vorhandenen kleinen und großen Schutzdecken, welche die Polstermöbel schmückten, eine neue, und hörte freundlich zu, was Tibertius von der jungen, lieben Frau Heinrich erzählte.

»Die sind wohl nicht recht glücklich? Man spricht so allerlei« – äußerte sie teilnehmend, aber auch nicht ohne etwas Neugierde, der sich vielleicht sogar ein durch den unfreiwilligen Verzicht auf Heiratsglück hervorgerufenes Spürchen Befriedigung über die Tatsache beimischte.

»Leider«, erwiderte der Gast. »Um so trauriger, als die Frau ein wahrer Engel ist. Ich habe kaum je eine, wie sie ist, gesehen.«

»Man hört es allgemein«, bestätigte Christine, fügte aber etwas einschränkend hinzu: »Dieses Ehebündnis war überhaupt doch ein Wagnis, wenn nicht eine große Torheit! Das blutjunge Mädchen mit dem alten Junggesellen! Die Menschen müssen doch im Alter einigermaßen zueinander passen, sonst entstehen fast immer Mißverhältnisse.«

Tibertius nickte und schnitt immerfort mit einer kleinen Stickschere in ein kleines Läppchen Seidenzeug, das auf dem Tische lag.

»Darf ich die Schere haben?« bat Christine in ihrem sanften Tone, als er auf den letzten Satz gar nichts erwiderte. Sie suchte einen Anlaß zur Belebung des Gesprächs, weil er so stumm blieb.

Da trafen sich ihre Blicke. Der zauberische Schatten eines vorüberhuschenden Liebesgottes flog über beider Angesicht, und ebenso rasch stieg eine Flamme in ihnen auf.

Tibertius drängten sich hundert Worte auf die Zunge, und doch sprach er nicht eines. Zuerst schaute er auf die Tür, weil er sich einredete, jetzt gerade könne die alte Frau ins Zimmer treten. Er sah auf die weißgehäkelte Decke und sah sie doch nicht; er schaute auf sie, die mit gesenkten Wimpern still und sittsam vor ihm saß. Hatte sie eine Ahnung, daß er sie liebte? Durfte er ihre freundlichen Blicke deuten, wie er wünschte? Er zitterte bei dem Gedanken, sie könne ihn nicht erhören. Bange Zweifel huschten durch seine Seele. In der Lampe knisterte es leise; die Dinge ringsumher, die Bilder, die Möbel, die Farben hatten einen so leuchtenden Schein. Alles guckte ihn so hell an. Ach, wenn doch Dunkelheit herrschte, damit er ihr Gesicht nicht zu sehen brauchte, während er das lebendige Liebeswort sprach. – Und dann kamen plötzlich andere Vorstellungen. Was war er? Ein Junggeselle ohne Vermögen, in vorgerückten Jahren, in Abhängigkeit, ohne Aussichten! Und sie? Sie war eine reiche Erbin, die neben dieser Eigenschaft noch viele besaß, die sie berechtigten, Anträge von Männern zu erwarten. Nein! Es ging nicht! Es war noch zu früh. Er mußte erst sicherer sein! Er wollte Dora bitten, für ihn hinzuhorchen, sie sollte als Brautwerberin auftreten! –

So sann er hin und her, ohne den Mut zum Reden zu finden; ja, er drückte die Entschlüsse, welche er bereits gefaßt hatte, gewaltsam nieder.

Keiner von beiden sprach. Noch einmal schaute Christine empor. Dann stand sie auf und ging, seine Zustimmung mit freundlich verlegener Miene einholend, an den Nebentisch, um etwas zu suchen.

So, nun war doch der Augenblick gekommen! Gewiß, im Halbdunkel klang's anders, wärmer, da ward's ihm leichter! Er rückte mit dem Stuhle; er richtete sich empor. – Eben kehrte sie ihm den Rücken. – Jetzt, jetzt!

»Fräulein Christine –«

Er sagte es wirklich. Es zitterte ihm das Herz. Bei dem Klange seiner Stimme wandte sie sich um. Nie hatte er sie bisher beim Vornamen genannt. Große, warm blickende Augen richteten sich auf ihn. Sie lehnte sich an den Tisch, als ob sie ihm still zuhören wolle. Er hoffte wenigstens, daß er es so deuten dürfe! Es schien auch wirklich der Fall. Nun also denn. Die Zeit flog; jede Sekunde machte sein Herz hörbarer klopfen –

»Seit ich Sie zum erstenmal sah, liebes Fräulein Christine –«

In diesem Augenblick öffnete sich die Tür, und eine Stimme sagte: »Weißt du, wo das Teesieb hingekommen ist, Christine?«

»Das Teesieb? Das Teesieb? Nein! – Ja doch, – ja doch, Mutter. – Ich komme –«

Tibertius war allein. »Das Teesieb«, wiederholte er in furchtbarer Enttäuschung, mechanisch vor sich hinsprechend: »Das Teesieb. –«

19.

Abends gegen fünf Uhr wurde das dreimal in der Woche herauskommende Kappelner Wochenblatt ausgetragen, und dreimal in der Woche lag das feuchte Blatt in der Heinrichschen Wohnung oben an seinem Platz auf dem Flurtisch.

Die besser Gestellten hielten noch eine größere Zeitung daneben; der politische Inhalt des »Dreimaligen« war dürftig, und obgleich der lokale Teil nur ein Spiegelbild dessen war, was unter den Augen der Kappelner und unter ihrer eigenen Mitwirkung vor sich ging, so belächelten sie doch meistens mitleidig das hier Gebotene.

Es ist überall gleich auf Gottes Erde. Die ganze große und kleine Welt steht vor den Affenkäfigen und spöttelt, ohne zu merken, daß sie nur über sich selbst den Mund verzieht. Das Selbstgefühl war in Kappeln freilich besonders stark ausgeprägt, denn auch über die großen Ereignisse außerhalb des Städtchens zuckte man die Achseln und fand im Grunde alles in der kleinen Stadt weit vortrefflicher.

Lene setzte die angezündete Lampe auf den Tisch, legte das eben angelangte Blättchen mit den Worten: »Wochenblatt, Madame!« daneben, nahm das Kaffeegeschirr an sich und verließ stumm und geschäftig das Zimmer.

Dora ergriff die Zeitung mit einem Ausdruck von Langeweile und blätterte darin. Aber gerade heute fand sie etwas, was ihr Interesse außerordentlich anregte. Unter den Anzeigen stand die folgende Bekanntmachung:

Theatervorstellung im Frahmschen

Gasthof zu Kappeln.

Den 15. November 18..
Zum ersten Male:

Eheglück.
Trauerspiel in fünf Akten von Karl Hieronymus.

Bereits seit zwei Jahren hatte Kappeln keine Schauspieler gesehen. Sie hatten dort bisher stets schlechte Geschäfte gemacht und mieden deshalb den kleinen Ort. Ihr Auftreten in diesem Winter war somit ein Ereignis, und die junge Frau war nicht wenig erfreut darüber, daß die Einförmigkeit des Dahinlebens einmal unterbrochen werden sollte.

Kappeln bot so ganz und gar nichts, was Geist und Gemüt anregen konnte. Dora schwärmte fürs Theater und amüsierte sich, wenn die Vorstellung den anderen auch noch so unzulänglich erschien, stets vortrefflich. Schon als Kind übten umherziehende Künstler einen unwiderstehlichen Reiz auf sie aus. Mit begehrenden Blicken hatte sie vor den geschlossenen Pforten der Schaubuden des Jahrmarkts gestanden und vor Freude gejauchzt, wenn ihre Eltern ihr einmal den Eintritt gestatteten.

Während sie noch den Inhalt der Zeitung durchflog, meldete Lene, daß ein unbekannter Mann mit einer Subskriptionsliste draußen um Einlaß bitte. Herr Heinrich sei nicht im Geschäft anwesend, und der Provisor habe den Antragsteller nach oben verwiesen. Es scheine ein Schauspieler zu sein; er habe etwas von Theaterbilletts geredet, erklärte Lene, die nach ihrer Gewohnheit die Tür nicht geschlossen hatte.

Eigentlich wagte Dora niemals in solchen Fällen selbständig zu entscheiden, aber diesmal konnte sie doch nicht widerstehen. – »Er möge nähertreten!«

»Haben Physikus Paulsens unterschrieben?« fragte die junge Frau, die Liste an sich nehmend.

Der Mann verneinte.

Dora ließ einen flüchtigen Blick über des Schauspielers Gestalt gleiten. Er sah nicht eben anziehend aus. Die schäbige Eleganz seiner Kleidung verstärkte das ohnehin aufsteigende Gefühl des Mitleids, wennschon des Fremden rotgefärbte Nase und sein überhöfliches, fast demütiges Wesen der Vermutung Raum gab, er sei solcher Teilnahme kaum würdig.

»Ich werde drei Dutzend nehmen«, erklärte Dora rasch entschlossen. Diese Zahl war so überraschend groß, daß der Antragsteller befremdet aufhorchte. In der Tat, die Künstler waren nicht verwöhnt. Eine alte, unverheiratete Dame, eine Theaterfreundin, hatte sich mit zwölf ersten Plätzen unterschrieben. Das war in der langen Liste bisher das hervorragendste Ergebnis.

Der Mann trat mit einer sehr devoten Bewegung dem Tische näher und hatte Mühe, die etwas klebrigen Billetts abzuzählen. Während er solches tat, überlegte Dora, wie vielen sie damit eine Freude machen könne. Ihre Mama wollte sie damit beschenken, Sophie, Fräulein von Tapp – und so weiter und so weiter – –

»Das macht also?« fragte sie den Fremden.

Er nannte die Summe. Dora erschrak doch ein wenig. Vierundfünfzig Mark. Diese Ausgabe mußte sie aus ihren Ersparnissen bestreiten; Heinrich durfte davon nichts wissen. Fast gereute sie der Handel.

Während die junge Frau an ihren Schreibtisch ging, schaute sich der Schauspieler zaghaft um. Das matt erleuchtete Gemach erschien ihm so überaus anziehend, so gemütlich! Dieser dicke, weiche Teppich, diese behagliche Wärme, dieser eigene, anheimelnde Duft! Und alles so still und friedlich, alles so bequem und wohnlich, so sorgenfrei! Er seufzte auf. Ja, wer's so haben könnte! Beneidenswerte, glückliche Menschen – –!

Schon war Dora im Begriff, an den Sofatisch zurückzutreten, als sich unerwartet die Tür öffnete, und plötzlich, ganz gegen seine Tagesgewohnheiten, Heinrich erschien. Die junge Frau erschrak.

Der Apotheker grüßte mit kaum merklicher Neigung des Kopfes und warf einen fragenden Blick auf den verlegen sich verneigenden Fremden. »Was ist's?« fragte er und trat mit einem Anflug von mißmutigem Tadel im Ton auf Dora zu.

Dem Schauspieler ward unbehaglich zumute, seine Erfahrungen ließen ihn wittern, wie die Dinge lagen.

»Theaterbilletts!« hörte er Dora leise und unsicher sagen. »Ich nahm – drei Dutzend. – Es ist wohl etwas viel –?«

»Drei Dutzend?« stieß Heinrich in einem verletzend groben Tone heraus. »Was soll denn das nun wieder? Was denkst du dir dabei? Du willst doch nicht jeden Abend in den Unsinn –?« Hier dämpfte er die Stimme, aber der Anwesende hörte doch, was er sprach.

»Ich möchte gern Mama beschenken. Sie hat keine Billetts genommen, wie der Herr sagt«, flüsterte Dora schüchtern.

»Nun ja, wenn auch! Ein Dutzend für uns, zwölf für drüben, meinethalben. – Und die übrigen?«

Wie er das alles sagte! Wie rücksichtslos es klang! Dora antwortete nicht. Sophiens Namen durfte sie nicht nennen.

»Wir können ja immer noch nachbestellen. Anderthalb Dutzend genügen vorläufig« – wandte sich Heinrich, ohne sich weiter mit seiner Frau einzulassen, mit kurzer Entscheidung zu dem Künstler.

»Also anderthalb, – nicht drei?« stieß der Schauspieler, nochmals mit leiser Hoffnung anknüpfend und die Billetts von neuem durchzählend, heraus und wandte sich an Dora.

»Nun ja! Sie hören doch!« erwiderte der Apotheker kurz, für seine Frau antwortend, und warf einen Schein zum Wechseln auf den Tisch.

Dora stand dabei wie ein unmündiges Kind. Scham, Verlegenheit, aber auch ein brennendes Gefühl der Erbitterung stiegen in ihr auf. In solcher Weise stellte ihr Mann sie vor dem Fremden bloß!

»Sonst noch etwas?« ließ sich Heinrich, nachdem der Mann das Geld eingestrichen hatte, brüsk vernehmen.

»Nein, bitte. Verbindlichsten Dank«, bestätigte dieser höflich und wandte sich zur Tür.

»Wann beginnen Sie denn? Und was wird gegeben?« warf dann Heinrich noch hin.

»Eheglück, Trauerspiel von Karl Hieronymus. Vorzügliche Neuigkeit!«

»Na, mit den Trauerspielen sollten Sie nur einpacken. – Gibt's denn keine Lustspiele?«

»Ja, am Sonntag!« erwiderte der Künstler, dem Einwande Heinrichs durch stummes Achselzucken Antwort erteilend. »Dann spielen wir: ›Schabernackstreiche, oder die Liebe im Dorfstall.‹ – Sehr amüsant!«

»Die Liebe im Dorfstall?« wiederholte Heinrich spöttelnd. »Wird auch wohl was Rechtes sein! Na, denn mit Gott! Empfehle mich Ihnen.«

Der Künstler verneigte sich, diesmal nichts erwidernd, warf noch einen raschen, gleichsam Verzeihung einholenden Blick auf Dora und verließ das Zimmer.

Die junge Frau besann sich nach seinem Fortgange kurz und sagte zaghaft: »Der arme Mensch tat mir so leid –«

»Natürlich! Du wirst nächstens noch das Haus und die Apotheke dazu verschenken. Es ist unglaublich, wie du darauflos wirtschaftest. Und so sinnlose Geschichten, so kindische Dinge!«

Er seufzte hörbar auf nach dieser Rede, als ob er sagen wollte: »Gott, ist diese Frau eine unangenehme Zugabe zum Leben! Nichts als Torheiten! –« Und ohne ihre Antwort abzuwarten, schob er mit heftiger Bewegung einen Stuhl an den Tisch und guckte in die Zeitung.

»Kommen deine Eltern heut abend?« warf er nach einer Pause hin.

Keine Antwort.

»Nun?« wiederholte er, immer noch mit Lesen beschäftigt und ohne aufzugucken.

Abermals erfolgte nichts.

Heinrich ließ das Wochenblatt aufs Knie gleiten, wandte den Oberkörper und guckte hinter sich in den matterleuchteten Raum.

»Ich fragte, ob deine Eltern heut abend kämen. Hörst du nicht?«

Ein leises Schluchzen drang aus der dunklen Ecke am Fenster hervor. Aber das rührte den Erbarmungslosen nicht, im Gegenteil, das reizte ihn.

»Ich denke, du könntest antworten, wenn ich dich etwas frage –«

»Ja, – sie – kommen.«

Es war beängstigend schwül im Zimmer. Nur das Knittern der Zeitung und mühsam unterdrückte, einer gepeinigten Seele entquollene Laute unterbrachen die unheimliche Ruhe.

»Wenn diese Sentimentalitäten so weitergehen, ist ein – ein – Zusammenleben zwischen uns überhaupt unmöglich! Entweder du gibst deine Albernheiten auf und änderst dich, oder – oder –«

Er sprach nicht aus; er blätterte die Zeitung um, rückte ungeduldig mit dem Stuhle, setzte sich diesmal seitwärts an den Tisch und schlug die Beine übereinander. Nach den letzten Worten hatte die junge Frau das Haupt erhoben und sah mit flammendem Blick auf den Sprechenden. Ihr Herz klopfte; die Tränen waren versiegt; es tobte durch ihr Inneres. Ein unnennbarer Ekel erfaßte sie. Da saß er vor ihr, dieser kalte Mensch mit seiner hageren Gestalt, mit seinen langen Beinen, in der pedantisch, fast lächerlich gehaltenen Kleidung, mit dem karierten Schlips und den hohen Vatermördern, mit diesem dünkelhaften, erbarmungslosen Ausdruck im Gesicht, da saß er als die Summe alles dessen, was für sie die Natur Abstoßendes geschaffen hatte. Sie hätte, um das heiße Drängen ihrer Seele zu dämpfen, aufspringen und ihn erwürgen mögen. Aber sie schwieg und bezwang ihr bebendes Herz. Sie gedachte ihrer Eltern; sie erinnerte sich immer wieder eines bestimmten Vorgangs und sagte, jede Regung eines Widerstandes niederkämpfend, sanft, willfährig und mit leisem Schritt das Zimmer verlassend:

»Ich habe gehört, was du sagtest. Ich will mir Mühe geben, mich zu ändern, wo ich meine Fehler erkenne.« –

»Eheglück« wurde zum zweitenmal gegeben. Es hatte außerordentlich gefallen. Der »Dreimalige« riet dringend zum Besuch und lobte das Spiel der Künstler in aufmunternden Worten. Das Stück hatte einen ernsten Inhalt, so ernst, daß in der ersten Aufführung kein Auge trocken geblieben war und die Anwesenden mit atemloser Spannung die Entwicklung verfolgt hatten. Nun hielt es die übrigen Kappelner nicht mehr; auch Heinrichs und Paulsens beschlossen, der Vorstellung beizuwohnen. An Sophie war am Morgen von der Frau Physikus (des Apothekers halber fern ab von Heinrichs und Paulsens Plätzen) ein Billett gesandt worden.

Nachdem sich die Schaulustigen mit ungeduldiger Eile an die Kasse gedrängt und nach allerlei Hin und Her in den Korridoren endlich ihre Plätze gefunden hatten, begannen sie sich gegenseitig zu mustern.

Doktor Schübeler und Senator Adler standen aufrecht vor ihren Plätzen im Parkett. Eine in ihnen aufsteigende Verlegenheit wegen dieser Abweichung vom Herkömmlichen geschickt verbergend, betrachteten sie durch ihre Operngucker die Versammlung, während diese solche »Wichtigtuerei« in sehr verschiedener Weise beurteilte. Nachdem die städtische Kapelle die Ouvertüre zu Figaros Hochzeit mit einer geradezu erstaunlichen Verleugnung der Absichten des Komponisten zu Ende gespielt hatte, hob sich der Vorhang, und die Vorstellung nahm ihren Anfang.

Als in den Pausen allerlei abfällige Bemerkungen über das Stück fielen, denen namentlich Heinrich mit spöttischer Miene beipflichtete, suchte Dora das Gespräch auf einen anderen Gegenstand zu lenken. Was sie gesehen, beschäftigte sie außerordentlich; sie liebte es nicht, sich ihre Illusionen stören zu lassen, wich mit einer gewissen Scheu ungünstigem Urteil aus und äußerte sich auch in diesem Sinne, bittend, gegen ihren Mann. Er aber hörte sie an und zuckte mit kalter Miene die Achseln.

Nach Schluß des Theaters ging Dora stumm neben Heinrich nach Hause; immer von neuem beschäftigten sich ihre Gedanken mit dem Inhalt des Schauspiels. Er aber sagte, und es war das einzige, was er redete, trotzdem er wußte, wie er ihr dadurch den Eindruck verdarb: »Ein gräßliches Rührstück! - Nicht zum Ansehen! - Und das Spiel der Gesellschaft! - Na -«

20.

»Madame!«

Dora, die an einer Weihnachtsarbeit beschäftigt war, guckte empor.

»Nun? Schließe doch die Tür, Lene! Wie oft sagte ich es dir schon.«

»Das Fräulein ist draußen. Sie möchte gern einen Augenblick -«

»Wie? Fräulein Wildhagen? Warum kommt sie nicht herein?« - Dora sprang empor. »Was, du bist es, beste, liebste Sophie!? - deshalb -?«

Die Magd trat zurück, und die junge Frau zog die alte Dame ins Zimmer.

»Ist dein Mann zu Hause? Ich ging vorüber, sah Licht und konnte nicht widerstehen -«

»Prächtig, prächtig, beste Sophie - Heinrich ist im Whistklub. Er kommt erst spät wieder. Wie reizend sich das trifft! Du bleibst doch zum Tee?«

Unter diesen schnell hingeworfenen Sätzen löste Dora die Schleife unter Sophiens Hut und zog der noch halb Widerstrebenden den Mantel aus.

Wenige Minuten später saßen die beiden Frauen am Sofatisch und plauderten. Eine aus dem Winterschlaf erwachte Fliege umkreiste die Lampe; bald summte sie ruhelos unter der Kuppel und suchte einen Ausweg. Draußen fiel sanft ein dichter Schnee vom Himmel und verdüsterte die Laternen. Im Zimmer war's warm und behaglich. Es webte und wisperte heimlich in den von dem Lichte unberührten Ecken, und die trauliche Gemütlichkeit, welche den Raum durchdrang, veranlaßte die alte Dame, ihrer jungen Freundin Hand zu fassen und ihr stumm zuzunicken. Das hieß: Ich habe dich lieb, und ich fühle mich glücklich in deiner Nähe.

»Ich war zum Kaffee bei Franzius'«, hub Sophie an. »Als ich an der Apotheke vorüberkam, fiel mir ein, daß ich Muskatnußsalbe kaufen wollte. Du weißt, sie ist gut gegen Magenerkältung. Da fragte ich den Provisor - eigentlich doch mal ein netter Mensch! -, ob ihr zu Hause wäret. Er sagte mir schon, daß Herr Heinrich im Klub sei, es schien mir aber doch nicht so ganz sicher. Ich stahl mich in die Küche und bat Lene, dich herauszurufen. – Na, meine liebe, gute Dora, was machst du? Wie hast du dich neulich amüsiert? Hübsch, nicht? Ich habe geweint, daß ich mich geschämt habe. Nein, und diese, – diese – Ähnlichkeit – –«

Sophie hielt inne, weil die junge Frau befremdet emporsah.

Aber schon in demselben Augenblick senkte sie die Augen wieder, stickte eifrig weiter und warf gelassen hin: »Du wolltest sagen. liebe Sophie?« –

Die alte Dame besann sich. Ihr fiel plötzlich ein, es sei richtiger, zu schweigen. Die Tragödie hatte einen großen Eindruck auf sie gemacht. Sie vermutete, daß ihre junge Freundin Ähnliches oder Gleiches dabei empfunden habe, wie sie selbst. Aber diese Voraussetzung schien offenbar nicht zutreffend, und so war's gefährlich, etwas zu wecken, was besser schlummerte. Um dem Gespräch eine andere Wendung zu geben, sagte Sophie:

»Hast du nicht eine Arbeit? Was ich bei mir habe, ist zu fein. Ich vergaß meine Brille. Gott, wie meine Augen schwach werden!«

Frau Heinrich stand auf, zog die Glocke und suchte in ihrem Nähkorb nach einer Stickerei.

»Madame haben geklingelt?«

»Decke gleich im Eßzimmer, Lene. Sieh auch nach dem Ofen. Wir nehmen den Tee heute früher.«

»Für wen?« fragte die alte Dame, eine Arbeit betrachtend, die Dora ihr überreicht hatte.

»Ich denke für den Provisor, für Tibertius, zu Weihnachten. Ich möchte ihm gern eine Freude machen. Ich kann mir nicht helfen, der arme Mensch dauert mich zu sehr.« Und nach kurzer Pause: »Weißt du denn schon das Neueste? Nein, du kannst es ja nicht wissen, und eigentlich darf ich's gar nicht verraten. Nun, du wirst nicht darüber sprechen. Wir werden wahrscheinlich allernächstens eine Verlobung haben. Tibertius –«

»Wie? Was? Der Provisor? Eine Kappelnerin?«

Diese Sache regte doch Sophiens Interesse außerordentlich an. »Nun, und?«

»Christine Lassen?«

»Die Einsiedlerin? Was du sagst –«

»Ja! Es ist so! Vielleicht höre ich heute noch etwas Näheres. Er bleibt wohl nach dem Tee –«

»Ei, ei! Also wirklich! Wie hat sich denn das gemacht? Da bin ich doch sehr neugierig. Erzähle mir –«

Dora begründete ihre Vermutungen ausführlich, und nachdem dieses Gespräch erschöpft war, kam die Rede nochmals auf den Theaterabend und dann auf die so oft besprochene Herzensangelegenheit der jungen Frau.

»Wie geht's denn jetzt?« warf Sophie teilnehmend hin.

Dora seufzte.

»Wie soll's gehen? Fast schlimmer noch als bisher. Als ich neulich Theaterbilletts gekauft hatte, – dir, Sophie, wollte ich auch einige schenken –«

»Ach, meine süße, liebste Dora! Das sollst du nicht. Ich habe schon so viel Gutes von dir. Oh, du Seele!« – Sie richtete sich empor und küßte die sanft errötende junge Frau.

»Also, da machte er mir eine furchtbare Szene. Ich erwiderte nichts, aber das schien ihn nur noch mehr zu reizen, denn er schloß damit, daß, wenn ich mich nicht ändern würde –« Dora hielt inne. Die Erinnerung an den Vorfall überwältigte sie; große Tränen fielen auf die Stickerei, und das Schnupftuch glitt immer von neuem über ihre Augen.

»Wenn du dich nicht ändern würdest?« wiederholte die alte Dame.

Einen Augenblick fand Dora die Sprache auch jetzt nicht; dann sagte sie, gegen ihre sonstige Art, kurz und hart: »Trennung!«

»Wie? Was?« stieß Sophie bestürzt heraus.

»Ja, so klang es aus. Es war nicht mißzuverstehen –«

»Unmöglich, Dora!« Die Strickerei entfiel der Alten, und sie starrte vor sich hin. »Und du?«

»Ich?« entgegnete die junge Frau. »Ich bin so weit, daß ich – am liebsten – Nein, Sophie«, unterbrach sie sich, »es gibt noch einen anderen Ausweg! Es ist gut, daß du gekommen bist! Ohnedies wollte ich dich aufsuchen, um mit dir zu sprechen. Ich will es einmal in anderer Weise versuchen, und wenn das nicht hilft, nun dann – Weshalb nicht Trennung?«

Tief erschrocken sah das alte Fräulein zu ihrer jungen Freundin empor. Was sie hörte, erfüllte sie mit größter Unruhe. Dora redete in einem anderen Tone als sonst. Eine unheimliche Ruhe lag in ihrem Wesen. Auch fuhr sie, ohne Sophiens Gegenrede abzuwarten, fort:

»Wie nun, wenn ich ihm fortan entschieden entgegenträte? Wenn ich – wenn ich –«

»Ach Dora, meine beste Dora. Welche Gedanken! Gegen den richtest du nichts, gar nichts aus! Hast du mit deiner Mama über den Vorfall gesprochen?«

Frau Heinrich schüttelte den Kopf. »Nein, nein, Sophie. Meine Mutter und mein Vater haben kein Verständnis dafür. Sie meinen, ich habe es gut, ich säße im warmen Nest. Was ich noch mehr wolle!?«

»Und deine Mutter ist doch sonst eine so verständige Frau. Aber in solchen Dingen – Ja, ja, ich kann es mir denken. Ist's denn ganz unerträglich?«

»Ja!« bestätigte die Frau. Sie erhob den Kopf und schaute mit einem grenzenlos verlassenen Ausdruck ins Leere. »Es ist so unerträglich, daß ich oft schon bebe, wenn ich nur seinen Schritt höre, daß ich zittere, wenn er den Mund auftut, daß ich vor Ekel vergehe, wenn er in seiner hochmütigen Geringschätzung alles herunterreißt – ja daß ich, daß ich –«

»Daß du?«

»Nun eben! Was ich dir sagte, Sophie« – stieß die junge Frau heraus. »Weshalb nicht Trennung? Lieber betteln, als –«

Jetzt fiel ein Holzscheit im Ofen zusammen; ein Geräusch entstand. Es schien plötzlich, als ob die Dinge ringsum Ohren hätten, als ob sie Mitwisser des Geheimnisses geworden seien und weiterverbreiten würden, was gesagt ward. Unwillkürlich hielten die Frauen inne und schauten sich um.

»Arme, liebe Dora! Was soll daraus werden?« seufzte dann die Alte und schüttelte voll inniger Teilnahme den Kopf.

Dora wollte etwas erwidern; schon öffnete sie den Mund; es zuckte seltsam, unheimlich in ihren Augen. Aber in diesem Augenblick tat sich die Tür auf, und Lene meldete:

»Madame, das Wasser kocht –«

»Es ist gut. Benachrichtige die Herren. Komm, Sophie! Wir wollen Tee trinken.« – Dora erhob sich; die Worte, die sie hatte sagen wollen, unterdrückte sie. Jetzt lag wieder der alte, sanfte Ausdruck in ihren Mienen, und erleichtert folgte ihr die alte Freundin. –

Tibertius kam an diesem Abend trotz seiner Zusage doch nicht; er ließ sich entschuldigen. Sogar ein Billettchen von ihm brachte Kordes, der sich wiederholt verlegen vor Sophie verbeugte und mit der Linken, statt mit der Rechten, das Schreiben überreichte.

»Am Ende habe ich den jungen Bräutigam verscheucht?« warf Sophie gutmütig hin und forschte in Doras Angesicht.

»Nein, nein, durchaus nicht!« erwiderte Dora schnell und begütigend, die Lektüre des Briefes beendend.

Es war an demselben Abend.

»Bitte einen Augenblick! Ich muß mir erst den Schnee von den Füßen abputzen!« betonte Tibertius, vorsichtig die Stiefel abstreichend und dann erst in das Wohnzimmer bei Lassens eintretend.

Christine, die aufgestanden war und wartend im Eingange verharrte, neigte still das Haupt und schritt dem Provisor voran. Die Alte saß an ihrem gewohnten Platz im großen Stuhl, mit einer Handarbeit beschäftigt. Sie erhob, rasch noch eine Masche am Strickstrumpf aufnehmend, den Blick und nickte dem Besuche gelassen zu.

»Böses Wetter!«

»Sie werden nasse Füße haben?« – Beide Frauen sprachen zu gleicher Zeit. Der Alten Worte klangen alltäglich, während sich in Christinens Frage ein freundlich besorgter Ton mischte, der Tibertius beglückte.

»Keineswegs, keineswegs« – erwiderte er und blickte zärtlich auf die Sprechende, deren Hand eben der seinigen entglitten war.

»Nun, wollt ihr euch nicht setzen?« drängte die Alte mit einem starken Anfluge von Ungeduld im Ton. »Und dann kriegen wir auch wohl bald Tee, Christine?«

Die Angeredete nickte und ging.

»Trösten Sie mein Mütterchen nur etwas!« sagte sie noch in der Tür. »Sie ist heute gar nicht behaglich. Nein, nein, liebe Alte, du warst schon den ganzen Tag nicht recht.« –

Tibertius schwatzte hin und her, besonders sprach er über die Leiden der alten Frau. Das mochte sie. Es bot sich ihr dabei Gelegenheit, allerlei Erinnerungen an ähnliche, glücklich überstandene Krankheitsfälle vor ihm auszukramen.

Auch von Tibertius' Fortgang von Kappeln war die Rede. Seine Mienen verdüsterten sich; er antwortete obenhin und wurde schweigsam. Es starrten ihn die Bilder so melancholisch an; jeder einzelne Gegenstand im Zimmer trat so lebendig vor sein Auge; er wollte sprechen und vermochte es nicht. Endlich raffte er sich auf. Es galt zunächst, die alte Frau in eine zutunliche Stimmung zu versetzen, bevor er ihr, wie er es sich heute vorgenommen hatte, sein Herz ausschüttete.

Er fragte nach ihrem verstorbenen Mann. Er sagte, er habe jüngst wieder so viel Gutes von ihm gehört! Welche allgemeine Achtung er genossen! Wie tüchtig er in seinem Fache gewesen sei!

Die alte Frau horchte selbstzufrieden auf.

»Ja, es war geradezu ein Verlust für Kappeln, nicht nur für uns allein! Um sechs war er jeden Morgen auf, Winter und Sommer! Dann mußte der Kaffee auf dem Tisch stehen. Ach, der war präzis; auf die Minute war er am Platz!« (Von dieser Rede ging etwas von boshafter Anspielung auf Tibertius über, der einigemal auf sich hatte warten lassen.) »Nie kam etwas an seinem Schiffe vor, während jetzt Reparaturen an der Tagesordnung sind.« – Und so ging es fort. Der liebe Gott war ein guter Mann, aber Kapitän Lassen, der selige Kapitän Lassen, nahm es reichlich mit dem Schöpfer auf!

Es war nicht günstig, daß die Alte so sehr von der Vortrefflichkeit ihres verstorbenen Gatten überzeugt war! Das Lob anderer erschien ihr ganz selbstverständlich; es überraschte sie nicht eben sonderlich das, was Tibertius gesagt hatte. Noch schlimmer aber war es, daß sie plötzlich anhub: »Es gibt nur einen wahren Beruf, – das ist der Seemannsstand.«

Alles würde Tibertius am Ende geleistet haben, wenn's von ihm verlangt worden wäre: Er würde Harfenspieler oder Seiltänzer geworden sein, um sich Christinens Liebe und der Alten Wohlgefallen zu erwerben. Aber das Wasser haßte er. Schon als Knabe war er ängstlich ausgewichen, wenn seine Kameraden hatten in ein Ruderboot steigen wollen. Er litt geradezu an der Wasserscheu. Und nun war er auch gleich mit seinen Zweifeln wieder da. Wie würde diese in Kajüte und Seeluft alt gewordene Seemannswitwe, ihm, gerade ihm, die Hand ihrer reichen Tochter bewilligen? Er schaute unsicher empor. Aber die alte Frau saß jetzt eben mit freundlicherer Miene vor ihm. Es schien, als ob sie ihn zum Weitersprechen ermuntern wolle. Und da faßte Tibertius endlich Mut. Er riß sich gewaltsam auf und sagte, rasch und geschickt auf Christine übergehend:

»Ist Fräulein Christine auch sehr fürs Wasser eingenommen?«

»Weniger!« erwiderte die Alte kühl. »Sie saß immer hinter die Bücher« (die Bücher, sagte sie) »schon als Kind. Ach! mein Mann hätte so gern einen Jungen gehabt, wie sehr er Christine auch liebte, aber der liebe Gott hatte es ja einmal so bestimmt!«

Es trat eine kurze Pause ein, während welcher Tibertius einen Eimer voll neuer Hoffnungen schöpfte. Er nahm auch wirklich jetzt den letzten Anlauf und sagte in einem festen Tone:

»Frau Lassen, liebe, verehrte Frau Lassen! Schon lange wollte ich mit Ihnen –«

Mit mißtrauischem Blick schaute die Frau empor. Der sprach mit einmal so feierlich, es klang fast weibisch; das mochte sie nicht. – Und es war doch wirklich, um das bißchen Verstand zu verlieren. Jetzt, gerade jetzt, öffnete sich die Tür, und Christine trat, so unzeitig wie die Alte jüngst, ins Zimmer.

»Sie wollten fragen?« knüpfte Frau Lassen mit einem Anflug von Neugierde an.

»O nichts! Nein nichts«, erwiderte Tibertius, sich rasch erhebend, und half Christine beim Auflegen der Teeserviette. Das junge Mädchen bemerkte seine Verlegenheit und sah ihn, als sich zufällig ihre Hände berührten, mit einem still forschenden Blick an. – Es durchzuckte den Junggesellen, als ihn die weichen Flächen ihrer Finger streiften, und sein Auge suchte bescheiden werbend das ihrige.

Er half dann auch aufdecken, aber das mochte die Alte wieder nicht. Sie war immer in einem stillen Ärger über ihn.

»Ach, das ist ja Frauenarbeit. Das lassen Sie man!« sagte sie in einem gereizten Ton. Tibertius fühlte nur zu gut, daß ein Vorwurf in ihren Worten lag. Sie hatte eine Abneigung gegen ihn zu überwinden, er wußte es und konnte es doch nicht ändern. Und weil er dies wußte, kamen ihm von neuem schwere Bedenken und Zweifel, die er vergeblich zu bannen suchte.

Nach dem Essen, im späteren Verlauf des Abends, schlief die alte Frau ein. Sie hatte eifrig strickend dagesessen und aufmerksam zugehört. Aber was gesprochen wurde, verstand sie nur halb, und da sie nicht mitreden konnte, erlag sie um so eher der Ermüdung.

»Ich müßte wohl gehend« betonte Tibertius, rücksichtsvoll zu Frau Lassen hinüberblickend.

»Nein, nein, Herr Provisor. Es überfällt die Mutter jetzt häufig der Schlaf, zumal wenn sie nicht ganz wohl ist. Wir stören sie nicht. Bitte, bleiben Sie.«

»Soll ich Ihnen die Seide halten?«

»Wollen Sie?«

Christine rückte den Stuhl, und bald wickelte sie eifrig.

»Nun haben wir bald Weihnachten –«, hub sie an.

»Ja, und abermals ist ein Jahr dahin. Was das neue wohl bringen mag!«

»Etwas höher, ich bitte. So, so ist's recht! Denken Sie denn wirklich, uns zu verlassen?«

»Ich muß!«

»Sie müssen? Ja so, – ja! – Ihnen gefällt wohl auch Kappeln nicht recht?«

»Doch, Fräulein Christine. Ich möchte nirgend anders sein. Seitdem ich – seitdem ich eine so freundliche Aufnahme in Ihrem Hause gefunden, ist mir der Ort überaus lieb geworden –«

Er stockte, er unterbrach sich, als ob die Handbewegungen beim Seidehalten das Sprechen störten. Christine wickelte eifrig weiter und schaute nicht auf.

In diesem Augenblick holte die alte Frau tief Atem, öffnete den Mund, schnarchte laut und versank in einen bleiernen Schlaf.

Tibertius warf einen Blick ins Zimmer und überflog mit dem Auge alle Dinge auf einmal. Ein nie gekanntes, unruhiges Beben ging durch seinen Körper. Was er hier sah, hatte er alles so lieb gewonnen, es guckte ihn jetzt so freundlich und vertraut an; und dann überkam ihn die Furcht, er könne den Räumen einmal fremd werden; was er hier liebte, werde ihn kalt und feindselig anstarren. –

Es war die angstvolle Nachwirkung seiner Zweifel, die ihn nicht ließen. Konnte, durfte er es wagen, dem schönen Mädchen, das ihm gegenübersaß, sein Inneres aufzuschließen?

Auf dem Tische lag eine dunkelbraune Decke mit gelben, unregelmäßig verteilten Arabesken; er sah diese unter den großen Maschen der darüber ausgebreiteten Häkelarbeit, die aus Christinens Hand hervorgegangen war. Immer mußte er die Tischdecke anblicken. Statt zu reden, irrten seine Blicke über das unbestimmte durchschimmernde Muster, aus dem seine Phantasie stets andere, neue Figuren zu gestalten suchte. Es lag auf ihm wie ein Zauber.

»Ach, ich habe Ihnen nicht einmal Feuer angeboten«, flüsterte Christine, sich plötzlich besinnend. Sie legte den Knäuel beiseite und erhob sich, bevor Tibertius es hindern konnte. Seine Arme sanken herab, es war eine Wohltat. Seide abwickeln war ihm ungewohnt und deshalb nicht unbeschwerlich.

Als Christine den Aschbecher neben ihn setzte und errötend das starken Geruch verbreitende Schwefelholz vor die Zigarre hielt, wollte Tibertius es ihr abnehmen.

»Ach! Sie bemühen sich, Fräulein Christine! –« rief er in seiner hastigen Art und griff ungeschickt nach dem über dem Zögern fast verlöschenden Spänchen. Und nun erstarb das Feuer wirklich. Als sie sich abermals an den Nebentisch begab, folgte Tibertius und sah, wie sie das Zündholz vergebens an der rauhen Fläche einer Dose rieb.

»Erlauben Sie, Fräulein Christine, bitte –«

Aber es gelang ihm ebensowenig! Da lachte sie leise auf. Es flogen lustig schelmische Geister über ihr Gesicht.

»Wie, was denn?« stöhnte die Alte plötzlich im Schlafe auf. Beide schauten erschrocken hinüber. Es war nichts, aber das Geräusch störte ihre Unbefangenheit.

Schon machte Christine eine Bewegung, zurückzutreten, als sich Tibertius noch einmal zu ihr wandte. Zugleich richtete er sich das für seine Pläne notwendige Dunkel der Ecke noch besser ein, indem er dem Lampenlicht den Rücken zukehrte, und nun sagte er mit leiser, eindringlicher Stimme:

»Liebe Christine!«

Die sanfte Röte auf des Mädchens Angesicht wich jäher Blässe.

»Herr Tibertius?« ging's zaghaft über ihre Lippen.

Und da sagte er nochmals:

»Liebe, liebe Christine –«, und faßte dabei ihre Hand. Und da das Mädchen sie ihm ließ, flogen selige Wonneschauer durch die Seele des Mannes, dem kein weibliches Wesen bisher jemals sein Herz entgegengetragen hatte, der es nie für möglich gehalten, daß es geschehen könne. Nun stand diejenige vor ihm und schlug stillbeglückt die Augen zu Boden, die er mehr liebte als sein Ich, die er anbetete, deren Besitz ihm unerreichbar geschienen, und bei deren stummem Geständnisse die ganze Welt für ihn in goldenen Farben aufleuchtete. Und wie es so kam, er wußte es selbst nicht. Er berührte ihre Stirn und fühlte, daß ihr Körper bebte; er flüsterte zärtlich ihren Namen und küßte ihren frischen, weichen Mund.

Der Sand knisterte unter seinen Füßen. Einmal noch blickte er rasch und ängstlich beiseite. Aber dann suchte er hastig und zärtlich ihr Auge und fragte:

»Liebst du mich? Willst du mein werden, Christine?«

Sie schmiegte sich an ihn und neigte das Haupt; sie sagte nichts.

»Und sie?« ergänzte er im jauchzenden Übermaß des Glückes und wies auf die alte, sanft schlummernde Frau.

»Sie wird stets lieben, was ich liebe. Und ich – ich liebe dich!«

Wie aufmunternd blickten jetzt die Bilder von den Wänden herab; wie vergnügt saßen die Geister des Hauses in den Ecken und kicherten. Auch aus den alten Möbeln schien es frohlockend hervorzudringen, und sogar der altfränkische Stuhl schaute stillbefriedigt auf die zwei Menschen, die sich gut waren, die sich liebten, die zueinander gehörten mit ihren unbefleckten Seelen –

21.

Im Laboratorium war viel zu tun. Jakob wirtschaftete hin und her, und Tibertius sah nach dem Siederohr des Dampfkessels. Es duftete nach allerlei scharfen Kräutern, und die heiße Luft, die den Raum erfüllte, war fast betäubend.

Der Provisor war im Arbeitsrock. Er sah etwas seltsam aus, denn unter der kurzen Weste guckte ein lederner Riemen hervor; vielleicht stellte er durch ihn seine schlanke Figur her. Während er beschäftigt war, öffnete sich die Tür, und Bello sprang, ohne Umschau zu halten, in den Feuerungsraum und kroch unter den breit ausgebauten Kesselofen. Ihm folgte etwas verlegen – Dora. Sie sah reizend aus. Auf dem Hofe lag der Schnee; die kalte Luft hatte ihr die schönsten Farben auf die Wangen gehaucht.

Tibertius knöpfte hastig den Rock zu und verbeugte sich wiederholt verlegen. Jakob, dem stets die Pfeife im Munde hing (nur im Laboratorium rauchte er kalt), legte sie beiseite und machte sich in der Stoßkammer zu schaffen.

»Mein Mann nicht hier?« fragte die junge Frau, sich umschauend.

»Nein, Frau Heinrich!«

Dora zögerte einen Augenblick. Dann sagte sie: »Frau Lassen sitzt oben bei mir und möchte Herrn Heinrich sprechen.« Sie lächelte, und Tibertius erblaßte.

»Frau Lassen?« stieß er betroffen heraus. »Christinens Mutter?«

Dora guckte zur Seite, ob Jakob auch zuhörte. Dann flüsterte sie schelmisch: »Sie will Erkundigungen über Sie einziehen, Herr Tibertius! Meine Auskünfte scheinen ihr nicht zu genügen –«

»Ah!« machte Tibertius. Auf seinem Gesicht malten sich starke Spannung und Unruhe.

»Wie weit ist's denn?« fragte die junge Frau teilnehmend.

»Mit Christine, – Fräulein Christine« – verbesserte er sich, »bin ich in Ordnung. Aber die Alte macht Schwierigkeiten. Ganz wider Erwarten. Sie kann die Apotheker nicht leiden«

Tibertius lächelte mitleidig, jedoch diese Miene war nur künstlich.

»Ich will die Alte lieber fortschicken«, meinte Dora. »Wer weiß, wann mein Mann nach Hause kommt, und – es wäre schon gut, wenn – wenn Sie vorher –«

Sie stockte. Tibertius wußte, was die junge Frau hinzufügen wollte; er wußte es ganz genau.

»Sie raten mir, mit ihrem Herrn Gemahl vorher noch einmal zu sprechen?«

»Ich weiß nicht recht«, erwiderte Dora, sich nun doch besinnend. »Es ist mir schon durch den Kopf gegangen, ob ich nicht mit meinem Vater reden soll. Ich riet Frau Lassen bereits, dort Erkundigungen einzuziehen, aber sie bestand auf einer Rücksprache mit meinem Mann.«

In diesem Augenblick ward Tibertius an seine Pflicht erinnert. Mit höflicher Entschuldigung unterbrach er das Gespräch, trat mit raschen Schritten an den Herd und lüftete wie eine erfahrene Köchin den Deckel eines langstieligen Kochgefäßes.

Dora überwältigte fast das Lachen. Tibertius nahm sich bei dieser Beschäftigung allzu komisch aus. Aber sie hielt an sich.

Ein frischer Kräutergeruch schlug durch den Raum, der die junge Frau anheimelte. Die Kinderjahre traten ihr ins Gedächtnis. Welchen geheimen Zauber hatte stets das Laboratorium im Nachbarhause auf sie ausgeübt! – Für Minuten vergaß sie alles! Dann aber fiel es ihr auf die Seele, daß die alte Frau wartete, und sie warf entschlossen hin:

»Ich werde noch einmal mit der Alten reden. Lassen Sie mich nur machen –«

Tibertius hätte sie umarmen mögen; er beschränkte sich aber darauf, ihr Deinen dankbaren Blick zuzuwerfen. Ah! War das eine Frau! Dora nickte ihm freundlich zu, und wenige Augenblicke später eilte sie, leicht aufgeschürzt, über den Hof ins Haus zurück und war seinen Blicken entschwunden.

Daß doch die nächstliegenden Gedanken stets zu spät kamen! Tibertius hatte bitten wollen, daß Dora ihm das Ergebnis der Unterredung mitteilen möge. Nun konnte er den ganzen Tag im Ungewissen bleiben! Mittags und abends fand sich keine Gelegenheit.

»Jakob!« rief er in die Stoßkammer hinein. »Sie, Jakob, können Sie wohl rasch mal einen Gang machen?«

»Jawohl, Herr Provisor. – Zu Befehl.«

»Warten Sie!« Tibertius zog eine Bleifeder hervor und schrieb auf ein Blättchen Papier seines Taschenbuches die folgenden Worte: »Teure Christine! Deine Mutter ist hier im Hause. Sie will sich bei Herrn Heinrich nach mir erkundigen. Schreibe mir gleich das Resultat. Ich bin in größter Aufregung. Liebst du mich noch? Auch darüber erwartet Nachricht Dein sehnsüchtig nach Dir verlangender Feodor.«

Daß Tibertius doch Feodor heißen mußte! Ein recht lächerlicher Name. Freilich, ihm kam das nicht in den Sinn. Er war überhaupt etwas blind in vielen Dingen. Christine aber konnte sich daran nicht gewöhnen. Gleich am Abend nach der Verlobung hatte sie ihn in einem geeigneten Augenblick gebeten, den Namen in Fritz umwandeln zu dürfen. Ihr Vater hatte auch Fritz geheißen. Der Anruf war ihr lieb und klang ihr vertraut.

Jakob kam bald zurück und überreichte ein kleines Kuvert. Von Ungeduld öffnete Tibertius das Billett und stellte sich in seinem Eifer sogar recht ungeschickt an den Kesselofen, so ungeschickt, daß er irgendwo eine empfindliche Hitze verspürte. Auch ein kurzes, heftiges Quieksen ertönte. Das letztere rührte von Bello her, den er in seiner Unachtsamkeit auf den Schwanz getreten hatte.

»Ach, Bello – Bello! Immer bist du im Wege!« rief der Provisor mißmutig und schob das demütig sich an ihn drängende Tier unsanft beiseite. Wann büßen diese treuen Geschöpfe nicht für die Ungeschicklichkeiten ihrer Umgebung? Das war nie anders! –

Christine antwortete recht beunruhigend. Der Schluß lautete: »Ach, bester Fritz, ich hatte das alles nicht erwartet. Aber verzagen wollen wir nicht. Du weißt, ich bin unabhängig, und im äußersten Notfall« – »O liebes, braves Mädchen«, rief Tibertius so laut, daß Jakob mit dem Putzen eines Glases innehielt und verwundert den Kopf schüttelte, Bello aber leise zu knurren begann. Tibertius sah und hörte von alledem nichts.

Er las nun auch die letzten Zeilen: »Sobald ich etwas weiß, sende ich dir Nachricht. Ich bin ja auch in fieberhafter Spannung, und die Mutter ist vorläufig noch so erregt, daß ich dir raten möchte, heute abend lieber nicht zu kommen. Hoffentlich sehen wir uns morgen!
In treuer Liebe
Deine Christine.«

Die letzten Sätze gefielen Tibertius gar nicht! Wie sollte er es einen Tag aushalten, ohne seine Braut zu sehen? Er öffnete in tiefem Sinnen abermals den Kochgeschirrdeckel und war so sehr in seinen Gedanken verloren, daß der Dampf ihm beinahe die Nase verbrannt hätte. »Das fehlte noch!« flüsterte er mürrisch vor sich hin und rief nach Jakob.

»Nehmen Sie das Geschirr herunter, Jakob! Es ist gut so! Gießen Sie vorsichtig ab und lassen Sie dann klären.«

Nun stützte er sich nochmals, diesmal gegen den neben dem Fenster stehenden Tisch, und las den Brief zum zweitenmal. Wiederum murmelte und sprach er laut vor sich hin.

Jakob dachte sein Teil; vielleicht auch Bello. Er erhob wenigstens mehrmals den Kopf, schnüffelte mit der Schnauze und nieste.

An demselben Abend saß Dora bei der Arbeit im Wohnzimmer. Im Ofen brannte ein lustiges Feuer, aber eine dumpfe, schwüle Luft erfüllte den Raum und legte sich auf die Seele der jungen Frau.

»Nicht einen Schritt tue ich für den Menschen!« erklärte Heinrich, der eben ins Zimmer getreten war und seine Absicht kundgegeben hatte, zu Hause bleiben zu wollen. »Nicht einen Schritt!«

»Aber bedenke«, wandte Dora schüchtern ein, »es handelt sich doch um Tibertius' Glück! Wie kannst du ihm die Kündigung so nachtragen?«

»Davon ist nicht die Rede. Aber die Art, die Art! Und seine jetzige fortwährende Opposition – sein unwirsches Wesen im Geschäft! Schon die Szene an dem Mittag, als Kordes Auskunft über die Medizin zu haben wünschte! Blieb er nicht sitzen, als ob ihn die ganze Sache nichts anginge?«

Dora überlegte, was sie ihrem Mann erwidern sollte. Ein einziges Wort konnte alles verderben. Daß er so viel sprach, war im ganzen ein gutes Zeichen. War er halsstarrig, so sprach er nur einen einzigen Satz, und nichts brachte ihn dann zu einer Änderung des einmal gefaßten Entschlusses. Sie sann über eine List nach, ja, eine kleine Lüge mußte helfen. Sie sagte deshalb: »Als er heute vormittag erfuhr, daß die alte

Lassen hier gewesen sei, deinen Rat zu erbitten, äußerte er gleich: Bei Herrn Heinrich Auskunft über mich? O, dann ist mir nicht bange. Er hat mir zwar gekündigt, aber gerecht ist Herr Heinrich, gerecht bis aufs Tezett; er wird gewiß nichts Unvorteilhaftes über mich aussagen.«

Dora schwieg. Es hieß nun abwarten; und diesmal schien sie sich nicht getäuscht zu haben. Der Apotheker brummte zwar etwas vor sich hin, machte aber keine Einwendungen, sondern stellte sich schweigend ans Fenster und schaute hinaus.

Die junge Frau hoffte schon das Beste. Aber plötzlich wandte sich Heinrich ins Zimmer zurück und sagte:

»So? Das hat er gesagt? Nun, er täuscht sich doch ganz gewaltig, der Herr Provisor, wenn er glaubt, meine Gerechtigkeit bestehe im Verschweigen! Gewiß bin ich gerecht, aber deshalb eben muß ich der alten Frau reinen Wein einschenken. Mag sie dann tun, was sie will. Ich wasche meine Hände in Unschuld.«

»Aber Heinrich« – bat Dora begütigend. »Was kannst du denn Unvorteilhaftes von Tibertius sagen? Rühmtest du ihn nicht bei jeder Gelegenheit?«

»Niemals tat ich das«, entgegnete der Mann, der stets seine eigenen Worte verleugnete, wenn es ihm gerade paßte. »Niemals! Im Gegenteil, ich tadelte immer sein unpraktisches, unruhiges Wesen, seine Zerstreutheit.«

Dora schwebten Worte auf der Zunge, aber sie hütete sich, sie auszusprechen: Wahrheit! Einsicht! Gerechtigkeit! Wo war die zu finden in der Welt, und nun gar bei diesem Manne! – Nach einer Weile – Heinrich hatte einen Aschbecher in die Hand genommen und drehte an dem Fuß, der sich gelöst hatte, – sagte Dora, um ihres Mannes Gedanken zu erforschen: »Lassens sind wohl recht wohlhabende Leute?«

»Reich!« erwiderte der Apotheker kurz.

Die junge Frau wollte herausbringen, welche geheimen Gedanken, welche Absichten ihren Mann leiteten. Daß es keine wohlwollenden waren, wußte sie freilich nur zu gut. Sie vermutete, daß Gefühle des Neides ihn beherrschten. Er wollte nicht, daß Tibertius das hübsche, nette, wohlhabende Mädchen heiraten sollte. Es paßte ihm persönlich nicht! Am Ende würde er, der frühere Provisor, noch eine Rolle in Kappeln spielen! Bah! Dieser alte, abgetane Junggeselle!

Um sich Gewißheit zu verschaffen, sagte Dora:

»Ich gönnte es Tibertius von Herzen, doch noch mal selbständig zu werden. Er sprach davon, vielleicht nach Hamburg zu ziehen –«
»Chemische Fabrik!« warf Heinrich spöttisch dazwischen.
»Ich weiß nicht, was er vorhat –«
»Ja, ja, eine chemische Fabrik will er errichten! Aber das wird im Leben nichts! Ihr Geld wird er schnell genug in unpraktischen Dingen vertun! Er ist kein Mann, der mit Kapital umzugehen versteht. Das ist meine Überzeugung. Ja, wenn er ein anderer wäre, dann ließe sich eher über die Sache reden.«

Was war das? Sollte Heinrich den Vormund spielen wollen, oder gar jetzt Neigung haben, etwas mit in Szene zu setzen, was er bisher so wegwerfend beurteilt hatte? Wünschte er Tibertius von sich abhängig zu machen. Gewiß! so schien es; darauf wollte er hinaus für den Fall, daß etwa doch die Heirat zustande kam. Dora kämpfte, ob sie ihm ein gutes Wort geben, ob sie sich scheinbar seinen Plänen anschließen solle. Aber sie war zu ehrlich; es widerstrebte ihrer gerechten Natur, etwas zu unterstützen, was sie so erbärmlich, so verabscheuungswert fand. Es wurde auch diesen Abend von der Sache nicht mehr gesprochen. Aber die junge Frau ward in ihrer früheren Absicht bestärkt, ihren Papa für Tibertius zu gewinnen, und diesen Plan setzte sie gleich am nächsten Morgen in der Frühe ins Werk.

22.

Bei Mile Kuhlmann roch es nach Hoffmannschen Tropfen und Kampferspiritus. Mile litt an Zahnweh und saß deshalb mit verbundenen Backen und hatte bei Kuchens zum Schneidern abgesagt. Ihre Schwester war eifrig bei der Arbeit; an der Tür stand eine Wäscherin, Frau Bergmann, von nebenan, und die alte Nissen saß auf dem Stuhle, als ob sie in Brennesseln geraten würde, wenn sie sich etwas bequemer machte. Allezeit hockte sie so auf der äußersten Kante der Sitzpolster, selbst bei ihresgleichen.

»Wie geht's denn drüben?« fragte Mile die Waschfrau.
»Ach, schlecht; die Ohlsen leidet ja schrecklich am Asthma. Schlafen kann sie schon lange nicht mehr! Ganz durchgelegen – schon mehrere Wochen, und der Husten dabei! Die macht's nicht lange mehr! Gestern

war Doktor Schübeler da und sprach auch noch von Herzleiden. Wassersucht hat sie schon lange.« –

»Na, das geht ja!« bestätigte die alte Nissen mit ihrem ernsten Gesicht und in ihrer still spöttelnden Weise.

»Sie meinen?« setzte die Waschfrau eifrig ein.

»Ich meine, daß sie jedenfalls Krankheiten genug hat. Bei so viele wird sie ums Sterben nicht verlegen werden.«

»Was Sie immer zu sagen haben!«

Frau Nissen nahm den hingeworfenen Satz nicht auf, aber sie äußerte: »Ich hörte gestern bestimmt, daß es der Ohlsen besser ginge.«

Das machte die Waschfrau so boshaft, daß sie zunächst ihre Schürze in die Höhe nahm und sie mit ihrer Nase in Berührung brachte. Und statt etwas zu erwidern, zuckte sie bloß höhnisch die Achseln und suchte Mile Kuhlmanns Zustimmung zu ihrem Verhalten durch Gesten einzuholen.

»O, das Reißen, das Reißen!« seufzte die Schneiderin, ohne Neigung, sich in den Streit zu mischen.

»Tannennadeln kauen, Fräulein!« sagte die Wäscherin. »Das hilft!«

Frau Nissen schüttelte den Kopf und lächelte auf ihre Weise. »Unsinn!« wollte sie sagen, aber sie schwieg.

»Ich hab's von die nassen Füße! Ne, ist das ein Wetter draußen. – Da jagt man ja keinen Hund heraus. –«

»Lassen Sie ihn ausreißen, sonst kommt's doch man wieder!« warf Frau Nissen dazwischen. »Es ist ja immer derselbe. Er ist hohl!«

Das war nun wieder unvorsichtig von Frau Nissen. Mile vergaß alle ihre Schmerzen und sagte gereizt:

»Ne, meine Beste! Einmal und nicht wieder! Sechs hab' ich überhaupt man mehr von vierundzwanzig oder wieviel es sind. Alle anderen haben sie mir ausgebrochen. Ja, herausgebrochen, denn gut waren sie alle! Ein paar Stunden waren sie immer dabei! Und all das Geld! Am besten verstand es noch Glitsch. Aber der ist auch immer so zudringlich bei so was. Ist ja gar nicht hohl. Es gibt wohl wenige, die so gute Zähne hatten wie ich, aber da ist ja kein Ende aufzufinden!«

Die Waschfrau stimmte immer bei; teils durch Zeichen, teils durch Gemurmel, mitunter durch ein Ja, bisweilen durch ein Nein. Schon aus Widerspruchsgeist gegen die alte Nissen gab sie Mile recht.

»Ich muß die Taille wohl ein büschen hochsetzen?« fragte jetzt die bucklige Schwester, die bisher geschwiegen hatte.

Mile nickte. »Ja, und leg' man starke Falten vorne!«

»Soll'n Sie bald wieder aufwarten?« fragte die Waschfrau.

Die Näherin schüttelte den Kopf.

»Schüblers, Franzius' und von Tapps haben ihre große schon gegeben. Bei Heinrichs war neulich –«

»Du, die Niese war vorhin hier, als du nach der Apotheke warst«, unterbrach sie die Schwester. »Hast denn schon gehört? Der Provisor soll verlobt sein.«

»Welcher Provisor?« fragten hastig zwei zu gleicher Zeit. Frau Nissen hatte Zeit zu warten und schwieg.

»Na, der, der Bertius bei Heinrichsens, und weißt mit wem?«

Es war ein zu großer Hochgenuß, die Zuhörenden etwas auf die Folter zu spannen.

»Na?« riefen wieder beide. Die Waschfrau trat sogar tiefer ins Zimmer und stemmte eine ihrer weißgerinselten Hände auf den Tisch.

»Ja, rat' mal!« sagte Emma, hob das Mieder in die Höhe, legte es wieder aufs Knie und zog den Stoff hin und her.

»Wenn's die alte Muhl ist, denn paßt's!« sagte Frau Nissen, und alle lachten. Mamsell Muhl war eine wegen ihres sonderbaren Verhaltens und ihrer auffallenden Art, sich zu kleiden, in Kappeln allbekannte alte Jungfer.

»Na, wer ist's denn?« fragte Mile schon etwas ungeduldig.

»Christine Lassen!«

»Christine Lassen? – –? Nicht möglich –!«

»Na, Zeit wurde es sonst auch!« sagte die Waschfrau. »Aber den! Ich kenn' ihn nicht. Aber was man so hört! Er soll ja wohl nicht so ganz richtig im Kopf sein?«

»Ja!« sagte Mile, »das wäre auch der letzte für mich gewesen! Das ist ja ein richtiger Etepetete! Gar kein Mann –«

»Hat denn die alte Lassen schon eingewilligt?« schaltete die alte Nissen, die ihrer Klugheit zufolge stets voraussah, wo die Dinge einen Haken haben könnten, ein.

»Weiß nicht« – erwiderte Emma.

»Ich glaub's noch nicht!« bemerkte Mile, in der Hoffnung, daß sich's zerschlagen möchte schon deshalb, weil sie Christine beneidete. »Die Alte sitzt fest auf ihr Geld. Ehe sie was herausgibt! – Ich kenn' sie ja genau. Ich war ja 'mal Mamsell auf'n Dampfschiff in früheren Jahren –«

»Wieviel hat die alte Lassen wohl?« fragte die Waschfrau.

»Viel! viel! Der Kapitän war ein richtiger Grapser! Ein ekliger Kerl! Es war nicht mit ihm auszukommen. Und schimpfen tat der alte Grobian –« Mile hielt inne, das Gespräch stockte, und die Waschfrau schielte nach der Uhr.

»Na, ich muß machen, daß ich wegkomm'!« hub sie eilig an. »Also, Sie denken daran, Fräulein? Bitte, vergessen Sie es nicht.« Sie nickte Mile zärtlich zu und verschwand.

»Gott sei Dank, daß sie weg ist. Nun können wir doch mal vernünftig sprechen. Was meinen Sie denn, Nissen? Emma will nichts davon wissen –«, begann Mile.

»Wegen Glitsch?« erwiderte die Alte phlegmatisch.

Die Näherin nickte, gerade wieder von stärkerem Zahnreißen geplagt, bloß mit dem Kopfe.

»Na, so ganz und gar abzuweisen wäre es ja nicht. Er ist man so'n Windbeutel –«

»Na, Nissen, da tun Sie ihm nu ganz unrecht. Alles kann man ihm vorwerfen, aber das? Mann in den besten Jahren, gutes Geschäft, – und am Ende – ich bin ja auch –«

»Gewiß! Sie sind längst über weg«, betonte Frau Nissen kurz und derbe. »Das ist die Hauptsache! Und dann – angesprochen hat er Sie ja noch gar nicht!? Warten Sie doch erst mal ab –«

»Du hör' mal an, Emma!« rief wegen der rücksichtslosen Einwände gegen ihr Alter die Näherin stark erbost und wurde ganz blaß. »Na, Nissen, wer von Ihnen Rat haben will, ist auch schön aus –«

»Sie werden nie klug, Mile!« fuhr die Alte unempfindlich fort. »Sie haben es ja gut, was wollen Sie auf Ihre alten Tage noch solche Sprünge machen? Mit dem Heiraten ist es ja ganz schön, aber die Wehen kommen nach! Gucken Sie sich doch mal um in Kappeln.«

Halb wirkte bei Mile die Empfindlichkeit noch nach, halb aber war sie mit den Worten der alten Nissen einverstanden. Was sie hatte, wußte sie; was kommen würde –? Ihre Eigenliebe regte sich plötzlich. Sie machte deshalb dem Gespräch ein unerwartet schnelles Ende und sagte:

»Na, ja, überlegen muß man sich das ja noch –«

»Ja, und meine Zeit ist nun auch um!« schloß Frau Nissen, und nachdem sie noch einmal Emmas Arbeit betrachtet hatte, ging sie mit kurzem Gruß zur Tür hinaus.

23.

Die nächsten Tage waren für Tibertius und alle Beteiligten sehr ereignisvoll. Frau Lassen hatte Herrn Heinrich endlich gesprochen, und was sie aus dessen Munde über ihren künftigen Schwiegersohn gehört hatte, war nichts weniger als ermutigend für sie gewesen. Der Apotheker hatte erklärt, daß er eine Verbindung mit dem Provisor für eine Torheit halte, da er nichts besäße und mit Geld nicht umzugehen wisse. Er sei ein unpraktischer Phantast, und ihm ein Kapital anzuvertrauen, halte er für mehr als bedenklich. Wenige Jahre, und alles werde dahin sein! Unter der Leitung einer erprobten Persönlichkeit, als Mitarbeiter, sei er verwendbar, aber nimmermehr als selbständiger Geschäftsmann. Im übrigen könne er ja selbst nur nach seinen Eindrücken urteilen; er ersuche daher, die Äußerungen lediglich als seine persönlichen Ansichten aufzufassen und nicht danach zu entscheiden.

Die alte Frau, die schon weicher und nachgiebiger geworden war und so niedergeschlagene Berichte denn doch nicht erwartet hatte, kam dabei gänzlich aus der Fassung. Sie dankte, knickste und ging. Auf der Gasse bemächtigten sich ihrer die widerstreitendsten Empfindungen. Einmal triumphierte sie! Sie hatte also mit ihrer Ahnung recht gehabt. Es war gut, daß sie Heinrich gesprochen hatte! Und dann trat ihr doch wieder das traurige Gesicht ihrer Tochter vor Augen, und sie grollte dem Auskunftgeber. Ja, einen Moment haßte sie ihn, denn der armen Christine hatte er mit keiner Silbe gedacht.

Zuletzt fühlte sie in dem Schwanken zwischen Zweifeln und Liebe einen brennenden Schmerz im Innern. Sie kannte Christinens Charakter. Bestand sie auf ihrem Willen, so half alles nichts. Der Frau ahnte ein Unglück, wenn sie Widerstand leistete. Schon sah sie sich ihrer Tochter entfremdet und als alte Frau einsam und ungeliebt in ihrem kleinen Häuschen sitzen.

»Tach muß mir raten. Ihn muß ich sprechen«, entschied sie, ihre schweren Gedanken niederkämpfend, zuletzt, und wandte sich zu dem Kontor des Advokaten.

»Ah, Madame Lassen! Seltener Besuch! Nun, was führt denn Sie zu mir?« fragte der kleine Mann in seiner breiten, aus dem Plattdeutschen herübergenommenen Mundart. Dabei schob er ihr einen Stuhl an seinen Arbeitstisch, winkte einem anwesenden Schreiber, sich zu entfernen, und schraubte die nur spärliches Licht verbreitende Lampe höher. Das kleine Gemach war angenehm erwärmt. Es duftete qualmig säuerlich vom vielen Tabakrauchen, hatte aber trotzdem etwas Gemütliches. Alle Wände waren bedeckt mit Bildern oder verstellt mit Repositorien und Schränken.

Der Advokat ließ Frau Lassen sprechen und hörte ihrer langen, umständlichen Erzählung ohne Unterbrechung zu. Während sie redete, schob er nach seiner Gewohnheit den Kopf hin und her und drückte das Unterkinn auf die hochsitzende Krawatte. Der Bart wuchs bei ihm tief unten am Halse und kratzte stets, er scheuerte ihn deshalb gern.

Als sie geendigt hatte, sagte er:

»Ja, was soll ich da viel sagen? So weit man hört, soll der Provisor ein ordentlicher Mann sein, natürlich etwas sonderbar wie häufig die Apotheker, aber – aber« – Und nach kurzem Besinnen fuhr er fort: »Haben Sie denn Herrn Heinrich schon gesprochen? Fragen Sie den doch! Der kann ja die beste Auskunft geben!«

»Bin ich ja gewesen« – preßte die Alte heraus, und, ein vierkantig zusammengefaltetes, weißes Schnupftuch hervorziehend, wischte sie sich mit dem Rand über die von der Kälte tränenden Augen. »Er rät ab! Er meint, Tibertius könnte kein Geld bei sich behalten. Er wäre gar nicht imstande, eine eigene Wirtschaft zu führen.«

»So! So! Das klingt ja gerade nicht einladend. Na, aber Heinrich ist immer superklug. Das will nicht viel sagen. Wenn der Mann sonst tüchtig im Dienste anderer ist, weshalb sollte er es nicht in seinem eigenen Interesse sein? Glauben Sie nur, wenn er nicht zu gebrauchen wäre, hätte Heinrich ihn schon lange weggeschickt.«

»Er hat ihm ja gekündigt, lange bevor der Provisor bei uns ins Haus kam«, erwiderte die Alte stark betonend. »Da muß doch was vorgefallen sein.«

»Und Ihre Tochter?«

»Sie kann nicht von ihm lassen. Sie will durchaus!«

Der Advokat sann einen Augenblick nach. Der Hals war abermals in heftiger Bewegung; auch schob er den widerspenstig sich aufbauschenden und aus der Weste hervortretenden Kragen wiederholt zurück und sagte endlich:

»Na, wenn Christine bloß ihre Zinsen mit in die Ehe bringt, können die Leute ja schon bequem leben. Können Sie das nicht ausmachen, wenn er wirklich so unpraktisch ist?«

Ein Schreiber trat herein und bat um Unterschriften, die eilten. Während Tach mit krummen Fingern seinen Namen malte, saß die Alte ratlos da und grübelte.

»Nun?« hub der Advokat, nach getaner Arbeit den Stuhl wieder nach ihr umwendend, an. »Was meinen Sie?«

»Da läßt sich Christine nicht auf ein.«

»So? Ja, hindern können Sie die Heirat ja doch überhaupt nicht, Frau Kapitän!«

Tach gab Frau Lassen jetzt absichtlich einen Titel. Solche unscheinbare Kniffe hatte er stets bei der Hand. Durch derartige Kleinigkeiten brachte er seine Klienten leichter auf seine Seite und kürzte die sonst langen, nutzlosen Gespräche. Er täuschte sich auch diesmal nicht, denn Frau Lassen sagte:

»Ich weiß, ich weiß; und Sie haben ja auch ein Wort mitzureden. Aber soviel ist gewiß, ich geb' ihm kein Kapital ins Geschäft. Was mein guter seliger Mann mühsam zusammengespart hat, darf nicht verschleudert werden. Wovon soll ich hernach denn auch leben?«

Eine kleine Gesprächspause trat ein. Tach nickte kurz, machte sich an seinem Pulte zu schaffen und schlug sinnend mit der Papierscherenspitze auf seine Akten. Endlich sagte er:

»Ich will Ihnen etwas vorschlagen, Frau Kapitän. Schicken Sie mir den Provisor einmal her. Vielleicht braucht der Mann das Kapital gar nicht. Was will er denn anfangen? Kennen Sie seine Absichten?«

Die Alte bewegte lebhaft den Kopf, besann sich aber plötzlich und suchte, statt zu antworten, in einer Tasche, die in einem unter dem Kleid sitzenden schwarzen Orleans-Rock eingenäht war.

»Gott, Gott! habe ich meinen Geldbeutel verloren?« Sie hob das eben fallen gelassene Kleid in die Höhe, griff in die Falten und zuletzt in ihre Manteltasche. »Ne, ne, ich hab' ihn. Gott sei Dank! – Sie meinten? – Ich kriegte schon Angst. – Ja, so! Das ist es ja gerade, er will partout eine Fabrik anlegen. Ich weiß nicht, was für eine, ich verstehe die fremden Wörter nicht.«

»Also er rechnet auf das Geld Ihrer Tochter?«

Frau Lassen zuckte die Achseln. Tatsächlich war die Angelegenheit zwischen ihr und Tibertius noch gar nicht berührt worden. Sie vermutete nur aus seinen früheren Reden, daß ihre Voraussetzungen zutreffen würden.

»Hm – hm! Na, lassen Sie ihn nur mal herkommen«, entschied der Advokat. »Ich werde mit ihm sprechen und ihnen dann Bescheid geben.«

Die Alte fragte noch allerlei. Endlich aber stand sie auf und hob das Ende ihres bis an die Füße reichenden, beim Eintritt von ihr aufgeknöpften Mantels empor und machte sich dabei zu schaffen. Und dann ließ sie ihn wieder fallen und ging an die obersten Knöpfe, bis sie an den letzten, mittelsten kam. Nachdem diese schwierige Arbeit vollendet war, reichte sie ihrem langjährigen Berater die Hand zum Abschiede.

»Ach, bester Herr Tach, verlassen Sie mir bloß nicht«, sagte sie. »Es gilt doch Christinens Lebensglück. Die Reue kommt zu spät. Ich kenne das. Nachher wird sie es uns vielleicht danken.«

Der Advokat beruhigte die alte Frau, sprach, um sie auf andere Gedanken zu bringen, noch eine Weile über ihre Gesundheit, und dann, die Tür nach dem Kontor öffnend: »Leuchten Sie doch mal Frau Kapitän draußen, Karl! – Nehmen Sie sich in acht, Frau Lassen. Sie wissen ja, es sind zwei Stufen.« – Dann winkte er ihr noch einmal zu, eilte geschäftig in sein Zimmer zurück und begab sich wieder an die Arbeit.

Als die Alte nach Hause kam – es war gegen sieben Uhr –, streifte sie den Physikus. Er stand mit Christine plaudernd im Flur.

»Ah, da ist ja Ihre Frau Mutter!« stieß Paulsen lebhaft heraus und trat ohne Aufforderung ins Wohngemach. Nachdem das Krankheitskapitel erledigt war, ging Doras Vater alsbald aufs Ziel und brachte nach einem geschickten Übergange das Gespräch auf Tibertius.

Dora war in ihn gedrungen, sich der Sache anzunehmen, und nach mancherlei Hin- und Herreden und anfänglichem Widerstand hatte er sich dazu bewegen lassen. Christine verließ, wie von ungefähr, das Wohnzimmer, und die beiden Alten waren allein.

»Also, meine Gratulation zu dem freudigen Ereignis, beste Frau Kapitän!« hub er an. »Wir haben uns sehr gefreut, meine Frau und ich. Möchte denn alles zum Guten ausschlagen.«

»Ja, möchte es das!« erwiderte die alte Frau seufzend. »Übrigens sind wir so weit noch lange nicht, Physikus. – Ich – ich – habe meine Zustimmung bis jetzt nicht gegeben –«

»Wie, was?« schaltete Paulsen befremdet ein. »Sie haben noch nicht eingewilligt? Weshalb denn nicht? Ich denke, alles ist in schönster Ordnung? Was ist denn im Wege?«

»Ik mag de Minsch nicht«, erwiderte sie, die Stimme senkend und ihre kleine, knöcherne Hand auf des Physikus' Arm legend. »Ich hatte es ja ganz gern, wenn er hier abends so ab und zu mal herkam. Na ja, er ist ja soweit auch ein ganz ordentlicher Mann« (sie sah den mißbilligenden Ausdruck in Paulsens Gesicht und gab nach) »aber von jeher mochte ich keine Apotheker nicht leiden, und dieser, dieser –«

»Nun?« heuchelte der Physikus fragend.

»Es ist man so ein halber Mann. Er ist wie ein Stör. Das sind Fische mit Hühnerfleisch – – Na, Sie wissen ja, auch trau' ich ihm geschäftlich nichts zu.«

»Wer kann das sagen?« unterbrach Paulsen sie. »Warum sollte er nicht ebensogut seine Sache verstehen wie jeder andere? Und was ihre Abneigung anbelangt, Sie sollen ihn doch nicht heiraten.«

»Na, halb und halb doch –«

»Wieso?«

»Wenn er Christinens Mann wird, gehört er zur Familie; da hab' ich fast ebensoviel von ihm wie sie.«

»Er ist aber doch ein sehr ordentlicher, bescheidener Mann; Christine liebt ihn. Auf ihre Wünsche müssen Sie doch Rücksicht nehmen, und am Ende, wenn sie will, was wollen Sie da machen?«

»Hat sie mit Ihnen gesprochen?« forschte die Alte eifrig.

Der Physikus nickte zustimmend.

»Na?« Hier senkte sie die Stimme und warf einen raschen Blick auf die Tür. »Was sagt sie?«

»Sie sagt, sie nimmt ihn auf alle Fälle.«

»So? Das sagt sie?«

Die Alte ballte die Hand, legte sie auf den Tisch und sah stumm vor sich hin. Dann brach sie wieder das Schweigen.

»Und Sie meinen, daß er ein tüchtiger Mann ist? Ich kann es mir nicht recht denken. Wenn man so alt ist und noch nichts vor sich gebracht hat! Na, sagen Sie selbst, Physikus –« (sie ließ stets den Herrn weg. wenn sie mit ihm sprach), »ist es nicht auffallend?«

»Nein, beste Frau Kapitän; es ist im Gegenteil ein Beweis, daß der Mann vorsichtig überlegt, bevor er handelt. Und wenn er Junggeselle blieb, – nun, er fand bisher nicht die Rechte! Jetzt hat er sie!«

Die Alte sann nach.

»Und das seh' ich sicher kommen«, sagte sie dann. »Ich werde hier ganz vereinsamen, bloß ein lästiges Möbel sein. – Ach, wir hätten es so gut haben können!« – Sie wiegte den Kopf; ein Tröpflein stahl sich in die alten Augen. –

»Sie dürfen aber doch nicht nur an sich denken, wenn es das Wohl Ihrer Tochter gilt, Frau Kapitän. Und weshalb sich solche Gedanken machen? Im Gegenteil! Bisher hatten Sie nur eine liebe Tochter, nun werden Sie auch einen guten Sohn haben!«

Die Frau zog die Unterlippe herunter, als ob sie sagen wollte: »Ich danke bestens, lieber nicht!«

»Ihr Schwiegersohn sagte auch, daß die Verbindung ein Unsinn wäre. Er hat mir dringend abgeraten. Tibertius kann nicht mit Geld umgehen, meinte er.«

»Das ist sehr unrecht«, erwiderte Paulsen. »Er hat ihn stets gelobt. Vermutungen darf man nicht zur Gewißheit erheben. Was weiß Heinrich, ob Tibertius wirtschaften kann! Auf dessen Urteil dürfen sie kein Gewicht legen. Es gehört viel dazu, daß mein Schwiegersohn etwas gut findet oder jemand empfiehlt. Und so ist es auch hier.«

»Das meinte Tach auch. Ich komme eben von ihm«, schaltete die Alte nachdenklich ein, und Christine, die hinter der Tür stand, atmete erleichtert auf. »Ich kann nur gar nicht einsehen, daß hier in Kappeln eine Fabrik sich lohnen sollte.«

»Hier in Kappeln?« erwiderte der Physikus. »Ich denke, er will sich in Hamburg etablieren?«

»In Hamburg?« schrie die alte Frau auf und fuhr hastig in die Höhe. »Er will aus Kappeln weg? Christine mitnehmen? Ich soll hier mutterseelenallein bleiben? Oder gar mitziehen, übersiedeln? – Ne, Physikus! Nu geb' ich meine Zustimmung ganz gewiß nicht. Es mag denn kommen, wie es will. – Oh, wenn ik de Minsch blots nümmers seh'n har!« – schloß sie mit heftigen Worten und erregten Blicken.

Wehe! Das war ein böses Wort gewesen! Der Physikus bereute bitter, was er gesprochen hatte, und Christine stand zitternd hinter der Tür. Plötzlich war alles still. Der alte Kapitän – es hing ein viereckiges Lichtbild von ihm über dem Sofa – schien mit seinem knorrig ernsten Gesicht fast drohend ins Gemach zu blicken. Es war, als ob er jegliches gehört habe. Die Uhr schlug gerade rasselnd an, und die Lampe flammte unruhig auf.

»Das kann nicht ihr Ernst sein«, redete der Physikus der starr vor sich hinbrütenden Alten zu.

»Denken Sie bei allem, was Sie tun, an ihren Mann, an den braven Kapitän. Er würde gewiß nicht seine Bequemlichkeit über das Glück seines Kindes gesetzt haben. Das weiß ich. Und in seinem Sinne müssen

Sie stets handeln! Vielleicht bleiben die jungen Leute auch hier, solange Sie leben; das läßt sich ja noch bereden. Was ich sagte, habe ich eigentlich nur so vermutet. Sie dürfen das nicht so bestimmt nehmen.«

Die alte Frau sah hilflos aus; ihr Herz war übervoll; sie konnte nicht weinen; und doch drängten die Tränen nach einem Ausweg.

»Ik willt mi överleggen, Physikus«, sagte sie endlich. »Ik willt mi överslapen!« und sie trennten sich. -

Als sich die Tür der kleinen Landkajüte hinter dem Physikus geschlossen hatte, fiel ihm ein, daß Dora und Heinrich das Versprechen gegeben, am heutigen Abend zum Tee zu kommen. Da es spät geworden war, beeilte er sich. Sein Schwiegersohn haßte das Warten, und auf diesen in allem Rücksicht zu nehmen, fand er so selbstverständlich, daß ihm nicht einmal der Gedanke kam, er könne dieselben Rechte wie jener beanspruchen.

Schon als er in dem Flur seinen Mantel ablegte, hörte er im Wohnzimmer lautes Sprechen, und namentlich Heinrichs Stimme drang sehr vernehmlich an sein Ohr. Er blieb einen Augenblick stehen und horchte. Es war offenbar, daß sich ein Streit erhoben hatte, und er zögerte, ob er nähertreten solle. Allem Unfrieden ging er lieber aus dem Wege. - Es handelte sich um Tibertius, dessen Sache Dora in ihrer Herzensgüte verteidigte. Sie warf dem Apotheker seine Engherzigkeit vor und scheute sich nicht, ihm unverhohlen seine Gründe vor Augen zu halten.

Das war zuviel! Heinrich antwortete. Es klang niederschmetternd, was er sprach.

»In meinem Hause wünsche ich Herr zu sein und werde Eingriffe in meine Autorität nicht nur nicht dulden, sondern sie rücksichtslos zu beseitigen wissen!« -

Der Physikus schob in unbehaglicher Stimmung die Schultern auf und ab und überlegte, ob er nicht zunächst auf sein Zimmer gehen solle. Bis er zurückkehrte, hatte sich Heinrichs Zorn voraussichtlich gelegt; er grollte dann nur noch im stillen nach.

In demselben Augenblick aber vernahm er - und zwar zu seiner größten Bestürzung - Dora ebenso laut und rückhaltslos und in Worten sprechen, die er aus ihrem Munde für ganz unmöglich gehalten hatte. Die junge Frau äußerte mit einer nicht mißzuverstehenden Entschiedenheit, daß eine Tyrannei, wie Heinrich sie ausübe, jede Grenze überschreite, daß sie in der Folge eine solche Knechtschaft von sich abzuschütteln entschlossen, und daß er durchaus auf falschem Wege sei, wenn er aus ihrer bisherigen Unterordnung den Schluß gezogen habe, sie finde sein Auftreten und sein Benehmen eines gerecht und human denkenden und handelnden Mannes würdig. Von einer Rücksicht, die aus Liebe und Achtung hervorgehe, wolle sie gar nicht sprechen. Auf dergleichen heilige, einst erhoffte, von ihm beschworene Dinge rechne sie schon lange nicht mehr.

Ein Gefühl von Scham, Ingrimm und befriedigter Sättigung zugleich stieg in des Horchenden Brust auf, als er seine Tochter in solcher Weise ihre eigene Sache verteidigen hörte.

Lange in ihm schlummernde, aber durch Zeit und Gewohnheit zurückgedrängte Bitterkeiten gegen Heinrich wurden plötzlich in ihm lebendig. Ja, sie hatte recht, und wenn er die Wahrheit aus dem Munde seines armen, geknechteten, bis in die tiefinnerste Seele verwundeten Kindes hörte, so mußte er sich gestehen, daß nur ihre engelgleiche Sanftmut und Geduld ihn bisher eingeschläfert habe.

Schon drängte es ihn, einer guten Regung folgend, ins Zimmer zu treten und sich auf die Seite Doras zu stellen, bis er nun auch die Stimme seiner Frau vernahm, die mit scharfem Tadel gegen ihre Tochter anhub.

Da überfiel den schwachen Mann wieder das Unbehagen, sich in einen Streit zu mischen; da kam ihm der nüchterne Drang, alles Unangenehme von sich abzuwälzen und sich lieber dem stärkeren Teile anzuschließen. Er hatte sich einen gemütlichen Abend gedacht, nach dem Essen die Pfeife und dabei eine sorglose Plauderei. Nun loderte das Haus in Unfrieden auf!

Er überlegte. Jedenfalls wollte er nicht als Horcher erscheinen. Rasch entschlossen öffnete er, wie wenn er eben erst eingetreten sei, geräuschvoll die Haustür, stampfte auch mit den Füßen den Fußboden, als ob er den Schnee von den Stiefeln entferne, machte sich, obgleich er unbeobachtet war, an dem Kleiderhalter zu tun und trat endlich mit seinem gewohnten Schritt und einem unbefangenen »Guten Abend« ins Zimmer.

Der Teetisch war gedeckt. Das Wasser kochte unter der Maschine; eine angenehme Wärme durchströmte das Gemach. Durch des Physikus' Eintritt waren die heftigen Reden unterbrochen. Heinrich ging mit schlecht verhehlter Erregung auf und ab. Frau Paulsen sah ängstlich zu ihm hinüber. Dora hatte sich auf das Sofa niedergelassen und zerrte an der Quaste eines grünen, mit einem fliehenden braunen Hirsch bestickten Rückenkissens.

»Das war ein herrlicher Theaterkoup!« hub der Apotheker, seinem Schwiegervater obenhin zunickend, jetzt noch einmal an und wandte sich mit hämischer Miene zu Dora: »Ernsthaft gesprochen, verbitte ich mir aber ein für allemal und auf das entschiedenste solche theatralischen Kindereien, und sei froh, daß ich sie lediglich als solche auffasse!«

Die junge Frau hörte, was der Mann sprach, und saß einen Augenblick wie gelähmt. Dann aber wirbelte es wild und tobend in ihr auf; es pochte in ihren Schläfen; es zerrte an ihrem Herzen. Wie eine heißflammende Säule stieg es in ihr empor, und ihr Inneres schrie nach Worten. Es hielt sie nichts mehr. Ihr jugendliches Gesicht glühte, ihre Brust hob und senkte sich, ihre Finger drückten sich in der namenlosen Erregung in die Handtiefen, und ihr Atem, der Atem der Empörung, ging laut und vernehmlich durchs Gemach.

»Mensch!« stieß sie heraus und trat mit einer solchen Leidenschaft des Ausdrucks vor den Apotheker, daß dieser mit erbleichendem Antlitz unwillkürlich zurückwich. »Reize mich nicht bis zum Äußersten. Was heute, bisher unterdrückt, obgleich es seit Jahren in meinem Innern wühlt und nach einem Ausweg ringt, über meine Lippen kam, waren Schreie der gequälten Kreatur. Wenn du meine Worte einen Theaterkoup nennst, statt aus ihnen zu erkennen, welche Sünde du in deiner grenzenlosen Anmaßung auf dein Gewissen ludest, wenn du nicht endlich in dich gehst und begreifst, daß ein menschliches Wesen mit Vernunft und Empfindung mehr ist als ein Hund, dem man die Bissen hinwirft oder nach Laune Fußtritte erteilt; wenn du so wenig eingedenk bist der schmeichelnden Reden und Beteuerungen, mit denen du, ein gereifter, fast ergrauender Mann, mein unerfahrenes Herz betörtest; wenn du für den Bettel Silber, mit dem du mich erschachertest, ein Recht gewonnen zu haben glaubst, meine Seele wie eine Marionette tanzen zu lassen, so wisse, daß du ein blöder, bedauernswerter Tor bist! – – Und weiter! – Nein! Jetzt rede ich, und ich will reden! – Ich schneide mir eher einen Strick oder breche nachts in deine Apotheke ein und hole mir das schnell wirkende Gift, als daß ich ein Dasein weiterlebe, das mir kein vernünftiges Geschöpf neiden würde, wenn es in meiner Haut steckte. Wann war in dir je ein Strahl von Wärme, von Liebe, von Achtung und Schätzung meiner Natur und Eigenart? Wo war deine menschliche Gerechtigkeit? Ich habe nur finstere Mienen, Tadel, Tyrannei und eine Bevormundung bis auf die Nadel herab, die ich in meiner Hand hielt! Herunter mit deiner souveränen Erhabenheit und empörenden Insolenz!

Nahmst du dir das Recht, mich jahrelang zu knechten, und schwieg ich in Geduld, so habe ich jetzt das Recht, dir einen Spiegel deiner Widerwärtigkeit vorzuhalten, dir eine Antwort zu erteilen! Hier hast du sie, und entnimm aus ihr zugleich unsere künftige Stellung zueinander!« –

Dora hielt inne. Glühende Feuer schlugen ihr über Stirn und Wangen, solche Reflexe ihrer Leidenschaft, daß ihre Eltern bebend in heißer, beipflichtender Rührung sie anschauten. Der Mann aber, zu dem sie gesprochen, stand abgewendet, starr das Gesicht auf einen gleichgültigen Gegenstand des Zimmers gerichtet, – und erwiderte kein Wort. Ein leises, herzzerreißendes Schluchzen, die Nachwirkung der fast übermenschlichen Qual, zitterte aus Doras Brust.

Und draußen tobte es ungestüm; die Schneeflocken flogen gegen die Fensterscheiben; die Natur war in eine ungeheure Aufregung geraten! Fühlte sie mit einer armen, gemarterten, geknechteten Menschenseele?

»Wollen wir zu Tisch gehen?« fragte Doras Mutter nach einer unheimlich langen Pause. Die junge Frau drückte ein Tüchlein an die Augen, stand auf und setzte sich neben ihren Vater. Frau Paulsen trat an ihren Schwiegersohn heran und faßte seine Hand. »Kommen Sie, Heinrich!«

Der Apotheker wandte sich um. Kein Zug in seinen Mienen verriet, was in ihm vorging, auch sprach er während des Abendessens mit dem Physikus und seiner Schwiegermutter, als sei nichts vorgefallen. Aber Dora war Luft für ihn; nicht ein einziges Mal erhob er den Blick zu ihr, viel weniger richtete er das Wort an sie. Als sich die Frauen nach Aufhebung der Tafel eine Zeitlang zurückgezogen hatten und miteinander flüsterten, gab er sich den Anschein, als ob er ihren Fortgang nicht einmal bemerkt habe.

Nachdem sich Doras Aufregung gelegt hatte, ging es unruhig und verzehrend durch ihr Gemüt. Umfang und Bedeutung des Gesprochenen stiegen vor ihr auf. Noch eine kurze Weile, dann war sie wieder allein mit ihm, allein mit dem Manne, den sie so tödlich beleidigt hatte! Wenn sie auch nichts zurücknahm von dem, was sie ihm schrankenlos vorgehalten hatte, so klopfte ihr doch ängstlich das Herz bei dem Gedanken an die Zukunft. Sie sah sich in ihrer Wohnung und hörte die eisige Stimme Heinrichs, der sie mit Blicken und Worten vernichtete. Und wo fand sie, die Verlassene, dann Beistand und Hilfe?

Nicht einmal die Nächstangehörige stand ihr zur Seite in diesem gerechten Kampfe, in dem endlich die festesten Fäden sanftmütiger Geduld hatten zerreißen müssen! Anfänglich hatte Frau Paulsen beruhigende

Worte gesprochen, aber dann erging sie sich in scharfem Tadel. Sie stellte Vergleiche an zwischen Heinrich und anderen Männern und schilderte des ersteren viele gute Eigenschaften.

»Wohlan, ja!« erwiderte Dora. »Es mag sein! Aber wo einmal die Liebe und die Achtung fehlen, da verblassen alle Vorzüge. Was wäre denn dieser Mann, wenn er nicht einmal die von dir erwähnten Eigenschaften besäße? Verdiente er dann auch nur den Namen Mensch zu tragen?«

Als im weiteren Verlauf des Gesprächs Frau Paulsen trotzdem Heinrich in Schutz nahm, stieg in der jungen Frau ein Gefühl heißer Erbitterung auf. Plötzlich erloschen die zärtlichen Gefühle für ihre Mutter wie eine jählings erstickte Glut, und zum erstenmal sank in ihr die Achtung und Ehrerbietung vor derjenigen, die ihr bisher in allem ein Vorbild gewesen war. Dora kämpfte, aber vergeblich suchte sie die grollenden Gedanken zu bannen, ja, aus dem Gefühl der Kälte gegen ihre Mutter stählte sich die Abwehr gegen Heinrich.

Endlich kam der Augenblick des Aufbruches. Die Alten begleiteten ihre Kinder auf den Flur und boten ihnen gute Nacht. Der Apotheker schritt voran. Als er schon in der Haustür stand, trat der Physikus seiner Tochter näher, streichelte ihre Wangen und schaute sie liebevoll und begütigend an. Frau Paulsen sah ihres Mannes Bewegung. und auch ihre Augen standen in Tränen.

»Dora, Dora! Ich bitte, ich flehe dich an, bleibe ruhig und besonnen. Sprich versöhnende Worte zu deinem Manne. Vielleicht kann dann noch alles gut werden!« Das Herz der jungen Frau zerschmolz bei dem Anblick ihres alten Vaters, der mit ihr fühlte und dies an den Tag legte durch stumme Gebärden. Bei den schnell geflüsterten Worten ihrer Mutter aber stieg von neuem ein Gefühl trotziger Erbitterung in ihr auf. Es mochte unberechtigt sein, vielleicht sprach und handelte Frau Paulsen nur aus falsch verstandener Liebe, meinte es ehrlich und wollte das Beste! Aber diese Erwägungen behielten nicht die Oberhand in Dora; eine andere Stimme flüsterte ihr zu, daß ihrer Mutter Parteinahme nur eine Beschwichtigung des eigenen Gewissens sei. Dora grüßte deshalb Frau Paulsen, ohne etwas zu erwidern, nur mit gezwungener Miene und folgte ihrem Manne.

Heinrich zog den Pelz fester um die Schultern, schritt rasch über die Straße und ließ, die Haustür öffnend, seine Frau vorantreten. Er vermied jede zuvorkommende Bewegung; in künstlicher Zerstreutheit machte er sich mit dem Schlüssel zu schaffen, als ob dieser allein seine Gedanken beschäftigte. Auch wechselte er ferner keine Silbe mit ihr, entzündete ein Licht und begab sich in sein Schlafgemach.

24.

Am nächsten Vormittag erschien der Apotheker, der beim ersten Frühstück nur kalt genickt und keine Silbe gesprochen, im Wohnzimmer und machte sich dort zu schaffen. Nachdem er sich wieder entfernt hatte, fand Dora einen Brief auf dem Sofatisch, der seine Handschrift trug und an sie gerichtet war. In hastiger Erregung löste sie das Kuvert und überflog den Inhalt. Das Schreiben lautete, ohne Anrede, wie folgt:
»In den Schriften eines Weisen las ich einst das Nachstehende und schrieb es mir auf:

Besser, man wird im Preise betrogen als in der Ware. Bei Menschen mehr als bei allem andern ist es nötig, ins Innere zu schauen. Sachen verstehen und Menschen kennen, sind zwei verschiedene Dinge. Es ist eine tiefe Philosophie, die Gemüter zu ergründen und die Charaktere zu unterscheiden. So sehr wie die Bücher, ist es nötig, die Menschen studiert zu haben. – Der Dinge, welche am meisten fürs Vergessen geeignet sind, erinnern wir uns am häufigsten. Das Gedächtnis ist nicht allein widerspenstig, indem es uns verläßt, wenn wir es am ehesten brauchen, sondern auch töricht, indem es herangelaufen kommt, wenn es sich gar nicht paßt. In allem, was uns Pein verursacht, ist es ausführlich, aber in dem, was uns ergötzen kann, nachlässig. Oft besteht das einzige Heilmittel im Vergessen, aber wir vergessen das Heilmittel. Man muß jedoch seinem Gedächtnis bequeme Gewohnheiten beibringen, denn es reicht hin, Seligkeit oder Hölle zu schaffen.

Alle Dinge haben eine rechte und eine Kehrseite, und selbst das Beste und Günstigste verursacht Schmerz, wenn man es bei der Schneide angreift; hingegen wird das Feindseligste zur schützenden Waffe, wenn beim Griffe angefaßt. In allem ruht Günstiges und Ungünstiges. Die Geschicklichkeit liegt im Herausfinden des Vorteilhaften. Dieselbe Sache nimmt sich, in verschiedenem Lichte besehen, gar verschieden aus; man betrachte sie also im günstigsten Lichte und verwechsle nicht das Gute mit dem Schlimmen. –

Jeder faßt seine Meinungen nach seinem Interesse und glaubt einen Überfluß von Gründen für dieselben zu haben, denn in den meisten muß das Urteil der Neigung den Platz einräumen. Nun trifft es sich leicht, daß zwei miteinander geradezu widersprechende Meinungen sich begegnen, und jeder glaubt, die Vernunft auf seiner Seite zu haben, wiewohl diese, stets unverfälscht, nie ein doppeltes Antlitz trug. Bei einem so schwierigen Punkte gehe der Kluge mit Überlegung zu Werke, alsdann wird das Mißtrauen gegen sich selbst sein Urteil über das Benehmen des Gegners berichtigen. Er stelle sich auch einmal auf die andere Seite und untersuche dort die Gründe des anderen. Dann wird er nicht mit so starker Verblendung jenen verurteilen und sich rechtfertigen.«

Immer von neuem las Dora, was sie in der Hand hielt. Es drang daraus eine milde, überzeugende, zum Nachdenken anregende Wahrheit. Die Worte machten einen solchen Eindruck auf sie, daß ihr bescheidenes Herz sich regte, daß sie zugleich Heinrichs Gesicht mit sanft versöhnender Miene vor sich zu sehen glaubte. Aber es war doch nur ein Blitz. Sie schüttelte den Kopf. Was vor ihr lag, war nichts anderes als das gleißnerische Werk eines Heuchlers, der nie seine Fehler einräumte, stets aber, um damit die törichte Masse zu täuschen, seiner Schlechtigkeit ein Mäntelchen umzuhängen wußte. Auch jetzt wollte er sie wieder mit den alten Mitteln blenden, durch die er sie schon als Kind seinen geheimen Absichten gefügig gemacht hatte. Aber er vergaß, irregeführt durch den Spiegel, in dem er nur sein eigenes Bild sah, daß aus dem ahnungslosen und willig vertrauenden jungen Wesen eine Frau, daß aus dem unklar nach dem Rechten suchenden und fast einzig von seinem Gefühle beherrschten jungen Weibe sich durch Zeit und Erfahrung ein Charakter entwickelt hatte.

»Elender Heuchler«, murmelte sie.

Es gab weder glatte Reden noch Einschüchterungen mehr, die auf sie wirkten. Wahnbilder verfingen fürder nicht; sie nahm sie nicht länger für Wirklichkeit.

Als Dora im Laufe des Tages des Schreibens nicht mit einer Silbe erwähnte, keine versöhnenden Worte gab und viel weniger ihrem Manne reuevoll zu Füßen fiel, gärten Ingrimm und Rachsucht in dem Apotheker auf. Er hatte als Folge seiner Milde, die den Eindruck hervorrufen sollte, als ob er alle Kränkung zu vergessen bereit sei und nur stumm auf das Vernünftige hinweise, Doras Buße erwartet. Als er aber nun seine Absicht vereitelt sah, verließ er die abwartende Haltung und gab sich den Anschein, seine Entschlüsse seien unabänderlich und unmittelbar nach jenem Vorfalle gefaßt. Er sprach abgewandten Blickes in kurzen Sätzen stets nur die notwendigsten Dinge mit seiner Frau, und jedesmal ließ er den Zwang durchblicken, den er sich schon damit auferlegen müsse. Nie veränderte er seine kalte Miene, nie lächelte er, selbst sein Tadel schwieg jetzt. Er kam und ging, als sei sein Haus ein Klubhaus, das man nach Laune besucht oder von dem man sich fernhält. Nur die Mahlzeiten hielt er inne. Tat Dora etwas, was seinen Ärger reizte, so schüttelte er nur mit dem Ausdruck einer schwer zu bekämpfenden Aufwallung den Kopf, und verweigerte er ihr etwas, so schlug er es mit einem kurzen, schroffen Nein ohne jegliche Erklärung ab.

Sein Wohn- und Schlafzimmer trennte er von dem ihrigen, indem er das Kabinett neben dem Saal für sich einrichtete.

Als Dora ihre Eltern befragte, ob sich Heinrich ihnen gegenüber über die Geschehnisse jenes Abends ausgesprochen, erfuhr sie, daß er sich nur ein einziges Mal darüber geäußert habe. Er hatte dem Physikus gesagt, er wünsche, daß die Vorkommnisse niemals wieder zwischen ihnen berührt würden. Äußerungen über seine Frau oder über sich, ein Urteil über Recht oder Unrecht in diesem Streit hatte Heinrich nicht gemacht und nur mit starker Betonung gesagt: »Möglichste Freiheit innerhalb gewisser Grenzen habe ich geschaffen. Dora fehlen die Eigenschaften, die ich bei ihr voraussetzte; ich muß für einen Irrtum büßen und will es, solange eine solche Buße möglich ist.«

25.

Der Apotheker war schon seit mehreren Tagen abwesend. Geschäfte hatten ihn vor dem neuen Jahre nach Kiel gerufen.

Die junge Frau wußte ihre Freude kaum zu unterdrücken, als er ihr mit zwei Worten ankündigte, er werde vor Weihnachten noch eine Reise antreten. Alle ihre geheimen Pläne konnte sie nun ausführen; sie brauchte nicht versteckt und in der Sorge, sich hämischem Tadel auszusetzen, ihre Hände auftun und ihr gutes Herz walten lassen.

Viele waren es, denen sie bescheren wollte, und sie beeilte sich, ihre Gaben auszuteilen. Hier legte sie zu den warmen Kleidern Kuchen und Nüsse; dort fiel ein blanker Taler in die Hand eines Armen, und kleine

Kinderscharen aus der Nachbarschaft bestellte sie ins Haus, die hier ihre Geschenke in Empfang nehmen sollten. Alle wurden bedacht, und besonders hatte Dora für ihre Freundin Sophie allerlei Nützliches eingekauft und selbst für sie die Hände gerührt. Auch für ihre Eltern lagen Arbeiten bereit.

Wenn Heinrich eine Ahnung gehabt hätte, wie hoch sich die Ausgaben für Weihnachten beliefen! Er, der alles überflüssig fand, der ihr stets zugerufen hatte, sie scheine zu glauben, er sei ein reicher Mann, während er sein bißchen zusammenhalten müsse, um auszukommen!

Soweit Doras Erinnerungen zurückgingen, waren seine Klagen über schlechte Zeiten an ihr Ohr gedrungen. Jetzt wußte sie, daß nur kleinlicher Geist die Triebfeder gewesen.

Eine Frage, die auch in diesem Jahr von ihr angeregt worden war, betraf die Hinzuziehung der Angestellten zum Weihnachtsabend. Heinrich fand wie immer eine Rücksichtnahme überflüssig, und als von Geschenken für sie die Rede war, hatte er ebenfalls kurz und bündig entschieden:

»Das wird mit Geld unten im Geschäft abgemacht. Und damit gut!«

Nachdem Dora diese Antwort empfangen, begriff sie nicht, daß sie überhaupt gefragt hatte. Das alles hätte sie sich doch vorher sagen können! Ihre Menschenliebe mußte sich versteckt auf die Gasse wagen. Bei ihrem Manne hatte sie niemals eine Unterstützung gefunden, wohl aber in solchen Fällen Schmähung und Scheltwort!

Wenn aber ihre Brust infolge der unbehinderten Ausübung solcher Werke der Barmherzigkeit jetzt einmal wieder ein volles Frohgefühl durchströmte, so brachte das Fest um so Traurigeres und verdunkelte rasch wieder die Sonne, die für kurze Zeit über ihr aufgegangen war.

Über die Ostsee hin wütete ein furchtbares Schneetreiben, das die Küsten in besorgniserregender Weise bedrohte.

Auch Kappeln und Umgegend wurden davon betroffen; auch hier hatte die Natur ihre Sturmflügel angelegt, fuhr mit blasenden Backen über Straßen und Häuser, in offene Haustüren und undichte Fenster. Sie raste und tobte in einem geradezu wilden Aufruhr, und in den Schneewirbel, den sie heraufbeschwor, mischte sich ein grausiges Heulen. Es war das Gebrüll, das die aufgerüttelten Naturgeister aus ihren Rachen herausstießen. Wie das kreuz und quer mit den schnellsterbenden Flocken durch die graue Luft wirbelte!

Es war, als ob droben Riesenlawinen in Milliarden Atome zersplittert seien und nun tausendjähriger Vorrat, mit peitschenden Besen hinter sich, den Eilmarsch durch die Lüfte angetreten habe. Und immer stärker heulte der Sturm. Mit seinem verhungerten Magen drohte er die Erde zu verschlingen, und stöhnend und ächzend wehrte sich, was die Natur geschaffen oder was menschliche Kunst aufgerichtet hatte. Hier schlug er mit Eisschnee und jagendem Regen prasselnd gegen die Scheiben; dort kniff er seinen Atem in ein Dachloch und ließ aufgehängte Wäsche geisterhafte Tänze aufführen. Dem Kirchturm riß er in seiner dämonischen Wut die Schindeln von Haupt und Leib und ließ, was er erfaßte, über Höhen und Absätze rasseln und in die Tiefe springen. Krach! Krach! Wie das klang! Als ob der Weltuntergang sich vorbereite.

Bisweilen holte der Sturm einmal einen Augenblick Atem, setzte dann aber mit erhöhter Gier an, sauste in boshaft rasendem Halloh hierhin und dorthin, durch die Straßen und über die Gassen und Dächer und zermalmte und riß herab, was ihm in den Weg kam. Da erhob sich ein alter Schornstein mit schlecht ausgefugten Steinen. Rasch noch einen Unfug! Ein Teil des Mauerwerks schlug herab auf den Feuerherd und stürzte mit solcher Vehemenz in den Kochtopf, daß die heißen Wassertropfen der Köchin um den Kopf flogen. Den Rest schleuderte die rasende Gewalt auf die Schiefer und Pfannen, zertrümmerte sie und brach mit ihren wilden Raubtieren, Schnee-Eis und Regen, in das Dach ein. –

Zwischen den Flügeln der Häuser suchte der Sturm sich Brutnester für seine Tücken. Er heulte und pfiff und raste und tobte mit solchen Lauten, daß das kleine Volk in den Wiegen ängstlich aufschrie und die Erwachsenen mit stockendem Atem emporfuhren.

Wehe den halbgeschlossenen Fenstern! Erst prasselt der Eisregen gegen die Scheiben, dann faßt der Sturm die Rahmen und fährt, an ihren Angeln zerrend, mit ihnen hin und her. Und nach diesem gierigen Spiel schlägt er sie mit solcher Wucht gegen die Außenwände, daß die großen Dreiecksplitter mit wild klirrender Musik auf das Pflaster stürzen. Aber damit nicht genug! Er bohrt sich durch die Öffnungen und fährt mit eisigem Hauch in die Räume, erfaßt Türen und rüttelt daran, als ob sich Geisterspuk rühre, späht nach leichten Gegenständen, packt sie, wirbelt sie durcheinander, stößt sie in die Ecken und läßt sie dort tanzen, fährt wieder ab, erhascht draußen ein flatterndes Tuch oder eine frei hängende Leine und klatscht sie gegen die Mauer, als ob ein besessener Teufel in ihrem toten Dasein sein Wesen treibe.

Dachpfannen, Schindeln, Planken, Zäune und Bäume – Ha! Wie er die letzteren biegt und zwingt und Komplimente machen läßt wie Tanzschulkinder, wie er ihre Zweige knackt und mordet. – Türen, Schilder, Laternen, Loses und Festes, tote und lebende Dinge, – alle umklammert er, schüttelt sie, spielt mit ihnen wie die Katze mit der Maus, faßt nur schärfer an, wenn sie sich wehren, wenn sie wimmern, ächzen, stöhnen, und springt plötzlich wie ein Panther auf neue Opfer.

Schrecklich haust er auch an der Schiffbrücke, reißt das Meer aus seiner Ruhe und spült die Wassermengen über die Ufer, peitscht sie so wild über das Bollwerk, daß die Fluten über die Straßen und in die Häuser dringen, wirbelt die festgeankerten Schiffe wie Spielzeuge hin und her, schleudert die Boote aufs offene Wasser oder an den Strand, heult und wütet und läßt nicht nach, alles von Grund aus aufzuwühlen.

Und immer noch Schnee! Schnee! Eilend, stürmend, jetzt nicht mehr zerfließend, vielmehr in festeren Formen. –

So ging's seit Tagesmitte durch die ganze Nacht, bis allmählich des Teufels Lachen erstarb, bis der rachsüchtige Geselle zuletzt nur noch einigemal wild aufatmete, die Glieder streckte, erschlafft herabsank und endlich todeserschöpft die Augen schloß. Auch das starre Naß aus Himmelshöhen zerfloß; die Bahnen wurden licht. Die große Heerstraße wurde frei, die Luft wieder klar und hell. Die Sterne wagten sich wieder hervor und schienen mit ihren milden Augen mitzutrauern über all die entsetzliche Zerstörung und Verwüstung. –

Den Physikus, der an diesem Tage morgens über Land gefahren war, überraschte der furchtbare Schneesturm unterwegs. Der Kutscher lenkte, im Unwetter abirrend, mit dem Wagen in einen Graben und vermochte, trotz äußerster Anstrengung, nicht wieder flott zu werden. Als Paulsen ihn um Hilfe fortsandte, verging Zeit auf Zeit, ohne daß er zurückkehrte. Inzwischen fegte der Wind um das Gefährt und umgab es buchstäblich mit einem Schneewall, in dem die Pferde, bis an den Leib versunken, vor Kälte und Frost zitterten. Die Halbchaise bot dem alten Herrn kein den Körper erwärmendes Asyl; er war gezwungen, im stürmenden Unwetter auf und ab zu wandern.

Nach solchen Fährlichkeiten kehrte er abends nach siebenstündiger Verzögerung zurück und legte sich unter heftigen Fieberschauern ins Bett.

Aber hiermit nicht genug! In den nächsten Tagen lief auch noch ein Brief von dem Apotheker an Frau Paulsen ein, der meldete, daß Heinrich, ebenfalls von dem Unwetter betroffen, sich eine schwere Erkältung zugezogen habe, und daß er zum Feste nicht zurückzukehren vermöge.

Als er nach acht Tagen in Kappeln eintraf, mußte er schon nach kurzem sich wieder niederlegen, und aus dem Rückfall entwickelte sich eine lebensgefährliche Kopfrose.

Dora war bald hier, bald dort, überall voll aufmerksamer Sorge, sowohl an dem Bette ihres Vaters als an dem Lager Heinrichs, an dem sie durch den schon bei Beginn der Krankheit von Heinrich zur Hilfeleistung herangezogenen Glitsch zeitweilig abgelöst ward.

Wie liebte sie den alten Mann drüben! Mit welchem Blicken sah auch er sie an, und wie oft und wie zärtlich streichelte er ihre Wangen.

Doras Tagebuch

Was treibt mich heute, die Feder in die Hand zu nehmen und zu einer Beschäftigung zurückzukehren, der ich als junges Mädchen mit so viel Eifer oblag, die ich nun aber fast als etwas Kindisches belächeln wollte?

Es ist der sehnsuchtsvolle Drang, einmal wieder von mir abzulösen, was sich um mein Inneres geballt hat und mich fast erdrücken will.

Mit welchen veränderten Gedanken sehe ich heute mein Leben und alles das an, was mich umgibt. Drinnen liegt Heinrich und kämpft mit einer furchtbaren Krankheit. Seltsam! Nun, da er hilflos und verlassen, nun er gleichsam in meine Hand gegeben ist, spüre ich wieder etwas von den alten Gefühlen, die ich einst als Kind ihm entgegentrug. Mir ist, als ob ich niemals mit ihm verheiratet, als ob alles ein Traum gewesen sei. Ich handle, als sei ich aus dem elterlichen Hause herübergeeilt, um ihn aus freien Stücken zu pflegen. Ein sanftes Mitleid erfüllt meine Brust.

So bringen das Elend, die Hilflosigkeit uns auch unseren Feinden wieder menschlich näher.

Nur wenn ich an die Zukunft denke, werde ich mir bewußt, daß ich seine Gattin bin; dann überfällt mich eine bange Unruhe, daß dieser Mann wieder gesund und kräftig neben mir stehen, herrschen und regieren wird, und ich begreife nicht, daß sich all mein Sein und Denken darauf richtet, ihn seiner Krankheit zu entreißen, dem Leben zurückzugeben!

Ja, das ist's! Selbst unter der Gewähr veränderter Verhältnisse graut mir vor meinem Ehestande. Solange Heinrich eine willenlose Kreatur ist, fühle ich etwas von dem, was mich früher zu ihm hinzog. Wenn ich mir aber vorstelle, daß ich die kommenden Jahre wieder an seiner Seite leben soll, so erwachen Angst und Grauen, und ich sinne über die Möglichkeit nach, mich für immer diesen Verhältnissen zu entreißen.

Wenn meine Eltern in mein Innerstes blicken könnten! Wie würden sie sich härmen, mich so grenzenlos elend gemacht zu haben! Ja, heute glaube ich es, daß sie mit mir fühlen, daß sie mich verstehen. Wie die Gewohnheit alles seiner Reize entkleidet, so verblaßte auch in ihren Augen das Ansehen dieses unter der Maske eines erhabenen Weltweisen einhergehenden Egoisten, dem Gott ohne Herz und Seele seinen Platz auf Erden anwies.

Kann man mit so jungen Jahren schon so traurige Erfahrungen gemacht haben, daß man gute Worte aus dem Munde eines Menschen, wie sie bisweilen während der Krankheit aus dem seinigen gedrungen, nur als ein Ergebnis des Zwanges oder der Willenlosigkeit ansieht, daß man sich nüchtern klarmacht, das alles werde wie eine Blase zerplatzen, sobald der Zweck erreicht ist? Wie groß muß die Verachtung, wie tief der Einblick in eines Menschen Brust gewesen sein, wenn man den eben wiedergewonnenen Glauben gleich darauf mit einem armen Lächeln wieder abtut.

Wie ich jetzt fortfahren will, schrecke ich zurück, niederzuschreiben, was in diesem Augenblick meine Seele erfaßt! Aber doch, – ich will es sagen, weil es die Wahrheit ist, weil es sich aus den Umständen begründet: Es wäre ein nicht auszudenkendes Glück für mich, wenn der Mann da drinnen seine Augen für immer schlösse!

Ist der Gedanke strafbar? Kaum! Der Wunsch wäre es! Ich wünsche es nicht, obgleich seine steigende Lebenskraft die Wiederkehr meiner Qualen bedeutet.

Wie schön, wie herrlich träumte ich mir einst mein Leben! Und doch war mein Trachten frei von Torheiten. Ein bescheidenes, arbeitsames, aber durch Liebe verschöntes Dasein hatte ich mir ausgemalt an der Seite eines braven Mannes, vielleicht an Bernhards Seite.

Ja, an deiner Seite, Bernhard, dem mein Herz entgegenschlug beim ersten Anblick, der du mir bestimmt warst nach göttlichen und menschlichen Gesetzen. Legt nicht Gott die Liebe in unsere Brust? Wissen wir, woher sie kommt, worauf sie sich eigentlich begründet? Ist es nicht etwas Heiliges, was in unser Inneres gepflanzt ward? Sieh, Bernhard! Wie einst, als ich von dir Abschied nahm, und es noch einmal laut hinausrief: ›Ich liebe dich! Ich liebe dich!‹ so fliegen heute meine Gedanken zu dir, so zuckt es heute nach dem furchtbaren Pflichtkampfe langer Jahre in mir auf, es wieder aus meinem tiefsten Innern hervorzuholen und es in grausam süßer Qual an mein Ohr klingen zu lassen: Bernhard, Bernhard, ich liebe dich! Dir möchte ich angehören für Leben und Tod! –

Ich war eben an Heinrichs Bett. Er schläft. Auf seinem Angesicht liegt bereits ein Widerschein des alten, hochmütigen Wesens. – Er wird leben, und mein Schicksal wird sich erfüllen. – –

26.

Heinrich war mit Zustimmung des Arztes zum erstenmal einige Stunden aufgestanden. Er saß aufrecht in seinem Lehnstuhl und führte mit schwachen Händen eine Tasse Bouillon zum Munde. Seine Genesung machte zwar nur langsame Fortschritte, aber immerhin ging es rascher, als mit der Besserung seines Freundes, des Physikus drüben, der sich gar nicht erholen wollte.

Da Heinrich seit seiner Rückkehr von Kiel in Fieberphantasien gelegen hatte, so fehlte ihm bei der Wiederkehr klaren Bewußtseins die rechte Vorstellung über Umfang und Bedeutung seiner Krankheit und infolgedessen auch der Maßstab einer Schätzung der unermüdlichen Ausdauer und Geduld, mit der seine Frau ihn gepflegt hatte. Dora umgab ihren Mann auch jetzt noch mit keiner geringeren Aufmerksamkeit; aber die sanfteren Gefühle, die sich bei dem Anblick des Hilflosen in ihr geregt hatten, wichen in dem Grade, als sie seine verdrießliche Stimme wieder vernahm, sein kalter Blick ihr Auge streifte, sein herrischer Wille wieder die Oberhand gewann.

Und in gleicher Folge und in gleichem Maße wurden auch bei Heinrich die Erinnerungen an die früheren Geschehnisse wieder lebendig, Erinnerungen, die sich ihm um so mehr aufdrängten, als er in seiner Frau keine liebevolle Pflegerin, sondern nur eine stumme und scheinbar völlig teilnahmlose Krankenwärterin um sich zu erblicken wähnte. Vielleicht, wenn jetzt einer von beiden die Gelegenheit ergriffen hätte, ein gutes, versöhnendes Wort zu sprechen, würden sich die hochaufgetürmten Schranken, die sich zwischen ihnen aufgebaut hatten, wenigstens zeitweilig gelockert haben. Aber keiner bot dem andern die Hand, seiner besseren Natur aufzuhelfen, und so wurden diese schwachen Keime eines Dranges nach Frieden schon im Entstehen erstickt.

Zwar sagte Schübeler eines Tages zu dem Apotheker, als dieser ein freundliches Wort über dessen sorgsame Behandlung fallen ließ, er habe nicht ihm, sondern lediglich der beispiellosen Aufopferung seiner Frau seine Wiedergenesung zu danken; aber Heinrich hielt das mehr für eine der gewöhnlichen Äußerungen des Schmeichlers, als für Wahrheit.

Als Schübeler sich entfernt hatte, war Dora in großer Spannung, ob Heinrich ihr ein anerkennendes Wort gönnen werde. Noch einmal stieg ein leises Hoffen in ihr auf. Aber er blieb jetzt ebenso stumm wie bei ähnlichen Bemerkungen seiner Schwiegermutter. Was aus dieser Unterredung an dankbarem Gefühl für seine Frau in ihm haften geblieben, wurde ausgelöscht durch die Haltung Doras, die zu stolz war, sich ihrer Werke zu rühmen, und sich zu tief verletzt fühlte, um freundlich zu sein oder gar das erste Wort zu geben.

So änderte denn die Krankheit in dem Verhältnis beider nichts; im Gegenteil, Heinrich wurde Dora nur noch verächtlicher als früher.

Der Apotheker hatte sie bisher als ein gutes, aber ziemlich unbedeutendes Frauchen angesehen, das neben sonstigen Mängeln an einer krankhaften Sentimentalität leide. Nunmehr aber schloß er aus ihrem Wesen, daß sie von einem trotzigen Starrsinn beseelt sei, der nur durch die schärfsten Mittel gebrochen werden könne.

Es war an einem Spätnachmittage, als der Physikus nach seiner Dora verlangte, und Frau Paulsen herüber eilte, um ihrem Schwiegersohn während der Tochter Abwesenheit Gesellschaft zu leisten. Nachdem beide eine Zeitlang über allgemeine Dinge gesprochen hatten und dann auch auf Dora die Rede kam, sagte Heinrich plötzlich:

»Was denkt sich Ihre Tochter eigentlich bei ihrem ganzen Benehmen? Schon vor einigen Tagen wollte ich mit Ihnen sprechen. Ich finde keine Worte, um meinen Empfindungen Ausdruck zu geben.«

»Wie, was? Ist wieder etwas vorgefallen?« stieß Frau Paulsen erschrocken heraus. »Ich verstehe nicht, bester Heinrich. Bitte! Erklären Sie sich deutlicher.«

»Was ist da zu erklären? Haben Sie selbst keine Augen und Ohren, verehrte Frau?« erwiderte der Mann in seinem unangenehmsten Tone und zerrte mit nervöser Ungeduld an der über ihm ausgebreiteten

Schutzdecke. »Ihre Tochter geht um mich herum, als läge ich in einem öffentlichen Krankenhause, und als sei sie eine bezahlte und dabei überaus mürrische Wärterin.«

»Aber Heinrich!« rief die Doktorin empört und nahm, die gewohnte Klugheit ganz außer acht lassend, eifrig für ihre Tochter Partei. »Hat Dora Sie nicht mit der hingebendsten Sorgfalt während Ihrer Krankheit gepflegt, und haben Sie – ich habe wenigstens nichts davon erfahren – ihr auch nur den leisesten Dank ausgesprochen? Gab sie nicht überzeugende Proben ihrer Pflichttreue und Herzensgüte, zumal nach den traurigen Vorfällen, welche Sie beide einander entfremdeten und Sie im eigenen Hause trennten? Sie müßte ja ohne Selbstgefühl sein, wenn sie nicht eine Dankesäußerung von Ihnen erwartet hätte.«

»Was das nun alles wieder für Reden sind!« rief der Apotheker, den unter den Nachwirkungen seiner Krankheit der kleinste Widerspruch reizte. »Sie tun gerade, verehrte Frau, als ob Ihr Töchterchen ein Ausbund von Tugend sei, – und ich – ich«

»Wir wollen ein andermal weiter reden!« betonte Frau Paulsen, ihre Bewegung niederkämpfend, nicht ohne Würde. »Ich sehe, daß Sie noch zu erregt sind, um eine so wichtige Sache vorurteilsfrei zu besprechen, und da ist es besser –«

Diese Äußerung brachte den Apotheker vollends auf. »Ich bin nicht im geringsten erregt!« unterbrach er die Sprechende. »Ich äußere mich durchaus sachlich und erhebe mit vollem Fug und Recht meine Vorwürfe. Am Ende bin ich doch kein irgend Einer, der in diesem Hause krank ward, sondern der Herr, der Gatte Ihrer Tochter, zudem ein langer, und ich glaube, bewährter Freund der Familie –«

Er hielt inne. Am liebsten hätte er gesagt: »Ich bin der Mann, welcher Sie, verehrte Dame, und Ihren Gatten vor Schimpf und Bankerott bewahrte;« aber er sprach es nicht aus, denn aus den Augen der Doktorin schossen recht unheimliche Blitze.

Auch erhob sie sich, rückte den Sessel beiseite und sagte: »Ich gehe, Heinrich. Es ist besser so! Eine Bemerkung aber kann ich doch nicht unterdrücken: Seit Wochen beschäftigt meine Tochter und mich nur der eine Gedanke, an Ihnen Pflichten zu üben. Mich leitete die Dankbarkeit, sie der Schwur, den sie Ihnen am Altar leistete. Es war die Pflege um so schwerer, als gleichzeitig noch jemand ebenso krank daniederlag, dem wir unsere Aufmerksamkeit zuzuwenden, nicht minder gedrängt wurden. Taten sprechen, nicht Worte! War Dora ohne Wärme, so sind wahrlich Sie in diesem Falle allein die Ursache, und wenn unter Berücksichtigung alles dessen so harte und ungerechte Worte in so brüsker Form fallen, so kann nur eine krankhafte Reizbarkeit, oder – Doch nein! Ich will nur diesen Beweggrund voraussetzen, Heinrich, keinen andern. Und nun lassen Sie mich gehen, und helfen Sie Ihrer besseren Natur zu einer gerechteren Auffassung.«

Die Frau ging, und der Mann blieb allein. Er saß lange und brütete vor sich hin. Es wurde dunkel; vor seinen Augen verwischten sich die Gegenstände. Er achtete dessen nicht. Allzu lebendig waren seine Gedanken. Dann aber überfiel ihn plötzlich ein Gefühl grenzenloser Einsamkeit, ja ein Gefühl der Angst, – Angst vor seinen alten Tagen – vor dem Tode, dem er doch eben erst entronnen war. Und durch wen? Alle riefen ihm zu, er sei durch die liebevolle Pflege seiner Frau dem Leben zurückgegeben. Eine tiefinnerste Stimme sagte ihm auch dasselbe, und zum erstenmal zogen Gefühle des Zweifels und der Reue in seine Brust, die er vorher nie gekannt hatte. Aber die verflogen ebenso rasch wieder. Der Wunsch, sie zu strafen, zu demütigen, beherrschte allein alle seine Gedanken.

27.

In der Apotheke sah es traurig aus. Tibertius' Laune war keine rosige, vielmehr eine sehr schlechte. Noch immer war er von seinem Ziele weit entfernt. Er wagte in seinem Pflichtgefühl, jetzt, wo Heinrich daniederlag, das Geschäft nicht zu verlassen, noch weniger in der Landkajüte sich seiner Braut zu nähern. Auch war es für seine Liebe und seine Hoffnungen keine Beruhigung, daß Christine, noch dazu meist mit verweinten Augen, ihn nur versteckt in der Apotheke besuchte und von der fortgesetzten Halsstarrigkeit ihrer Mutter erzählte.

»Tue, was du willst«, hatte die Alte gesagt, »aber verlange nicht, daß ich eine Heirat mit dem Apotheker als ein freudiges Ereignis ansehen soll!«

Und Christine, wenn auch fester in ihrer Liebe denn je, konnte sich doch nicht entschließen, eine Vereinigung mit Gewalt herbeizuführen, der ihre Mutter in so entschiedener Weise entgegentrat. Zuletzt war von der »unseligen Verlobung«, wie Frau Lassen sie bezeichnete, gar nicht mehr die Rede, und da Tibertius unter solchen Verhältnissen der Mut fehlte, das Lassensche Haus zu betreten, versank die Angelegenheit immer mehr ins Ungewisse und Aussichtslose. Advokat Tach hatte Tibertius gesagt, die alte Frau sei eine eigensinnige Närrin; aber mit diesem Ausspruch wurde die Sachlage keine andere und des Provisors Auge nicht lichter. Nur eins hielt ihn in seinem Kummer aufrecht. Es war die Zuversicht, mit welcher Dora ihn auf eine endlich doch noch glückliche Wendung der Dinge immer wieder verwies.

Während Heinrichs Krankheit hatte ein lebhafter Gedankenaustausch zwischen dem Provisor und der jungen Frau stattgefunden. Da der erstere nicht zugegen war, hatten sich die Zungen gelöst. Eine ungezwungene Unterhaltung war früher schon deshalb nicht zwischen ihnen aufgekommen, weil Heinrich eine andere Meinung neben der seinigen nicht duldete. Man saß stumm bei Tisch und ging ebenso wieder auseinander.

Was sich aber in letzter Zeit ereignet hatte, gab zur Erörterung reichlichsten Stoff. Bald berichtete Dora von dem Zustande ihres Vaters, bald von Heinrichs Befinden und bei all ihren sorgenvollen Gedanken fand sie immer noch Zeit, das Thema zu berühren, welches den armen Freund beschäftigte.

Manches Wörtlein fiel bei dieser Gelegenheit, das sonst schwerlich gesprochen worden wäre, und mit Takt und Feingefühl bemühte sich Tibertius, nicht nur seine Teilnahme an Doras Schicksal an den Tag zu legen, sondern sie ebenfalls durch freundliche Worte aufzurichten. Sie lernten sich schätzen; sie wurden, wie so oft in solchen Fällen, durch gemeinsamen Kummer Freunde. Einer half dem andern die Sorgen überwinden, und so schuf gemeinsames Leid in diesen durch ihre Herzenseigenschaften verwandten Naturen ein warmes und tiefes Gefühl der Zusammengehörigkeit.

Durch Doras Erzählungen trat auch Sophie, die fast täglich ihre junge Freundin besuchte, dem Junggesellen näher und begegnete ihm in der Folge mit allen Zeichen ihrer Sympathie. Er mußte ihr von Christine und der Alten berichten, und der fortgesetzte Widerstand der Mutter beschäftigte sie nicht minder als Dora.

Eines Abends, als Tibertius zum Tee erschien, fanden ihn seine beiden Beschützerinnen besonders mutlos. Er saß da, als ob ihm eine ungnädige Gottheit das Ungemach der ganzen Welt verkündet habe, und bei allen Tröstungen und Hinweisen auf die Zukunft zeigte er eine ungläubige Miene. Er hielt seine Sache für verloren! Die alte Frau besaß eine eiserne

Stirn, und er selbst hatte abgelehnt, daß sich ihm Christine ohne den Segen ihrer Mutter anverlobe.

Den ganzen Abend wurde überlegt, wie der alten Frau Lassen beizukommen sein werde.

Allerlei Pläne wurden gemacht und eifrigst erörtert, aber auch immer wieder als unausführbar fallen gelassen. Einmal schlug Sophie vor, daß Dora Christinens Mutter besuchen solle, um nochmals für Tibertius zu sprechen. Aber die junge Frau setzte nicht nur große Zweifel in den Erfolg ihrer Befürwortung, sondern fürchtete auch die Ungelegenheiten mit ihrem Mann. Ihr Gang würde doch nicht verborgen bleiben!

Ziemlich hoffnungslos trennten sich die Frauen an diesem Abend von ihrem Schützling, und als sie ihm beim Abschied trotz alledem Mut zusprachen und wiederholten, es werde sich doch schon ein Weg finden, um der Alten Starrsinn zu brechen, übten sie lediglich einen aus Herzensgüte entspringenden Akt der Rücksicht. Sie selbst sahen die Angelegenheit in einem recht schlechten Lichte an; alle Mittel schienen erschöpft.

Es fügte sich, daß am nächsten Tage Mile Kuhlmann bei Sophie zum Schneidern bestellt war, und zufällig auch auf das vielbesprochene Verhältnis zwischen Tibertius und Christine Lassen die Rede kam. Mile griff das Thema begierig auf und berichtete nicht nur bekannte Tatsachen, sondern setzte noch hinzu, was ihre und die lebhafte Phantasie anderer sich ausgemalt hatten. Anfänglich blieb Sophie ziemlich wortkarg; es berührte sie peinlich, von der Näherin Dinge zu hören, die sie bereits als eigene Herzenssache betrachtete. Aber ihre Teilnahme an Tibertius' Schicksal und der den Frauen innewohnende Reiz, Ehebündnisse schließen zu helfen, siegten auch bei ihr über die Abneigung, die Angelegenheit mit der Schneiderin zu besprechen. Sie ließ sich eingehender über die Verhältnisse aus, und erst, als Mile ihr erzählte, sie werde, da sie in den nächsten Tagen in der Landkajüte für Christine ein neues Kleid nähen solle, die Angelegenheit gegen die Alte in geeigneter Weise berühren, bereute Sophie das Gespräch und ging mit kurzen Worten über dieses Anerbieten weg.

Sie hatte aber nicht in Berechnung gezogen, daß auch in Mile Kuhlmann ein Äderchen Ehestiftungsreiz vorhanden war. Dies ließ keineswegs nach. Als sie mit ihrer Klugheit herausfand, aus welchen Gründen die alte Dame das Gespräch abgebrochen hatte, sagte sie:

»Glauben Sie mir, Fräulein, ich kenne Frau Kapitän Lassen genau und weiß, wie sie genommen sein will! Ich war doch 'mal Mamsell auf dem Dampfschiff, und – Na, verlassen Sie sich auf mir – ich weiß, wie ihr beizukommen ist! Ich hab' ein ganz sicheres –«

Nach ihrer Gewohnheit hielt sie inne, um der Gegnerin Neugier zu reizen. Aber Sophie schüttelte den Kopf. »Nein, nein, Mile. Da haben schon so viele ihr Heil versucht. Das nützt nichts. Was wollen Sie denn noch Neues vorbringen?«

Im Grunde sagte Sophie dies nur, um überhaupt etwas zu reden, um die Schneiderin nicht durch völliges Fallenlassen des Gegenstandes vor den Kopf zu stoßen. Miles übliches Mittel hatte bei ihr nicht verfangen.

Aber jetzt besann sich die Schneiderin und sagte in einem halb empfindlichen, und zugleich berechneten Tone: »Ich will mir ja gar nicht in die Sache hereindrängen. Was geht's im Grunde mir an? Aber wetten wollte ich, daß ich auf meine Art die Partie zustande kriegte. Ich kenne meine Leute! Glauben Sie man!«

Sophie schwieg und ließ Mile mit ihren Plänen allein. Aber für diese hatte es zu viel Verlockendes, die Angelegenheit weiter zu verfolgen! Jetzt gerade! Zudem konnte man nicht wissen, welchen Nutzen es haben würde, Leute, wie Lassens, zu verpflichten und sich bei Frau Heinrich gut Kind zu machen. –

An einem der folgenden Abende – der Apotheker hatte sich bereits zur Ruhe begeben – erzählte Sophie Frau Dora beim Abendbrot von der Unterredung mit Mile, und just an demselben Abend meldete Lene, daß die Kuhlmann da sei und die Herrschaft dringend zu sprechen wünsche.

»Darf ich? Ist's noch so spät erlaubt, meine Damen?« hub die Schneiderin an, während sie einen raschen Blick auf die reichbesetzte Tafel warf und sich ihren Mantel aufknöpfend und der Aufforderung Doras folgend, einzutreten, unter vielem Dienern entsprach.

»Ich komme eben von Lassens«, begann sie, tief Atem holend, ihren Redefluß. »Wie? Ach, sehr freundlich, Frau Heinrich! Darf ich wirklich?« unterbrach sie sich, als Dora ihr eine Tasse Tee einschenkte und ihr Speise anbot. »Nein, vielen Dank! Nur bitte, eine Tasse Tee, vielen Dank«, wiederholte sie und biß mit den Zähnen ein Stück Zucker ab, daß sie in den Mund schob, statt es in die Tasse zu tun.

»Also, meine Damen! Es wird sich machen, es wird sich machen! Ich sagte es ja schon, Fräulein Wildhagen. Die Alte muß man bloß richtig zu nehmen wissen! Und wie das so kam! Es war gerade, als ob der Zufall auf der Lauer gelegen hätte und mir beistehen wollte. Hören Sie man, bitte. Ich hatte mir schon allerlei ausgedacht. Ich wollte das Pendel von der Uhr anhalten, oder das Bild vom Kapitän sollte auf die Erde fallen! Und bei so was wollte ich dann nu anfassen, denn sie ist gräsig abergläubisch, die Alte – und wollte sagen, daß das mit Christine und Tibertius in Verbindung stand. Ich kenne das ja von früher! Der verstorbene Kapitän war ein schlauer, alter Kerl. Wenn er etwas durchsetzen wollte – sie hatte immer das Regiment –, dann schnackte er ihr so was vor und kriegte immer seinen Willen. Gott, was für'n wunderschönen Tee haben Sie, Frau Heinrich«, unterbrach Mile abermals ihre geläufige Rede und trank den Rest Tee aus. »Wunderschön, ganz wunderschön.« Dora verstand, schenkte von neuem ein und ermunterte die Schneiderin, ihre Abneigung bezwingend, auch sonst zuzugreifen. Mile war ihr höchst unsympathisch. Auch diese Vermittlung entsprach, obgleich Tibertius und Christinens Schicksal sie Tag und Nacht beschäftigte, ihrem Geschmack durchaus nicht.

Mile spürte etwas dergleichen, brach deshalb rasch die Einleitung ab und kam auf die Hauptsache.

»Also, meine Damen, nu kommt's. Ganz zufällig erzählte mir Christine von einem Traum, den sie die letzte Nacht gehabt hatte. Der alte Kapitän war ihr erschienen und hatte sie bedauert, daß die Alte so starrköpfig wegen der Heirat mit dem Provisor war! Er hatte geweint, sogar geweint! Denken Sie! Das faßte ich nu gleich auf, und redete Christine zu, daß sie ihrer Mutter das erzählen sollte. Aber die wollte nicht. Sie spräche der Alten von der Verlobung nicht mehr, sagte sie. Und der Traum könnte doch nichts nützen. Natürlich, sie wollte das nicht zugeben! Na, sagte ich, dann werde ich das machen, Fräulein Christine, und indem kam Frau Lassen gerade aus die Küche in die Stube.

Ich legte nu los! Christine ging weg! Ich erzählte der Alten den Traum mit allerlei Ausschmückungen. Wie der Kapitän Christine bedauert hatte! Wie er gesagt hatte, Frau Lassen lade eine schwere Schuld auf sich, und daß er zuletzt bitterlich geweint hatte!

Da hätten Sie die Alte bloß mal sehen sollen! Was sie alles fragte und immer wieder fragte! Und wie sie sich das auslegte! Ich nahm die Sache fürchterlich ängstlich und bedeutete ihr: das wäre ein Fingerzeig vom Himmel. Es würde großes Unglück bringen, wenn sie sich nu noch gegen die Heirat sträuben täte. Sie sollte man schnell ja sagen. Der alte Mann spräche mit ihr durch den Traum. Direkt sagen dürfte er das nicht. Das wüßte sie ja; das wäre immer so!

Um mir nicht verdächtig zu machen, versetzte ich erst den Provisor ein paar ordentliche Seitenhiebe und gab denn nachher wieder klein bei. Die Alte war windelweich, wurde ganz still und meinte zuletzt, sie wolle am Ende Christinens Glück nicht unbedingt im Wege stehen! Als sie das sagte, wußte ich, daß wir gewonnenes Spiel hatten. Verlassen Sie sich darauf, meine Damen, sie macht keine Schwierigkeiten mehr!

Na, was sagen Sie, Fräulein Wildhagen?« schloß Mile triumphierend und schob das vierte Stück gelben Kandiszucker beim Teeschlürfen hinter die Backe. »Hatte ich recht oder nicht? Ich sage Ihnen, wenn nun noch ein klein büschen nachgeholfen wird, denn so bringen wir die Geschichte zustande! Entschuldigen Sie, Frau Heinrich, wenn ich so frei bin! Könnte nu nicht Herr Heinrich einen kleinen Drücker aufsetzen? Vor dem hat sie großen Respekt, auf den gibt sie viel, das weiß ich von früher her.«

Obgleich die beiden Frauen dem Bericht mit steigendem Interesse zugehört hatten und über das Ergebnis – wenn auch jetzt noch mit leisem Widerstreben wegen der angewendeten Mittel – nur allzu erfreut waren, so schüttelten sie doch zweifelnd den Kopf bei der Schneiderin letztem Vorschlag. Wie war von Heinrich irgend etwas zu erwarten, von ihm, der gerade den Widerstand der Alten geschürt hatte!

Mile Kuhlmann erhielt jedoch einen schönen Dank, und Dora erklärte sogar, sie werde sich ihrer reichlich erinnern, wenn ihr Vorgehen Tibertius und Christine nützlich werden würde.

Mile aber lehnte, obschon sie natürlich das Gegenteil erwartete, jede Belohnung mit Entschiedenheit ab. Sie empfahl sich mit vielen Knicksen und nachträglichen lauten Reden auf der Treppe, welche die junge Frau, Heinrichs wegen, vorsichtig zu dämpfen suchte.

Als sie hinabstieg, begegnete ihr Glitsch, der gerade von der Wache beim Apotheker kam. Er war besonders gut aufgelegt und zärtlich dazu; er kniff Mile sogar in die Backen.

»Ne, ne, Herr Glitsch, sowas muß ich mir verbitten«, erklärte die Schneiderin, zimperlich abwehrend. Aber sie gestattete doch, daß der Barbier sie bis in ihre Wohnung geleitete, und als er sich endlich verabschiedete, lachte sie überlaut bei seinen Scherzen und schüttelte ihm mit einer widerlichen Vertraulichkeit die Hand.

28.

Was die Frauen bei der Unterredung mit Mile Kuhlmann als eine Unmöglichkeit hingestellt hatten, sollte nun doch, und zwar ohne jedwede Anregung von seiten Doras, zustande kommen, und das ging folgendermaßen zu.

Heinrich hatte sich aufraffen und hatte handeln müssen. Kordes war, um das Unheil vollzumachen, nun auch noch erkrankt und lag auf ganz unbestimmte Zeit danieder. Tibertius' Tage in der Apotheke waren gezählt, und Heinrich selbst mußte auf Schübelers Anordnung noch längere Zeit den Geschäften fernbleiben; er fühlte sich auch in der Tat so matt, daß er nur einen Teil des Tages ohne Unbehagen außerhalb des Zimmers zubringen konnte. Für schleunigen Ersatz mußte gesorgt werden. Durch die Krankheit war vieles aus der Ordnung geraten; es war die höchste Zeit.

Zunächst sah Heinrich die Offerten durch, die inzwischen eingelaufen waren. Unter den Meldungen befand sich zu seiner angenehmen Überraschung auch eine von August Semmler, dem einstigen Lehrling, der erklärte, schon früher als an dem üblichen Termin, und zwar in kurzer Zeit, eintreten zu können. Das paßte vortrefflich. Der Antragsteller hatte unter ihm gelernt, kannte seine Eigenheiten, war, wie sich herausgestellt hatte, durchaus ehrlich gewesen und legte auch jetzt die besten Zeugnisse vor. Damit war eine Schwierigkeit beseitigt. Nun galt es, sich in der Zwischenzeit einzurichten! Es war unmöglich, daß Tibertius allein fertig werden, daß er noch lange die ganze Arbeit auf sich nehmen konnte. In der Tat hatte dieser bereits Heinrich schriftlich ersucht, Ersatz für den erkrankten Kordes zu schaffen. Der Apotheker überlegte. Es konnte sich höchstens um Wochen handeln; das mußte Tibertius noch leisten, und er konnte es, wenn er wollte. Aber wollte er? Sicher nicht nach all den Vorgängen. Heinrich sann nach, wie dem Grollenden beizukommen sei, und faßte einen Entschluß. Ja, so ging es!

Als Tibertius zu einer Besprechung zu ihm ins Zimmer trat, steckte Heinrich eine freundliche Maske vor und sagte:

»Ich beklage aufrichtig die mißlichen Umstände und danke Ihnen, daß Sie bisher den Verhältnissen in so aufopfernder Weise Rechnung getragen haben. Darf ich Sie bitten, auch noch die letzten Tage – hoffentlich nicht viele mehr – auszuhalten? Meine Erkenntlichkeit werde ich Ihnen noch besonders an den Tag legen.«

Tibertius war entschlossen, die Zähne zu zeigen, und sagte kurz: »Ich bedauere. Es geht jetzt schon über meine Kräfte. Tag und Nacht, ohne je herauszukommen, in der Apotheke und im Laboratorium, rezeptieren, bedienen und buchführen, alles, alles tun, das kann ich nicht mehr auf mich nehmen. Ich muß dringend bitten, daß Sie so bald wie möglich Hilfe schaffen.«

Heinrich ging von dem eigentlichen Thema ab und sagte: »Natürlich, natürlich! Nur eine Frage: Ist es also unbedingt Ihr Wille, um Ostern das Geschäft zu verlassen, Herr Tibertius? Steht Ihre Heirat schon bevor? Durch meine Krankheit bin ich in allem entrückt worden. Entschuldigen Sie die Nachfrage.«

Der Provisor zuckte die Achseln.

»Wie, ist noch etwas im Wege?« fragte der Heuchler, der alle die Schwierigkeiten hervorgerufen hatte.

»Allerdings –«

»So, so? Vermag ich da vielleicht etwas zu tun? Ihr Verhalten in der letzten Zeit ist so musterhaft gewesen, daß ich mich freuen würde, Ihnen einen Gegendienst leisten zu können.«

Heinrich meinte den Esel und schlug auf den Sack. Die jungen Leute heirateten sich am Ende doch! Heinrich wußte, welch ein energisches Mädchen Christine Lassen war. Also jetzt aus der Not eine Tugend machen, war klug. Er beschloß, den Retter zu spielen und dadurch seine Zwecke zu erreichen.

Tibertius durchschaute Heinrich nur zu gut; doppelt verächtlich wurde ihm der Mensch. Aber sein Lebensglück stand auf dem Spiel. Er nahm deshalb die Hand, die sich ihm bot, und sagte:

»Nun wohl, Herr Heinrich! Dienst um Dienst. Kann ich durch Sie die Schwierigkeiten beseitigen, die mich von meiner Braut noch trennen, – ich weiß, daß Frau Lassen auf Ihre Ansichten etwas gibt, – dann soll es mir darauf nicht ankommen. Ich bitte Sie also, mit ihr zu sprechen, und verpflichte mich dagegen bis zur Ankunft einer Hilfe drunten auszuhalten.«

Heinrich nickte befriedigt.

»Gut, ich danke, Herr Tibertius. Ich werde handeln, verlassen Sie sich darauf, aber ich verlasse mich auch auf Sie.«

»Das können Sie!«

Frau Kapitän Lassen besuchte nun wirklich noch einmal Herrn Heinrich auf seinen Wunsch, ging wiederum zu Tach, befragte ihre nächste Freundschaft und forschte nochmals auf den bleichen Wangen ihres Kindes nach der rechten Entscheidung.

Eines hatte sie, abgesehen von den Einwirkungen ihrer Berater und dem sichtlichen Willen des seligen Kapitäns, der eine maßgebende Rolle bei ihren Entschließungen spielte, noch besonders umgestimmt: Tibertius hatte erklärt, von größeren Plänen zunächst abzusehen, in Kappeln bleiben und dort vorerst nur eine Fabrik und eine Niederlage künstlicher Wasser errichten zu wollen. Schon bei geringem Anlagekapital bot sich ihm dabei ein sicheres, einträgliches Geschäft. Was bis jetzt die großen Städte fabrizierten, konnte man selbst billig herstellen und dafür Absatzkreise gewinnen. Auch Heinrich hatte diesem Plane beigepflichtet, Tibertius' Verhalten während seiner Krankheit im Übermaß gelobt und der Alten geraten, unter solchen Umständen ihren Widerstand aufzugeben. Und da brach denn plötzlich das Eis!

»Eben teilt Mutter mir mit, daß sie nichts dagegen habe, wenn Du morgen zu Tisch kämest! Sie sagte nichts weiter, und ich fiel ihr um den Hals. Nun ist alles gut, mein lieber, lieber Fritz. Nun werden wir glücklich mit dem Segen der alten, braven Frau, und dieser wird uns im Leben begleiten. Mir ist, als sei die Luft voll Musik; es klingt in meinen Ohren. Im Hause erscheint mir alles so feierlich; mein Herz durchströmt eine fromme Inbrunst, die sich zu dem Schöpfer wendet.

Mein guter Fritz! Ich liebe Dich!

Christine.«

Ein Brief dieses Inhalts erreichte Tibertius mitten in seinen Zweifeln und gerade in dem Augenblick, als er mit dem unerwartet schon nach acht Tagen eingetroffenen Semmler über einige geschäftliche Dinge sich aussprach. Er vergaß einen Korken, den er just in der Hand hielt, auf die Medizinflasche zu drücken, brach mitten in seiner Rede ab und eilte, mit Pfropfen und Brief in der Hand, aus der Apotheke auf sein Zimmer. Er wußte vor freudiger Erregung nicht mehr, was er tat.

Die Gefühle, die durch seine Brust zogen, waren so unbeschreiblicher Art, daß er, oben angekommen, sich niederließ, das Haupt stützte und wie ein Kind weinte. Es war die Glückseligkeit, die Rührung, die ihn übermannte; es war auch der heiße Dank gegen das Schicksal. –

Ja, berauscht euch nur im Schlachtengesang, frohlockt, wenn ihr mit dem letzten Spatenstich das Felsengebirge durchbrochen, laßt es hinaustönen, daß ihr die unsichtbare Milbe unter dem Glase entdeckt habt, ergötzt euch am materiellen Erfolg, spöttelt über die Gefühlsregungen weicher Seelen und errichtet dem kühl berechnenden Verstande immer neue Throne. Alle eure Glückstriumphe wiegen die heiligen Wonneschauer nicht auf, welche die einfältigen Herzen durchzittern!

29.

Einige Zeit nach den vorerwähnten Ereignissen meldete Lene eines Morgens Frau Heinrich, daß eine fremde Dame sie zu sprechen wünsche. Die Eintretende war eine kleine Frau mit lebhaften Kinderaugen, hellen Brauen und altmodisch frisierten Locken.

»Habe ich das Vergnügen, Frau Heinrich zu sprechen? Ich bin die Doktorin Kordes. Ich komme meines Sohnes wegen. Mit Ihrer Erlaubnis. Es hielt mich nicht länger, da ich ihn krank wußte. Nehmen Sie meinen innigsten Dank für Ihre Nachrichten, besonders aber für alle Güte, die Sie ihm erwiesen haben. Er schreibt gerührt über Ihre vielen Freundlichkeiten während seiner Krankheit. Dank, nochmals Dank! Man hat ja nur das eine Kind!« Hier traten der Dame Tränen in die Augen. »Ich mußte ihn sehen. Wie geht's dem armen Jungen? Verzeihen Sie mir meine Unbescheidenheit.«

Diese Sätze wurden so rasch hintereinander hervorgestoßen, daß Dora erst jetzt das Wort ergreifen und versichern konnte, daß jede Gefahr vorüber sei und daß sich der junge Mann, wiewohl langsam, doch zusehends erhole.

Auch Heinrich wurde gerufen und erschien mit seinem unbeweglichen Gesicht. Dieser Besuch war ihm sehr lästig; er ließ es nur allzu deutlich merken. Nachdem er, statt sein Beileid auszusprechen oder sonst ein gutes Wort fallen zu lassen, der Fremden bedauernde Äußerungen, daß ihr Sohn krank geworden und dadurch dem Geschäft Ungelegenheiten erwachsen seien, entgegengenommen hatte, murmelte er etwas von zufälliger Behinderung und wandte sich zum Fortgehen. Als er schon in der Tür stand, warf Dora absichtlich die Frage auf, wo Frau Doktor Kordes abgestiegen sei und wie lange sie in Kappeln zu bleiben gedenke. Die junge Frau erwartete, daß ihr Mann die Fremde auffordern würde, bei ihnen zu wohnen, daß er jedenfalls eine Einladung an sie zu Tisch ergehen lassen werde. Aber nichts von alledem. Heinrich murmelte abermals eine Entschuldigung, hoffte sicher, noch das Vergnügen zu haben – – und verließ das Gemach.

Dora schwankte, ob sie ohne seine Zustimmung handeln konnte, aber ein leicht erklärliches Bedenken hielt sie zurück. Sie machte deshalb der Frau Kordes zunächst den Vorschlag, ihren Sohn in seinem Krankenzimmer zu besuchen; und so geschah es.

Dora trat rücksichtsvoll beiseite, als die Frau sich über das Krankenlager beugte und ihren Sohn immer von neuem herzte und küßte. Es war überaus rührend, zu beobachten, wie Kordes ihr sich gegenüber verhielt. Er antwortete wie ein kleines Kind und blickte doch verlegen beiseite, wenn sie ihm im Übermaß einer zu starken Zärtlichkeit die Hand hielt und ihr Auge auf ihm ruhen ließ; überhaupt mischte sich in den Ernst der Szene etwas, das abstieß. Die Frau war auffallend gesucht gekleidet. Die über die Schultern fallenden Locken gaben ihr etwas Geziertes, und ihr lebhaftes Wesen und ihre jugendlich geröteten Wangen machten es fast unwahrscheinlich, daß sie die Mutter dieses langaufgeschossenen Herrchens sei. Dora vermochte deshalb auch ein starkes Unbehagen nicht zu unterdrücken.

Inzwischen erschien noch Doktor Schübeler, der sich in einem großen Redeschwall erging, am wenigsten über das sprach, was zu erwähnen dringend notwendig erschien, und es nicht erwarten konnte, sich zum Gegenstand einer besonderen Aufmerksamkeit der Fremden zu machen. Dora geriet in eine zunehmend abwehrende Stimmung, als sie sah, mit welchem Interesse sich die Mutter, des Kranken vergessend, dem eitlen Manne zuwandte. Sie näherte sich deshalb Kordes und fragte nach seinen Wünschen. Diesen schienen ähnliche Empfindungen zu beherrschen, denn er sah Dora mit einem weichmütigen, dankbaren Blick an und flüsterte: »Oh, Frau Heinrich, wie gut sind Sie doch.« – Allerdings. Die beiden Menschen, die so eifrig schwatzten, paßten zueinander. Die Doktorin Kordes hing mit ihren Augen an dem Munde Schübelers und folgte seinen Auseinandersetzungen mit jenem gemachten Ausdruck der Überraschung in den Mienen, durch den die Gefallsüchtigen um so stärker zu fesseln wissen. Sie lachte übermäßig, wenn er einen seiner wenig gehaltvollen Scherze machte, und sie ergriff mit sichtlichem Behagen die Gelegenheit zu einer wiederholten Begegnung, von der Schübeler, ohne sich irgend etwas Ernsthaftes dabei zu denken, sprach.

»Wir dürfen Sie dann wohl morgen bei uns erwarten?« nahm Dora das Wort und fügte, weil ihr eine solche zuvorkommende Ergänzung notwendig schien, artig hinzu: »Ich hatte selbstverständlich bereits heute gehofft, aber ich begreife, daß es Wert für Sie hat, zunächst mit dem Arzte noch näher zu sprechen.«

Die Doktorin Kordes war zweifellos keine ganz üble, jedenfalls aber auch eine recht flüchtige und eitle Dame. Nun sie sah, daß die Gefahr vorüber, daß ihr Sohn in der Besserung sei, waren andere Dinge ihr weit wichtiger, und sehr bald nahm sie Abschied.

Dora saß infolgedessen fast den ganzen Nachmittag an dem Bette des Kranken, las ihm vor und war liebevoll um ihn besorgt.

Als Frau Doktor Kordes in der Dämmerstunde noch einmal an ihres Sohnes Bett trat und gleich beim Eintritt sagte: »Na, Emil, wie geht's? Einen Augenblick will ich dir noch Gesellschaft leisten, – Schübelers haben mich so freundlich aufgenommen, – ich konnte den Abend wohl nicht absagen« – erfaßte den jungen Menschen ein solches Gefühl der Enttäuschung, und eine solche Vereinsamung ergriff ihn, daß er, statt zu antworten, seinen Kopf wegwandte und weinte.

»Nun? Was ist dir, Emil? Was ist dir? Du hast gewiß heute zuviel gesprochen, dich aufgeregt! Du bist nervös, du bedarfst der Ruhe. Ich will dich auch bald verlassen. Es war ein unruhiger Tag. Morgen bleibe ich um so länger bei dir.«

Ah, morgen! Kordes war ein so harmlos guter Mensch, daß es schon wieder dankbar in seinen Augen aufleuchtete. Um Doras Herz legte sich aber etwas von Erbitterung, das sie nicht zu bannen vermochte.

Inzwischen richteten sich ihre Gedanken auch wieder auf Heinrich. Sie dachte mit einer begreiflichen Scheu an den Augenblick, an welchem sie ihm die Frage wegen einer Einladung der Frau Kordes vorlegen müsse. Bei näherem Nachdenken fand sie das Versäumnis, dessen sich die Mutter gegen ihren Sohn schuldig gemacht hatte, wegen des geringen Entgegenkommens, das man derselben bewiesen hatte, sogar verzeihlicher. Ihr Takt und ihr Pflichtgefühl regten sich. Man mußte doch der Mutter Gelegenheit geben, um ihren Sohn zu sein! War es erhört, daß man sie gleich am ersten Tage zu Fremden gehen ließ, sie, die Nächstangehörige, die nur herbeigereist war, um ihr Kind zu sehen?

Als Heinrich am nächsten Morgen vom Kaffee aufstand, sagte Dora nach kurzem Kampf:

»Du hast doch nichts dagegen, wenn ich die Doktorin Kordes einlade? Gestern war sie bei Schübelers. Es war schon recht peinlich –«

»Was war recht peinlich?« erwiderte der Apotheker in seinem unangenehmsten Tone und schnitt sich die Spitze einer Zigarre ab.

Nein, etwas Selbstverständliches noch näher erklären wollte Dora nicht. Bei dem ersten Worte ihres Mannes regte sich schon ihr Trotz. Sie überging deshalb die Frage und wiederholte kurz und tonlos: »Ich werde sie zu Tisch bitten und sie auch auffordern, den übrigen Teil des Tages da zu bleiben, damit sie ihrem Sohne Gesellschaft zu leisten vermag. Ist's dir so genehm?«

»Du beantwortest meine Frage nicht. Man antwortet doch!«

»Nun ja, freilich, man antwortet doch!« erwiderte Dora und sah ihrem Manne fest ins Auge. »Ich fragte deutlich, ob ich die Frau einladen solle – übrigens in meinen Augen etwas Selbstverständliches –, und ich bitte um ein Nein oder Ja. Wie der Zusatz zu deuten, weißt du sehr wohl. Solche Examinationen sind überflüssig, ja verletzend, und ich wünsche mich ihnen ferner nicht auszusetzen.«

In das Gesicht des Apothekers trat eine gewaltige Veränderung. Neuerdings sah und behandelte seine Frau die Dinge, wie sie waren. Sie nahm die Logik zur Hand und wußte ihn zu widerlegen; er fühlte, daß sie ihn nicht nur durchschaute, sondern den vollen Mut hatte, ihm entgegenzutreten. Sie deckte rücksichtslos sein Inneres auf und entkleidete ihn erbarmungslos der Göttlichkeit, mit der er sich bisher umgeben hatte. So furchtbar wirkte die verletzte Eitelkeit, so rasend bäumte es sich in dem Manne auf gegen das junge Geschöpf, das es wagte, ihn, den Herrn der Welt, zu schulmeistern, daß er einige Schritte vorwärts tat und die Hand erhob. Wie ein roher Proletarier wollte er sie bereits schlagen! So weit war es gekommen. Aber in der Brust des gequälten Weibes jagten sich die Gefühle einer unermeßlichen Entrüstung. Mit flammenden Blicken sich gegen ihn auflehnend, rief sie:

»Wage es, Heinrich, mich zu berühren, und ich schreie es über die Dächer, welch ein elender Mensch du bist – –«

Kaum hatte sie die Worte gesprochen, als der Apotheker mit seiner langen Gestalt über sie herfiel, ihren Arm ergriff und sie zu seinen Füßen niederstieß. Und als sie hilferufend aufkreischte, beugte er sich herab, mißhandelte sie und drückte seinen großen, knöchernen Finger auf ihren Mund.

Und seine Beine schlotterten. Der Schweiß rieselte ihm von der Stirn. Sein Atem ging wie der Hauch aus eines Raubtieres Schlund, und die Augen traten ihm in der besinnungslosen Wut aus den Höhlen.

Dora richtete sich mühsam empor, klammerte sich an den Tisch und stand wieder aufrecht da. Es war, als ob eine Leiche lebendig geworden sei und ihren Mörder mit den Blicken durchbohren wollte. Ihre Hände ballten sich; ihre Brust wogte, wie wenn der Atem vergeblich einen Ausweg suchte, und in ihrem Blick lag ein Haß, der grauenerregend auf den Apotheker wirkte. Endlich gewann sie ihre Kraft wieder, und während er zurückschrak vor diesem Übermaß der Leidenschaft, lief sie ans Fenster, riß es auf und schrie ihm zu:

»Verlasse jetzt das Zimmer, in dem du meine Ehre schändetest, oder, bei Gott, ich stürze –«

Einen Augenblick flogen eisige Schauer durch die Seele des Mannes. Er wandte sich zum Gehen. Aber auch jetzt sollte sie nicht das letzte Wort behalten. Indem er die Hand auf den Drücker der Tür legte und diese zur Bestätigung seiner Unempfindlichkeit gegen ihre Worte absichtlich langsam öffnete, maß er sein Weib mit höhnischem Ausdruck in den Mienen und verließ, in einem brutal wegwerfenden Tone das Wort »Komödiantin!« ihr zuschleudernd, das Gemach.

30.

Wieder war's Frühling geworden! Der langerwartete Sendbote der Natur schaukelte in den Lüften und warf aus vollen Händen herab, womit er die sehnende Erde schmücken wollte. Er jubelte und jauchzte; er wiegte sich frohlockend auf und ab und schwang sich im Übermut hoch in den blauen Äther, borgte sich Arme voll goldenen Lichtes und schüttelte endlose Ströme davon über Wiesen und Täler, Höhen und Wälder.

Erfüllt von drängenden Säften, und in den wundervollsten Farben sich schmückend, sprang's überall hervor. Welch ein zartes Grün! Als ob der Himmel in Staub zerstobene Smaragden herabgeschüttelt habe.

Dazwischen ertönten – armer Mensch, der du niemals ein feierliches Kirchenläuten an einem Frühlingssonntage hörtest – die heiligen Weisen und bewillkommneten die Auferstehung der Natur.

Etwas Unbeschreibliches drang in die Brust jeder Kreatur. Konnten Haß, Leidenschaft und was immer sonst Übles in der Menschen Seele einen Raum hat, sich einfinden, wo soviel Adel und Demut sich vereinigte, wo ein unschuldvolles Kind – die Natur – süß lächelnd nach langem Schlummer die Augen öffnete und mit stumm eindringlichen Worten Frieden und Versöhnung predigte? –

In der Frühe eines solchen Sonntags stieg Dora die Treppe zum Hausboden empor. Sie wollte einige Gerätschaften heraussuchen, die in einer Kammer zurückgestellt waren. Der Gärtnerbursche grub bereits den Garten um, und der Gehilfe schnitt an den Bäumchen.

Die junge Frau kam eben aus dem Freien, noch umweht von der reinen Luft und erfüllt von dem Gefühl der Belebung, das ein Frühlingsmorgen in unsere Herzen zaubert. Die Spuren ihrer feuchterdigen Schuhe blieben beim Emporsteigen auf den weißgescheuerten, mit zarten Adern durchzogenen Treppenstufen haften, und behutsam, fast zaghaft schritt sie, von der Sauberkeit und von der Hausluft anheimelnd berührt, an dem heimlich behüteten Trockenboden der Apotheke vorüber. Seltsam scharfe, aber reizvolle Düfte von Melisse, Majoran und Pfefferminzkraut mischten sich durcheinander. Dora hielt inne und blickte um sich. So einsam, still und geheimnisvoll war es hier oben! Die Schrägbalken, die das Dach stützten, sahen wie ernsthafte Wächter drein, und zwischen den Öffnungen der ungehobelten Latten der Kräuterkammer drüben erschienen die Kisten, Kasten und Körbe, als ob ein stummes, aber bewußtes Leben in ihnen schlummerte, als ob sie mit ihrem Naturauge voll ernsten, wehmütigen Verständnisses dreinschauten, ihr Teil wüßten, dächten und sännen.

Ein plötzlicher Schauer durchdrang die junge Frau. Nun duftete es plötzlich nach Süßholz, nach harzigem Holz, nach Staub. Das weckte die Erinnerungen an ihre Jugend, das schürte in Dora eine heiße Sehnsucht nach früheren Zeiten. Das Elternhaus mit seinen Räumen, ihr kleines Zimmer, die früheste Kindheit, das Puppenspiel stiegen vor ihr auf. Der alte Reiz, Kistchen und Kästchen zu besitzen und allerlei darin geheimnisvoll zu verbergen und zu verschließen, bemächtigte sich ihrer bei dem Anblick all der Gegenstände. Mechanisch blieb der Blick an ihnen haften. Da stand ein großer, breiter Schrank, dessen obere Türen, wie bei einem mächtigen Altarschrein, zurückgeschlagen waren. Und darin zahllose Schubladen, alle mit Schildern und weißen Knöpfen versehen, daneben ein zweiter mit kleinen und großen schneefarbenen Porzellankruken, und linksseitig ein Schränkchen mit einem ovalen Schild, der Giftschrank! Auf dem Fußboden und auf den Regalen standen eigen geformte, langhalsige und dickbäuchige Retorten und Flaschen, alle sorgfältig zusammengestellt, geradlinig und in ihrer steifen Ordnung wie von einer unsichtbaren Macht beherrscht.

Nun raschelte es plötzlich in der Nähe. Vielleicht war's ein Mäuschen. Dora sah den langen, matterhellten Bodenspeicher entlang. Drüben warf die Sonne einen breiten, schrägen, scharfbegrenzten Lichtstrom durch das mit Spinngeweben überzogene Giebelfenster. Sanft, gleichsam mitleidig drang er in den stillen, wie ausgestorbenen Raum und ließ in seiner Strahlensäule zartflimmernde Atome tanzen.

Die junge Frau erinnerte sich, mit welcher Zaghaftigkeit sie als Kind die Apotheke betreten, wie sie sich gescheut hatte vor dem Provisor und dem Gehilfen. Auch die letzten Jahre vor ihrer Verheiratung stiegen vor ihr auf. Schuby, August! Wie ihr Heinrich damals begegnet war, welche Furcht sie vor ihm empfunden und welchen Respekt er ihr auch später eingeflößt hatte! Wie? War's möglich? Sie war jetzt seine Frau schon seit vielen Jahren –? Da fiel's ihr wie ein Regenschauer auf die Seele. Aus Gleichgültigkeit war Abneigung entstanden, aus dieser war der alte Mädchentrotz von neuem geboren, aus der Empörung hatte sich eine tiefe Verachtung entwickelt, und jetzt, jetzt nistete Haß in ihrem Innern! Ja, Haß! Haß! –

Dora trat ans nahegelegene Fenster; ihr war so schwer ums Herz; es drückte sie mit tausend Lasten. Sie öffnete, ließ die wundervolle Luft hereinfluten und schaute über die Dächer in die Ferne. Da drang wieder das Klopfen von der Schiffsbrücke zu ihr herüber, jenes, das einen ganzen Zauber von Erinnerungen in ihr wachrief. Vor ihr schwamm die Landschaft in purem Sonnengolde. Und welch ein wundervoller Hauch! Frischer Seewind, Erdgeruch und Blumenduft! Es war der hinreißende Atem des Frühlings!

Ja, es klopfte und hämmerte drüben, und auch ihr Herz klopfte in ungestümer, grenzenloser Sehnsucht. »Bernhard, Bernhard! Kann ich dein Bild nicht auslöschen in meinem Innern? Drängst du dich immer wieder in meine Vorstellungen? Weshalb kommst du nicht zurück – –?«

Jetzt erhob sich eine stärkere Brise und berührte Doras Angesicht. Vielleicht war's derselbe West, der noch eben die ruhige, blaue Wasserfläche der See gekräuselt hatte, der drüber hingefahren war, als sei er ein junger Meerwind, der mit dem großen Urelement Haschen spielen wollte. So war's auch damals auf dem Kirchturme um ihre Mädchenstirn geflogen; damals, als ihr Vetter Bernhard sie umfangen und ihre Seele in Wonneschauern gebebt hatte.

Dasselbe reizende Landschaftsbild! Nur war heute alles noch zarter, lieblicher in den Schmuck des ersten schüchternen Grüns, im Werden, im Jauchzen der Auferstehung. Gottes Hand strich sanft über die Welt, und in Demut flüsterte die Natur ihre Schöpfungsgebete. Und die Sonne, die holde, hehre Sonne! Liebevoll und tröstend senkte sie ihre sanften, goldenen Ströme herab und gab jedem Keim, jedem Gräslein einen Lebensfunken. Wie schön war die Welt, wie wunderhold, wie trostreich und wie kalt war doch das Dasein, wie liebearm und liebeleer der Menschen Brust! Unaufhörlich lösten sich die Tränen aus den Augen der jungen Frau. Die Schmerzen der Enttäuschung über ein unwiederbringlich verlorenes Glück verzehrten ihr Inneres.

In diesem Augenblick wurde das Geräusch von Schritten vernehmbar. Rasch bekämpfte Dora ihre Gefühle und trat zurück. Es war Semmler, der den Kräuterboden aufschloß. Als er Frau Heinrich erblickte, verbeugte er sich ehrerbietig und blieb unschlüssig stehen. Dann trat er näher.

»Ah, Sie hier, gnädige Frau?« hub er ehrerbietig an. Er stockte; er sah, daß sie geweint hatte.

»Ich habe mir ein Gartengerät geholt«, erklärte Dora, nur mühsam die rechte Haltung gewinnend.

Erst als August nach diesen Worten das Gespräch nicht sogleich wieder aufnahm, fand sie ihre alte Fassung wieder, knüpfte an Vergangenes an und erinnerte ihn auch an ihr einstiges gemeinsames Kirschenpflücken. So ward der Zwang gänzlich beseitigt.

»Ich habe die Zeit niemals vergessen«, entgegnete August, »sie ist meinem Gedächtnis so unauslöschlich eingeprägt, daß lediglich die schöne Erinnerung an sie es war, welche mich bestimmte, hierher zurückzukehren. Ihnen noch einmal im Leben begegnen zu dürfen, war mein heißester Wunsch. Ich erfuhr schon früher, daß Sie Herrn Heinrichs Gattin geworden –«

Über das Gesicht der jungen Frau zogen wechselnde Farben. Rührung über seine Anhänglichkeit und Schmerz kämpften miteinander. War sie nicht verhandelt, nicht verkauft? War's nicht für sie im Grunde eine Schande, Heinrichs Frau zu sein? Ihre Gedanken gingen hin und her. Mechanisch schaute sie durch das steife Lattengefüge in die Kräuterkammer, und mit abwesendem Blicke betrachtete sie die Dinge vor sich. Sie vermochte nicht zu sprechen, sie senkte nur den Kopf. Aber auch August war jetzt die Kehle wie zugeschnürt. So viel hatte er auf dem Herzen, von dem er hätte sprechen mögen, und noch durfte er es nicht über seine Lippen bringen.

Dann jedoch sich plötzlich bewußt werdend des Ortes und dieses Beisammenseins, machte Dora eine Bewegung zum Weiterschreiten. Aber August ließ sie nicht; er hielt sie durch einen bittenden Blick. Ihre Augen trafen und senkten sich zugleich. Jener sanft hingebende Ausdruck spiegelte sich in des Mannes Angesicht wieder, durch den er einst als Jüngling seine Gefühle verraten hatte. Noch einen Augenblick. – Dann beugte er sich stürmisch über ihre Hand herab und berührte sie mit seinen Lippen. Ein Beben ging durch Doras Körper, eine unruhige Flamme schlug durch ihre Brust; denn da sie fühlte, daß sich zu der einstigen Liebe des Knaben das Mitleid gesellt habe und eine stumme Sprache redete, stieg heiß der Schmerz über ihr verlorenes Leben in ihr empor.

Sie wehrte ihm nicht, aber nachdem es geschehen, schritt sie, ihm einen letzten, guten Blick spendend, von ihm fort, die Treppe hinab.

Lange noch stand August auf demselben Fleck und ergab sich seinen erregten Gedanken. Nun hatte sich endlich erfüllt, was er so oft mit fieberndem Verlangen herbeigesehnt. Nun hatte er ihr offenbart, daß er sie liebe wie kein anderes Geschöpf auf dieser Welt. Und doch erschien's ihm wie ein Traum, daß sie noch eben an seiner Seite gestanden und ihr schwermütiges Auge zu ihm emporgeschlagen hatte. War's wirklich Dora, Dora gewesen, deren Hand er mit sanftem Kuß berührt? –

31.

Glitsch stand in seiner Barbierstube und bediente einen Kunden. Er sprach sehr viel und war sehr wichtig. Während er das Haupt des Kunden behandelte, warf er als eitler Hansnarr nicht nur einen Blick auf diesen, sondern betrachtete auch sich selbst mit wohlgefälliger Miene in dem gegenüber hängenden Spiegel.

Glitsch glich einer altmodischen Bühnenfigur. Die nach vorn frisierten, an den Stirnseiten befindlichen Locken seines schwarzen Haares, das im übrigen so glatt über die kahle Stirn gelegt war, daß man zu der Vermutung gelangen konnte, er trage eine Perücke, paßten zu dem devot lächelnden Intrigantengesicht. Spitze Ecken eines emporstehenden Kragens, die über einem vielfach um den Hals gewundenen, schwarzseidenen Tuche mit kleinem Knoten und winziger Schleife hervorschauten, erhöhten das Gezierte seiner Erscheinung. Glitsch war auch Chirurg, aber als solcher bei den Operationen von einer Unempfindlichkeit, über die sich nicht nur Mile Kuhlmann beklagte. Was ihn neben seiner berechnenden Herzlosigkeit besonders kennzeichnete, war die komödienhafte Verwunderung, welche er in seinen Gesichtsausdruck hineinzulegen vermochte. Er bog dann den langen Kopf zurück, ließ Falten auf der hohen Stirn erscheinen, riß die Augen erstaunt auf und ließ auch um seinen falsch lachenden Mund einen Zug höchster Überraschung erscheinen. Nicht selten handelte es sich dabei um Dinge, die er weit besser kannte, als der Erzähler. Aber er hatte die Menschen studiert und gab sich so, weil er wußte, daß seine betroffene Miene eine angenehme Befriedigung in ihnen hervorrief.

In Glitsch vereinigte sich die Doppelnatur eines wedelnden Hündchens und eines tückischen Raubtieres. Er zeigte die Zähne, wenn ihm Leute in den Weg traten, die unter ihm standen, und die er nicht brauchte, und schmiegte sich schmeichelnd unterwürfig an Einflußreiche, von denen er etwas erwarten zu können glaubte.

Vielleicht hätte niemand im Städtchen Mile Kuhlmann treffender charakterisieren können, als gerade er. Es fand sich keiner, der ihre gemeinen Eigenschaften besser kannte, und doch war Glitsch entschlossen, nun endlich Ernst zu machen. Er wollte um sie anhalten. Zur Förderung solcher Pläne schien der Kunde, den er heute frisierte, sehr geeignet. Es war ein kleiner Geldagent, durch den Mile, wie Glitsch zufällig wußte, ihre Ersparnisse anzulegen pflegte. Um aus diesem herauszulocken, was er wissen wollte, erfand er eine Geschichte.

Zunächst nagelte er durch die demütige Frage: »Doch auch ein wenig waschen, Herr Benthien?« seinen Kunden noch für eine geraume Weile auf den Frisierstuhl fest, und dann warf er, einige Güsse Bayrum auf seinen Scheitel entladend, die Bemerkung hin: »Ich wurde neulich – direkt vom Lande her – nach einer Hypothek gefragt, durchaus sicher, erste Stelle. Der bisherige Geldgeber hat gekündigt. Haben Sie vielleicht Kapital zur Hand, Herr Benthien, – so um Ostern?« Und ohne dessen Antwort abzuwarten, fügte er rasch hinzu: »Mich dünkt, er sprach direkt von einer Mamsell Kuhlmann, die bisher – Sollte das die Schneiderin sein? Na, aber das ist ja gleichgültig. Würden Sie wohl tausend Taler zur ersten Stelle haben?«

Nun kam's darauf an, ob Benthien anbiß. Anfangs schien's nicht. Dergleichen Leute sind verschwiegen; das gehört zu ihrem Geschäft, darauf beruht ihr Ansehen. Der Angeredete ging in der Tat nur auf die Sache, nicht auf die Nebenfragen ein. Wenn's Ernst sei, müsse er die Protokolle einsehen. Glitsch möge den Geldnehmer zu ihm senden, und was dann sonst noch in einem solchen Falle geäußert wird.

»Schön, Herr Benthien! Ich sehe ihn nächste Woche und werde es nicht vergessen, ihn direkt zu Ihnen zu schicken. Ob es dann noch ganz sicher ist, ob er nicht inzwischen anderweitig, – kann ich natürlich nicht sagen, aber ich spreche ihn jedenfalls.« – Er brach ab; den Rückzug hatte er sich gedeckt.

Während er nun Benthiens Kopf mit einem Trockentuche bearbeitete, als ob er einen glatt zu ölenden Marmor vor sich habe, warf er hin: »Geld ist wohl sonst flüssig? Erste, wohl auch zweite Hypotheken begehrt? Na ja, der eine so, der andere anders! Manche denken, sie kriegen bei einer zweiten Stelle ein halb Prozent mehr, und dann kündigen sie. Frauen wissen ja nie, was sie wollen. Sollte man es glauben, daß Mile Kuhlmann so viel Kapital besitzt?«

Nun mußte doch Benthien etwas antworten. Er sagte wirklich kurz und bestimmt: »Die Kuhlmann hat keine Hypotheken auf dem Lande. Das weiß ich. Ich besorge alle ihre Geschäfte –«

»Ah, so? Sie? – Na, ja, denn –« fiel Glitsch im Ton höchster Überraschung ein. »Natürlich, ich kann mich auch verhört haben, – aber einen ähnlichen Namen nannte er; dessen erinnere ich mich. – Also die hat wirklich ein paar Schillinge? Ist eine sparsame Person – hält ihre Taler zusammen –?«

Glitsch war äußerst gespannt. Scheinbar aber war er nur mit Benthiens Kopf beschäftigt, glitt mit der weiten Kammseite durch dessen Haar, kräuselte es wellenartig und holte, sanft ebnend, mit der Hand nach. Vielleicht wegen dieser zärtlichen Sorgfalt tat der Gefragte dem Barbier Bescheid und sagte: »Gewiß, die Kuhlmann hat ein hübsches kleines Vermögen. Für ihre alten Tage ist gesorgt.«

»Bitte ergebenst«, rief Glitsch, als ob das eben Gesagte kaum von ihm gehört war, jedenfalls von keinem weiteren Interesse für ihn sei, schlug den Mantel zurück, betrachtete sein Machwerk im Spiegel und auch die eigene, in devote Falten gelegte Komödianten-Physiognomie.

Nun wußte Glitsch, woran er war. Heute hätte er auch ohne Frisierlohn den Kunden aufs höflichste zur Tür geleitet.

Bereits am folgenden Tage, der ein Sonntag war, beschloß der Barbier, Ernst zu machen. Das Junggesellenleben hatte er satt. Er sehnte sich nach einer abendlichen Plauderstunde im eigenen Hause, und wenn er überdachte, ob ihn Miles Umgang befriedigen werde, so antwortete ihm eine innere Stimme mit ja. Er machte es sich nicht klar, daß besonders ihre Fehler für ihn anziehend waren. Es war aber begreiflich, weil er sich in denselben gemeinen Schwächen gefiel. Seit Jahren hatten sie miteinander räsonniert und gelacht, geklatscht und stibitzt; sie paßten zueinander wie Pauke und Triangel. –

Es war nachmittags gegen vier Uhr. Glitsch musterte sich noch einmal von oben bis unten in dem Ladenspiegel, fuhr mit der Bürste über Rock und Stiefel und nachdem, da es eine Kleiderbürste war, fürsorglich mit der Hand über die Borsten, zog den Überzieher an, von dem er mit feuchtgemachtem Daumen und Zeigefinger nachträglich einige Fäserchen ablas, und richtete alsdann seine Schritte durch die kleine Fischergasse nach Miles Wohnung.

Unterwegs kamen ihm allerdings noch einmal Bedenken. Was wurde aus Emma, der buckligen Emma? Die mußte er doch mit ins Haus nehmen, die mußte er mit durchfüttern! Freilich, wenn Mile und er ihren Beschäftigungen nachgingen, war jemand für Haus und Küche nötig. Ganz recht! Da blieb dann alles unter Aufsicht. Und wenn die kränkliche Schwester einmal das Zeitliche segnete, war ein essender Mund weniger und Mile würde sich ohne Emma einzurichten wissen.

Als er der Schneiderin Wohnung fast erreicht hatte, bedrückte es ihn, daß sie vielleicht nicht allem sein werde. Emma war ihm schon unbequem; aber am Ende war auch die alte Nissen zugegen! Die mochte er nicht; sie war eine superkluge, bissige Person! Gleichviel, es mußte versucht werden, und so stieg er die schmalen Treppen hinauf. Alles war so ruhig. sonntäglich langweilig im Hause. Es durchwehte etwas den Flur, das Glitsch ernüchterte; Sonnabendseife und Winterluft schlugen ihm entgegen. Er horchte an Miles Tür. Drinnen wurde gesprochen, nicht laut, nicht erregt; es klang wie gemütliches Plaudern. Wohlan denn! Glitsch klopfte und trat, ohne das Herein abzuwarten, ins Zimmer.

Emma, im Mieder, ohne Kleid, die Hände mit zimperlich kreischendem Aufschrei an die Brust drückend, verschwand ins Nebenzimmer. Mile saß unbeschäftigt auf einem Thron am Fenster. Zwischen den

Blumentöpfen stand eine große Sonntagstasse, aus der sie, den Kandiszucker hinter der Backe, behaglich schlürfte. Es duftete im Zimmer anheimelnd nach Kaffee. Zudem war's warm und gemütlich; überall war sauber aufgeräumt.

»Ah, Herr Glitsch!« stieß die Schneiderin angeregt heraus und glitt von ihrem Fensterthrone herab. »Bitte, nehmen Sie Platz. Na, was Neues? Gesellschaft in Sicht?«

Mile fragte nicht ohne Grund. Glitsch hatte sie schon sehr häufig persönlich verständigt, wenn es sich um dergleichen handelte. Er schüttelte jedoch den Kopf und knöpfte mit einem zugleich fragenden Blick nach der Tür, den Paletot auf. Aber Mile verstand ihn nicht.

»Ich meine«, hub der Barbier geheimnisvoll an, »bleibt Ihre Schwester direkt drin oder kommt sie gleich wieder?«

»Soll sie?« erwiderte die Schneiderin, ein Geheimnis witternd und deshalb übereifrig beipflichtend. »Warten Sie, ich sag's ihr.«

Glitsch war allein. Nebenan hörte er reden; er schaute sich um. Miles Möbel waren nicht übel. Ein ganz neues Teebrett stand auf der Kommode, dessen schwarze, mit einem goldenen Butterblumenbukett verzierte Lackfarbe glänzte. Vor diesem waren alte, dickbäuchige Tassen aufgebaut, die in lebhaftem Weiß, Rot und Blau schimmerten. Eine Photographie, offenbar Miles Vater darstellend, war weniger anziehend. Derselbe sah auf dem Bilde aus, als ob er in den letzten Augenblicken vorm Köpfen abgenommen sei; bleich, starr, mit weit aufgerissenen Augen dasitzend, schien er sein furchtbares Schicksal zu erwarten. Auch von Emma hing ein Porträt an der Wand. Der Künstler hatte ihre goldene Uhrkette mit impertinent glitzernder Farbe nachtuschiert. Infolgedessen machte das Bild den Eindruck, als ob die Kette, nicht die Person gezeigt werden sollte. Emma war nur an den schiefen Schultern, an diesen aber allerdings sehr deutlich zu erkennen.

Im ganzen war Glitsch mit seiner Umschau zufrieden. Überall gute, saubere Sachen, ein bequemes Sofa, wenn auch mit einem eingenähten, etwas scharf abstechenden Flicken neben der Sitzlehne, anständige Stühle, einige hübsch eingerahmte Bilder.

Aber wie fing er die Sache an? Im Scherz hatte er schon oft mit Mile von Heiraten gesprochen. Nun das wirklich an ihn herantreten sollte, fühlte er doch eine starke Beklemmung. Während er noch nachdachte, trat Mile ins Wohngemach zurück.

»Emma macht einen Nachbarbesuch«, blinzelte die Schneiderin, »sie geht hinten heraus.«

Während Mile also berichtete, warf sie einen vertraulichen Blick auf den Friseur, und indem sie ihn sitzenzubleiben bat, nahm sie selbst ihm gegenüber mit der Miene einer die zudringlichen Karessen des Galans erwartenden koketten alten Jungfer Platz.

»Direkt ohne Umschweife«, hub Glitsch an, »ich –«

»Vielleicht eine Tasse Kaffee gefällig?« unterbrach ihn, sich besinnend, die Schneiderin übereifrig.

»Nein, nein, – ich danke –«

»Ach warum nicht? Ist fertig. Das Wasser kocht.«

Mile erhob sich und wollte forteilen. Glitsch ergriff ein heftiges Unbehagen. Nun war er eben über alle Bedenken weg, wollte gerade aufs Ziel losgehen, und da kam sie mit ihrem Kaffee.

»Bleiben Sie doch nun mal einen Augenblick ruhig sitzen, Mile«, stieß er mit schlecht verhehltem Unmut heraus.

»Na, denn bitte«, pflichtete die Schneiderin bei und lehnte sich bequem zurück.

»Also direkt – ohne Umschweife, Mile. Ich hab' mir das schon lange durch den Kopf gehen lassen, und Sie wissen ja auch so ziemlich, daß ich das Junggesellenleben –«

Ah! also richtig! Es handelte sich um einen Antrag. Das Herz stand Mile vor Aufregung still. Nun kam endlich, was sie seit Jahren sehnsüchtig erwartet hatte.

»Also, daß ich das Junggesellenleben«, hub Glitsch zum zweitenmal an, »satt habe und mich verheiraten möchte, und da wollte ich denn gerne – Sie gerne um Rat fragen – –«

Was war das? Das klang ja ganz anders! Mile wurde blaß, kniff die Lippen zusammen und sagte unfügsam, tonlos: »Gewiß, ja, nun? Und weiter?«

»Ja, Sie um Rat fragen, ob Sie nicht eine passende Partie für mich wüßten?«

Eine Pause trat ein. Mile brauchte sie, um sich zu sammeln. Sie drehte an einer Klunker der Tischdecke und fand keine Worte. Endlich polterte sie kurz und heftig heraus:

»Ne, mit so was kann ich mir nicht abgeben.«

Nun schwieg Glitsch und blickte auf das eingenähte Viereck im Sofasitz. Ihre Antwort erschreckte ihn. Er hatte die Sache sehr schlau anfangen wollen und fürchtete nun, sie verdorben zu haben. Das waren die Folgen seiner schleichenden Art. Immer mußte er Umwege machen. Er konnte nicht den graden Weg einschlagen, selbst bei solcher Gelegenheit nicht. Er sah auch Mile nicht an, hörte nur, daß die harten Finger der Näherin ungeduldig an einer auf dem Tische stehenden Porzellanvase trommelten. Endlich raffte er sich auf und sagte, den Kopf erhebend und die Worte schwermütig betonend:

»O, Emilie, erraten Sie denn nicht? –«

Es war unglaublich komisch, diesen Menschen elegische Liebesworte lispeln zu hören, aber die Wirkung blieb nicht aus.

»Ist's wahr, Glitsch, ist's wahr?« zitterte es aus dem zahnlosen Munde der Schneiderin.

Er nickte. »Gewiß, Mile! Wenn Sie wollen? In einigen Wochen kann die Hochzeit sein.«

Es schwamm vor der Schneiderin Augen. Ein seidener Rock, der zum Ändern an der Wand hing, schien sich aufzubauschen; die Gegenstände tanzten vor ihr hin und her und mit einem: »O, Glitsch, o Julius, wie spät! Wie lange hatte ich mir das vermutet, aber Sie ließen mir zappeln –« sank sie an seine Brust.

»Es lag noch nicht drin!« erwiderte der Friseur, seine ganze Würde zurückgewinnend und rasch die Sentimentalität wieder abstreifend. Zu gleicher Zeit beugte er sich herab und ließ den Duft der Ochsenmarkpomade mit Rosenöl, der zudringlich aus Miles Haar drang, um seine Nase wehen. –

»Ich bin Braut, ich bin Braut!« triumphierte eine Stunde später Mile, als die Nissen zum Besuch ins Zimmer trat. »Was sagen Sie, was sagen Sie?«

»Na, denn mit Gott und die Propheten, wenn's denn durchaus mal sein soll«, erwiderte die Angeredete und reichte dem Brautpaar die Hand. Emma aber sagte, als es ihr verkündet wurde:

»Wenn Ihr's heute noch einschickt, steht's übermorgen ins ›Dreimalige‹«.

Und richtig, es stand übermorgen ins »Dreimalige«!

Vierzehn Tage nach der eben geschilderten Werbung saß der glückliche Bräutigam in seiner Kammer und nahm ein hartgesteiftes Vorhemd mit langen, an den Enden schon etwas ausgefaserten Bindebändern aus seiner Kommode. Den Frack und die schwarzen Beinkleider hielt er nacheinander hoch in der Hand, musterte die auf dem Vielgetragenen zurückgebliebene Wolle und putzte sie mit den Fingern. Endlich setzte er sich auf einen Stuhl und nähte den Bauchknopf der gleich farbigen Weste an. Dieser löste sich häufig.

Morgen war der Tag, an dem er mit Mile Kuhlmann in der Kirche getraut werden sollte. Er überdachte alles: wie Mile aussehen werde, wie die Menschen sich herbeidrängen würden; er hörte die Orgel, den Gesang und vernahm die Worte des Predigers. Pastor Engel mit dem ernsthaften Gesicht tauchte deutlich vor ihm auf.

Und dann musterte er in Gedanken seine Wohnung. Er ging durch seinen Laden; er sah die Bürsten und die Kämme und streifte mit dem Blick die neben den Handtüchern etwas abgerissene Tapete, die Flecken an der Wand neben der Waschschüssel.

Selbstverständlich! Das mußte alles erneuert werden. Nun trat er (in diesem Augenblick hatte er Mühe, mit der Nadel durch den Stoff zu dringen) im Geiste in die beiden Wohngemächer und in die Küche. Es sah alles so nett und so wohnlich darin aus. Das bequeme Sofa stand an der Wand, dazu die hübschen Stühle und ringsum hingen die Bilder aus Miles Wohnung.

Er sah sich im Lehnstuhl sitzen, und seine Frau saß ihm, mit Schneiderei beschäftigt, gegenüber. Sie war doch recht alt, und die Zeit machte nicht jünger. – Sie hatte eine häßliche gelbliche Gesichtsfarbe, und das spärliche Haar gab ihr etwas Matronenhaftes. Und dann sah er die bucklige Schwester und das Kleid, das diese neuerdings zu tragen pflegte. Es war ein brauner Stoff, der schon recht blank glänzte. – Nun, das war mal so! – – – Endlich war die Arbeit fertig. Er begab sich des Nachsinnens, schnitt ein zufriedenes Gesicht und stieg von der Bodenkammer in den Laden hinab.

Als er die Tür öffnete, bemerkte er Tibertius im Gespräch mit seinem Lehrling, und ersteren im Begriff, die Frisierstube zu verlassen.

»Ah, was verschafft mir die Ehre?« hub der Barbier an und eilte auf den Provisor zu, während er mit einem kurzen, herrischen Blick den jungen Mann an seinen Platz verwies. Dieser arbeitete an einer Perücke für den Inspektor Blume.

Tibertius trat in den Laden zurück und richtete die Frage an Glitsch, ob er bei seiner bevorstehenden Hochzeit als Lohndiener fungieren könne. In acht Tagen werde er getraut.

»Gewiß! Mit Vergnügen, mit Vergnügen!« erklärte Glitsch. »Ich hörte bereits, daß Sie vor dem frohen Ereignis ständen, aber ich hatte nicht vermutet, daß so bald –«

»Allerdings, es hat sich früher gemacht, als ich erwartet, ist mir deshalb aber um so erwünschter!« bestätigte Tibertius in seiner gutmütigen Art.

»Natürlich, natürlich! Ich bin ja nun auch soweit«, pflichtete der Barbier in einem devoten und zugleich gehobenen Tone bei. »Morgen werde ich in der Domkirche getraut. Hm – – Und schon alle Einkäufe gemacht, Herr Tibertius? Nichts gefällig? Feine Seifen, vielleicht Eau de Cologne, echte Eau de Cologne, Jühlichsplatz!? Bürsten, Kämme, Parfümerien? Nicht ein kleines Geschenk für das Fräulein Braut? Brillante Haarnadeln, echt vergoldet!«

Aber Tibertius dankte und ging. –

Der nächste Tag schien sich besonders für Glitschs Hochzeit geschmückt zu haben. Die Sonne sandte wahre Goldströme herab, und wunderbar klang es, als nachmittags die Kirchenglocken ihre feierlichen Töne in die stille Luft ergossen. Neugieriges Volk stand vor dem Kirchenportal, als der Hochzeitswagen erschien, und einige hundert Menschen fanden sich in der Kirche ein, um Mile Kuhlmann und Glitsch vor dem Altar zu sehen.

Freilich, wenn man die Braut betrachtete, schien es, als ob der Herbst dem Winter einen Besuch abgestattet habe. Der Schleier, der frische Kranz und das seidene Kleid gaben der Gestalt noch etwas Erfreuliches, aber Miles Gesicht stand zu alledem nicht im Einklang. Glitsch dagegen schritt an der Seite seiner Braut mit einer Miene einher, als ob er gewohnt sei, jede Woche einen so feierlichen Akt zu begehen.

Während die Versammelten andächtig zuhörten, wie Pastor Engel dem Paare ins Gedächtnis rief, daß ohne Gottes Segen und ohne Befolgung seiner Gebote kein Glück in eines Menschen Brust wohnen könne, war Mutter Nissen in der neu eingerichteten Wohnung beschäftigt, alles für den Empfang der Hochzeitsgäste herzurichten und die eingetroffenen Geschenke aufzubauen. Heinrich hatte dem Barbier eine Summe Geldes übersandt (»zugleich als Dank für die sorgfältige Pflege während meiner Krankheit!« stand auf der Karte), und von Dora war für Mile ein ganzer Korb voll schöner Dinge abgegeben worden. Daß Tibertius und Christine nicht fehlten, versteht sich. Auch deren Karte trug eine Bemerkung, die nur Eingeweihte verstanden.

Mile begriff nicht, daß die alte Nissen sich die Gelegenheit entgehen ließ, an einer Feier teilzunehmen, der sie selbst aus bloßer Neugierde unzählige Male in ihrem Leben beigewohnt hatte.

Es sei, äußerte die Alte, meist ein zu unüberlegtes Spiel, das die Menschen mit ihrer Vernunft treiben. So habe einmal die Pfennigmeisterin Otzen gesagt, bei der sie früher in Dienst gestanden, und auch sie müsse dem beistimmen. Heiraten möge gut sein, aber sich nicht versuchen lassen, sei besser! Man war so sehr gewohnt, daß die alte Frau ihre eigenen Wege ging und von den üblichen Auffassungen abweichende Ansichten äußerte, daß man denn auch nicht weiter in sie drang. Es war zudem sehr angenehm, den Braten bei der Rückkehr fertig zu finden, überhaupt jemanden im Hause zu wissen, der noch einmal all dem nachhalf, was Mile und Emma in den letzten Tagen für die Hochzeit vorbereitet hatten.

Außer Mutter Nissen war die Waschfrau geladen, ferner eine alte Tante von Glitsch, ein Drechslermeister mit seiner Frau, ein unverheirateter Stuhlmacher, der seit Jahren ein Auge auf Emma geworfen hatte, ein Tischlermeister mit seiner einzigen Tochter, eine ältere Freundin und Klatschschwester Miles, die Putzmacherin war, und endlich zwei unverheiratete Magistratsbeamte, Bekannte von Glitsch. Die Leute sahen aus, als sie, von der Kirche kommend, dem Wagen entstiegen, als ob sie sich in einem Maskengarderobengeschäft Anzüge geliehen hätten. Alles saß so ungewohnt und paßte so wenig zu den Physiognomien und Bewegungen des Kleinbürgervolkes!

So hingen dem vorlauten, ein überaus schlechtes Hochdeutsch redenden Tischlermeister die Bandfäden eines Vorhemdes über den Rockkragen heraus. Das Kleidungsstück selbst war vorn zu eng und hinten zu hoch geschnitten, so daß es höchst merkwürdig saß. Seine Tochter trug fettglänzende Locken, war mit vielem unechtem Schmuck behangen und begleitete jeden Satz, der gesprochen wurde, mit einem fragenden »Dja? Dja?« Diese Jas konnten eine Kiste füllen, wenn man sie sammelte.

Die überdicke Tante, in einem Kleide mit ungewöhnlich kurzer Taille, faltete die Hände in solcher Entfernung über dem Körper zusammen, daß man unwillkürlich gerade auf diesen ungewöhnlich stark hügeligen Ort den Blick richten mußte.

Der Stuhlmacher trug einen überlangen, altmodischen Gehrock und sah erstaunenswert einfältig aus. Wenn er lachte, bemerkte man eine runde, fette Zunge, die sich wie ein Pendel im Munde hin und herbewegte. In der Tat lispelte er auch.

Um die Putzmacherin roch es wie ein Manufakturladen, in dem Kalikostoffe verkauft werden. Sie besaß einen schiefen Hals, zweifelsohne, weil sie unzählige Jahre bei der Arbeit die mit Schleifen und Blumen zu schmückenden Hauben und Hüte zur besseren Musterung seitwärts von sich abgehalten und so mit prüfendem Auge betrachtet hatte.

Die Waschfrau, Frau Bergmann, hatte sich zurechtgemacht, als wolle sie sich bei einem Gutsbesitzer zur Verscheuchung der Spatzen auf dem Felde vermieten. –

Der Tisch war hübsch und sauber gedeckt. Emma kam, der Küche zunächst, ans Ende zu sitzen und übernahm neben einem kleinen, blassen Mädchen, einer Nichte der Waschfrau, die Aufwartung.

Es verlief auch alles vortrefflich. Ungeheure Portionen Fisch wurden verzehrt, und diesem Gericht folgte eine Kalbskeule. Als die letztere bereits einen bedenklich kahlen Knochen zeigte, und die Zeit beim Kompottschlürfen soweit vorgeschritten war, daß der rote Kalbsbratensaft bereits in der Schüssel gerann, nahm die Stimmung, durch reichliches Trinken befördert, einen ungemein lebhaften Charakter an. Der Tischler hielt – immer mit den beiden Bandenden hinten – eine überaus törichte Rede, und die Tante war nach ganz außerordentlichen Ausfällen auf das Gebotene schon gezwungen, sich beim Händefalten über der bedenklichen Partie auf die Berührung der Daumen zu beschränken. Bei der Makronentorte begann die Tochter des Tischlermeisters mit dem Stuhlmacher zu liebäugeln, und Emma blickte, das Kranzstück des Kuchens unberührt auf dem Teller vor sich liegen lassend, eifersüchtig und blaß vor Ärger hinüber.

Mile war laut und unfein, benutzte den Daumen der linken Hand als Zahnstocher und drückte mit der andern Glitschs knöcherne Finger unter dem Tisch. Die alte Nissen, in einem schwarzen Kleide und mit einer einfachen Haube auf dem Kopf, ging in ihrer ruhigen Art und mit ihrem stillen Wesen geräuschlos ab und zu und hörte und sah ihr Teil, ohne sich hineinzumischen. Die Magistratsbeamten hatten sich in eifrigem Gespräch zusammengefunden und behandelten übereinstimmend das Kapitel von der Halbfähigkeit und der Bequemlichkeit ihrer Vorgesehen.

Der Drechslermeister, der Nieteschwanz hieß, saß stumm und fleißig beim Essen, und weder er noch seine kleine, magere Frau mit dem Seitwärtsblick eines Kanarienvogels traten irgendwie hervor.

Als der Punsch kam, wurde die Unterhaltung allgemein, denn nun begannen alle zu singen, und der Tischler schlug so heftig auf den Tisch, daß eins von Miles neuen Gläsern umfiel und zerbrach. Die Schneiderin aber lohnte ihm dafür mit keinem sehr gnädigen Blick. Es war bezeichnend, daß Frau Nissen, ohne Worte zu machen, rasch die Scherben forttrug. Wurde die Ursache des Ärgers beseitigt, so schwand auch der.

Alle sangen: »Lasset die feurigen Bomben erschallen, piff paff, puff und Fallerallera! Unser Nieteschwanz, der soll leben, und seine liebe Frau daneben! Es lebe die ganze – Nieteschwänzerei!« – »Schwänzerei!« wiederholte der Tischler laut unter dem Lachen der anderen. Als man an den Stuhlmacher kam, war jeder begierig, wen aus der Gesellschaft man ihm als Braut beigeben werde. In stillem Einverständnis ertönte Emmas Name aus allen Kehlen. Nun konnte es jedoch fraglich sein, welche Emma gemeint war; auch die Tischlertochter hieß so. In der Tat schrie Glitsch schon während des Singens: »Welche Emma!?« Hierauf unmäßiges Gelächter und tiefstes Erröten beider Jungfrauen.

Alsdann schlug der boshafte Glitsch, in der Hoffnung, daß seine Schwägerin durchfallen werde, vor, daß man noch einmal singen möge. Die Schwester seiner Frau solle zur Unterscheidung Emma Kuhlmann genannt werden. Letztere machte lebhafte Einwendungen. Aber Lust am Unsinn und Übermut hatten schon so sehr die Oberhand gewonnen, daß darauf keine Rücksicht genommen wurde. Der Gesang begann von neuem. Die Folge war, daß Emma in die Küche ging und ihren Zorn ausweinte. Erst nach vielem Zureden ließ sie sich bewegen, wieder zurückzukehren. Die lebhafte Stimmung erlitt durch diesen Zwischenfall für kurze Zeit eine Beeinträchtigung, aber der Alkohol übte nun nach anderer Richtung seine Wirkungen aus. Die Tischgäste wurden zärtlich untereinander, auch Miles Kopf sank an Glitschs Schulter, und mit ihrem zahnlosen Munde flüsterte sie ihm allerhand Heimlichkeiten zu, denen er mit einem gemeinen Lächeln zuhörte.

Dann aber erhob sich der Barbier und brachte das Wohl seiner Gäste aus. Er sprach wie ein Unterstaatssekretär, und als er seiner lieben Frau Emilie gedachte, bohrte diese verlegene Blicke auf den Kuchenteller. »Das walte der Himmel!« schloß Glitsch salbungsvoll und stieß, nicht ohne Grund, zuerst mit seiner Tante an, da sie neben anderen Erbgegenständen fünfhundert Taler in der Sparkasse ruhen hatte und zufolge ihres Alters und ihrer Fettsucht nicht lange mehr leben konnte!

Unliebsamerweise fing der eine Magistratsbeamte einen heftigen Streit mit dem Drechslermeister an. Es handelte sich um eine gestohlene Scheunentür. Nieteschwanz nahm für einen Verdächtigen Partei, während der Beamte ihm aus den Akten nachzuweisen suchte, dieser und kein anderer müsse der Täter sein.

Als die Sache bedenklich, deshalb bedenklich wurde, weil der Verteidiger dem Ankläger leichtsinnige und ehrenrührige Behauptungen vorwarf, mischte sich Frau Nissen hinein und sagte: »Nu lassen Sie doch die alten Bretter laufen. Die Ostsee tritt ja nicht über, wenn's nicht entdeckt wird. Halten Sie nu man Frieden. Sie können ja morgen weiterstreiten!«

Beide schwiegen auch in der Tat, und es gelang dem Tischler, der sich stets als Vermittler aufzuwerfen pflegte, den Rest der Verstimmung zu beseitigen. Die Erzürnten stießen schließlich miteinander an, ja die Versöhnung wurde durch einen Kuß besiegelt.

»Bravo, bravo!« riefen die übrigen, rückten mit den Stühlen und steckten sich nunmehr Pfeifen und Zigarren an.

Inzwischen überhäufte Mile ihren Gatten auch ferner mit Zärtlichkeiten. Sie küßte ihn wiederholt, wobei er ein Gesicht machte, als ob man ihm Salmiakspiritus in den Mund geschüttet hätte.

Der Stuhlmacher, seinen Bräuten ganz abgewandt, sang, selig berauscht, ohne von irgend jemand die geringste Notiz zu nehmen, ein Lied vor sich hin. »Im Wald und auf der Heide, da such' ich meine Freude. Ich bin ein Jägersmann, ich bin ein Jägersmann!« Er war bereits beim fünften Vers. Der Punsch war ihm besonders in den Kopf gestiegen, und da aus dem Trunkenen die Wahrheit spricht, so befanden sich die beiden Emmas in einer sehr hoffnungslosen Stimmung.

»Ihre Gesundheit, Herr Hennigsen!« nahm die Tischlerstochter das Wort und trank ihm über den Tisch zu.

Der Stuhlmacher erhob den Kopf, öffnete den Mund, zeigte die runde Zunge, nickte und fuhr dann mit gleicher Beharrlichkeit und ohne zu Zärtlichkeitsbeweisen aufgerüttelt zu werden, mit Singen fort. Dabei schwirrte es im Kreise laut. Lachen, Schwatzen, Jodeln und Gläserklingen tönten durcheinander. Der Dunst des Punsches und der Dampf der Zigarren erfüllten benebelnd den Raum. Der Tischler wurde zärtlich mit der Putzmacherin, die überlaut auf seine Scherze einging.

Der allgemeine Wirrwarr stieg; die Laune artete aus. Auch bei der Waschfrau kamen die geheimsten Gedanken zum Vorschein; sie begann ganz grundlos einen Streit mit der alten Nissen, die bereits beim Tischabräumen beschäftigt war und still aus und ein ging. Mile lallte, Glitsch hielt Reden, der Tischler polterte. Die Gesellschaft befand sich in einem wahren Taumel und auf dem Höhepunkt schrankenloser Ausgelassenheit, als plötzlich – entsetzlich ernüchternd für alle – von der Straße her Feueralarm, lautes Blasen und der Ruf: »Langes Speicher brennt!« erschallten. Und da nun auch die Sturmglocken schon ertönten, schoß die erschrockene Gesellschaft, alles im Stich lassend, wie elektrisiert empor und rannte auf die Gasse. Nur zwei blieben sitzen: die beiden Nieteschwanz. Sie zog rasch ein Schnupftuch aus der Tasche und packte Kuchen und Apfelsinen hinein. Nieteschwanz aber, Vater von Vieren, machte sich allerschleunigst über den Rest der Äpfel her. Sodann verließen auch sie den Schauplatz der Ereignisse, und so endete dieses denkwürdige Gelage.

32.

»Mein Fritz, mein lieber, guter Fritz«, flüsterte die durch ihre Liebe und ihre erfüllten Hoffnungen um viele Jahre verjüngte Frau Tibertius acht Tage nach der Hochzeit zu ihrem Manne, während sie an seinem Arme durch den Garten des von ihnen bezogenen Häuschens schritt. »Nie hätte ich mir träumen lassen, daß ich noch einmal so innig froh werden und ohne Nebenwünsche mein Glück genießen würde. Das habe ich dir zu verdanken; du bist ein so guter Mensch!«

Er schnitt die Rede ab, schlang seinen Arm um ihren schlanken Leib und küßte sie auf den feinen, unschuldigen Mund.

»Das sagst du mir?« betonte er gerührt und ließ sich neben ihr auf eine Bank nieder. »Das sagst du mir?« wiederholte er. »Das habe ich dir zu danken! Ich durfte niemals erwarten, einmal so glücklich zu werden! Und nun ist es so unverdient, so überreichlich gekommen!«

»Nicht unverdient«, fiel sie ihm ins Wort. »Ich kenne dein Herz; ich weiß, wie dich die Liebe zu allem Guten durchdringt, und das läßt das Schicksal nicht unbelohnt.«

Sie wußten selbst nicht, wie ihnen war. Sonst beide Naturen, die eher ihre Empfindungen in sich zu verbergen suchten, drängte es sie jetzt, ihnen Ausdruck zu verleihen, ihr Inneres dadurch einander aufzuschließen.

Inzwischen begann es zu dämmern. Sie erhoben sich, öffneten eine kleine Pforte und beschritten einen Pfad, der sich an den Gärten entlang zog. Es war derselbe Weg, welcher den Paulsenschen Garten von den nahegelegenen Wiesen trennte. Letztere grenzten an die See, deren geheimnisvolles Rauschen zu ihnen herüberdrang. Frische Seeluft, der sich der zarte Duft der Wiesengräser beimischte, umwehte das junge Paar und erhöhte die Gefühle, die durch ihre Brust zogen.

Als sie nach mehrmaligem Auf- und Abwandeln auch an dem Paulsenschen Grundstück vorüberschritten, sahen sie neben der Gartenpforte eine Frauengestalt, die unbeweglich dastand und, ohne ihr Kommen zu bemerken, den schwermütigen Blick in die Ferne gerichtet hielt. Erst als sie nähertraten, erhob sie das Haupt und erwiderte in ihrer gewohnten zuvorkommenden und zugleich bescheidenen Art deren Gruß.

»Sie hier so allein, Frau Heinrich?« begann er und zog Christine, deren sich leicht eine Schüchternheit bemächtigte, wenn sie Fremden gegenübertrat, mit sich.

Dora reichte beiden die Hand und neigte den Kopf. »Es trieb mich, noch einmal die schöne Luft einzuatmen. – Mein Mann und meine Eltern sitzen in der Veranda. Ich bin ihnen entschlüpft. – Wie köstlich ist der Abend, die Natur –« Sie sprach nicht aus, das Gespräch stockte, und stumm schauten die drei in die fast schon verschleierte Landschaft.

Nur noch undeutlich erkannte man die Wiesenflächen. Ein blauvioletter Hauch lag über ihnen. Einmal unterbrach das Flügelrauschen vieler tieffliegender Stare die sonst lautlose Stille des Abends. Denn das sanft rollende Rauschen der See drüben wirkte kaum wie ein Geräusch; es erschien wie das friedliche Atemholen der Natur, die ihre Geschöpfe besänftigen, sie einlullen wollte zum nahenden Schlaf. Auch eine Möwe im verspäteten Fluge schrie nun über ihnen. Es klang fast schreckhaft, und doch war es für Dora ein alltäglicher, vertrauter Klang.

Nachdem sie noch eine Weile wortlos nebeneinandergestanden hatten, boten Tibertius und Christine der immer noch so schweigsamen jungen Frau eine gute Nacht und wandten sich nach Hause zurück. Dora aber blieb noch stehen und sah ihnen nach.

Wie glücklich waren diese Menschen! Sie so sanft, in unbewußter Holdseligkeit, er so gut, so zufrieden, so dankbar gegen den Schöpfer. Und sie selbst? Sie, die hier in den stillen Abend hinausstarrte und die rauschende Musik der See an ihr Ohr dringen ließ? – Sie war unglücklich, – zum Sterben traurig – –

Endlich wanderte auch sie langsam durch die dunklen Wege und an den nächtlich träumenden Gebüschen des Gartens vorüber in das elterliche Haus zurück.

Herr »Feodor« Tibertius war übrigens in der Folge äußerlich nicht wiederzuerkennen. Alles schien an ihm verändert, und wie man zugestehen mußte, zum Vorteil.

»Weißt du, Fritz, daß ich einen Wunsch habe, den du mir erfüllen mußt«, warf Christine an einem der nächsten Tage hin.

Tibertius beeilte sich, zu versichern, daß er im voraus gewährt sei.

»Ist's wirklich ganz sicher, Fritz?«

Tibertius nickte. »Ganz sicher, bitte.«

»Kehr' dich um, dann sag' ich's.«

»Ach, du süße Törin!« er sprach's widerstrebend, tat aber doch, wie ihm geheißen war.

»Ich möchte gern, daß du, – daß du, – nein, – so nicht! – Sag' mal Fritz, magst du meine Haarfrisur leiden?«

»Gewiß, gewiß! Ich wüßte keine, die hübscher sein könnte.«

»Um so besser! Aber ich würde sie gern gegen eine andere vertauschen, wenn du sie nicht kleidsam fändest.«

»Sicher, sicher, ich glaube es! Aber nun heraus mit der Sprache.«

»Denke dir, ich mag, – ich mag« – setzte Christine an.

»Meine Frisur nicht? Ja, wie soll ich sie denn tragen?«

Der junge Ehemann wollte sich nach diesen Worten umwenden, aber sie hielt ihn fest. »Noch nicht, noch nicht! Höre erst! Es handelt sich gar nicht um deine Frisur, Fritz. Es handelt sich um deinen Schnurrbart!«

So, nun war's heraus! Christinens Vorsicht bei diesem Angriff war in der Tat angebracht, denn Tibertius rief in einem etwas unmutigen Tone: »Na, was ist denn mit dem? Was hat dir der denn getan?«

»Er muß fort, – ganz fort, Fritz!« Christine sprach die Worte kurz und entschieden; ja, es klang, als ob's ihr gar nicht schwer von den Lippen gegangen sei. Sie kannte ihres Mannes Schwäche und war sicher, daß er ein wenig aufbrausen werde.

Tibertius wandte sich trotz des strengen Verbotes und faßte mit einer gewissen ängstlichen Zärtlichkeit den großen Schnurrbart mit der Rechten und Linken, kräuselte ihn zwischen Daumen und Zeigefinger und drehte sogar nach alter Gewohnheit in der Luft dasjenige weiter, was erst noch wachsen sollte.

»Ich weiß gar nicht, ist denn mein Schnurrbart so häßlich?« hub er an, besah sich im Spiegel, rückte den Kopf hin und her und musterte sein männliches Aussehen. Etwas eitel war er nun einmal.

»Hübsch oder häßlich, Fritz! Ein Versprechen muß man halten! Ich mag dich viel lieber ohne diesen großen, auffallenden Schnurrbart. Für einen Pandurenwachtmeister mag er passen, aber für den Fabrikanten Fritz Tibertius? Nein, Fritz, er muß geopfert werden.«

Tibertius machte allerdings noch Einwendungen; die Sache kam ihm hart an. Aber er gab doch einen Beweis seiner zärtlichen Gefügigkeit, indem er am nächsten Tage, von Glitsch glattrasiert, vor seiner Frau erschien.

»Ach mein herzallerliebster Mann!« rief Christine und flog ihm an die Brust. »Wirklich! Zehntausendmal hübscher siehst du aus! Besieh dich nur!«

Tibertius stimmte dieser Ansicht freilich nicht so lebhaft bei.

»Armes Männchen!« neckte sie, als er sich ungemütlich wie ein geschorener Spitz um sich drehte. »Wie gut ist's, daß wir Sommerzeit haben! Wie kalt würde es dir sonst um Nase und Mund wehen! Armes, armes Männchen. Aber tausend, tausend Dank, und wenn du nun auch –«

»Na, was ist denn nun noch?« – betonte Tibertius, und diesmal in der Tat mit einem sehr merkbaren Anflug von Auflehnung.

Christine fühlte, daß es nicht der richtige Augenblick sei, von ihren übrigen Wünschen zu sprechen. Sie brach deshalb ab und lenkte die Unterhaltung auf einen anderen Gegenstand. Aber Tibertius war nun einmal in eine neugierige Erregung geraten und kam auf den von ihr begonnenen Satz zurück. »Du sagtest vorher, Christine, wenn ich noch etwas anderes ändern würde! Nun, ich bitte, heraus damit! Was gefällt dir noch sonst nicht?«

»Mir gefällt alles, mein herzlieber Schatz. Es war gar nichts. Beruhige dich.«

»Doch, doch, du hattest noch einen Wunsch auf den Lippen. Rede nur! Ich werd's mir überlegen. Wenn's irgend geht –«

»Nein, jetzt nicht, lieber Fritz. Ein andermal!«

Tibertius wurde in diesem Augenblick abgerufen. Der Knecht steckte den Kopf in die Tür und sagte: »Wenn der Herr vielleicht einen Augenblick Zeit hätten –«

Aber Tibertius nickte nur kurz und wandte sich sogleich wieder zu seiner Frau.

»Nun! Christine?«

»Bitte, bitte, liebes Männchen«, flehte sie, »es wartet ja jemand draußen auf dich. Es eilt gar nicht, was ich dir zu sagen habe.«

Er bestand jedoch hartnäckig auf seinem Willen, und sie mußte nachgeben; freilich geschah's auf ihre Weise. Mit der ihr eigenen Grazie verneigte sie sich vor ihm und sagte feierlich:

»Wenn Eure Hoheit zu Tisch kommen, wird meine Eingabe fertig sein. Ich werde in ihr meine Wünsche schriftlich niederzulegen mir gestatten. In Ehrfurcht ersterbend, verharre ich – *et cetera, et cetera* –«

Nach diesen Worten schlüpfte sie mit einer schalkhaften Miene aus der Tür und ließ ihn stehen.

Wirklich lag mittags neben Tibertius' Teller ein Kuvert, und in diesem befand sich ein Schriftstück mit nachstehenden Versen:

Mein lieber Mann, verzeih' die Freiheit,
Und sei nicht bös' und werd' nicht kraus,
Schon lange lag's mir auf den Lippen:

Ich liebte dich beim ersten Nahen.
Ich sag's dir heute grad' heraus;
Doch dacht' ich damals schon im stillen:
Ach! zög' er bloß den Schnürrock aus.

Ich hört' aus jedem Munde loben
Dich allezeit mit viel Applaus,
Allein die Welt mit mir im Bunde
Rief: zög' er doch den Schnürrock aus!

Am End', er ist ihm lieb geworden
Beim Wandern durch die Welt, der Flaus!
Der Mensch, schloß ich, bleibt doch derselbe,
Zieht er auch nicht den Schnürrock aus.

Doch heut', mein Schatz, darf ich es sagen:
Ich bitt' dich, mach' ihm den Garaus!
Wirf von dir, was dich mal nicht zieret!
Zieh' rasch den alten Schnürrock aus!

Als Christine am nächsten Sonntag mit ihrem Manne in den Konzertgarten vors Tor ging, war das Wunder geschehen. Tibertius trug einen Gehrock wie andere Menschen und nahm sich in ihm und ohne den unschönen Schnurrbart, an dessen Stelle nur ein kleiner, hübscher Schatten auf der Oberlippe zurückgeblieben war, höchst vorteilhaft aus.

Am Abend desselben Tages hatte das junge Ehepaar Gäste: Herr August Semmler, Fräulein Sophie Wildhagen und, nicht zu vergessen, Frau Kapitän Lassen waren zum Tee gekommen. Die Alte schien durch die Umwandlung, welcher sich Tibertius unterzogen hatte, ganz besonders zufriedengestellt.

»Was ist denn passiert? Sie sehen ja ganz verändert aus. Na, aber 's kleidet Sie gut. Ganz wie zu uns gehörig – viel besser als mit den gewichsten Enden und dem Bedientenrock. Sie sahen ja aus, als ob sie so ein Stallmeister beim Zirkus waren!«

Diese Äußerung ließ allerdings kein Mißverständnis darüber aufkommen, daß Tibertius in seiner bisherigen Erscheinung der Frau Kapitän nicht sonderlich gefallen hatte. Freilich, er sah in solcher Kritik nur eine kleinstädtische Auffassung und wollte zu einer abweisenden Antwort anheben. Schnurrbart und Schnürrock waren einmal seine schwache Seite. Wo diese angetastet wurden, verleugnete sich selbst bei ihm der gutmütige Mensch. Christine aber schnitt, ihren Mann bittend anschauend, alle weiteren Erörterungen ab. Und indem sie sich an seine Schulter lehnte, sagte sie: »Ja, ja, er ist ein lieber Mensch. Dir zu gefallen hat er eingewilligt, Mutter! Er wußte, daß du den Schnürrock nicht mochtest, und da tat er ihn ab!«

Tibertius lächelte und drohte seinem Frauchen mit dem Finger. Als aber die Alte überrascht emporblickte, legte er schnell sein Gesicht in ernste Falten und bestätigte die Worte Christinens.

Und die Alte ließ sich wirklich täuschen. Der Anhauch von Mißtrauen verschwand aus ihren Mienen, und mit einer gewissen Rührung sagte sie rasch und fast verlegen in ihrem schlechten Deutsch:

»Oh, ist wahr? Ach, das kann ich ja char nicht verlangt sein« – und gab sich für den Rest des Abends von ihrer liebenswürdigsten Seite.

Durch solche von Christine ins Werk gesetzte unschuldige Künste gestaltete sich allmählich das Verhältnis zwischen Frau Kapitän Lassen und Herrn Tibertius immer besser, ja, zuletzt so gut, daß die alte Frau eines Tages zu Doras Vater sagte: »Is doch en netten Minschen, Physikus. – Meine Tochter wird chlücklich; den lieben Gott sei chedankt!«

Auch August und Tibertius hatten sich sehr befreundet, und ihre Annäherung ward besonders gefördert, als ersterer nun auch Christine kennenlernte. Ihr feines, gütiges Wesen, ihr schalkhafter Humor, durch den sie ihre Liebenswürdigkeit erhöhte, besonders aber die graziöse Art, mit der sie im Hause waltete, entzückten ihn. Zudem schätzten und liebten beide Dora, die August wie eine Heilige verehrte, und das beförderte noch um ein Beträchtliches seine Zuneigung für Tibertius' Frau. Wenn sie beisammen saßen und plauderten, gedachten sie fast immer der Freundin, die ohne Sonne und Licht in den düsteren Räumen des Apothekenhauses ihre Tage vertrauerte, deren Los immer unerträglicher wurde.

Auch Sophie hatte bei dem jungen Ehepaar die liebevollste Aufnahme gefunden und tauschte häufig ihre Gedanken über ihre gute Dora mit Christine aus.

»Können Sie denn nicht einmal mit den Eltern reden?« fragte Tibertius die alte Dame in seinem Zorn über eine neue Niederträchtigkeit, deren sich Heinrich schuldig gemacht und von der August erzählt hatte. »Ich sollte meinen, wenn der Physikus ein ernstes Wort mit Heinrich spräche, könnte das Eindruck machen. Im äußersten Falle müßte man darauf hinwirken, daß dieses unnatürliche Verhältnis gelöst wird.«

Ein Zug ungläubigen Zweifels trat bei diesen Worten in Sophiens Mienen. Wie oft hatte sie schon mit Doras Mutter geredet, ohne daß diese sich zu einem Entschlusse aufgerafft oder ihren Mann zu einem entscheidenden Schritte getrieben hätte. Es schien den beiden alten Leuten der Mut zu fehlen, ihrem Schwiegersohn gegenüberzutreten; auch stellten sie sich nicht durchaus auf die Seite ihrer Tochter. Dora trage auch schuld, hatte die Doktorin gesagt. Sie sei wortkarg, ohne Wärme und Entgegenkommen. Und was denn aus ihr werden solle, wenn sie sich von Heinrich trenne? Und so blieb es bei bloßem Meinungsaustausch! Wenn Heinrich ihr gegenübersaß und seinen Standpunkt vertrat – und dies war in neuerer Zeit mehrfach geschehen –, so wurde sie entwaffnet. Er hatte einmal eine Art und Weise, durch die er zu überzeugen verstand, durch die er am Ende recht behielt. Und dann das Geld, das Geld! Er war der reiche Mann!

»Es tritt hinzu«, schloß Sophie ihre Mitteilungen, »daß Paulsen vor der Zeit alt geworden ist; der letzte Anfall hat ihn stark mitgenommen; er fürchtet die künftigen erwerbslosen Zeiten. Vermögen ist nicht vorhanden. Da richtet sich denn seine Hoffnung auf die Tochter.

Das hängt alles zusammen, und Dora erwägt diese Umstände auch. Einmal warf sie schon mir gegenüber hin, wie sehr sie die Ungewißheit über die Zukunft ihrer Eltern beunruhige.« –

Wenn Sophie dies den Freunden Doras auseinandersetzte, erschien allerdings manches in einem anderen Lichte, und ihr Mitgefühl mußte sich auf eine stumme Teilnahme beschränken.

Auch Tibertius' alte Pläne kamen wieder zur Sprache, und August nahm sie mit großem Interesse auf. Es leuchtete ihm ein, daß ein großes und sicheres Geschäft zu machen sei, wenn jemand den Apotheken die Präparate, die nur mit großer Umständlichkeit und sicher nur mit weit größeren Herstellungskosten in den Laboratorien hergestellt werden konnten, fertig anbieten würde.

Eines Tages machte Tibertius August sogar den Vorschlag, mit ihm die Sache gemeinsam zu unternehmen. Letzterer dankte überrascht und versprach, das Anerbieten allen Ernstes in Erwägung zu ziehen. Seine Verwandten hatten ihm vorkommenden Falls ein Kapital zugesagt, und August fand hier in der Tat etwas, dessen Ausführung ihm eine große Zukunft zu versprechen schien.

33.

Heinrich hatte sich zum Stadtrat mit dem Titel eines Senators wählen lassen. Das war das Ereignis des Tages. Bisher war er allen derartigen Anerbietungen ausgewichen, jetzt warf er sich mit Eifer auf diese Geschäfte. Er wollte Einfluß gewinnen und in der Stadt noch nach anderer Richtung als bisher eine Rolle spielen! Vielleicht auch suchte er draußen Ersatz für das im Hause eingebüßte Ansehen.

Sein geselliger Verkehr war durch seine Krankheit fast ganz ins Stocken geraten, und ihn wieder zu beleben, zögerte der Apotheker schon deshalb, weil er Dora dabei zu viel Worte hätte gönnen müssen. Das litt sein Hochmut nicht; dazu konnte er sich nicht entschließen.

Einladungen lehnte er unter dem Vorwande ab, daß ihm infolge seiner Krankheit große Beschränkungen auferlegt seien. Auch seine Frau, die neuerdings wegen ihrer Augen Vorsicht üben müsse, – im übrigen eine Tatsache, die den Physikus schon wiederholt beschäftigt hatte, – wurde von ihm vorgeschoben. Überhaupt wollte Heinrich, obschon das Verhältnis nicht recht verborgen bleiben konnte, die Welt nicht in seine Karten gucken lassen.

Nach seiner Anschauung war an der Entfremdung freilich nur Dora allein schuld. Er war das Opfer; sie war ein starrköpfiges, launenhaftes, sentimentales Geschöpf, das nur die äußerste Strenge zur Vernunft bringen und seinem Willen gefügig machen konnte.

Der Bürgermeister von Kappeln war über die Wahl Heinrichs keineswegs erfreut. Bisher waren die Dinge ihren gemächlichen Gang gegangen; er regierte, und ein absoluteres System trotz des konstitutionellen Staatswesens konnte man sich nicht denken. Aber schon wenige Wochen nach des Apothekers Wahl zum Senator begannen sich zwei Parteien zu bilden, und selbstverständlich war Heinrich bei der Opposition.

Die Stadt hatte Schulden, und die Steuern wuchsen. Man hatte bisher gezahlt und still gemurrt; jetzt murrte man laut. Im »Dreimaligen« erschienen anonyme, mit großer Sachkenntnis geschriebene Artikel aufreizenden Inhalts. Einer dieser sehr freimütigen Aufsätze sprach es unumwunden aus, daß der Bürgermeister mit dem bevorstehenden Ablauf der Amtsperiode keine Aussicht habe, wieder gewählt zu werden. –

Nach kurzer Zeit herrschte Heinrich schon allmächtig. Er hatte keine Zeit und Mühe gescheut, die Majorität der Stadtverordneten-Versammlung auf seine Seite zu bringen, und in den öffentlichen und geheimen Magistratssitzungen trat er dem Bürgermeister mit kritisierenden oder spöttelnden Einwürfen entgegen. Nur Senator Adler vermochte er nicht zu sich hinüberzuziehen. Der hielt schon aus Eifersucht auf Heinrich zu seinem bisherigen Freunde, dem Bürgermeister. Auch diesem war Heinrichs Eintritt in den Magistrat äußerst unbequem.

Mancherlei Dinge, die bisher sehr oberflächlich behandelt worden waren, unterlagen jetzt auf Heinrichs Antrag einer äußerst genauen Prüfung; alles Bemänteln fand an ihm einen starken Gegner. Er war, ganz seiner Natur entsprechend, auch hier kühl und rücksichtslos und wurde scheinbar nie von Nebenabsichten geleitet.

Aber er war auch eigensinnig bis zur Torheit, und einmal hätte die Gegenpartei beinah einen großen Triumph über ihn gefeiert. Sie wiesen dem Herrn Senator nach, daß er bei ähnlicher Gelegenheit, als es sich auch um die Verpachtung städtischer Ländereien gehandelt hatte, gerade die seiner jetzigen Ansicht entgegengesetzte verfochten hatte. Aber Heinrichs fuchsige Klugheit verhalf ihm auch diesmal zum Sieg.

Er erklärte unumwunden, daß er sich damals geirrt habe, und Irren sei menschlich. Er sei der letzte, der sich für unfehlbar halte. Er wolle lieber den Vorwurf einer Inkonsequenz über sich ergehen lassen, als seine bessere Überzeugung unterdrücken.

In Wirklichkeit aber verließ er nur deshalb den früher verteidigten Standpunkt, weil der Bürgermeister beim Beginn der Debatte eine von der seinigen abweichende Meinung in ungewöhnlich entschiedener Weise vertreten hatte.

Und so gelang es dem Apotheker alsbald, Streit und Unfrieden in die Körperschaft hineinzutragen und lediglich durch seine eigensinnige Herrschsucht alles in Aufregung zu bringen und in Atem zu halten.

Im übrigen vollzogen sich in Kappeln die Dinge wie in den meisten kleinen Städten. Mit einigen Ausnahmen lebte die Bürgerschaft von der Hand in den Mund. Die Handwerker arbeiteten nicht mehr, als sie eben mußten. Recht viele Geschäftsleute waren über ihre Kräfte belastet und fanden einen künstlichen Kredit, indem sie sich in den Spar- und Hilfskassen gegenseitig Bürgschaft leisteten. Die Gelder der Darlehnsinstitute waren stets bis auf den letzten Taler in Anspruch genommen, und wenn einmal eine gründliche Revision und infolgedessen eine von persönlichen Rücksichten Abstand nehmende Kapitalsaufkündigung erfolgte, war's sicher um sehr viele geschehen.

Heinrich wußte das alles so genau, als ob er selbst Geldnehmer und Revisor in einer Person gewesen sei; aber gerade diese Dinge aufzudecken hütete er sich. Weshalb sollte er in ein Wespennest stechen? Mochten das die Leute mit sich abmachen. Er nahm keinen Schaden direkt noch indirekt. Der Handel mit Medikamenten war zumeist ein Bargeschäft, und was durch Kreditgeben im Jahr verlorenging, buchte er gegenüber den hundert Prozent Nutzen, die auf der Ware lagen, mit gleichgültiger Miene weg.

Obgleich nun also Kappeln kein sehr wohlhabendes Städtchen war, so fand sich doch für das Vergnügen immer Geld.

Es ging mit dieser Angelegenheit wie mit den unversorgten Witwen und den vielen Kindern, wenn plötzlich der Ernährer stirbt. Alle Welt meint, die Familie müsse verhungern, aber es geht doch.

Auch in diesem Jahre rüsteten sich die Einwohner Kappelns, ein großes Fest zu begehen. Nach dreijähriger Pause sollte der Gilde Vogelschießen stattfinden, an dem sich mit wenigen Ausnahmen die ganze Bürgerschaft zu beteiligen pflegte. Seit Jahrhunderten war dieses Fest im Städtchen gefeiert worden und hatte sich mit allen seinen Eigentümlichkeiten, trotz des Ereiferns der Nüchternen, die über die abgetane Spielerei spöttelten, erhalten. Die Tadler sahen nur das Äußerliche: die Aufzüge, das kleinbürgerliche Treiben, die ernsthaft sich gebärdende Torheit und die Zeit- und Geldverschwendung. Aber es entging ihnen, wie einmal der Bürgermeister geäußert hatte, daß in allen diesen Überlieferungen früherer Zeiten doch auch etwas Förderndes liege. Den Wert einer Ablösung von der täglichen Arbeit, den ungezwungenen Verkehr der sonst gesellschaftlich getrennten Stände, die Annäherung derer, die doch ein gemeinsames Interesse verbinde, kurz, die Vorteile einer engeren, durch keine konventionellen Formen gestörte Berührung aller Bewohner des Städtchens, die so mancherlei Gutes im Gefolge habe, dürfe man nicht außer acht lassen.

Überdies war auch die Gilde wohlhabend, und nicht alle Unkosten, die das Fest verursachte, fielen den einzelnen zur Last. Die Zinsen eines sicher angelegten Kapitals wurden gesammelt und konnten, ja, mußten nach den Statuten bis auf den letzten Heller verausgabt werden. Zelte und sonstiges Inventarium an Silbergeschirr, Laden, Humpen, Gerät und Ehrenzeichen, einschließlich der goldenen Königskette, besaß die Vereinigung, und selbst die Vogelstange und der Platz, auf dem die Feste stattfanden, waren Eigentum des Schützenbundes.

Am vierundzwanzigsten Juli, mitten in der Sommerhitze, fand der erste Ausmarsch statt.

Seit Wochen waren alle Hände in Bewegung, um Vorbereitungen zu treffen. Kleider, Röcke, Hauben und Mantillen wurden genäht oder geändert. Mile Glitsch und Emma hatten sich einige fleißige, junge Mädchen zu Hilfe genommen, und sie saßen von früh bis spät, um den Anforderungen, die an sie gestellt wurden, gerecht zu werden.

Die Flinten wurden von den Männern hervorgesucht und geputzt, Hüte und Fräcke ausgebessert und das Fußzeug einer Besichtigung unterworfen.

Tibertius' Aufnahme in die Gilde wurde einstimmig beschlossen, und so steckte Christine auch ihm Blumenbuketts in Flintenrohr und Knopfloch. Früher hatte Heinrich, obgleich Mitglied des Schützenbundes, niemals an den Festen teilgenommen. In diesem Jahre aber stellte er sich mit in die Reihen.

Von morgens sieben Uhr beginnend, erschienen die Trommler vor dem Hause eines jeden Gildenmitgliedes und gaben unter einem wahrhaft betäubenden Lärm das Zeichen zum Ausmarsch.

Die Kinder strömten herbei und ermunterten sich gegenseitig durch lustiges Hallo; die Hunde bellten, und die vorüberfahrenden Wagen verstärkten das ungewohnte Geräusch. Kurz, das sonst so stille Kappeln war nicht wiederzuerkennen.

Das hielt zwei Stunden an, bis endlich den ringsum Harrenden der Klang der Hörner und Trompeten verkündete, daß die Festgenossen vom Rathausplatz abmarschiert seien. Fahnen waren schon in der Frühe aus den Dächern herausgesteckt, frische Blumen bereits in die Fenster gestellt. Die jüngst angestrichenen Häuserfronten glänzten; die Straße war sauber gefegt, und die in hübschen Sonntagskleidern mitfolgende Jugend machte das Bild noch lebendiger.

Und die Sonne schien; die Welt war lustig, und die Musik der Blasinstrumente übte die gewohnte, begeisternde Wirkung. Den Bläsern voran ritt, eine breite Schärpe in den Landesfarben über die Brust geschlungen, der Adjutant. Er saß auf dem dickbäuchigen, bei der Musik sich sehr unruhig gebärdenden Schwarzen eines Brauers. Das ungestüme Roß ging sonst weniger aufgeregt vor dem Bierwagen, senkte dann vielmehr mißvergnügt den Kopf; aber Musik und Sporen taten jetzt das ihrige. Dem Vorreiter folgten die »Älterleute«, alle festlich geschmückt; in ihrer Mitte stolzierte der Schützenkönig mit goldner Kette.

Diesmal war's ein fetter Weinhändler, Herr Schulterblatt mit Namen, der Pächter des Ratskellers. Schulterblatt war bartlos und hatte das fröhliche, rote Gesicht einer Magd vom Lande. Wenn man ihn in Frauenkleider steckte, glich er einem nach Männern ausspähenden jungen Weibe. Hinter ihm folgten die Gildebrüder, geführt von ihrem Kapitän und begleitet von den Leutnants.

Auch ein Schwanzleutnant war dabei. Es war ein Schneider, der Rehkeldachs hieß und ein Sparkassengesicht hatte. Rehkeldachs nahm die Sache sehr ernsthaft; er marschierte stramm einher, streckte den Oberkörper in die Luft und warf die Nase empor.

Der Zug bot überhaupt einen Anblick, der selbst den Griesgrämigsten zur Bewunderung hinreißen und zu Tränen hätte rühren müssen. Welche genaue Beachtung militärischer Vorschriften! Diese übereinstimmende

Uniformierung, diese Haltung, dieser Schritt, dies Brust heraus, Bauch herein – oder vielfach auch umgekehrt! – Es war unvergleichlich!

Ein Viertelstündchen Weges hinter dem Stadttor befand sich die Schützenwiese, welche unmittelbar an die See grenzte. Es war ein schöner Platz, mit seinen weißen, buntbewimpelten Leinwandhäuschen lustig anzusehen. Auf einem abgelegenen Fleck war die Schützenstange mit dem Vogel aufgerichtet. Ohne Unterbrechung spielte die Stadtkapelle ihre Märsche. Immer erklang in gleichen Zwischenräumen der kurze Knall des Musketenfeuers. Ununterbrochen drang Jubel und Gesang aus den Tingel-Tangel-Zelten durch die Luft. So anheimelnd vergnüglich wirkte alles zusammen, daß sogar die befrackten, ältesten Herren mit der weißen Weste und der Blume im Knopfloch fortgerissen wurden. Da sah man lachende oder singende Gruppen von Dreien oder Vieren, die sich unter den Arm gefaßt hatten und in die Erfrischungszelte stürmten oder im Königszelt an den Schenktisch traten. In dem letzteren ward in großen Humpen kühles Braunbier kredenzt, das aus silbernen Gefäßen, in deren Naß Zitronenschalen schwammen, geschöpft wurde. So entsprach es der alten Sitte. Essen und Trinken! Darin bestand das Vergnügen hauptsächlich.

Um Mittag ging's in die Stadt zurück, stets mit Musik voran; und ebenso ward wieder am Nachmittag der Rückmarsch zur Vogelwiese angetreten. Jetzt erschienen auch die Frauen, um an den Festlichkeiten, namentlich an den Rundgängen, teilzunehmen. Oft zogen Hunderte hinter der Musik einher, bis der Platzkapitän, ein jovialer Bürger und Schwefelholzfabrikant, Halt! kommandierte, einen Kreis bilden und einen Walzer aufspielen ließ.

Nun drehte sich alt und jung. Die Haubenbänder flogen, die Röcke schleiften den feinen Sand, die Beinkleider bedeckten sich mit Staub; Lachen und Frohsinn erfüllten die Luft, und dazwischen erscholl der Knall der Flinten, kurz, dumpf, als ob der Schuß hoch oben in der Luft geboren und sein Leben nach der Geburt blitzrasch wieder erstickt werde.

Nach dem Tanz ging's in die Bierzelte. Man drängte sich um die Plätze; im Nu war alles besetzt, und jeder hatte einen lauten Wunsch.

Der Wirt schwitzte und schalt rückwärts in die Küche; die Kellner eilten dienstfertig ab und zu, Schwatzen und Rufen überall. Der Schlag des Holzhammers ertönte; Frisch Faß! erklang's, und ein Hurra war die Antwort. Und in all dieses Summen und Schwirren mischten sich der aufdringlich anheimelnde Gesang der Sängertruppe vom Podium, das Gejohle einer ebenso eifrig beflissenen Tiroler-Gesellschaft im Zelte nebenan, sowie Orgelklang von den Karussels, die sich auf der Wiese drehten. Es war ein betäubendes, unharmonisches Durcheinander, das sich auch draußen fortsetzte.

Endlich erfolgte die Mahnung zum Aufbruch, zu einem Umzug und abermaligen Tanz. Es gab an diesem Tage zwar auch Standesunterschiede, aber nur stillschweigend anerkannte; äußerlich existierten keine Vorrechte. Der Beamte bot dem Handwerker den Arm, und der Pastor führte, wenn's kam, die Frau seines Tapezierers. Der Schwanzleutnant Rehkeldachs tanzte mit Frau Doktor Schübeler, und des Weinhändlers Schulterblatt, des Schützenkönigs, Verbeugung und Aufforderung zu einer Polka sah die Frau Bürgermeister Friederichsen als eine hohe Ehre an.

Überall war der Kapitän und Schwefelholzfabrikant zur Stelle, um das Fest durch neue Abwechslungen zu beleben. Einmal ließ er zum Gaudium der Anwesenden eine Rotte militärische Übungen machen, und bei diesen kamen so eigenartige Abweichungen zum Vorschein, daß kein Auge tränenleer blieb. Da erscholl das Kommando: »Rechts schwenkt, marsch!« und die Hälfte wandte sich links; feindliche Angriffe fanden statt, bei denen die Offiziere solchen Mut entwickelten und so todesverachtend den Fronten voraneilten, daß selbst die mittelalterlichen Schlachten derartige Beispiele von Kampfbegier nicht aufzuweisen haben mochten. Einmal stieß ein langer Leutnant, ein ehrsamer Buchbindermeister, der neben seinem Geschäft noch eine Konditorei und eine Leihbibliothek besaß, so heftig auf einen Bierbrauer von der feindlichen Kolonne, daß er beim Ansturm zusammenknickte, daß ihm die Rückennaht im Frack platzte, und die Schöße wie zwei lange schwarze Fahnen auseinanderwehten. Die Jugend klatschte in die Hände, und die Damen wendeten sich, vor Lachen schier erstickend, ab.

Dora war mit Tibertius und Frau Christine hinausgewandert; ihnen hatten sich Kuchens und Frau Doktor Schübeler abgeschlossen. Senator Adler war so hochherzig, mit Frau Heinrich zu tanzen, und Tibertius schlenkerte, als er mit seiner lieben Frau einen Walzer versuchte, so sonderbar mit den Beinen, daß Nieteschwanz seinem Nachbar, Kürschner Kegel, mit dem einen Auge und den Sommersprossen im Gesicht, die Bemerkung hinwarf, der tanze doch eigentümlich, worauf dann Kegel die Antwort gab, das sei eigentlich das feine Tanzen!

Nachdem auf diese Weise Tibertius' Meisterkunst in das richtige Licht gestellt war, löste sich auch bald darauf der Tanz auf, und die Anwesenden wanderten sämtlich in das Königszelt, wo Freibier verteilt wurde. Endlich kam der Abend. Der Kapitän beorderte die Musik auf den Festplatz und bat anzutreten. Rasch setzte sich der Zug zur Rückkehr in die Stadt in Bewegung. Da die Ehemänner jetzt meistens ihre Frauen führten, so fand sich auch Heinrich ein, aber er wußte es so einzurichten, daß er Frau Doktor Schübeler und Frau Kuchen führte. Leo wurde vom Inspektor Blume geholt, und Tibertius bot Christine und Dora seine Begleitung an. Die Gefühle zu beschreiben, in denen sich der frühere Provisor befand, als nunmehr diejenigen beiden Frauen an seinem Arm einherschritten, welche er über alles in der Welt liebte, würde unmöglich sein.

Noch lange tönte die Karusselmusik, noch lange erscholl der Gesang Verspäteter; das sanfte Geräusch der See drang über das mit funkelnden Lichtern bedeckte Feld, bis zuletzt auch diese verklangen, die glimmenden Kohlen in den Feldküchen der Zelte erloschen und nur noch die glitzernden Augen ferner Welten am dunklen Himmelszelt zurückblieben. —

Heinrich marschierte am nächsten Morgen nicht mit hinaus. Er war, wer weiß aus welchem Grunde, sehr schlecht aufgelegt, schalt schon in der Frühe mit den beiden Mädchen und kündigte Jakob, weil dieser einen ihm gewordenen Auftrag vergessen hatte. Jakob begab sich zu Dora und bat, daß sie ein gutes Wort für ihn einlegen möge. Die Pfeife hatte er auf die Treppe gelegt und die Holzpantoffeln, die er im Laboratorium trug, ausgezogen.

Dora versprach, seinen Wunsch zu erfüllen. Seit zwölf Jahren war er bei seinem Herrn; nun wollte ihm der wegen einer solchen Kleinigkeit den Laufpaß geben. Freilich begriff Dora nicht, wie sie Heinrich umstimmen sollte. Ihre Bitte, ihre Befürwortung waren ja schon ein hinreichender Grund für den Apotheker, auf dem einmal gefaßten Entschlusse zu beharren.

Bei Tisch wurde Kordes abgerufen und erhob sich so ungeschickt, daß er den Stuhl umwarf. »Na, na, wo haben Sie denn –« setzte Heinrich zornig polternd an und ließ die eben zum Munde geführte Gabel wieder auf den Teller gleiten. Einige Augenblicke später suchte er nach dem Pfeffer und fand ihn nicht. Mit einer nicht mißverstehenden Miene des Tadels erhob er sich und eilte ans Büfett.

»Etwas fehlt doch immer!« murmelte er. »Ich werde fortan Lene für das richtige Tischdecken verantwortlich machen.«

»Sie deckt ja jeden Tag!« erwiderte Dora.

»So? Ich glaubte, du besorgtest das, weil nie etwas in Ordnung ist –«

August stieg bei diesen Worten das Blut in die Schläfen; er schaute ängstlich zu seiner Herrin hinüber, die in auflodernder Empörung die Lippen aufeinanderpreßte und nur mühsam an sich hielt. Unglücklicherweise befand sich nun kein Pfeffer in der herbeigeholten Büchse; ein entschuldbarer Mangel, da Heinrich das Gewürz nie zu der Speise des heutigen Tages begehrt hatte.

»Zum Donnerwetter mit deiner Wirtschaft!« rief der Apotheker, ganz von seiner schlechten Laune beherrscht, und stieß die Dose auf den Tisch.

»Ich denke, wir sind hier in unserer Wohnung und nicht in einem Wirtshaus«, hauchte Dora mit bebender Stimme.

»Schweig!« raste der Mann und schlug mit der geballten Faust so heftig auf den Tisch, daß die Gläser klirrten.

»Aber Herr Heinrich!« stieß nun auch August heraus.

»Nun?« rief der Apotheker und warf einen herausfordernden Blick auf ihn. »Sie wünschen?«

Semmler wurde totenbleich, sah aber Heinrich fest ins Auge und öffnete den Mund zum Sprechen.

»Bitte, lassen Sie –« bat Dora flehend, und August fügte sich.

Heinrich aber rollte die Augen, streckte seinen langen, hageren Oberkörper in die Höhe und sagte, sich zu seiner Frau wendend: »Ich verbitte mir alle, alle deine –« und wieder sich unterbrechend, zu August: »Wenn Ihnen etwas an meinem Tisch und in meinem Hauswesen nicht recht ist, steht es Ihnen jederzeit frei –« In diesem Augenblicke öffnete sich die Tür, und Kordes kehrte zurück.

»Ich ersuche Sie, einen Augenblick draußen zu warten«, rief der Apotheker ihm zu, und Kordes, infolge seiner Krankheit noch blassen Angesichts, verschwand mit ängstlichem Ausdruck.

Nun siegte wieder Doras gutes Herz über ihren Zorn. »Ich bitte dich inständig, Heinrich«, hub sie sanft an, »vergiß die Sache und laß namentlich einen Unbeteiligten nicht für mein Versehen büßen!«

Aber bei dem Apotheker bewirkte diese Sanftmut gerade das Gegenteil von dem, was seine Frau zu erreichen wünschte. Dora erlangte ja dadurch einen Vorteil und demütigte ihn vor seinen Untergebenen. Das fachte seinen Jähzorn nur noch mehr an.

»Ich wünsche keinerlei Ermahnungen von dir. Schweig, oder verlaß das Zimmer!« herrschte er seine Frau mit grenzenloser Roheit an. »Sie jedoch, mein Herr –«

Aber jetzt war es auch mit Augusts Mäßigung zu Ende. Sein ritterlicher Sinn, sein Mitgefühl und seine Liebe warfen alle Rücksicht beiseite. – Ihn beherrschte nur der eine Gedankt, für seine Herrin einzutreten. Das Auge fest auf den Sprechenden gerichtet, sagte er:

»Ich habe vollkommen verstanden, was Sie mir sagten; einer weiteren Erklärung in meiner Sache bedarf es nicht! Was aber noch keine Erledigung fand, ist das Benehmen gegen Ihre Frau Gemahlin. Ich protestiere dagegen, daß in meiner Gegenwart einer Dame in so maßl–«

Aber der Apotheker ließ ihn nicht ausreden. Wie ein Wolfshund richtete er sich empor, und wies mit vor Wut bebender Hand nach der Tür. Noch zögerte August; er wollte weitersprechen, aber Doras eindringliche Stimme traf sein Ohr, und ihr flehender Blick ergänzte alles übrige.

Er gehorchte, neigte sich herab, berührte ihre Hand und verließ, ohne Heinrich eines Blickes zu würdigen, das Zimmer.

Kaum hatte sich die Tür geschlossen, als der Apotheker auf seine Frau zueilte. Er fletschte die Zähne; seine Augen glühten. Sie floh und wandte sich zur Tür. Aber er vertrat ihr den Weg und packte sie an dem Arm.

»Elende, undankbare Kreatur!« schrie er. »Ich will dich lehren! Vom heutigen Tage an sollst du mich kennenlernen! Alle die schmachtenden Liebhaber und Klatschschwestern werde ich beseitigen und sehen, wer endlich die Oberhand behält! So, nun dort in die Ecke und nicht gerührt – –« Mit diesen Worten schleuderte er sie von sich, verließ das Zimmer und rüstete sich zum Gange nach der Vogelwiese.

Als Lene bald darauf den Tisch abräumen wollte, fand sie ihre junge Herrin ohnmächtig auf dem Boden ausgestreckt.

»Oh, die Frau! die Frau! Was ist mit unserer Frau?« jammerte das Mädchen wehklagend und suchte Dora emporzurichten.

Nach geraumer Zeit gewann diese ihr Bewußtsein zurück. »Es ist nichts, es ist nichts. Laß nur, Lene!« beruhigte sie sanft. »Ein leichter Schwindel. Es hat nichts auf sich –«

Nach diesen Worten raffte sie sich empor und legte, um ihre Erinnerungen zu sammeln, die Hand an Schläfe und Stirn.

»Na, das ist man gut«, stieß die teilnehmende Person, vor Aufregung noch fast atemlos, heraus. »Aber schrecklich blaß sieht die Frau aus, wie eine Leiche! –«

Wenige Minuten später eilte Dora bloßen Hauptes über die Gasse und öffnete die Tür des elterlichen Hauses. In diesem Augenblick kam's die Straße herauf. Es waren Schützenbrüder, die ihre Frauen zum Festplatz eingeholt hatten. Die Musik spielte einen lustigen Marsch. Die sonnenbeschienene Straße, noch eben still, wurde plötzlich belebt, die Jugend marschierte im Militärschritt nebenher, und im Nu guckten ringsum neugierig vergnügte Gesichter aus den Fenstern.

»Was ist, was ist? Dora, mein teures Kind!« rief die Doktorin, als die junge Frau wimmernd im Wohnzimmer niedersank und das tränende Antlitz in ihren Schoß vergrub.

Von Schluchzen unterbrochen, berichtete Dora ihrer Mutter von den eben stattgehabten Vorfällen.

Frau Paulsen traten bei der Erzählung ihrer Tochter die Augen fast aus den Höhlen. Die scharfen Züge des Gesichts bedeckten sich mit einem unheimlichen Rot, und ihre Hände zuckten. Zu sprechen vermochte sie nicht; sie konnte sich nur niederbeugen, ihr Kind umschlingen und mit ihm weinen.

Und just in diesem Augenblick drangen durch die geöffneten Verandatüren die letzten, fröhlich belebenden Klänge der sich allmählich verlierenden Marschmusik herein; nur einigemal war's, als ob sich der Zug nicht entferne, sondern erst herankomme. Hell, kräftig, wie in unmittelbarer Nähe ertönten die Hörner. Doch war's nur eine Täuschung! Lediglich die sonnenreine Luft trug die schwingenden Schallwellen in solcher Deutlichkeit herüber. Nach und nach erstarb das Geräusch; leise, immer leiser verklang's in der Ferne, und zuletzt drang's nur noch einmal wie ein vergnügtes Lachen an der Lauschenden Ohr. Nun war's still, ganz still, und wieder lagen Straßen und Gassen im heißbrütenden Sonnenschein und in gewohnter Einsamkeit.

34.

Der zweite Tag des Vogelschießens verlief fast noch lustiger als der erste.

Einige besser gestellte Schützenbrüder hatten den übrigen Festgenossen am Morgen vor dem Auszug ein Frühstück in ihrem Hause angeboten und auf diese Einladung von keiner Seite Absage erhalten. Dadurch verzögerte sich der Abmarsch; aber die Stimmung war, als er nun endlich erfolgte, bereits eine so lebhafte, daß die neugierigen Zuschauer an den Fenstern mit einem Hurra begrüßt wurden, einige ehrenwerte Gildenbrüder schon beim Marschschritt recht bedenklich schwankten und der Schneider Schwanzleutnant mit dem Sparkassengesicht sogar gesenkten Hauptes, still vor sich hinschmunzelnd, einhertorkelte. Gleichsam mechanisch bewegte er sich und versuchte Schritt zu halten, ohne daß es ihm indessen recht gelingen wollte.

»De Swansleutnant Chrischan Neihnadel schall leben! Hurra!« schrien einige vorlaute Jungens an der Marktecke und erwarteten einen wütenden Blick dafür. Aber der Schneider lachte und blinzelte, ohne emporzuschauen mit den Augen, tat, als ob er eine dritte, unbeteiligte Person sei. Er lachte über sich selbst, er hatte Humor. –

Welch ein tiefblauer Himmel spannte sich über der grünen, festlich geschmückten Schützenwiese aus, und wie reizvoll erschien drüben die See mit ihren in Silberschnee verwandelten Wellen; welch wunderbarer Hauch kühlte die heiße Luft, in der die Vögel lustig zwitscherten, nun, da sie sich an das unheilige Geräusch der Musketenschüsse gewöhnt hatten.

Und während draußen das Tam-Tam erscholl und Jubel die Luft erfüllte, Drehorgel und Konzertmusik sich mit den Gesängen der angeheiterten Schützenbrüder vermischte, während alles fröhlich war und sogar Heinrich mit seinen großen Zähnen lächelte, als der stark angeheiterte Bürgermeister ihn in die Ecke des Königszeltes zog und unter Händeschütteln und sanften Vorwürfen um seine Freundschaft buhlte, saß Dora ratlos neben ihrer Freundin Sophie in der abgelegenen Gasse im kleinen, dumpfen Stübchen und bat um Trost und Rat.

Der Physikus hatte erklärt, er wolle mit seinem Schwiegersohn reden, energisch reden. Doras Bericht hatte ihn so erschüttert, daß er anfänglich keines Wortes mächtig gewesen war. Nie in seinem Leben hatten ihn die Seinigen in einer so furchtbaren Aufregung gesehen.

Beide Eltern sprachen zum ersten Male das Wort Trennung aus. So konnte, so durfte es nicht weitergehen! Wollte Heinrich sein Betragen nicht ändern, so sollte Dora in das Haus ihrer Eltern zurückkehren. Es mochte dann kommen, was mußte.

Die junge Frau berührte es tief, daß man ihr nicht gleich nach diesen Vorgängen eine Zuflucht anbot, aber sie bat nicht darum, weil sie noch immer die Rücksicht gegen die Ihrigen über das gewaltsame Drängen ihres Herzens stellte. Freilich schnitt es schmerzvoll ihr ins Innere, daß Frau Paulsen selbst in diesem Augenblicke von der Zukunft sprach und der materiellen Folgen erwähnte! Sogar in einem derartigen Moment mischte sich die Anbetung des Geldes in die Gedanken der Ihrigen.

Unter solchen Empfindungen eilte die junge Frau zu Sophie. Sie mußte ihr Herz jemand ausschütten, der teilnehmend, ohne Bedenken ihr zuhörte. Die alte Dame rüstete sich gerade, um mit Frau Senator Ellisen auf die Schützenwiese zu gehen. Als sie Dora ins Auge blickte, sah sie gleich, daß sich etwas ganz Ungewöhnliches ereignet haben mußte. Rasch nahm sie Mantel und Hut wieder ab und zog die junge Frau mit warmherziger Miene in die Sofaecke.

»Bitte, liebe Sophie, es ist ganz milde, ganz sommerlich draußen, – einen Augenblick das Fenster – ich ersticke fast –«, hub Dora an, bevor die alte Dame zu einer Frage gelangte.

»Gewiß, gewiß, meine süße Dora, ich wollte gerade lüften.«

Im nächsten Augenblick schlang Dora die Arme um die Schultern ihrer treuen Freundin, und jetzt erst gelangte ihr Schmerz ganz zum Ausbruch. Sie weinte herzzerreißend. Vordem hatten sich wohl sinkende Tröpflein abgelöst, jetzt flutete es aus den durch vieles Weinen entzündeten, kranken Augen, als ob eine heiße Quelle sich Bahn gebrochen habe.

»Bin ich denn eine so weichmütige und sentimentale, eine so anspruchsvolle Natur, daß ich immer wieder klagen muß, Sophie? Gibt es Menschen, die ein gleiches oder gar ein viel größeres Herzeleid haben und es geduldiger, mit größerer Sanftmut ertragen? Sind sie klüger, stärker und deshalb unempfindlicher und glücklicher?«

»Vielleicht, vielleicht, meine süße Herzensfrau. Andere fühlen und empfinden weniger tief; aber ich möchte glauben, ein solches Schicksal verhängt der liebe Gott doch nicht allzuoft über seine Geschöpfe«, erwiderte die Alte und wischte sich bei Doras demütiger Selbstanklage gerührt über die Augen. »Dein Mann ist ja kein Mensch, er ist ein herzloser Bösewicht, für den in meinen Augen keine Strafe zu groß wäre.

Höre, Dora«, fuhr sie fort, nachdem die junge Frau ihr noch einmal alles wiederholt hatte, »gehe aus dem Hause, heute noch! Komm zu mir, wenn deine Eltern noch schwanken, und wenn nicht anders, flüchte dich zu deinem Onkel nach Mecklenburg.«

Namenlos glücklich machte sie die junge Frau durch diese Worte. Fort! Ihn nicht mehr sehen, bei dessen Anblick ihr Herz bebte; seine Stimme nicht mehr hören, die ihr wie das Bellen eines Schakals klang; von ihm nicht mehr abhängig sein, den sie so glühend haßte, daß sie ihn hätte zerreißen, töten können.

Und dennoch – wie marterte gleichzeitig Sophie mit ihrem Vorschlage, zum Onkel zu fliehen, unbewußt Doras Inneres. Rief sie ihr doch dadurch Bernhard ins Gedächtnis zurück! Gerade vor einigen Tagen hatten Paulsens erfahren, daß er sich neben seinem Papa als Arzt niedergelassen habe. Es war ihm an einem anderen Orte nicht nach Wunsch gegangen.

»Ja, ja, das möchte ich!« stürmte es durch Doras Brust. Und: »Nein, nein, das ist unmöglich. Es wäre unzart, berechnend«, flüsterte ihr eine andere Stimme zu. »Ja, wenn Bernhard nicht am Orte wäre, dann zum Onkel zu flüchten –«

Auf die junge Frau endlich nach wiederholten aufrichtigen Worten Sophiens von ihr Abschied nahm, hatte sie sich wesentlich beruhigt. Durch das Gespräch mit der alten Freundin war ein Entschluß in ihr gereift, dessen Ausführung sie so ausschließlich beschäftigte, daß das jüngst Erlebte gegen ihn in seiner Bedeutung fast zurücktrat. –

35.

Doras Tagebuch.

Ich muß mich heute wieder zu meinem Tagebuche flüchten. Mit der Feder in der Hand vermag ich meine Gedanken besser zu ordnen. Beim Schreiben gewinne ich eher die Klarheit, deren ich jetzt um so mehr bedarf.

Sonst drängt ein Gedanke den anderen, und ein neuer, dritter verschlingt den früheren. Ehe ich es selbst weiß, befinde ich mich wieder auf demselben Punkt, von dem ich ausgegangen, und grüble zwecklos hin und her. Ich will nun endlich einen Entschluß fassen und ihn zur Tat machen. Das Leben, das ich führe, ist ein elendes, unerträgliches. Unglücklicher als ich mich fühle, kann ein Mensch nicht sein. Körperliche Schmerzen kenne ich auch, aber sie sind nichts gegen die aufreibende Qual meines Inneren.

Jeder Tag in meinem Leben war früher ein Festtag. Wenn ich morgens erwachte, lachte er mich freundlich und verheißungsvoll an. Mein Herz schwoll über in glücklichem Frohsinn. Der Gedanke an meine Pflichten erfüllte mich mit einem fast ungestümen Drange, mich ihrer zu entledigen. Mein Zimmer war mein Schatzkästlein. Jegliches: die Arbeit, der Verkehr mit Freundinnen, ein Gang in die Natur, Musik, Lektüre, Geselligkeit, kurz, was immer es sein mochte, hatte seinen besonderen Reiz, und die kleinsten Freuden nahm ich als unverdiente Geschenke entgegen, als wären es die größten. Jetzt ist alles in mir erstickt. Was mich früher anregte, fesselte, begeisterte, was mich heiter, zufrieden und glücklich stimmte, hat seine Farben und seinen Glanz verloren. Stets drängt sich meine trostlose Ehe, schiebt sich Heinrich mit seinem Tun und Lassen in meine Gedanken, und so entsetzlich unglücklich, elend und verlassen fühle ich mich, daß mir immerfort die Tränen aus den Augen brechen, sobald ich allein bin. Mich dürstet nach Teilnahme, nach Verständnis, nach Liebe; aber seit meiner Verbindung mit diesem Manne blieb mein Inneres ohne Erquickung. Muß nicht die kräftigste Pflanze verdorren, wenn man ihr Wärme, Licht und Luft entzieht? Gewiß! Und so verdorrt auch mein Herz und muß sterben, wenn ich in diesem Hause bleibe!

Was ist geschehen, und was soll ich tun? Trage ich schuld an diesem neuen Zerwürfnis? Gleichviel! Ist es möglich, daß in meinem Verhältnis zu Heinrich je eine günstigere Wendung eintritt? Nein! Ich habe alles ängstlich vermieden, was ihm Grund zur Unzufriedenheit geben könnte. Ich habe mich redlich bemüht, trotz meiner Gleichgültigkeit, meines Abscheus gegen ihn, ein leidlich gutes Verhältnis zwischen uns herbeizuführen. Aber das ist's ja eben! Unberechenbar sind seine Launen. Ein Staubkörnchen auf der Kommode vermag ebensogut die Veranlassung zu brutalen Worten zu geben wie ein anderes Nichts! Ich durchschaue ihn zu sehr, um mir irgend etwas für die Zukunft zu versprechen; auch sind unsere Charaktere zu verschieden, um sich jemals zu berühren. Er ist ein krasser Selbstling ohne Tiefe, ohne Wärme und ohne Schätzungsvermögen der Eigenart anderer. Nur das Äußerliche gilt für ihn. Die Erreichung seiner Zwecke erfüllt allein seine Gedanken, und seine Herrschsucht ist maßlos. Ich hasse dagegen den äußeren Schein, die Prunksucht, das Streben nach Ansehen, Geld, Macht und Ehre, und gerade ein Wertlegen auf diese Oberflächlichkeiten, eine Beachtung dieser verlangt er von mir; ich würde ihn, wenn ich sie besäße, mit weit größeren Fehlern, als ich solche habe, versöhnen.

Als er mich heiratete, war ich ein unerfahrenes Kind. Aber er leitete und erzog mich nicht; er forderte in törichter Voraussetzung ein Geschöpf nach seinen Vorstellungen und Wünschen. Er diktierte, daß ich die innerliche Reife einer Matrone, die Leichtlebigkeit einer Weltdame, das Herz eines Engels und die Geduld eines Gottes besitzen solle.

Ich bezwang eine andere tiefe, leidenschaftliche Liebe um zwingender Pflichten willen; er wußte das sehr gut, aber er baute mir niemals in der Ehe eine Brücke, um meine Gedanken allmählich ihm zuzuwenden. Es gibt kein gesundes menschliches Verhältnis, in welchem nur immer allein der eine Teil der Geber, der andere der Empfänger ist. Nur, indem jeder sein Bestes gibt, entsteht ein Himmel hier auf Erden. Seltsam! Nichts in der Welt erfordert soviel Erfahrung, kluge Rücksicht, nichts so vornehme Eigenschaften, wie die Ehe, und doch betreten die Menschen diesen heiligen Tempel mit so leichtfertigem Schritt, als ob sie in ein Weinhaus eilten.

Ich verabscheue, ich hasse Heinrich! Aber dieser Haß entsprang nicht aus Groll, daß er mein junges Leben vernichtete; er entstand und wurde genährt durch den Anblick der scheußlichen Maske, mit welcher er in der Welt umhergeht. Er heuchelt den gerechten Mann und ist ein Schurke, wenn er gleich nicht stiehlt und mordet.

Und dieser Abscheu und dieser Haß fördern meine Entschlüsse. Ich fürchte mich vor den Leidenschaften, die in mir aufgelodert sind! Sie könnten, – oh, daß ich selbst dieses aussprechen muß, hier, wo meine Seele ihre geheimsten Gedanken flüstert. – mich zu einem – Verbrechen treiben. Ich habe mich schon bisweilen schaudernd bei dem Gedanken ertappt, wie ich mit künstlichen Mitteln, – mit Gewalt, mich seiner entledigen möchte! Mit Gewalt? Entsetzlich! – – –.

Und in der Erkenntnis, daß ich weder eine größere Duldsamkeit und Sanftmut zu üben, noch zu einer stärkeren Unterordnung unter Heinrichs Willen mich zu zwingen vermag, auch daß er, ein Mann in reiferen Jahren, sich niemals mehr ändern wird, – will ich mich von ihm scheiden lassen.

Ich habe Arme zum Arbeiten, Willen, die äußersten Entbehrungen zu ertragen, demnach die Kraft, das geringste Los einzutauschen gegen die widerwärtige Lüge des Wohllebens und äußerlichen Scheinglückes, zu der ich mich zwingen muß. Ich will das Haus fliehen, in welchem ich mich mit dem Grauen einer Gefangenen aufhalte.

Kann ich noch einmal glücklich werden? Ich hoffe es! Noch besitze ich die Achtung guter Menschen und die Liebe meiner Eltern. Sind sie schwach, so sind sie doch voll Güte, und meine Zuneigung verschwand nicht, indem ich ihre Fehler erkannte. Großer, barmherziger Gott! Segne meinen Entschluß! Laß mich auf deiner schönen Welt noch einmal Freuden des Glückes genießen. Schenke mir die Freiheit, die du dem kleinsten Vogel in den Lüften gewährst. Erlöse mich aus der Nacht dieses Daseins!

36.

Der dritte und letzte Tag des Festes war gekommen. Man wußte es vermöge einiger kleiner Kunstgriffe einzurichten, daß gegen Abend der entscheidende Schuß fiel, durch den der neue König in seine Würden eintrat und die Feier ihren Abschluß erhielt.

Zur frühen Mittagsstunde fand auch das gemeinsame Festessen der Gildenbrüder im Königszelt statt, und böse Zungen behaupteten, daß manches Schneiderlein den Magen durch allerlei Fastübungen für diesen Schmaus vorbereitet habe. Glitsch, sonst unter den Lohndienern voran, hielt sich diesmal zurück. Er war selbst Schützenbruder, und Gast und Diener zugleich zu sein, das hatte noch kein Sterblicher zuwege gebracht. So beriet er denn die Sachlage mit seiner Frau und entschied sich, diesmal in ersterer Eigenschaft am Feste teilnehmen zu wollen. Nieteschwanz führte Mile, der Barbier dessen Frau, der stille Sänger-Stuhlmacher von der Hochzeit die Schwester Emma. Letzteres gab den Leuten allerdings mancherlei zu reden.

Es war wirklich ein außerordentlicher Tag. Mit doppeltem, aus dem Nachbarstädtchen beorderten Musikkorps marschierten die Schützenbrüder, die Frauen am Arm, hinaus, und Böllerschüsse verkündeten den Beginn des Festmahls. Es war ein buntes Durcheinander, ehe alle ihre Plätze gefunden hatten, aber schließlich gelang es einem jeden.

Geschäftig liefen die Lohndiener mit den dampfenden Suppentellern umher, holten und brachten den bestellten Wein und seufzten unter den Anforderungen der nie schnell genug zu bedienenden Gäste.

Anfangs vollzog sich alles in gemessener Ruhe. Lobende oder tadelnde Bemerkungen über die Fleischbrühe erfolgten wie sonst; die Konversation schleppte zunächst wie immer, und der *Margaux* ward vorläufig noch mit einer gewissen Beschränkung genossen. Als aber das Suppenfleisch verzehrt worden war, wurde auch den Flaschen bereits stärker zugesprochen, und eine größere Ungezwungenheit in der Unterhaltung trat ein.

Die Stimmung begann lebhaft zu werden. Mile beobachtete die Gesellschaft mit Argusaugen. Jedes Kleid der Kappelner Damen unterlag ihrer genauen Musterung, und lauter oder leiser knüpfte sie an die einzelne Beobachtung ihre Bemerkungen: »Von der ist auch kein Geld zu kriegen! Alles obenauf, – nichts dahinter!« oder: »Teurer Stoff, sitzt aber schlecht. Natürlich aus Hamburg; die denkt ja immer, daß hier nichts Ordentliches zu haben ist.«

Und so ging es fort. Ebenso absprechend begegnete Mile auch dem Gemahl, wenn er irgendeine ihr nicht zusagende Bemerkung machte. Es war bereits ein recht häßlicher Ton zwischen dem Ehepaar eingerissen.

Überall bekannte Gesichter! Da waren Schübelers, Paulsens, Pastor Engels, Kuchens, Ellisens und Advokat Tach. Auch Herr von Tapp war im blauen Frack und in Lackstiefeln erschienen, aß mit vorsichtiger Auswahl und hielt sich an den Champagner, weil er den Festessen-Rotwein mit seiner verheerenden Wirkung kannte.

Etwas Lieblicheres als Christine und Dora konnte man nicht sehen. Das Gesicht der letzteren hatte sich durch stille Blässe und einen schwermütigen Blick verfeinert; auf Christinens Wangen ruhte die sanfte Röte des Glücks; den Mund umspielten reizende Geister der Schalkhaftigkeit, und in ihren Augen glänzten silberfunkelnde Sterne der Fröhlichkeit.

Mit immer neuen Flaschen eilten die Lohndiener herbei, immer höher stieg der Taumel der Freude.

Beim Gemüsegang ward bereits jener gleichsam übermütige Knallaut geöffneter Champagnerflaschen hörbar, der als leichtsinniger Herold der steigenden Lust voranzuschreiten pflegt. Er drang von der Mitte der Tafel her, wo die Honoratioren, der Adel, die Militärs a. D., die Beamten, die Väter der Stadt und was sich sonst besser dünkte als der Durchschnitt der Menschheit, Platz genommen hatten.

Und nun folgten auch die übrigen Gänge. Bald sah man ringsum die Champagner-Spitzgläser gefüllt, in ihrer doppelten Färbung von Hellgold und Schnee und die Flecke auf den Tischtüchern als Zeichen der überschäumenden Ungeduld der Geister des Weins. Abermals wurden herrlich bereitete Speisen: Fische und Braten, in staunenswerter Menge verzehrt, und nach Bewältigung dieser hielt dann auch der Festordner den Augenblick für gekommen, an einen zeitweiligen Aufbruch zu mahnen. Man folgte seinem Ruf, erhob sich und wanderte hinaus, um, wie es im Volksmunde hieß: »Nu ers mal en beten sakken to laten«. Und in der Tat hatte sich bei der Rückkehr zur Tafel wieder ein so wundervoller Appetit eingestellt, daß das nun folgende, seine leckeren, gebratenen Leiber präsentierende Geflügel in kürzester Zeit den Angriffen der Schmausenden erlag.

Nach dem Toast auf den Landesherrn, den Bürgermeister Friedrichsen mit zurückgebogenem Kopf und Autoritätsfalten auf der Stirn in würdigster Weise ausbrachte, erfolgte ein solcher auf den bisherigen Schützenkönig. Seine Tage waren gezählt, und es war begreiflich, daß er mit einer starken Beimischung von Wehmut die dargebrachten Huldigungen entgegennahm.

Und nun waren auch die letzten Schranken gefallen. Die Gesellschaft gab sich der ausgelassensten Lust hin. Nicht nur die sanft versöhnlichen Gefühle, welche der leichtfertige Wein fördern hilft, stiegen in der Brust der Festgenossen auf, sondern jene Freude am Übermut und jene Glückseligkeit der Stimmung brach sich Bahn, für welche der fröhliche Trinker allemal eine schwere Buße zahlen muß. Adler und Heinrich stießen miteinander an, als ob sie Zwillingsbrüder seien, und der Bürgermeister sandte dem neuen Senator einen Blick hinüber, in dem eine Welt voll herzlicher Gesinnung sich ausdrückte; selbst Nieteschwanz wurde gesprächig, und der Stuhlmacher begann schon wieder leise vor sich hin zu singen.

Um zwölf Uhr hatte man sich zu Tische gesetzt; um vier Uhr wurde die Tafel aufgehoben. Draußen harrten die Musikanten, und unter den Klängen ihrer lustigen Melodien setzte sich die Festgesellschaft in Bewegung. Zwar, es war draußen heiß, die Sonne brannte vom Himmel, und ein Gefühl dumpfen Kopfwehs und ein drückendes Unbehagen bemächtigte sich bereits vieler, die dem lachenden Gott zu oft und zu zärtlich zugesprochen hatten.

Zur Abwechslung machte der Festordner-Schwefelholzfabrikant den Vorschlag, einen Gang nach der nahegelegenen neuerbauten Brauerei zu unternehmen, der allgemeinen Beifall fand. Ja, das war eine herrliche Idee; in den Kellern drüben war's kühl und erquicklich. Ein Gläschen Bier würde jetzt trefflich munden! Alle wandten den Blick hinüber. Vom Turm des Hauptgebäudes wehte zu Ehren des Tages eine bunte Flagge in den Landesfarben. Die Brauerei sah überaus einladend aus. Da zudem die meisten die schönen Kellereien, Nebengebäude, Stallungen und Gärten noch nicht in Augenschein genommen hatten, lag ein doppelter Anlaß zu einem Abstecher dahin vor. Auch Tibertius bot seinen beiden Damen den Arm und setzte sich mit Schübelers und Tachs sowie mit der übrigen Gesellschaft in Bewegung. Als die Fußgänger den Saum der Wiese, nahe der Brauerei, erreicht hatten, erscholl von drüben her lautes Hurra; unwillkürlich wandten sie sich noch einmal um, bewunderten das reizvolle Panorama, das der Festplatz mit seinen Umgebungen ihnen eröffnete, und begaben sich dann ebenfalls zum erfrischenden Trunk.

Es war draußen auch wahrlich ein farbenschönes Bild. Auf der grünen, sonnendurchleuchteten Fläche tauchten die weißen Zelte mit ihren bunten Fähnchen reizvoll auf. Tausende bevölkerten den Platz, und immer neue Scharen wälzten sich von der Stadtseite her dem Festrondell zu. Und drüben schimmerten hinter dem Blau der heimlich rauschenden See die jenseitigen Ufer mit ihren Dörfern, Häusern, roten Dächern und Schornsteinen, und weißer Rauch entstieg den letzteren, als schwebten junggeborene Wolken aus lichten Tiefen zum azurnen Himmel empor. Ein Sonnenhimmel mit sattem Blau und schneeweißen Inseln, die mit ihren unschuldig reinen Farben den Eindruck hervorriefen, als ob sie sich verschämt aus der Unendlichkeit hervorgestohlen hätten, um das Schönheitsbild zu vervollständigen.

Und da auf einmal, mitten in den ausgelassenen Festjubel hinein, drang von der Brauerei her ein furchtbarer Schrei durch die Luft, ein so entsetzlicher Schrei aus einer angstgefüllten Brust, daß sich der Knall des eben wieder aufgenommenen Musketenfeuers dagegen kaum wie das Platzen eines Zündhütchens abhob, – ein Ton, vor dem die Lust des Tages vergehen mußte, der das Getier in der Luft erschreckte und die Menschen ringsum für Augenblicke entsetzt aufhorchen ließ.

»Was ist? Was ist?« riefen die Herankommenden den eben aus der Brauerei Herausstürmenden zu.

Einer antwortete, aber er war so verstört, so ergriffen von dem Geschehenen, daß er mitten im heißen Sonnenschein zu frieren und zu zittern schien. Es war Tibertius, der, den Physikus suchend, über das Feld eilte.

»Was sagte er? Wer?« erhoben sich die Stimmen und trugen die Kunde weiter.

»Wer? Wer?« drängte sich nun auch Mile fragend an ihren Mann.

»Frau Heinrich ist etwas Schreckliches passiert! – Die Kälte in dem Brauereikeller ist ihr auf die Augen gefallen. Sie ist plötzlich stockblind geworden; sie kann nichts sehen. Es ist – sehr bedenklich – sagt Doktor Schübeler!«

»Blind? Blind?« rief entsetzt die Umgebung und schrie die Schneiderin. Bei diesen Worten zuckte selbst in dieser kalten Brust ein Gefühl tiefen Mitleids auf.

Während Augenblicke war die Teilnahme für die im Städtchen hochgeachtete und verehrte junge Frau eine so allgemeine und aufrichtige, daß auf dem ganzen Festplatz von nichts anderem gesprochen wurde. Plötzliche Unglücksfälle ereignen sich jeden Tag. Was aber soeben in der Brauerei vor sich gegangen, war etwas Entsetzliches, überragte das Leid, das über Menschen zu kommen pflegt, so sehr, daß sich in das Bedauern sogar ein allgemeines, angstvolles Unbehagen mischte. Und hätte es sich nicht um ein gemeinsames Fest gehandelt, würde das Geschehene wohl Veranlassung gegeben haben, die Feier aufzuheben. Nun aber verschlang das alle fortreißende Vergnügen den anfänglich so erschütternd wirkenden Eindruck fast ebenso schnell, wie er entstanden war. Morgen war auch noch ein Tag, um tröstende Worte zu sprechen, und zudem vermochte ja keiner an der traurigen Tatsache etwas zu ändern. Jubel erklang durch die Luft wie ehedem. Gesang ertönte aus den Zelten wie tags zuvor. Der Büchsen Knall verklang in gleichmäßigen Absätzen, und im Rundtanz drehten sich die vergnügten Paare. Auch die Natur hatte ihr Gesicht nicht verändert. Der Himmel wölbte sich in seiner Bläue wie immer; die See schob ihre sanft rauschenden Wellen gleichgültig an den Strand wie stets, und die Bäume prangten in ihrem grünen Laub wie bisher.

Wir, die wir uns in die Natur flüchten, wenn Sorge und Qual unsere Seele martern, die wir in ihrem Anblick Trost, Ruhe und Selbstvertrauen zurückgewinnen, vermissen oft ihr mitfühlendes Auge. Ihr Niobeantlitz bleibt stumm, unverändert.

Und dennoch ist sie die einzige wahrhafte, wenn auch unsichtbare Trösterin unserer gebrochenen Herzen, ist sie allein die Besiegerin unseres Schmerzes und legt den Balsam auf unsere Seele, dessen wir bedürfen, um uns mit der Grausamkeit des Lebens abzufinden. Wir sehen auch den lebendigen Gott nicht und fühlen doch sein unsichtbares Walten. Wir wissen, daß es des Allmächtigen Atem ist, der uns anweht aus der uns umgebenden Welt; wir erblicken sein geheiligtes, ewiges und erhabenes Angesicht und sein mitleidsvolles Auge in dem Trostbilde der Natur. Wer sich zu ihr flüchtet, legt sein bedrängtes Herz an des Schöpfers Brust, und noch nie verweigerte der Barmherzige hier seinen Geschöpfen Linderung. Sie, die Natur, fördert das Vergessen! Vergessen: den Schlaf des Geistes!

Wie aber überwindet der Blinde die Pein, die ihn martert, er, der dies wundervolle Bild nur mehr ahnen, nicht sehen, das Prangen der Natur mit ihren bezaubernden Schönheiten nicht ferner anschauen, nicht auf Geist und Gemüt erquickend einwirken lassen kann; er, der aus diesem allen keine neue Lebenskraft zu schöpfen vermag und dem auch die Pforte zum Eingang in die Seelen anderer, das Auge, das aufsaugende, erkennende Organ für die Erscheinungen des ihn umgebenden Alls, fehlt?

Von den Gildenbrüdern schossen nur sehr wenige selbst. Einige geübtere traten für die meisten ein. Nun war der letzte Schuß gefallen; der Rumpf des Vogels lag am Boden! Ein allgemeines Hurra scholl über den Festplatz, das sich weiter und weiter fortpflanzte. Wie vor einigen Stunden sich alles zusammengedrängt hatte, um der Trauerbotschaft zu lauschen, so gingen jetzt von Mund zu Mund die Fragen nach dem Namen des Glücklichen, für den der Königsschuß gefallen war. Und »Barbier Glitsch!« war die Antwort, und »Glitsch!« brauste es über den Platz, durch die Zelte, und »Glitsch! Glitsch!« schrie Mile, geborene Kuhlmann, und sank, erschüttert von der aufregenden Nachricht, Frau Nieteschwanz beinah an die Brust.

Noch anziehender war es, den neuen Schützenkönig selbst zu sehen. Er strich sich mit der angefeuchteten Hand über das Haar und ordnete es gegen die Stirn; er warf den Kopf in den Nacken und zog die zurückgekrochenen Manschetten aus den Ärmeln hervor. So stand er da, und so wartete er der kommenden Dinge. Ja, auch er war überrascht und berauscht, aber keine Miene verriet es. Als gleich nach dem Bekanntwerden des Ereignisses einer der Schützenbrüder an ihn herantrat und zweifelnd fragte, ob er die »königliche Würde« annehme, neigte er mit einem »Direkt! Selbstverständlich!« das Haupt, und als die Honoratioren sich ihm näherten, ihm die Hand schüttelten und gratulierten, nahm er die Huldigungen wie jemand entgegen, der die Welt und die Pflichten seiner hohen Stellung kennt, und diese so wenig wie seinen eigenen Wert unterschätzt.

Glitsch war Herrscher durch den Königsschuß, Glitsch war Herrscher durch die Gesetze und den Willen des Volkes, Glitsch verdiente König zu sein infolge seiner großen Eigenschaften.

Im Königszelt fand die Zeremonie statt. Der Mann mit dem glatten Jungferngesicht löste die Kette von seiner Brust (zufällig hatte Glitsch sie selbst für die Feierlichkeit gereinigt und geputzt) und dem Mann der praktischen Wissenschaft, dem Mann mit der Diplomatenstirn ward sie umgehängt. –

Nie sah die Welt eine schönere Königin! Emilie setzte ihren Kopf ganz eigenartig auf die Schultern. In ganz besonderer Weise ahmte sie hinten den Pfau nach und warf sich gleichzeitig vorn in die Brust; nie zeigten die beiden Bäckerkringel an ihrer Stirne eine so vornehme Rundung wie heute.

»Was meinst du?« flüsterte sie dem Gatten zu, nachdem der Sturm der Glückwünschenden abgeschlagen, auch die Zeremonien beendigt waren, und drängte sich mit einer gewissen eifersüchtigen Beflissenheit an den königlichen Arm. »Was meinst du, Julius?« (Wenn Emilie schmeichelte, nannte sie Glitsch stets beim Vornamen.) »Sollen wir die Gildenbrüder traktieren? Wollen wir sie nach Frahms Gasthof einladen?«

Glitsch überlegte. Seine Eitelkeit drängte ihn, diesem Vorschlag zuzustimmen, sein Geiz aber und seine Klugheit rieten ab. In demselben Augenblick kam ihm jedoch der Gedanke, hier sei vielleicht die Gelegenheit gegeben, zu einer wirklichen Würde emporzusteigen. Gelang ihm eine gute Rede als Schützenkönig, so hob sich seine Popularität, und ein langgehegter, geheimer Wunsch, Stadtverordneter zu werden, bahnte sich dadurch an. Nun ja, mochte es denn wirklich ein fünfzig Tälerchen kosten, oder auch mehr. Am Ende, sie hatten's ja!

In diesem Sinne verständigte er seine Gattin, und da sie eifrig beipflichtete, gab er alsbald die Parole: »Frahms Gasthof« aus.

Die Paare arrangierten sich; die Festordner verteilten die Musik. Der König mit seinem Anhang stellte sich an die Spitze des Zuges; die Trompeten schmetterten, und der Zug setzte sich in Bewegung.

Welch eine Stimmung! Nach dem heißen Tage hatte sich die Luft angenehm abgekühlt, und von der Schwüle befreit und vom Weinrausch nicht mehr belästigt, zogen die Gildenbrüder in der gehobensten Stimmung in die Stadt. Was heute nicht hinausgewandert war, stand bei dem anbrechenden lauen Abend vor den offenen Türen und bewillkommnete mit lauten Zurufen die vorüberziehenden Scharen. Viele schlossen sich dem Zuge noch an, um auf dem Marktplatz, vorm Frahmschen Gasthof dem Festjubel beizuwohnen.

Frahm war verständigt. Im Auftrag Sr. Majestät war der Adjutant sogleich in die Stadt gesprengt und auf dem schaumbedeckten Schwarzen des Bierbrauers noch beizeiten für den Abmarsch der Festgenossen zurückgekehrt. Als die Schützenbrüder den Marktplatz erreichten, war ringsum illuminiert; vor dem Gasthof brannten Fackeln. Auch waren auf die Straße eine Anzahl Fässer geschafft, die zum Ausschank für diejenigen bestimmt waren, welche in den Räumen des Wirtshauses kein Unterkommen mehr finden konnten. Die ganze Nachbarschaft lieferte an Tischen, Stühlen, Lampen und Gläsern, was nur irgend aufgeboten werden konnte. Der Marktplatz war in einen Festsaal verwandelt; Hunderte und Hunderte nahmen hier im Freien Platz, und ebenso viele füllten die unteren Zimmer des weitgeöffneten Gasthofes.

Der Älteste der Ältermänner betrat den Balkon und hielt eine Rede. Donnernder Applaus, Hurra, Musik und Gläserklirren! Und dann trat König Glitsch auf und sprach und dankte. Alles horchte gespannt, und nachdem er geendet, spielte die Musik Tusch, und die Luft ertönte von Jubel und Geschrei.

So ging's fort die halbe Nacht in immer belebterer Stimmung, zusetzt endend mit begeistertem Gesang, in den alle Anwesenden einstimmten. Und während es jubelnd durch die lichtstrahlende Sommernacht erklang, die Fröhlichkeit und die Ausgelassenheit ihren Höhepunkt erreichten, lag die Apotheke still und einsam vom Mondlicht umflossen da. In ihren dumpfen, liebeleeren Räumen hockte schlaflos, – weinend ein blindes Weib, marterte seine Seele und – zweifelte an der Barmherzigkeit Gottes. –

»Fasse Hoffnung, mein Kind, mein armes Kind! Oft macht die Natur die scheinbar festesten Glaubenssätze der Wissenschaft zunichte, und so verzweifle nicht, daß Gott auch dir gnädig sein wird.«

Das waren des Physikus' Worte, als er seine Tochter an dem Abend verließ, und Frau Paulsen, seit Stunden aufgelöst in Tränen, den dringenden Bitten Doras nachgebend, nun auch endlich die Ruhe suchte.

Und Heinrich? – Er hatte es nicht einmal über sich gewinnen können, dem geknickten Menschenkinde auch nur ein Trosteswort zu sagen.

Ob eins der Mädchen bei ihr bleiben solle in der Nacht? hatte er sie gefragt, bevor er sich auf sein Schlafzimmer begab, und als sie mit dem

Kopfe nickte, öffnete er die Tür, verabschiedete sich mit den kargen Worten: »Ich werde es ihr sagen«, und entfernte sich.

Da saß sie nun allein mit ihrer Qual, einer Qual, für die eine Menschenbrust kaum Raum hatte. Furchtbare Gedanken zogen durch ihre Seele. – Sterben, sterben! Nicht mehr leben! Darauf ging alles hinaus. Und doch, wie wohl tat ihr die mitleidig sanfte Hand ihrer Magd, wie erquickend berührte sie deren teilnehmendes Wort, wie zuckte es durch ihr Inneres, als ihr eine dem mitleidigen Geschöpf aus den Augen rinnende Träne auf die Hand tropfte.

Bereits am nächsten Tage reiste Dora in Begleitung ihres Vaters nach Kiel. Dr. Schübeler und der Physikus waren zwar übereinstimmend in ihrem Urteil, daß in diesem Falle menschliche Hilfe vergeblich sein werde, aber den letzteren drängte es doch, auch die Meinung anderer Ärzte einzuholen.

Nachdem die Untersuchung stattgefunden, bei der festgestellt wurde, daß den in letzterer Zeit aufgetretenen Störungen sich noch andere, gerade den Sehnerv beeinflussende, beigesellt hatten (auf so vieles, jahrelanges Weinen geriet niemand), bemühte man sich, Dora durch die Erklärung zu besänftigen, daß nichts verloren, aber der Zeitpunkt für eine Operation noch nicht gekommen sei. Durch diese und ähnliche Vertröstungen suchte man die mit angstvoller Spannung aufhorchende arme Dulderin zu beruhigen.

»Sag's mir, Vater«, drängte sie auf der Rückreise flehend und tastete nach des alten Mannes Hand: »Sage mir, ist Hoffnung? Wie lange kann es bis zur Operation währen? Werden Jahre darüber hingehen, oder kann plötzlich ein Eingriff notwendig sein? Was muß vor sich gehen, damit die Sehkraft sich von neuem stärkt?«

Während sie sprach, blutete sein Herz und zerging fast in Mitleid und Trauer. Mit frommer Lüge suchte er sie zu trösten und eine Erklärung zu geben, die sie verstand. Er bedeutete ihr, daß durch den plötzlichen Übergang aus der Hitze in den feuchtkalten Keller eine Lähmung der Sehkraft eingetreten sei. Das komme sehr selten vor, aber man habe ähnliche Beispiele bei den gesundesten Augen gehabt, und die Wiedergewinnung des Augenlichts sei in solchen Fällen fast immer gegeben. Die Kieler Ärzte hätten geraten, die schmerzhafte Operation schon deshalb zu verschieben, damit man abwarten könne, ob die Natur sich nicht selbst helfen werde.

Und Dora glaubte ihm, weil sie hoffte, und wurde wieder etwas ruhiger und heiterer. Sie knüpfte mit ihren Gedanken von neuem ans Leben an und selbst in ihrem ehelichen Verhältnis, dessen Trostlosigkeit bei dieser neuen Prüfung in den Hintergrund getreten war, erwartete sie eine günstigere Wendung. Trotz der furchtbaren Erfahrungen besaß sie einen so starken Glauben an die Menschen, daß sie jetzt, nach diesem Unglück, eine rücksichtsvollere Begegnung von ihrem Manne erhoffte.

Kein Tag verging nach der Rückkehr, an dem Sophie ihre junge Freundin nicht besuchte. Aber sie kam nicht mehr versteckt wie bisher. Das Unglück fragt nicht nach menschlichen Launen. Zahllos waren die Beileidsbesuche von seiten der Kappelner. Auch Mile Glitsch erschien, um ihre und ihres Mannes Teilnahme auszusprechen.

Selbst die alte Frau Kapitän Lassen machte Dora einen Besuch, hielt lange die Hand der armen Blinden fest und tröstete sie auf ihre Art, indem sie ähnliche, recht traurig verlaufende Vorgänge aus ihren Erinnerungen in ausführlicher Rede hervorholte, ja, mit dem Mangel an Feingefühl, den man bei Leuten ihres Schlages häufig findet, das Leiden als wohl unheilbar hinstellte. Sie brannte, ohne es zu ahnen, mit glühendem Eisen in die Seele des armen Weibes.

Christine vermochte bei der ersten Begegnung mit Dora kaum zu sprechen; Tränen schossen aus ihren Augen hervor, und das Mitleid überwältigte sie.

Nicht minder bewegt war der brave Tibertius. Er und die übrigen Freunde versicherten die Blinde ebenfalls, daß es nur eine vorübergehende Schwäche sei, die ihr für kurze Zeit die Sehkraft geraubt habe. So holt sich das Mitleid die Lüge herbei, und so ist sie oft ein erbarmender Engel.

August hatte seine Herrin nach dem Unglück noch nicht wiedergesehen. Bei erster Gelegenheit aber ließ er sich ihr jetzt melden.

Als Lene den Auftrag ausrichtete, tastete sich Dora gerade an den Möbeln entlang, um das anstoßende Zimmer zu betreten. Nun stand sie mit den erblindeten Augen mitten im Gemach und suchte unsicher nach einem Stützpunkt, als Semmler eintrat.

»Geleite mich, Lene«, betonte sie, sich gleichzeitig gegen den Sprechenden verneigend und wandte das Haupt zur Tür.

»Gestatten Sie mir, Sie zu führen. Das Mädchen ging schon fort!« hub August tief bewegt an, und sich Dora nähernd, führte er sie behutsam stützend an das Sofa.

Jäh wechselnde Farben legten sich auf das Angesicht der jungen Frau, und eine brennende Träne stahl sich aus den erloschenen Augen. Es trat eine kurze, bedrückende Pause ein; keiner fand gleich das Wort. Endlich faßte sich Dora.

»Wir haben uns nicht gesehen und nicht gesprochen – seit – jenem Mittag, – Herr Semmler. – Ich habe Ihnen noch nicht einmal gedankt, nachdem ich Ihnen so große Unannehmlichkeiten bereiten mußte. Ich höre, Sie werden unser Haus wieder verlassen. Es quälte mich bereits, und es verlangte mich, mit Ihnen zu reden. Es wäre auch schon geschehen, wenn nicht – –« Sie stockte; ihre Stimme zitterte. Sie hielt ihm die Hand hin – »der Unglücksfall –«

Das war zu viel! Sie sprach nicht von dem grausamen Schicksal, das sie betroffen, dessen Eindrücke allein ihr Inneres beherrschen und alles übrige verschlingen mußten; sie beschäftigte sich mit seiner Angelegenheit. Sie bat ihm ab, daß er um ihretwillen Kummer gehabt und sich Ungelegenheiten bereitet habe.

»O, meine hochverehrte Frau!« preßte Semmler heraus. »Sie sprechen von mir, während allein von Ihnen die Rede sein darf! Ich fand noch keine Worte. – Vergeben Sie mir. – Meine Teilnahme raubte mir die Sprache. Darf ich es sagen, wie ich um Sie leide, mich um Sie gräme?«

Noch immer hielt er ihre Hand, und sie fühlte den Druck seiner Rechten. Es übertrug sich auf diese nur zu deutlich, was sein Inneres bewegte.

Dora vermochte nichts zu erwidern. Ihre Augen, die schon so viel geweint, quollen über, und die Blässe furchtbarsten Seelenschmerzes legte sich auf ihre Wangen.

»Ich danke, ich danke Ihnen, mein Freund –« schluchzte sie. »Ich nenne Sie so! Bleiben Sie es mir – Indessen jetzt – ich bitte, verlassen Sie mich jetzt –«

August erhob sich und verschlang noch einmal ihr Bild mit den Augen; dann aber verließ er gehorsam den Ort, an dem in wenigen Minuten so viele Wonnen und zugleich so grausame Schmerzen durch seine Brust gezogen waren.

37.

Den Physikus hatte das schreckliche Ereignis völlig geknickt. Jetzt, nach eingetretener Ruhe, war die Rückwirkung auf seine Gesundheit eingetreten. Frau Paulsen klagte der jungen Frau, wie leidend, wie ernst und hinfällig ihr Vater werde. »Ach, Dora, ich denke mit Angst und Besorgnis an die Zukunft. Lange kann dein Vater die Anstrengungen der Praxis nicht mehr auf sich nehmen. Er spricht schon selbst davon. Aber was soll dann werden? Und nun auch du, mein einziges teures Kind: Wodurch haben wir den Himmel so erzürnt? Das Ungemach bricht an allen Enden hervor –«

Wie mit Messern drang es bei den Worten durch Doras Seele, um so mehr, als gerade an diesem Tage wiederum eine Szene zwischen ihr und Heinrich stattgefunden hatte. – – Das habe gerade noch gefehlt, eine solche Geschichte! Das könne auch nur ihr passieren! hatte der Apotheker mit Beziehung auf Doras Unglück am Morgen des Tages gesagt.

Wiederum war es Sophie, die zu einem Streite Veranlassung gegeben hatte.

Er wisse nicht, was sie an der alten Person habe, die spioniere und klatsche und ihn in den Mund der Leute bringe. Und dann gab ein Wort das andere, und immer heftiger spitzte sich das Gespräch zu, bis sogar, zum erstenmal überhaupt, Heinrich Doras Blindheit berührte und die entsetzliche Äußerung fiel.

»Heinrich, Heinrich!« ächzte Dora. »Nimm die Worte zurück. Es ist ja furchtbar! Bist du kein Mensch, daß du mir mein Unglück noch vorwirfst? Erst bringst du mich um den Trost, die alte, bewährte Freundin bei mir zu sehen, und nun zerschneidest du auch noch den letzten Glauben, den ich an dich hatte! Soll ich gehen? Ich bin bereit! Ich flüchte mich zu den alten Leuten drüben, obgleich sie selbst in Jammer und Tränen ersticken. Sprich, und ich verlasse dein Haus! Es ist zu viel der Grausamkeit, mir solche Worte ins Gesicht zu schleudern!«

»Ja, bei Gott, fast wäre es schon am besten«, murmelte der Apotheker zähneknirschend und unterdrückte nur mühsam eine an Wut streifende Erregung, die ihn nach seiner Krankheit noch immer bei der geringsten Veranlassung erfaßte. Und dann sich an seine Frau wendend, sagte er mit bekannter, wegwerfender Ungeduld:

»Redensarten! Ewig übertriebene, törichte und sentimentale Redensarten, um keinen stärkeren Ausdruck zu gebrauchen! Benimm dich verständig und füge dich, dann werden dich keine Vorwürfe treffen.«
Damit schritt er aus dem Zimmer und warf die Tür hinter sich zu.
Die Frau aber, die zurückblieb, saß erst da wie ein Steinbild. Dann flüsterte sie mit ersterbender Stimme, den toten Blick emporgewandt: »Lieber Gott, stärke mich um meiner armen, alten Eltern willen, die vielleicht eine Stütze verlieren, wenn ich von ihnen gehe. Hilf die gräßlichen Gedanken auslöschen, die mein Inneres zerwühlen und mich drängen, zu vollbringen, wodurch ich mich unsühnbar versündige gegen deine heiligen Gebote.«

Dora hatte die Absicht gehabt, Frau Paulsen ihr Herz auszuschütten. Als sie aber den Bericht über ihren Vater vernahm, schwieg sie und drängte alles zurück, um ihrer Mutter neuen Kummer zu ersparen. Aber diese fachte eine verzehrende Flamme des Schmerzes in ihr an und erhöhte die Qual, die in ihrem Innern brannte, als sie plötzlich ausrief:

»Aber beinah vergaß ich ja! Ich habe dir noch nicht erzählt, daß sich Bernhard in diesen Tagen verheiratet hat. Empfingt ihr auch die Anzeige? Hast du gelesen? Ach so –« erinnerte sie sich erschrocken.

Dora schüttelte das Haupt. Sie bezwang sich mit ihrer ganzen Willenskraft, ruhig zu bleiben. Sie wollte unbefangen erscheinen, obgleich sich ein stechender Schmerz in ihr Herz bohrte. Der letzte Funke einer begreiflichen, wenn auch vielleicht törichten Hoffnung versank in diesem Augenblick in ewige Nacht. Sie blieb äußerlich gelassen und scheinbar sogar angenehm berührt über die Nachricht, bis sich Frau Paulsen von ihr verabschiedet hatte.

Wenige Tage später saß Dora in der Dämmerstunde allein im Wohnzimmer und beschäftigte sich mit Stricken. Es war fast die einzige Arbeit, mit der sie sich noch befassen konnte, und sie griff danach, da sie dadurch den Trost fand, sich doch in irgendeiner Weise nützlich machen zu können. Auch setzte sie sich bisweilen ans Klavier, das sie in der letzten Zeit fast ganz vernachlässigt hatte, und suchte durch Musik ihre Gedanken zu zerstreuen. Einen tief ergreifenden, wehmütigen Eindruck machte es, wenn die Blinde die Tasten suchte und sich dabei nur zu häufig vergriff. Noch trauriger aber wirkte es, wenn sie einmal einen Gesang anstimmte, er klang wie eine herzzerreißende Klage.

Am Morgen hatte die junge Frau mehrfach Besuch empfangen. Sie war abgespannt; die Augen schmerzten, und ihre Gedanken wanderten unruhig hin und her. Wie gering man die Güter des Lebens achte, solange man in deren Vollbesitz sei, überlegte sie. Welche brennende Sehnsucht erfaßte sie gerade heute, einmal wieder die Augen aufschlagen, – sehen – sehen zu können! Und wunderbarerweise mischten sich in die allgemeinen Vorstellungen immer wieder nebensächliche. Ob ihr Kragen auch sauber sei, die Handmanschetten, die Gegenstände in den Zimmern, die täglich gebraucht wurden? Wahrscheinlich war alles nicht wie früher! – Das überkam sie jetzt auf einmal. Sie beschloß, dem Mädchen aufzutragen, sorgfältig achtzugeben. Sie nahm sich vor, ihr immer wieder einzuschärfen, auf strengste Reinlichkeit zu halten.

Inmitten solcher Gedanken hörte sie draußen Geräusch auf dem Flur. Es war vielleicht ihre Mutter – Heinrich –? Nein, – ein fremder und doch kein unbekannter Schritt! – Es lag weit zurück, daß sie ihn gehört. Wann? – Wann? – Wer pflegte so rasch, so fest im Schritt die Stufen emporzuschreiten? Nun war's still. Dora sah gleichsam durch die Mauer, daß der Besucher zögerte, – – sich umschaute, nach der Dienerschaft forschte, – anklopfen wollte und sich doch wieder besann. – Sie horchte gespannt. – – Und dann jagte es plötzlich durch ihr Inneres. Es war, als ob sich Eistropfen aus ihrem Herzblut gelöst hätten und erstarrend durch ihre Glieder rieselten. – Sie wußte jetzt, wer draußen stand und im nächsten Augenblick sich ihr nähern werde: – Bernhard! – Ja, er, er! Und nun fort – fort! – Sie wollte fliehen, sie erhob sich, – ihre Hände griffen an den Tisch; – sie sah trotz der erblindeten Augen alle Dinge um sich her, – die Möbel, die Bilder, – auch die Gegenstände im Nebenzimmer, in das sie sich flüchten wollte. – Sie tastete sich vorwärts – atemlos – –

Da klopfte es – und sie stand wie gelähmt –, ganz deutlich, und nun nochmals. – Diesmal klang's, als ob ein Zaghafter an einem fremden Hause an die Tür pocht. – Nein! sie antwortete nicht, – aber sie wagte auch nicht, sich zu rühren; ein Geräusch konnte sie verraten.

Das alles ging blitzschnell, in Sekunden vor sich. Endlich ward die Tür vorsichtig geöffnet. – Schritte wurden vernehmbar, Schritte, bei denen sie erbebte, – erzitterte wie im Fieberfrost. – Und jetzt sogar Laute – aus der Brust des Mannes, dessen Nähe sie ersehnt in Gebeten, in schlaflosen Nächten, – – in Kummer, Sehnsucht und – Verzweiflung.

»Dora, liebe Dora«, drang's fragend durch den dunklen Raum. »Bist du da? –« Und dann ein wimmerndes Stöhnen, ein Schmerzenston, der in seiner furchtbaren Bedeutung selbst die toten Gegenstände des Gemaches zu berühren schien, und der auch den Mann so erschütterte, daß er vorwärts stürzte und im Aufruhr seiner Gefühle niedersank neben diesem armen, grenzenlos unglücklichen Weibe.

»Dor, liebe Dor«, rief er, faßte ihre Hände, küßte sie, schaute zu ihr empor und geizte nach einem Laut, nach einem Blick. - - - Nach einem Blick? Sündhafte Unnatur, die diese unschuldigen Augensterne vernichtet, die den Spiegel einer solchen Seele zerstört hatte! - »O du, du -« stöhnte es dann so seelenzerrissen aus ihrem Munde, daß selbst ein Teufel in allen seinen Fibern darüber hätte erzittern müssen, wie hier ein Menschenherz in Jammer zerfloß, sich auflöste, hinstarb im letzten Aufzucken.

38.

An einem wundervollen, warmen Spätsommernachmittage - einige Wochen nach diesen Ereignissen - eilte eine kleine Gesellschaft an die Schiffbrücke Kappelns, um eine Seefahrt zu unternehmen.

Es waren bekannte Personen, Frau Paulsen und Frau Heinrich, Tibertius und Frau, Sophie, Frau Franzius, Kuchens, Blanka von Tapp und August, der die Apotheke vor einigen Tagen verlassen und einem neuen Provisor Platz gemacht hatte. Die Sozietät mit Tibertius war nunmehr eine beschlossene Sache.

Der Physikus war über Land gefahren, und Heinrich hatte am Morgen unerwartete Geschäfte vorgeschützt. Es war Stadtgespräch, daß er seine Wahl zum Bürgerworthalter betreibe und mit allen erdenklichen Mitteln in der Einwohnerschaft Anhang für sich zu gewinnen suche. Sein gefügiges Werkzeug hierbei war Glitsch, dem er seine Gegendienste bei der nächsten Stadtverordnetenwahl zugesagt hatte. Der Barbier blieb auch nicht untätig, redete, schwatzte, log und kundschaftete, lief bei Heinrich aus und ein und berichtete, daß allen Anzeichen nach der Erfolg ein unzweifelhafter sein werde.

Heinrichs Abwesenheit bei der heutigen Wasserfahrt war allerdings auch von niemand bedauert worden, am wenigsten von Dora. Sie selbst hatte - freilich nur im engsten Kreise - die Anregung zu diesem Ausflug gegeben. Einmal die frische Seeluft wieder einzuatmen. sei ihr höchstes Verlangen, hatte sie ihren Freunden gesagt, und diese beeilten sich, den Wunsch der armen Blinden zu erfüllen.

Erst am Mittage dieses Tages hatten sich auf Anregung der Doktorin Paulsen und ohne Wissen Doras noch Frau Franzius, Kuchens und Blanka von Tapp angeschlossen, und Mile Glitsch und Lene, welche die Proviantkörbe trugen, bildeten den Nachtrab der kleinen Gesellschaft.

Dora schritt an Sophiens Arm einher und ließ einen leisen Unmut über die nachträglichen Einladungen durchschimmern. Überhaupt schien's der alten Dame, als ob Dora etwas besonders Schweres bedrücke; sie ging stumm und in sich gekehrt neben ihr her, und auf die Frage, was sie beschäftige, oder ob ihr etwas fehle, antwortete sie mit wehmütigem Kopfschütteln.

»Stört es dich, Dora, daß die älteren Damen dabei sind?« fragte Sophie. »Ist dir irgend etwas nicht recht? Mich dünkt, du bist heute so verstimmt und genießest nicht, was du so sehnlich herbeigewünscht hast.« – – Aber sie brach ihre Rede schnell wieder ab und drang nicht weiter in die junge Frau. War's doch das erstemal, daß sich die Blinde seit ihrem Unglück wieder in einer Gesellschaft befand, ohne daß ihr Auge die Schönheiten der Natur in sich aufnehmen, ihr Herz sich daran erfreuen konnte. Und überdies lagen qualvolle Tage hinter der armen Dora. Die Zerrissenheit ihres Inneren erhielt immer neue Nahrung durch das empörende Benehmen ihres Mannes. Heinrich hatte ihr in hämischer Weise die Begegnung mit Bernhard vorgeworfen. Zu allen Menschen, die ihm in der Seele verhaßt seien, erhalte sie gerade die engsten Beziehungen, hatte er ihr zugerufen. Er habe es ja immer gesagt, daß sie ein geradezu erstaunliches Talent besitze, jede Voraussetzung, die er seinerzeit an sie geknüpft habe, zuschande zu machen. – Und was der spitzen und grausamen Redensarten mehr waren, mit denen er sie verwundet hatte.

Noch einmal hatte Dora Bernhards Hand in der ihrigen gefühlt, noch einmal den Ton seiner Stimme gehört. Dann setzte er mit seinem jungen Weibe, deren mitleidiger Abschiedskuß der Blinden Inneres mit unsagbaren Qualen durchschauerte, die Hochzeitsreise fort.

Noch einmal – zum letztenmal – – –!

Die Fahrt auf dem Wasser war prächtig, obschon der Bootführer einigemal kreuzen, demzufolge die Segel umlegen und dadurch die Gesellschaft wiederholt belästigen mußte. Fast gegen den Wind trotzte das schlankgebaute Boot mit seinen straffen Segeln auf. Hin und wieder spritzten auch an den Planken gebrochene Wellen ihre frischen, boshaften Tropfen in das Innere und veranlaßten die Damen zu jähen

Schreckensrufen. Aber vor ihnen die See, so durchsichtig, so vergnügt; ihr Atem so rein und belebend, und ringsum die Ufer im Sommerprangen, im Duft der Schönheit und im Zauber stillen Friedens. See- und Teergeruch in seiner feinen belebenden Mischung drang auf die Bootsinsassen ein, die vergnüglich schwatzten und nun endlich mit vollem Winde dem Ufer am Rotensande zustrebten. Es war derselbe Ort, an dem damals Bernhard und Dora durch stumme Blicke die Fäden ihrer jungen Liebe angeknüpft und unter dem Bann ihres süßen Geheimnisses der Zukunft nicht gedacht hatten. Er ein blutjunger Student, sie fast noch ein Kind!

Traf ihn ein Vorwurf? Schwerlich! Vielleicht wollte er ihr gerade zu einer Zeit nahen, als er erfuhr, daß sie das Weib eines anderen geworden sei. So brach sie gar selbst die Treue? – – Gleichviel! Vorbei! Vorbei! Gewesenes und Künftiges gleich trostlos! Vorüber alles, was sie einst hoffnungs- und freudevoll ans Leben geknüpft hatte.

Zeitig nachmittags war die Gesellschaft aufgebrochen; trotzdem verflogen die Stunden schnell, und der Abend regte sich.

Man hatte sich gleich nach der Ankunft gelagert, Feuer gemacht und Kaffee bereitet. Eine gemütliche Stimmung belebte die kleine Gesellschaft, und Tibertius und August waren voll zarter Aufmerksamkeit gegen Dora. Dann ging's durch den Wald und auf hübschen Umwegen zurück.

Als die Sonne sich neigte und die Herren die Vorbereitungen auf einem Lagerplatz trafen, woselbst das Abendbrot eingenommen werden sollte, richtete Dora an Sophie die Bitte, sie an den Strand geleiten zu wollen.

»Komm, Sophie, ich möchte gern noch einmal drunten am Wasser sitzen und den Wellen zuhören. Auch verlangt es mich auf Augenblicke nach Ruhe. Die lange Wanderung hat mich sehr angegriffen.«

Die alte Dame entsprach bereitwillig den Wünschen Doras, nahm ihren Arm und verständigte die Gesellschaft.

»Willst du nicht lieber ein Tuch um die Schultern nehmen?« mahnte Frau Paulsen, Dora nähertretend. Doch die junge Frau dankte mit einem lebhaften »Nein, nein, Mama«, neigte sich der Sprechenden zu und küßte sie zärtlich.

»Mein liebes, gutes Kind –«, flüsterte die Doktorin, überrascht und erfreut über einen Wärmeausdruck, der ihr neuerdings so selten geworden war.

Nachdem die beiden Frauen eine Weile fast wortlos im weichen Sande gesessen hatten – Dora hielt Sophiens Hand und drückte sie wiederholt –, schien die erstere doch ein leises Frösteln zu befallen. Sie bat deshalb jetzt selbst, daß die Freundin ihr ein Tuch holen möge. Rasch eilte Sophie fort, um den Wunsch zu erfüllen.

Sobald jene den Rücken gewandt, richtete sich das junge Weib empor und ging vorsichtig, aber sicheren Schrittes dem Strande zu. Sie horchte. – – Ringsum alles still! Sie rief mit halblauter Stimme den Bootführer. Keine Antwort. Sie rief nochmals. Nichts! Wohl, er war, wie sie auch hoffte, irgendwo im Walde mit seinem Jungen. Nun lauschte sie nach dem Wasser hinüber.

Sie hörte das knarrende Geräusch der Fahrzeuge an den Pfählen des Brückenstegs. Stets lagen hier Ruderboote. Dem Geräusch folgend, schritt sie geradeaus und suchte das Brückengeländer zu erreichen. Nun faßte sie es, tastete sich langsam vorwärts, gelangte bis ans Wasser, beugte sich hinab, suchte, fand und ergriff die eiserne Bootkette, die lose um den Pfahl gelegt war. Kräftig zog sie das Fahrzeug heran, glitt hinein, achtete nicht des Falles, den sie tat, suchte vielmehr nach einem Ruder und stieß, nachdem sie dieses einigemal vergeblich ins Wasser getaucht, vom Lande ab.

Alles gelang, als ob ein Sehender, vielleicht nur im Bootfahren Unbewanderter gehandelt hätte.

Der Gedanke, welcher die Blinde beherrschte, schärfte ihre übrigen Sinne und ersetzte durch sie gleichsam die Sehkraft.

Zunächst gehorchte das Boot nur unvollkommen, bald ward es aber von einer Brise erfaßt und trieb langsam in die offene See hinaus.

Nun eben trat Sophie wieder aus dem Gehölz hervor und wandte den Blick nach dem Strande. Und da sah sie auf dem Meere das Fahrzeug und darin, hoch aufgerichtet, eine Frauengestalt!

Wie? Was? Ging eine Täuschung vor? War's nicht Dora in ihrem hellen Sommerkleide? Grenzenlos beunruhigt spähte die alte Dame mit ihren Blicken am Ufer entlang. – Und dann ein jäher Aufschrei! – Die junge Frau war fort. Kein Zweifel, – Dora war es, sie war es, die da –

Ein furchtbarer Gedanke, der durch Sophiens Brust raste, wurde ihr zur Gewißheit. – Zurück! Zurück! »Dora! Dora! Hil-fe! Hil-fe! –« schrie sie und eilte zum Strande.

Die Blinde hörte die Töne, und ihre Gestalt schien heftig zu beben. Dennoch bewegte sie ein weißes Tüchlein. Es flatterte – ein letzter Abschiedsgruß –, scharf sich abzeichnend, durch die unbewegte Luft.

Und immer weiter schwamm das Boot, und immer angstvoller erklangen die jetzt vereinten Rufe der vor Schreck fast erstarrten Frauen am Ufer, während die Männer atemlos eilend an die Brücke stürzten.

Inzwischen war das einsame Boot in einen breiten Goldstreifen gelangt, den die Abendsonne auf das Meer gesenkt hatte. In eigenartiger Schönheit hob sich das dunkle Fahrzeug ab von dem Feuerstrom, der aus der See hervorgequollen schien, und regungslos stand es in der goldenen Flut.

Und nun senkte Dora das Tüchlein und zugleich – jetzt – jetzt – auch den Körper! Sie kniete nieder, erhob betend die Hände zum Himmel und – glitt dann sanft hinab in die Tiefe. –

Für Sekunden durchdrang ein heiliger Schauer die Brust der Freunde; denn wie ein hehres Wesen, das von Sehnsucht überwältigt wird zurücksinken in den goldenen Feuerquell des Sonnenlichtes, das einst seinen Lebensfunken geweckt hat, tauchte die Gestalt in die brennende Glut. Und dann hallte ein einziger vereinter Schreckensruf vom Ufer her über das Wasser, und die aufgestörte Woge zog weite, immer weitere geheimnisvoll kreisende Ringe. –

Aber auch sie verschwanden; die Meeresfläche ward wieder glatt. Ein herrenloses Fahrzeug schwamm hinaus in die offene See, – und die Welt lag im alten Frieden. – –

Am Morgen nach diesem entsetzlichen Vorfall traf ein Brief an den Physikus ein, der anfänglich ebenso unbeachtet blieb wie alle die andern eingelaufenen Schreiben. Eine unsichere Hand hatte die Adresse auf das Kuvert geschrieben.

Dumpf vor sich hinbrütend, in namenlosem Schmerz, für alles unempfänglich, starrte der Physikus vor sich hin, während Frau Paulsen mit gramzerrissener Seele am offenen Gartenfenster stand und ihren Gedanken eine andere Richtung zu geben suchte.

Es war die erste ruhigere Stunde nach einer Nacht furchtbarer Aufregung. Endlich griff Paulsen, sich ebenfalls aufraffend, nach den Eingängen und öffnete auch das beregte Schreiben. – Und dann hörte seine Frau hinter sich ein langgezogenes dumpfes Stöhnen; als sie sich umwandte, sah sie, daß ihr Mann wie vernichtet auf dem Sofa hockte, schwere Tränen unaufhaltsam über seine Wangen rollten und seine be-

benden Finger ein Blättchen krampfhaft umfaßten. Jetzt preßte er es an seine Lippen. Sie sprang hinzu und ergriff es in fieberhafter Aufregung. Und da stand zitternd geschrieben:

»Liebe, teure Eltern, verzeiht, o verzeiht Eurer Dora, die Euch so unaussprechlich liebte!«

Was die Welt bisher leise geflüstert hatte, was aber in seiner eigentlichen Bedeutung nicht erkannt war, weil die sanfte Dulderin gegen Fremde niemals eine Klage über die Lippen gebracht, wurde nun laut erzählt, wuchs an zu einem allgemeinen Gerede und rief bei allen Gutgesinnten äußerste Empörung hervor.

Heinrich war der Mörder dieser Frau, der niemand nähergetreten war, ohne sie zu lieben, und deren Wert nun, nachdem sie nicht mehr unter den Lebenden weilte, jedem erst zum vollen Bewußtsein gelangte.

Die öffentliche Meinung bäumte sich auf gegen den herzlosen Schurken in der Apotheke. Heftige Stimmen, laute und versteckte Entrüstungsanklagen erhoben sich, und sie wurden so übereinstimmende, daß von einer Wahl Heinrichs zum Bürgerworthalter nicht mehr die Rede war.

Glitsch riet dem Apotheker sogar, ein schweres Unwohlsein vorzuschützen und dem Leichenbegängnisse seiner Frau fernzubleiben. –

Wenige Wochen später vernahm man die Kunde von dem Verkauf des Hauses und der Apotheke an Tibertius und August. Der bisherige Besitzer verschwand aus der Stadt, ohne Abschied zu nehmen.

Auch der Physikus und seine Frau zogen nach Veräußerung ihres Grundstücks nach Mecklenburg zu dem Bruder. Weder von ihnen noch von Heinrich hat man wieder in Kappeln gehört.

Als nach Jahresfrist die Stimme eines kleinen Geschöpfes durch die jetzt so hellen Räume der Apotheke klang, beugte sich Tibertius hernieder, hob sein Kind empor und flüsterte seinem Weibe ins Ohr:

»Soll's Christine heißen?«

Aber sie schüttelte den Kopf, umfaßte seinen Hals und raunte ihm zu:

»Nein, Fritz! Dora wollen wir unsern süßen Schatz nennen.«

»Ja, Dora!« leuchtete es in Tibertius' Augen auf, und »Dora!« nickte mit feuchten Augen der Geschäftssozius August Semmler, als man ihm davon Mitteilung machte.

Und »Dora Christine Tibertius« hob der Prediger feierlich an, netzte des Kindleins Stirn und taufte es im Namen der Dreieinigkeit.

Aus den Blumen, die das Taufbecken umrahmten, quoll ein feiner Duft. Heilige Stille erfüllte den Raum, und ein abgeschiedener Geist schien unsichtbar den Ort segnend zu weihen, den jetzt zärtliche Liebe und Übereinstimmung in einen Tempel des Glücks verwandelt hatten.

Erzählungen der Frühromantik

1799 schreibt Novalis seinen Heinrich von Ofterdingen und schafft mit der blauen Blume, nach der der Jüngling sich sehnt, das Symbol einer der wirkungsmächtigsten Epochen unseres Kulturkreises. Ricarda Huch wird dazu viel später bemerken: »Die blaue Blume ist aber das, was jeder sucht, ohne es selbst zu wissen, nenne man es nun Gott, Ewigkeit oder Liebe.«

Tieck Peter Lebrecht **Günderrode** Geschichte eines Braminen **Novalis** Heinrich von Ofterdingen **Schlegel** Lucinde **Jean Paul** Des Luftschiffers Giannozzo Seebuch **Novalis** Die Lehrlinge zu Sais
ISBN 978-3-8430-1878-4, 416 Seiten, 29,80 €

Erzählungen der Hochromantik

Zwischen 1804 und 1815 ist Heidelberg das intellektuelle Zentrum einer Bewegung, die sich von dort aus in der Welt verbreitet. Individuelles Erleben von Idylle und Harmonie, die Innerlichkeit der Seele sind die zentralen Themen der Hochromantik als Gegenbewegung zur von der Antike inspirierten Klassik und der vernunftgetriebenen Aufklärung.

Chamisso Adelberts Fabel **Jean Paul** Des Feldpredigers Schmelzle Reise nach Flätz **Brentano** Aus der Chronika eines fahrenden Schülers **Motte Fouqué** Undine **Arnim** Isabella von Ägypten **Chamisso** Peter Schlemihls wundersame Geschichte **Hoffmann** Der Sandmann **Hoffmann** Der goldne Topf
ISBN 978-3-8430-1879-1, 408 Seiten, 29,80 €

Erzählungen der Spätromantik

Im nach dem Wiener Kongress neugeordneten Europa entsteht seit 1815 große Literatur der Sehnsucht und der Melancholie. Die Schattenseiten der menschlichen Seele, Leidenschaft und die Hinwendung zum Religiösen sind die Themen der Spätromantik.

Brentano Die drei Nüsse **Brentano** Geschichte vom braven Kasperl und dem schönen Annerl **Hoffmann** Das steinerne Herz **Eichendorff** Das Marmorbild **Arnim** Die Majoratsherren **Hoffmann** Das Fräulein von Scuderi **Tieck** Die Gemälde **Hauff** Phantasien im Bremer Ratskeller **Hauff** Jud Süss **Eichendorff** Viel Lärmen um Nichts **Eichendorff** Die Glücksritter
ISBN 978-3-8430-1880-7, 440 Seiten, 29,80 €

Erzählungen aus dem Biedermeier

Biedermeier - das klingt in heutigen Ohren nach langweiligem Spießertum, nach geschmacklosen rosa Teetässchen in Wohnzimmern, die aussehen wie Puppenstuben und in denen es irgendwie nach »Omma« riecht.

Zu Recht. Aber nicht nur.

Biedermeier ist auch die Zeit einer zarten Literatur der Flucht ins Idyll, des Rückzuges ins private Glück und der Tugenden. Die Menschen im Europa nach Napoleon hatten die Nase voll von großen neuen Ideen, das aufstrebende Bürgertum forderte und entwickelte eine eigene Kunst und Kultur für sich, die unabhängig von feudaler Großmannssucht bestehen sollte.

Georg Büchner Lenz **Karl Gutzkow** Wally, die Zweiflerin **Annette von Droste-Hülshoff** Die Judenbuche **Friedrich Hebbel** Matteo **Jeremias Gotthelf** Elsi, die seltsame Magd **Georg Weerth** Fragment eines Romans **Franz Grillparzer** Der arme Spielmann **Eduard Mörike** Mozart auf der Reise nach Prag **Berthold Auerbach** Der Viereckig oder die amerikanische Kiste

ISBN 978-3-8430-1884-5, 444 Seiten, 29,80 €

Erzählungen aus dem Biedermeier II

Annette von Droste-Hülshoff Ledwina **Franz Grillparzer** Das Kloster bei Sendomir **Friedrich Hebbel** Schnock **Eduard Mörike** Der Schatz **Georg Weerth** Leben und Taten des berühmten Ritters Schnapphahnski **Jeremias Gotthelf** Das Erdbeerimareili **Berthold Auerbach** Lucifer

ISBN 978-3-8430-1885-2, 440 Seiten, 29,80 €

Erzählungen aus dem Biedermeier III

Eduard Mörike Lucie Gelmeroth **Annette von Droste-Hülshoff** Westfälische Schilderungen **Annette von Droste-Hülshoff** Bei uns zulande auf dem Lande **Berthold Auerbach** Brosi und Moni **Jeremias Gotthelf** Die schwarze Spinne **Friedrich Hebbel** Anna **Friedrich Hebbel** Die Kuh **Jeremias Gotthelf** Barthli der Korber **Berthold Auerbach** Barfüßele

ISBN 978-3-8430-1886-9, 452 Seiten, 29,80 €